流星之絆

りゅうせいの
きずな

東野圭吾

葉韋利 譯

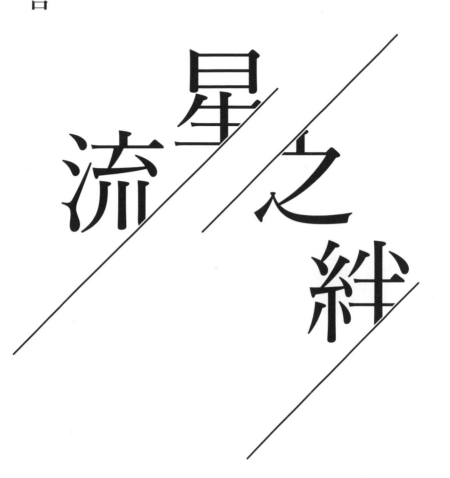

流星之絆

Contents

由不屈的堅持所淬煉出的奇蹟

總導讀　林依俐

如果你問我，東野圭吾是位什麼樣的作家？

我會回答你，他是位不幸的作家。

你一定會覺得奇怪，光是以《嫌疑犯X的獻身》（二〇〇五）一書，便幾乎囊括了二〇〇六年日本推理文學相關獎項，同書在日本的銷售量更是打破五十萬大關的「暢銷作家」東野圭吾，怎會有什麼不幸可言？

在說明之前，請讓我先簡單介紹一下東野圭吾這位作家。

東野圭吾一九五八年生於大阪，大學畢業後進入汽車零件製作公司擔任工程師。由於希望在工作以外，也能在私生活之中有個較為不同的目標，所以開始著手撰寫推理小說，投稿日本推理文學代表性的公開徵選長篇小說獎「江戶川亂步獎」。

這並不是東野第一次寫推理小說。早在他十六歲的時候，由於看了小峰元的作品《阿基米德借刀殺人》（一九七三，第十九屆江戶川亂步獎作品）大受感動，之後又讀了松本清張的《點與線》（一九五八）、《零的焦點》（一九五九）等作品。一頭推理熱的他便曾試著撰寫長篇推理小說，而且第一作還是以重大社會問題為主題。然而由於完成於大學時期的第二作被周遭朋友嫌棄，「寫小說」這件事便從他的生活之中消失了好一陣子。

而獲得亂步獎的夢想讓東野重拾筆桿。在歷經兩次落選後，他的第三次挑戰——以發生在女子高中校園裡的連續殺人事件爲主軸展開的青春推理《放學後》（一九八五）——成功奪下了第三十一屆江戶川亂步獎。之後他很快地辭了工作，前往東京致力於寫作。自從一九八五年《放學後》出版以後，東野圭吾幾乎是每年都會有一到三部甚至更多的新作問世。他不但是個著作等身的多產作家，其筆下的內容也橫跨了推理、幽默、科幻、歷史、社會諷刺等，文字表現平實，但手法卻絲毫不拘泥於形式，多變多樣。

看到這裡，如果你對於近年的日本推理有一定程度的了解，或許你會聯想到宮部美幸——多采的文風、平實的敘述、充滿令人訝異的意外性；但是在兩者之間卻又有著決定性的不同。

那就是——相對於宮部美幸出道約二十年來，陸續囊括高達十項的日本各式文學獎，筆下著作本本暢銷；東野圭吾卻是一直與日本的各式文學獎項擦肩而過，且眞正開始被稱爲「暢銷作家」，也是出道後過了十多年的事。

實際上在《嫌疑犯X的獻身》同時獲得直木獎與本格推理大獎，並且達成日本推理小說三大排行榜——「這本推理小說了不起！」、「本格推理小說BEST10」、「週刊文春推理小說BEST10」——前所未有的三冠王之前，東野出道二十年來所寫下的六十本小說（包含短篇集）裡，除了在一九九九年以《祕密》（一九九八）一書獲得第五十二屆日本推理作家協會獎之外，其他作品雖然一再入圍直木獎、吉川英治文學新人獎等獎項，卻總是鎩羽而歸。

在銷售方面，他也不是那種只要出書就大賣的暢銷作家。在打著「江戶川亂步獎」招牌的出道作《放學後》創下十萬冊的銷售紀錄之後（江戶川亂步獎作品通常都能賣到十萬冊），整整歷經了十年，東野才終於以《名偵探的守則》（一九九六）打破這個紀錄，而眞正能跟「暢銷」兩字確實結緣，則是在《祕密》之後的事了。

或許是出道作《放學後》帶給文壇「青春校園推理能手」的印象過於深刻，東野圭吾本人雖然一直想剝下這個標籤，過程卻不太順利。書評家們往往不是很關心他在寫作上的新挑戰。這也難怪，在東野出道後兩年，也就是一九八七年，以綾辻行人等年輕作家爲首，提倡復古新說推理小說的「新本格派」盛大興起。從文風與題材選擇看來，東野圭吾作品用字簡單，謎題不求華麗炫目，內容既不夠社會派又不像新本格，自然不會是書評家們熱心關注的對象。

就這樣出道十餘年，雖然作品一再入圍文學獎項，卻總是未能拿到大獎；多少有機會再版，卻總是無法銷售長紅；傾注全力的自信之作，卻連在雜誌的書評欄都占不到個像樣的位置。

所以我才會說，東野圭吾是個不幸的作家。說眞話這何止是不幸，實在是坎坷，簡直像是不當的拷問。

在獲得江戶川亂步獎後，抱著成爲「靠寫作吃飯」之職業作家的決心，東野圭吾辭去了在大阪的穩定工作來到了東京。這個決定使得他沒有退路，不管遭遇什麼樣的挫折，都只能選擇前進。於是只要有機會寫，東野圭吾幾乎什麼都寫。

二〇〇五年初，個人有幸得以見到東野圭吾本人並進行訪談時，曾經談到關於他剛出道不久時，在推理小說的範疇內不斷挑戰各式題材時期之心境。他是這麼回答的：

「那時的我只是非常單純地覺得自己必須持續寫下去，必須持續地出書而已。只要能夠持續出書，就算作品乏人問津，至少還有些版稅收入可以過活；只要能夠持續地發表作品，至少就不會被出版界忘記。出道後的三、五年裡，我幾乎都是以這種態度在撰寫作品。」

不過畢竟是背負著亂步獎的招牌出道，畢竟是身處日本泡沫經濟蓬勃、推理小說新風潮再起的八〇年代後半至九〇年代，向其邀稿的出版社當然也都希望東野圭吾能夠以「推理」爲主題書寫。配合這樣的要求，以及企圖擺脫貼在自己身上那「青春校園推理」標籤的渴望，東野嘗試了許多新的切入點，使出渾身解數試著吸引讀者與文壇的注意。於是古典、趣味、科學、日常、幻想，在他筆下似乎沒有什麼題材不能入推理，似乎沒有題材不能成爲故事的要素。或許一開始只是爲了貫徹作家生活而進行的掙扎，但隨著作品數量日漸累積，曾幾何時也讓東野圭吾在日本文壇之中，確實具備了「作風多變多樣」這難以被輕易取代的獨特性。

是的，東野圭吾是位不幸的作家。但也因此我們才得以見到，那些誕生於他坎坷的作家路上，由歷經幾多挫折仍不屈的堅持所淬煉而成，在簡素之中卻有著數不清面貌的故事。以讀者的角度而言，能與這樣的作家共處同一個時代，還眞是宛如奇蹟一般的幸運。

在推理的範疇裡，東野圭吾從不吝惜挑戰現狀。從初期以詭計爲中心的作品，漸漸發展出許多具有獨創性，甚至是實驗性的方向。其中又以貫徹「解明動機」要素（WHYDUNIT）的《惡意》（一九九六）、貫徹「找尋凶手」要素（WHODUNIT）的《誰殺了她》（一九九六）、貫徹

「分析手法」要素（HOWDUNIT）的《偵探伽利略》（一九九八）三作，可說是東野在踏襲傳統推理小說元素之下，卻又充分呈現了屬於現代風貌的鮮麗代表作。

而出身於理工科系的背景，也讓東野在相較之下，比其他作家更擅長消化並駕馭以科技為主軸的題材。像是利用運動科學的《鳥人計畫》（一九八九）、涉及腦科學的《宿命》（一九九〇）和《變身》（一九九一）、生物複製技術的《分身》（一九九三）、虛擬實境的《平行世界戀愛故事》（一九九五），還有之後以湯川學為主角展開的「伽利略系列」裡，東野都確實地將自己熟悉的理工題材，在分解組合後以最簡明的方式呈現在讀者眼前。

另一方面，如同「處女作是作家的一切」這句俗語所述，高中第一次寫推理小說便企圖切入當時社會問題的東野圭吾，由《以前，我死去的家》（一九九四）中牽涉兒童虐待的副主題為開端，對於社會人心的描寫，似乎也成了他作家生涯的重要課題。例如以核能發電廠為舞臺的《天空之蜂》（一九九五）、試探日本升學教育問題的《湖邊凶殺案》（二〇〇二）、直指犯罪被害人及加害人家屬問題的《信》（二〇〇三）和《徬徨之刃》（二〇〇四），都在在顯露出東野對於刻畫社會問題與人性的執著。

東野圭吾這種立足於推理，進而衍生至科技與人性主題上的寫作傾向，在發表於二〇〇五年的《嫌疑犯X的獻身》中，可說是達到了奇蹟似的調和，也因為這部作品，在二〇〇六年贏得各種獎項，讓東野圭吾正式名列「家喻戶曉的暢銷作家」之列。加上這幾年來，東野作品紛紛電視電影化，他的不幸時代成為過去，並站上前人未達之高峰。二十年來的作家生涯開花結果，創造了日本推理文壇近年來難得一見的奇蹟。

好了，別再看導讀了。快點翻開書頁，用你自己的眼睛與頭腦，去感受確認東野作品中理性與感性並存，而又如此引人入勝的獨特魅力吧！那將會勝於我在這裡所寫的千言萬語。

本文作者介紹

林依俐，一九七六年生。嗜好動漫畫與文學的雜學者。曾於日本動畫公司GONZO任職，返國後創辦《挑戰者月刊》並擔任總編輯，現任全力出版社總編輯，另外也負責線上共享閱讀平台ComiComi（http://www.comibook.com/）的企畫與製作總指揮。

流星之絆

1

他小心翼翼、躡手躡腳，慢慢打開窗戶，伸長了脖子仰望夜空。

「怎麼樣？」功一問他。

「不行，雲還是很厚。」功一嘆口氣，嘖了一聲。「跟氣象預報說的一樣啊。」

「怎麼辦？」泰輔轉過頭看著房間裡的哥哥。

功一盤腿坐在房間正中央，隨即抓起身邊的背包站起來。

「我要去，剛才到樓下看過，爸爸和媽媽在店裡談事情，現在行動他們大概不會發現。」

「看得到星星嗎？」

「搞不好看不見，但我還是要去。不然萬一明天知道其實能看得很清楚，一定會後悔。你不想去就不用勉強。」

「我也要去啦。」泰輔嘟起嘴。

功一從書桌下方拖出一只塑膠袋，裡面裝著兩人的運動鞋，那是傍晚瞞著爸媽先藏起來的。在房裡穿好鞋，背起背包後，功一一腳伸出窗外。他緊緊握住窗框，另一隻腳也跟著跨出窗外。泰輔還以爲他要維持這個懸吊的姿勢，沒想到下一瞬間他的臉就消失在窗前。

泰輔望向窗外，只見功一落在下方儲藏室的鐵皮屋頂上，正若無其事地拍拍身上的灰塵。這是功一老早以前就經常玩的偷溜把戲，到現在六年級了已經再熟練不過，但泰輔是最近才開始模仿，還沒抓到訣竅。

「絕對不能發出聲音喔。」

功一說完，看看泰輔還跨坐在窗框上，自己卻縱身一跳，輕輕落在地面，接著在下方拚命揮著手，像在說「你快點啊」。

泰輔學哥哥雙手緊抓住窗框，慢慢把另一隻腳往窗下伸，接著使盡全身力氣擺出懸吊的姿勢。他比哥哥矮了將近二十公分，當然和鐵皮屋頂的距離也更遠。

他也打算靜悄悄跳下去，沒想到卻「乓」一聲撞擊鐵皮屋頂，那聲音超乎想像地響亮。泰輔苦著一張臉看看功一，只見哥哥皺起眉頭動了動嘴，雖然沒發出聲音，但嘴型看得出罵了句「笨蛋」。「對不起啊。」泰輔也只動了動嘴型道歉。

泰輔彎著腰，準備接下來從鐵皮屋頂跳到地上。對他來說，這一段比跳出窗外更困難。雖然看起來沒多高，一旦要往下跳時卻忽然覺得離地面好遠。爲什麼大哥總是三兩下輕鬆跳下去呢，眞搞不懂。

就在他終於下定決心要往下跳時，「二哥。」一個聲音從上方傳來。

他愣了一下，轉過頭仰望，發現靜奈的頭探出窗外。雖然她一臉惺忪，雙眼卻直盯著泰輔。

「啊，妳怎麼醒了？」泰輔抬頭看著妹妹，皺起眉，「好啦，妳快回去睡。」

「你在幹麻？你要去哪裡？」

「沒事啦，跟妳沒關係。」

「靜也要去。」

「不行。」

「喂！」下方傳來功一壓低嗓門的呼叫，「怎麼搞的？」
泰輔整個人趴在鐵皮屋頂上，朝著下方看，「慘了，靜醒了。」
「什麼？」功一張大了嘴，「都怪你發出這麼大的聲音啦，叫她快點回去睡。」
「可是她說要一起去。」
「白痴。怎麼可能帶她去，跟她說不行。」
泰輔站起來，望著將頭探出窗外的妹妹，「大哥說不行。」
靜奈一聽，立刻哭喪著臉。
「我都知道喔，只有哥哥自己去，太奸詐了。」
「妳說什麼？」
「你們要去看流星，對吧，奸詐。我也想看啦，我要跟哥哥一起去看。」
泰輔一時慌了手腳。妹妹雖然裝作不知道，但兩個哥哥的冒險計畫好像都被她聽在耳裡了。
泰輔又趴了下來，「靜知道我們要去看流星啦。」
「那又怎樣。」功一沒好氣地反問。
「她說想跟我們一起去看。」
功一用力搖著頭，「跟她說太小的小孩不能去。」
泰輔點點頭，又站了起來，抬頭望向窗戶。
靜奈已經哭了起來，就連漆黑中也看得出她那圓嘟嘟的臉上流著眼淚。她眼巴巴地盯著泰輔，眼神中滿是懇求。

泰輔用力搔了搔頭，又蹲下身子對功一說，「大哥。」

「又怎樣？」

「還是帶靜一起去啦，丟下她一個人很可憐耶。」

「話是沒錯，但沒辦法啊，要爬一段很長的石梯耶。」

「我知道啊。不然我背她，這樣總行了吧？」

「你根本辦不到吧，你能自己一個人爬完就很不錯了。」

「可以啦。我一定辦得到，帶靜一起去啦。」

功一擺出一臉不耐煩的樣子，對泰輔招招手，「好了，你快點跳下來。」

「咦？那靜……」

「你在那裡礙手礙腳啦，還是你有辦法把靜接下來？」

「啊，對喔。」

「快點。」

在功一催促下，泰輔全神貫注往下一跳，「咚」的一聲摔得屁股著地。

等到他揉著屁股站起來時，功一早已縱身跳起，抓住鐵皮屋頂邊緣往上攀。

站在鐵皮屋頂上的功一，對著窗戶說了幾句話，接著看到一身睡衣的靜奈好不容易把腳伸出窗外，坐在窗框上。功一低聲告訴她，相信大哥，不會有事的。

才看到靜奈的身子離開窗戶，下一瞬間功一就牢牢接住她。妳看，沒問題吧，他對小妹說。

功一留下靜奈，自行先跳下地面，然後在泰輔面前蹲下，「你跨上來。」

「嗯？」

「跨在我肩膀上啊，趕快啦。」

等泰輔跨坐到肩上後，功一扶著儲藏室的牆壁慢慢站起來。泰輔臉部的高度剛好比鐵皮屋頂稍微高一點。

「再來讓靜跨到你肩膀上。小心，你自己跌倒就算了，絕對不能讓靜受傷。」

「我知道——靜，跨過我的脖子，騎到肩膀上。」

「哇，好高。」

確認靜奈騎到泰輔肩膀上之後，功一慢慢蹲下身子。雖然靜奈還小，但一下子要承擔兩個人的重量，對腰腿的負擔應該很大。泰輔在心中暗自佩服，大哥果然厲害。

把靜奈平安放下來之後，功一從背包裡拿出風衣幫她披上，「大哥背妳，不用擔心打赤腳。」

嗯。靜奈開心地點點頭。

三個人同騎一輛腳踏車。前面負責踩踏板的是功一，泰輔坐在後方貨架，靜奈則跨坐在兩人之間。功一的背包交給泰輔背著。

「要抓緊喔。」功一說完開始踩起踏板。

騎了一會兒，眼看離左側小山丘越來越近，前面就是三人念的小學。沒多久就看到路旁一座小小的鳥居。三人在鳥居前下了腳踏車，鳥居旁邊有一段寬約一公尺的石階。

「好，出發嘍。」功一背著靜奈開始往上爬，泰輔也緊跟在後面。

橫須賀一帶由大海和山丘構成，離海邊不遠處就是上坡地形，坡度稱不上平緩，卻和其他地方一樣蓋起一棟棟民宅。三人爬的這段石階也是爲了方便當地居民往來而建造。

「不知道有沒有同學來。」泰輔氣喘吁吁地說著。

「應該沒有吧，三更半夜的。」

「那就可以去炫耀嘍。」

「如果能隨便看到一個的話。」

剛才的石階變成緩坡，接下來出現在三人面前的是一塊寬敞空地。這裡是新市鎮的開發預定地，大約一個月之前才剛整過地，仔細一看還能發現停放在工地的推土機和鏟土機等重機械。

功一以手電筒照亮腳邊前進，地上到處都看得到用塑膠繩拉出的分隔線。

「在這裡就行了。泰輔，塑膠墊！」

功一說完，泰輔就從背包裡拿出兩張塑膠墊，攤開之後鋪在地上。

三個人躺在塑膠墊上仰望天空，靜奈被兩個哥哥夾在中間。功一關掉手電筒，一下子立刻陷入伸手不見五指的漆黑。

「哥哥，好黑耶。」靜奈的聲音透露著不安。

「別擔心，我的手在這裡。」功一回答她。

泰輔睜大了眼睛。今晚的夜空看不見絲毫光線，別說是流星，連普通的星星也看不見。

泰輔是在去年這個時期知道英仙座流星雨。當時功一跟這晚一樣，偷溜出家門和朋友一起去看，回來後還不斷炫耀。泰輔向他抗議爲什麼不帶自己一起去，最後還求哥哥明年一定要找他。

待上一個小時就能看到十幾二十顆流星——功一之前是這麼說的。泰輔想像那副情景，心中雀躍不已，他不記得看過眞正的流星，只在書中見過。

但是等了又等，流星還是沒出現，泰輔開始覺得無聊了，「大哥，完全看不到耶。」

「對呀。」功一也嘆著氣回答，「這種天氣果然很難看得到啊。」

「好不容易才出來的……靜，妳也覺得很無聊吧。」

不過，靜奈卻沒回答。

「她早睡著啦。」說話的是功一。

後來又等了一會兒，還是沒看到任何流星。不僅如此，天上還落下了冰涼涼的東西。

「哇，下雨了！」泰輔連忙坐起來。

「回家吧。」功一打開手電筒。

和來時相反，回程要走下石階，還好只是毛毛雨，不過踩在濕答答的石階上要特別注意才行。背著靜奈的功一，腳步也比上階梯時感覺更謹愼。

走回鳥居時，三人並沒有騎上腳踏車，因爲靜奈已經睡得很熟，沒辦法像先前三人同騎一輛車。於是，功一背著靜奈用走的，泰輔則推著腳踏車跟在後面。

雨還是下不停。雨滴一顆顆打在靜奈的風衣上。

好不容易回到家後門，問題是該怎麼把靜奈從二樓窗戶送回房間。

「我繞到前面看看，如果爸爸他們已經睡了，就偷偷從正門進去。」

「鑰匙呢？」

「我帶了。」

功一背著靜奈繞到正門。泰輔把腳踏車停在後方小巷，鎖上鏈鎖。

就在這時，路上傳來風吹草動，是門打開的聲音。

泰輔仔細一看，有個男人從後門走出來。他看到那人的側臉，是個陌生人。

男子往泰輔的反方向跑走。

泰輔感到有些可疑，一面繞到正門，卻沒看見功一，他試著輕推那扇刻著「ARIAKE」的大門，沒想到一下子就推開了。

屋裡一片漆黑，但櫃台後的門開著，透出光線。門的另一側是爸媽的房間，房間前面是階梯。

泰輔正要走向階梯時，功一走了出來，依舊背著靜奈。

泰輔覺得怪怪的。儘管因爲背光看不清楚哥哥臉上的表情，還是察覺到氣氛不太對勁。

「大哥……」他忍不住開口。

「不要過來！」功一說了。

「嗯？」

「被殺了。」

泰輔聽不懂哥哥在說什麼，眨了眨眼睛。

「被殺了。」功一重複一次，語調平板，「爸爸媽媽都被殺了。」

這下子泰輔總算聽懂了，卻不表示眞正了解狀況，他沒來由地露出笑容，覺得大哥是不是在跟他開玩笑。

看到在功一背後靜奈睡得香甜的那張臉。

泰輔的雙腳顫抖了起來。

2

雨好像停了，計程車車窗的雨刷也靜止不動。

通過國道十六號的短隧道後，在第一個紅綠燈右轉，不久就能看到前方的京急本線高架橋，再往前一點停著好幾輛警車。

萩村信二下了計程車後慢慢走到案發現場。地點就在橋下道路和一條小路交叉而成的右前方角落，那裡有一家小洋食店（*1），是和住宅相連的店鋪，刻有「ARIAKE」字樣的店門敞開，幾名員警進進出出。

他看看手表，快半夜三點了，這個時間雖然沒有看熱鬧的群眾，店鋪前方還是拉起警戒線。

萩村走過店門口，轉到右側，打算先觀察周邊狀況，沒想到卻看到一名男子，拿著雨傘當高爾夫球桿空揮，雖然暗到看不清楚長相，但萩村馬上知道那是誰。最近警局上下都曉得這人迷上高爾夫球，好像就從上次刑事課課長邀他去打球後開始的。只不過不少人背後批評他根本不適合，他本人應該也很清楚。

咻。雨傘揮空的聲音。

「好球！」萩村開口稱讚。

男子整個上半身順勢轉動後保持靜止，聽到聲音才轉向萩村。只見他嘴邊仍舊蓄著亂七八糟的鬍子。

「你來得眞快啊。」男子放下雨傘。

「柏原大哥才早吧。」

「我剛好留在局裡。上面交代之前那份報告最晚明天得整理好，結果一點進展都沒有，我乾脆在沙發上睡了。沒多久便接到通報，嚇得整個人都醒過來了。」

柏原還是倒拿著那把傘，是把黑色大雨傘，看來他大概已經習慣成自然，說話的同時依舊拿著雨傘輕晃，像在練習短距離擊球。傘柄前端不斷碰觸地面，發出「喀喀」的聲響。

「我也嚇了一跳，沒想到這家店會發生凶殺案。」萩村說到這裡，忽然壓低嗓音向面前這位資深刑警確認，「是凶殺案吧？」

「八九不離十。老闆和老闆娘在一樓房間裡遇刺，不知到底有幾處傷口，兩人滿身是血。」

「柏原大哥看過凶案現場了嗎？」

「只瞄了一眼，沒多久鑑識人員就來了。」

「居然是那對夫妻……」萩村皺起眉頭，「我記得來這家店吃午飯，不過是三天前的事吧。」

「對啊，我吃了牛肉燴飯。」

＊1　本書中的「洋食」指的是日本國內經過改良的西式餐點，爲了和正統「西餐」區別，均以「洋食」一詞稱之。

「那個牛肉燴飯味道眞的太棒了，以後再也吃不到了。沒想到居然會發生這種事，人生眞是難料啊。」

萩村回想起三天前的情形。他和柏原一起調查某起肇事逃逸案的後續，結束後就來到這家「ARIAKE」吃午飯。他們是這家店的常客。這裡便宜、分量十足，東西又好吃，對需要體力的刑警來說是家夢幻餐廳。

「這家人還有小孩吧。」萩村看向住家，「印象中應該有兩個小男孩吧。」

「三個。」柏原說，「還有個最小的妹妹。三兄妹分別是小學六年級、四年級和一年級。」

「你眞清楚。」

「剛剛才見到面。應該說，只見到大哥，我到的時候他就站在家門口，打電話報警的也是他。」

萩村試著回憶。忘了是哪一次在「ARIAKE」吃飯時，有個身形高高的男孩從外面走進來，至於長得什麼模樣就想不起來了。

「問過他了嗎？」

「形式上問過了。不過，等縣警那些人一到，還是得要他再說一次相同的話，所以先讓他在房間裡休息。」

「房間？」

「在二樓。」柏原以傘柄指著上方。

萩村也跟著抬頭望，卻沒看到正上方有窗戶。「也就是父母被殺，孩子獲救嗎？」

「好像是因爲跑出去。」

「跑出去?案發大概是幾點?」

「差不多是十二點到兩點之間吧,應該是孩子外出時被殺的。」

「三個小孩單獨在這種時間出門?」

「說是去看流星。」

「什麼?」

「那個……」柏原從長褲口袋裡拿出記事本,「叫英仙座流星雨。說是爲了看那個,跑到新市鎭預定工地。」

「那眞算得上是不幸中的大幸。」

「好像是瞞著爸媽從二樓窗戶偷偷溜出門,大哥說當時爸媽都還活著。」

萩村點點頭,繞到住家後方。後方有一條小巷子,面對巷子的後門開著,從裡面透出亮光,還能隱約聽見鑑識人員的交談。

後門前方有間像是儲藏室的小屋子,屋頂是鐵皮材質,萩村的目光一路往上後,大吃一驚。二樓的窗戶打開,還有個男孩坐在窗框上。男孩似乎一點都不在意下方的刑警,逕自仰著頭凝望夜空。

「功一。」柏原來到萩村身邊說道。

咦?萩村不解地反問。

「那個男孩的名字。老二叫泰輔,妹妹是靜奈。」柏原看著記事本說完,嘆了口氣,輕輕搖了下頭,「眞是可憐。」

沒多久，萩村的上司趕來了，同時還有其他幾名刑警抵達。在上司一聲令下，萩村負責到附近打探消息，柏原則等待縣警總部派來的搜查人員。因柏原除了第一個到達現場之外，平常也常光顧「ARIAKE」，多少有些基本了解，加上他和發現屍體的孩子也不算陌生。

「說要打探消息，這種時間根本沒幾個人醒著嘛。」一名叫做山邊的老刑警邊走邊發牢騷。

「先從那邊開始碰碰運氣吧。」萩村指著遠處的一個拉麵攤子。

這時，一輛警車慢慢駛近，看來應該是從縣警總部來的。

請品嚐本店具有百年歷史美味的招牌牛肉燴飯——

看著菜單正面的這行字，功一想起幾年前問爸爸的問題，「我們家從一百年前就是開洋食店的嗎？」

「笨蛋！怎麼可能！」父親幸博回答，切著洋蔥的手卻沒停下來。

「不過這上面寫著有百年歷史耶。」

歷史，這個詞他才剛在課堂上學過。

「有歷史的是牛肉燴飯。你大概不知道吧，牛肉燴飯可是日本人想出來的。雖然橫須賀有名的是海軍咖哩(*1)，不過日本人還是該靠日本人自己想出來的料理分個高下！」

「是喔，但是這樣看起來好像說我們店裡的牛肉燴飯從一百年前就有。」

「只是『好像』吧，又沒寫『就是』。無所謂啦，那是客人自己誤會的。」幸博說完，哈哈哈，搖晃著啤酒肚大笑。

功一三兄妹的父親幸博，面對大多數狀況都是粗枝大葉的態度，只要孩子正常健康、不給別人添麻煩，要做什麼他都不會干涉。功一完全沒印象爸爸曾要求他們多念書，或是幫忙店裡的事。

對於生意上的事，他似乎也不擅長考慮瑣碎細節。三兄妹的母親塔子，經常對三個孩子抱怨，「你們爸爸真不會做生意，連客人都說價格可以訂得再高一點，但他還是得意洋洋地說，我們店裡的優點就是好吃又便宜。如果用些廉價的材料倒也罷了，偏偏他又要花大錢，說想做好吃料理就不能用隨隨便便的材料。真不懂他這是搞什麼。」

從塔子這番話也能了解，平常個性大剌剌的幸博，只要一碰到料理就變了個人，不論食材或烹調方式都講究得不得了，絕沒有半點妥協。

其實幸博是第二代老闆，「ARIAKE」是從他父親那一代開始經營的。這家店小歸小，但口味有一定水準，據說也有不少顧客專程遠道而來。對幸博來說，最不願意見到的就是繼承這家店之後，口味在他這個第二代傳人手上失了水準。

「今天的客人好像在爸開店時來過，居然說什麼我的菜吃起來比爸煮的口味重，他到底有沒有味覺啊！」功一也曾聽爸爸氣呼呼地這麼說過。

*1 最早將咖哩飯放入海軍食譜的就是橫須賀海軍基地，其作法也深深影響日後日式咖哩飯的口味。海軍咖哩飯至今仍是神奈川縣橫須賀市的一大特色。

雖然功一不曾親眼看到，但據說也有同行來偷師，還有些初出茅廬的小廚師老老實實來求教。這些都是聽母親塔子說的。

「你爸爸說，雖然那些年輕人是眞心誠意來請託，可還是沒辦法指導他們啊，如果這道菜色是他自己想出來的就算了，但那都是他爸教給他的。你爺爺好像只傳授給爸爸一個人，還說絕對不能教別人。」

功一對於食譜到底有什麼價値，其實也一知半解，只知道那份食譜對爸爸來說是件重要的寶貝。爸媽房間裡有一座小佛壇，功一曉得佛壇抽屜裡放著一本破舊的筆記。父親幸博經常拿出筆記本研讀，有時還會添加筆記，不用說，當然是寫下烹調方法。

有次功一拿出筆記本偷看，卻被突然進到房間裡的幸博冷不防賞了一耳光。

「你要是有心接棒，我就把一身功夫教給你，不准這樣偷偷摸摸，跟小偷一樣！」

功一難過地咬著牙，強忍著不哭出來。之後幸博問他爲什麼要偷看。

功一回答，因爲有人說隨便哪個人都做得出來。

「隨便哪個人都做得出來？什麼意思？」

「昨天在學校，有人說只要知道作法，隨便哪個人都能做出好吃的菜……」

「誰講的？」

「我朋友。」

「所以你才想做做看？」

功一點點頭。

「要在哪裡做？」
「朋友家。」
「那你打算做什麼？」
「……牛肉燴飯。」
幸博啐了一聲，接著喃喃咒罵，「搞什麼無聊玩意兒。」
然而，過了不久他卻站起身對功一說，「你跟我來。」
功一跟在後面走進廚房，爸爸遞來菜刀，要他切菜。
「我教你，把牛肉燴飯的作法從頭到尾全部傳授給你，到時候你自己想想，是不是隨便哪個人都做得出來。」
幸博隨即決定當天休息不做生意，吃驚的塔子雖然勸他打消念頭，他卻根本聽不進去。
「我要讓這小子知道，什麼叫做料理。妳少廢話。」
功一起先也想逃掉，但如果那麼做，接下來可能真的得挨一頓揍。
幸博從基本的醬汁做起，整個複雜的過程，還有火候、調味的精準掌握，都讓功一大開眼界。一想到爸爸每天都得這樣繃緊神經烹調，他整個人愣住了。
從早上開始進行，完成時外面天色已經暗了。幸博還說，其實原本應該更講究，得花上更長時間。
「你吃吃看。」幸博把剛出爐的牛肉燴飯端到功一面前。
好好吃，他吃了一口說。

「怎麼樣？還覺得隨便哪個人都做得出來嗎？」幸博問他。

功一用力搖頭，「做不出來。這麼好吃的牛肉燴飯，就算知道作法也沒人做得出來，只有爸爸才會做。」

幸博聽了，滿意地點點頭笑著說，「懂得這一點就沒問題，你也做得出來。」

「眞的嗎？」

「我不會騙你的。只不過……」幸博板起臉接著說，「不准跑到什麼朋友家裡做，要做就在這裡做！還有，做出來要讓別人付錢來吃。我們家的牛肉燴飯可不能讓人吃免錢的！」說完之後又露出先前的笑容。

請品嚐本店具有百年歷史美味的招牌牛肉燴飯——

功一盯著菜單，腦海中浮現一幕幕回憶，每件事都那麼開心，讓他忍不住差點笑了出來。

然而，無論多美好的回憶，都在他抬起頭，目光離開菜單的瞬間化成碎片。原本顧客享受著幸博拿手料理的空間，現在卻被一個個神色凝重的警察占據。

「你是有明功一小弟弟，對吧。」

聽到自己的名字，功一抬起頭，看到面前站著兩名身穿西裝的男人。

3

那兩人是刑警，都沒報上名字。剪成五分頭的白髮男人坐在功一正對面，另一名高大的年輕人則坐在旁邊。

不久又來了另一個人，從隔壁桌拉了張椅子坐下。功一認識這個人，因爲他到店裡吃過幾次飯，印象中最近才光顧過，跟爸爸好像也滿熟的，兩人常隔著吧台聊起高爾夫球經。不過，功一直到這一晚才知道他是警察。先前功一報警之後到店門口等待，最先出現的就是這個人，也是在那時告訴功一他叫做柏原。

「現在可以說話嗎？」白髮男問。

功一看看柏原，他剛才已經把大致情況跟對方說過。

「如果現在沒辦法，要不等明天再說？」柏原小心翼翼地問他。

功一輕輕點了下頭，「不要緊。」

其實功一好想趕緊回到弟弟妹妹身邊，但想到萬一不說清楚，可能就抓不到凶手了，便告訴自己這時候絕不能逃避。

「我希望你盡可能詳細說明今天晚上的事。」白髮男說。

「請問……要從哪裡說起呢？」功一細聲地問。連他都爲自己這副全身無力的模樣感到吃驚，這時才發現身體竟然不停微微打顫。

「從哪裡說起都無所謂，看你覺得怎麼樣好說明。」

話是沒錯，但他現在腦袋一片混亂，毫無頭緒。功一又看了看柏原說：

「就從偷溜出去說起吧。」

功一點點頭，把目光移回白髮刑警。

「十二點左右，我和弟弟妹妹從窗戶溜出去，三個人說好要去看英仙座流星雨……」

「我聽說了，這件事情當然瞞著爸媽吧？」

是的，功一點點頭。

「你們溜出家門時，爸媽在哪裡呢？」

「就在這裡談事情。」

「當時狀況怎麼樣？」

「沒什麼……跟平常一樣。」

昨晚出門前，功一偷瞄了下一樓的狀況。爸媽在店裡談事情，但兩人都壓低了聲音，聽不出談話的內容，不過功一猜想應該是討論店裡的生意吧。他發現最近爸媽似乎不太想讓孩子聽到這方面的事。

「看完星星之後回到家，大概是幾點？」

「沒有看。」

「什麼？」

「沒看到流星。天氣不好，所以我們就回來了。」

「這樣啊，那回到家是幾點呢？」

「大概兩點左右。不過，我也不太確定，我過了好久才看時鐘。」

「沒關係，就當兩點吧。你們先前溜出去時是爬窗戶，回來卻是從那邊的門進來，對吧。爲什麼？」

「因爲帶著妹妹。如果只有我和弟弟就能爬窗戶回房間，但帶著妹妹就沒辦法，而且她在路上睡著了。」

「鑰匙是你帶著嗎？」

「對。」

「你隨身攜帶嗎？」

「鑰匙掛在錢包上。」功一回答的同時心想，連這些小事都非說不可嗎？這些話會有幫助嗎？

「接下來，請你談談進到店裡之後的狀況。」白髮男的語氣聽起來比剛才愼重了些。

「我看店裡的燈沒亮，心想爸媽大概已經睡了，就用鑰匙開門進來，結果看見那邊房門開著一點點，裡面燈是亮的。」

功一轉過頭看著吧台。他指的是吧台後方那扇門。

「我想，說不定爸爸他們還沒睡，不過這下子也沒辦法了，我做好挨罵的心理準備打開門。因爲要上二樓一定得通過那裡才行……」

那扇門後有塊一坪半左右的空間，平常是備料的地方。在右邊脫了鞋之後便可進到住家，一進來的正面是階梯，左側是起居室兼爸媽的臥室；如果不進到住家，打開後門，可以直接通到後方小巷子。

功一窺探時發現爸媽的房間拉門開著，在心中暗叫不好，因爲爸媽睡覺時一定會把門拉上。他心想，該不會他們發現三個孩子溜出去，正準備等三兄妹回來後痛罵一頓。

功一背著靜奈，偷偷往房間裡張望，沒想到——

「我先看到腳。」他告訴刑警。

「腳？」白髮男納悶地反問。

「嗯，我看到媽媽的腳上穿著襪子，心想她怎麼隨便躺在地上，於是又探頭往裡面看……」

接下來的狀況不知道該怎麼形容才好，功一說到一半就講不下去。

最初映入眼簾的是一塊染紅的白布，那一瞬間他還以爲是日本的紅日旗蓋在母親塔子上半身，沒看到她的臉。

等功一察覺到那不是國旗而是一條沾滿鮮血的圍裙，同時又看到父親幸博臥倒在後方廚房，T恤背部滿是鮮血。

眼看爸爸、媽媽一動也不動，功一也無法動彈，整個人像當場凍僵似的。

讓他回過神來的是身後的聲響，那是每次店門打開時伴隨的吱軋聲。他從小聽慣這個聲音，這下子總算有了反應。

他背著靜奈，慢慢往後退，穿上鞋子回到店裡，看到泰輔正準備走進住家。

功一跟弟弟說了幾句話，但他記不得自己到底說過什麼。印象中只記得泰輔聽了他的話後臉色蒼白，全身顫抖起來。

「我嚇了一大跳，不知道該怎麼辦才好……」功一低著頭說，「我把弟弟、妹妹帶到二樓後，用店裡的電話打了110報警，然後在店門口等著。」

白髮刑警默不作聲，低著頭的功一也看不到他此刻是什麼表情。

「我看今晚暫時先問到這裡吧。」柏原開口，「等他心情平靜些，說不定又會想起其他細節。」

「……就這樣吧。」白髮男好像點了點頭，「今晚孩子要安置在哪裡？」

「這部分還沒討論。只是，據了解好像沒有親戚住在附近，不過剛才已經先聯絡了功一班上的導師。」柏原回答。

「那麼，等決定今晚安置的地方後再通知我一聲——功一。」聽到白髮男叫著自己的名字，功一抬起頭，看到刑警帶著一臉歉疚，「不好意思，在你這麼累的時候還問東問西的，但警察叔叔也是為了早點抓到凶手。」

功一靜靜地點點頭。

等兩名刑警離開後，柏原移到空位坐下，「口渴了嗎？」

功一搖搖頭，「叔叔……」

「什麼事？」

「我可以回到弟弟妹妹身邊了嗎？」

柏原一臉難色。

「這個嘛……接下來我們想調查一下二樓，所以得請你弟弟妹妹離開房間才行。」

功一看著柏原，「不能待在那裡嗎？我們不會妨礙調查的。」

「不好意思，還是得請你們先離開，我們希望盡可能仔細檢查每個地方。我們會另外準備你們今晚休息的地方。」

「可是，靜……我妹妹大概還在睡，那小鬼總是睡得很熟。」

「你不忍心吵醒她嗎？」

「平常倒還無所謂，但今天我想讓她好好睡一覺。因為她到現在還不知道發生什麼事，我想，至少今天一個晚上，讓她能舒服睡個好覺。」

功一說著，突然發現胸口火燒般熱了起來，腦海中浮現靜奈的睡臉，想到接下來得告訴妹妹父母雙雙遭到殺害的事實，他的心情就激動不已，一時之間陷入絕望，不知道該怎麼辦才好。

心中湧現的那股情緒霎時化成淚水流瀉下來，當初乍看到父母屍體時並沒有哭的他，此刻卻止不住哭泣。他抓起旁邊的餐巾遮住臉，無法遏止地放聲大哭起來。

橫須賀分局的第一場調查會議在早上八點過後召開，到現場支援的調查人員幾乎整夜沒睡，萩村也是其中一人。他和山邊走遍了「ARIAKE」周邊，光是要找到已經起床的人都不容易，因而幾乎一無所獲，兩人也到便利商店和拉麵攤問過，沒取得什麼有用的資訊。

其他調查人員的狀況大致差不多，機動搜查隊也沒傳來什麼消息，讓主持會議的縣警課長臉上難掩焦急。

有明夫婦遇害的時間爲凌晨零點到兩點之間，這點大抵沒有問題，主要是根據長男的證詞而來。警察獲報的紀錄則是凌晨兩點十分，和他發現屍體後報案的證詞吻合。

兩夫妻在兼起居室之用的臥房裡雙雙遭刺死，但凶器卻不同。有明幸博被西式菜刀從背後砍傷，刀長約三十公分，刀刃整個貫穿身體，從胸口穿出。法醫研判他很可能被一刀斃命，幾乎是當場死亡。

塔子也是遭西式菜刀殺害，不過是尺寸較小的刀。和丈夫相反，她是從胸口被刺傷。但她的頸部留有雙手勒痕，凶手可能爲了確保讓她斃命才在最後補上幾刀。

殺害兩夫妻的凶器都插在死者身上，或許是行凶當時不容易拔出，但更正確的研判應該是凶手不認爲留下凶器會有什麼危險。從這一點看來，凶器應該是取自「ARIAKE」的廚房，並且未留下任何指紋，鑑識人員認爲凶手可能戴著棉布手套。

室內多少留下打鬥掙扎的痕跡，但不像被翻箱倒櫃過。由於沒看到存放在店裡的收入款項，推測凶手是從店裡櫃台把手提保險箱等整個拿走。至於這方面的詳情，只能向孩子再次確認。

整起案件是一人行凶或是多人犯案，就目前已知的線索還無法下結論，也無法斷定是否爲熟人所爲。此外，這起案件尚不能因爲凶手沒有事先準備凶器便判斷是臨時起意。畢竟任何人都想像得到洋食店裡會有菜刀。

總之，大家都很清楚今天接下來的訪查相當重要。

在全體人員的會議結束後，接著以縣警局總部的搜查一課爲主，分配個別任務，萩村等轄區刑警也編入調查小組中。

萩村看看坐在隔壁的柏原。只見他手撐著下巴、緊閉雙眼，不過由於另一隻手的手指輕敲著桌面，看得出他並不是睡著了。

「三個孩子怎麼樣了？」萩村小聲問道。

「在旅館裡。」柏原低聲回答。

「旅館？」

柏原將撐著下巴的手繞到頸後，揉了揉脖子。

「暫時安置在汐入的旅館裡，應該還有大哥班上的導師跟著。」

「是你帶他們去的嗎？」

「不是，我只送他們上了警車。」

「狀況怎麼樣呢？」

「你問孩子嗎？」

「是啊。」

唉，柏原嘆了口氣。

「最小的妹妹還在睡，大哥說別吵醒她，員警便抱著她上警車。」

「那麼父母被殺的事……」

「她還不知道，所以大哥才想讓她繼續睡。」柏原看看手表，「可能還沒告訴她吧，大概是要由那位導師來說，看起來是個不太可靠的大叔，不曉得順不順利。」

萩村無法想像要怎麼對一個小女孩說出這起慘劇，只暗自慶幸自己不需要負責這件苦差事。

「那兩個男孩子怎麼樣呢？」

「大哥很堅強，還能清楚回答一課那群人的問題，連我在旁邊聽著，都覺得這孩子真了不起。」

「弟弟呢？」

「弟弟啊……」柏原輕輕搖了搖頭，「嚇得什麼話都說不出來，坐上警車時像個人偶似的，雙眼無神。」

4

沒想到這種地方居然還有旅館，功一凝視著修整得相當雅致的庭園一面心想。院子裡種著各式各樣的樹木，還擺設有迷你石燈籠。散置各處的岩石上面還生了青苔。

「我考慮了一下，說是火災怎麼樣？」野口老師問他。

功一將目光移回導師身上，「火災……？」

「嗯，就說你們家遇上火災，爸爸媽媽被送到醫院，你們則先安置在這裡。總之，暫時這麼告訴她如何？」野口語氣溫和地問道。平常他的特色是高八度音調，今天顯然刻意壓低嗓音。看著他瘦削的臉孔，功一心想，如果他平常也這樣講話，就不會被取個「汽笛」的綽號。

兩人在旅館一樓的大廳，旁邊沒有其他房客。

「要對妹妹說謊嗎？」

怎麼樣呢？野口又問了一次。

「只是暫時的，先瞞著她一陣子。你妹妹還那麼小，我們不知道眞相對她的打擊有多大，對吧？」

「不過，她總有一天會知道……」

「當然遲早要告訴她眞相，不過，我認爲現階段這樣比較好，至少讓她了解爲什麼要暫住在旅館裡，也得向她解釋爸爸媽媽不在的原因。等她情緒穩定一點，再找機會告訴她，是不是比較妥當？」

功一低著頭，十指時而交叉，時而鬆開。

他了解野口的意思。的確，告訴靜奈真相是很殘忍，他也想過一陣子再對她說明這個悲慘的事實。但是，他總覺得不太能釋懷，也不是單純認為反正遲早都要說，何必等到以後。

「津島老師正陪著你妹妹，準備等她醒來就這樣告訴她。可以嗎？」

津島是靜奈班上的導師，一個臉圓圓的女老師。

「泰輔那邊怎麼辦？那傢伙不會說謊，現在又成了那副模樣……」

打從泰輔看到父母屍體的那一刻起就變得怪怪的，要是沒人在旁提醒催促，便一動也不動。之前等待警察到家裡時，他只是蹲在一旁抱著雙腿，剛來到這間旅館時，他依舊面無表情，感覺像被牽著走，現在一定也是蜷著身子窩在房間角落。從昨晚到現在，功一都沒聽到他說半句話。

「你弟弟班上的岡田老師應該快到了，到時候我們再來商量他的狀況。總之，現在得先決定怎麼跟妹妹解釋。」

功一抱著曖昧不明的心情點了點頭。該想的事還有好多，從明天起，不！是從今天起該怎麼活下去呢？這也該好好想想。然而，卻沒有答案。他的腦中像剛吹過一陣狂風，一片混亂，甚至心想如果有人可以幫自己思考，一切都隨便了，無所謂。

「那，就這麼決定嘍？」

好的，功一回答。

「啊，來得正好。」野口導師的目光望向功一後方。

功一轉過頭，看到津島老師牽著靜奈走過來。靜奈穿著T恤和短褲，那是功一離家之前隨手抓了塞進包包裡的。

津島老師看看野口，又看著功一。

「妹妹醒了，我帶她過來。那個，決定怎麼樣呢？」

「有明同學已經了解狀況，維持之前討論過的。」野口向津島老師使了個眼色。

女老師點點頭，表示明白。

「津島老師，泰輔呢？」功一問她。

「有警察阿姨陪著他，不要緊的。」

「大哥，這是哪裡？我們怎麼在這裡？爸爸跟媽媽呢？」靜奈問功一。

功一滿臉困惑，不知道該怎麼說起才好。

「有明同學，是這樣的，你們家昨天發生火災了。」

一聽到津島老師的話，靜奈原本還帶著睡意的雙眼立刻睜大，不知道是不是因爲過於驚訝，一瞬間連聲音都發不出來。

「你們兄妹出去看流星了吧？看流星啊，所以幸運逃過一劫，但爸爸媽媽都受傷了。」

「咦……」靜奈一下子快哭出來，直盯著功一，「不會吧。」

「是眞的。」功一告訴她，「家裡失火了。」

「我們家，燒掉了嗎？不能住了嗎？」靜奈的雙眼紅了起來。

「沒有全部燒掉，所以……不要緊的。」

「是啊，你們家還在，放心吧。只是現在不能回去，得暫時住在這裡。」

「爸爸和媽媽在哪裡？」靜奈左右張望。
「剛才說過了，他們受傷被送到醫院。」
「咦……」靜奈皺起臉看著功一，「大哥，怎麼辦……」
功一試圖安慰妹妹，卻怎麼樣也無法在一時之間找到適當的說法，畢竟自己也一樣感到不安，不知道接下來三兄妹怎麼活下去。
這時，又有一個人走過來。
「現在方便嗎？」
功一抬起頭，看到柏原對兩位老師發問。
「我想借一下功一，請他陪同我們進入現場實地調查。」
「現在？」野口高八度的音調又出現了，「可是他幾乎整夜都沒睡啊！」
柏原聽了低頭看看功一，「不行嗎？」
功一立刻搖了搖頭，「不要緊，我可以去。」接著他轉向津島老師，「我妹妹就麻煩老師照顧。」
「嗯，交給我就行了。」
「大哥，你要去哪裡？」靜奈問他。
「我要回家一趟，警察好像得到我們家調查。」
「那靜也要去。」
「妳乖乖待在這裡，大哥先回去看看。」

「咦……」

不可以給哥哥添麻煩喔，津島老師在一旁規勸。靜奈聽了似乎也打消念頭，不過又提起另一件事，「老師，是哪一家醫院？我們不去看媽媽他們嗎？」

要再過一陣子才行。功一離開時聽到津島老師隨口回答一句，暫時應付靜奈。

功一跟著柏原在旅館門口上了警車，這已經是第二次了。他以前也想嘗嘗搭警車的滋味，不過做夢也沒想到居然是在這種狀況下實現願望。

「很睏嗎？」柏原問他。

功一側了下頭沒作聲。這也難怪，刑警低聲說道。

洋食店「ARIAKE」門前停著幾輛警車，周圍依舊拉著封鎖線，還多了昨晚沒有的圍觀群眾。不遠處有個背著一台大型攝影機的男人，對面站著手持麥克風的女人。功一看到那兩人時心想，這陣子不能讓靜奈看新聞了。

下了警車後，他們在大批員警的簇擁下走進店裡，裡面已經有一大群員警和刑警。之前那個白髮刑警走過來，「不好意思，一直沒讓你好好休息。」

功一沉默地點點頭。

「可以請你馬上看看整個家裡的狀況嗎？如果發現跟平常不一樣的地方，不管多小的改變都沒關係，請告訴我們。」

好的，功一回答。

接著，他從餐廳門口開始，慢慢穿過餐桌之間往裡面走。

坦白說，就算眞有和平常不同的地方，功一也沒自信能看得出來，因爲他對餐廳或家裡從未深入觀察過，甚至父親幸博經常因心情而改變店內桌椅位置，功一有時也完全沒發現。

「櫃台裡面怎麼樣？」白髮男問他。

功一繞到櫃台後方，望著烹調用具和調味料，卻不覺得有什麼異常。

「你們店裡難道沒有手提保險箱之類的東西嗎？」

「保險箱？」

「就是拿來放餐廳收入的東西。」

原來如此，功一點點頭。

「店裡收的錢都放在這裡。」他指著櫃台後方一個三十公分大小的方形鋁罐，罐子上用馬克筆寫著「咖哩粉」。

「咦？放在這個罐子裡？」

「對。」

白髮刑警接過鋁罐，戴著手套打開罐蓋，看到裡面還有幾張鈔票和零錢。

「錢居然收在這種地方……」

「我爸說，保險箱根本沒用。」功一回答，「那等於告訴小偷錢就放在這裡。」

白髮刑警和身邊其他同事對看了一眼之後，蓋上罐蓋。

功一打開櫃台旁的門，繼續往裡面走，映入眼簾的是父母臥室的拉門，也是他最害怕的地方，一想到得進到裡面就覺得難受。

「在進到住家之前，先看看後門好嗎？」白髮男說。

功一點點頭，打開角落那扇門，經過一條狹窄的通道來到後門。那是一道木門，平常當然也能上鎖。

後門旁邊放了一只水桶，裡面隨意扔了一把透明塑膠傘。功一雙眼盯著雨傘不放。

「怎麼啦？」刑警問他。

「這把傘，不是我們家的。」功一回答。

「哦？」刑警走近水桶，卻沒伸手碰雨傘，「你怎麼知道？」

「家裡沒人有這種傘，而且把傘放在裡頭，如果要用水桶的話很不方便，一定會挨罵，所以家裡不會有人這麼做。」

白髮刑警離開水桶幾步，點了點頭，接著招手找來另一名刑警，在他耳邊輕聲交代幾句。

之後功一看過整個家裡一次，沒有什麼大發現。三兄妹的房間和昨晚溜出去時一模一樣，至於爸媽房間則沒心情仔細觀察，眼底只烙印著榻榻米上殘留的血跡。

功一回到旅館時已經接近中午，走進房間時看到靜奈正在大桌子上摺紙，津島老師坐在她旁邊，泰輔好像隔著紙門在另一個房間裡。

「哦，人哥。怎麼樣？我們家還在嗎？」靜奈連忙問他。

「不是跟妳說了不要緊嗎？」功一在她身邊坐下來。

「有明同學，這裡可以先交給你嗎？我想去打個電話。」津島老師說。

好的，功一回答。

來。

津島老師走出房間後，功一看著桌上問，「妳在做什麼？」

「鶴啊，我在摺千紙鶴，要送給爸爸媽媽。」靜奈說話的語調像唱歌，沒多久還真的哼起歌來。

看著她一雙小手仔細摺著一隻隻紙鶴，功一忍不住再次悲從中來，一股哀傷的情緒傾刻間充滿內心，終於潰堤。

他一把抓起靜奈的手，連她手中的紙鶴都捏壞了。

只見靜奈望著他的眼神中帶著畏懼和驚訝，「大哥……」

「摺這種東西沒用啦！」

「咦……」

功一站起身來，拉開房裡的紙門。

「啊，二哥生病睡著了，不可以吵他啦。」

泰輔躺在被窩裡。功一二話不說掀起棉被，突如其來的舉動嚇得泰輔一臉驚慌，手腳像烏龜似地同時縮起來。

功一拉著靜奈的手到泰輔身邊。她哭喪著臉大喊，好痛啦。功一雙手捧著妹妹的臉頰。

「靜，妳聽好了。爸爸、媽媽，他們都不在了，他們都死了。」

靜奈一雙烏溜溜的大眼睛骨碌骨碌轉了幾圈，接著一張小臉慢慢脹紅。

「你騙人！」

「是眞的，我們家根本沒失火，爸爸媽媽是被壞人殺死的！」

「騙人！才不是這樣，大哥最討厭了！」

靜奈甩開功一的手，整張臉皺成一團，雙手雙腳胡亂揮舞著大哭耍賴。

功一從上方將她整個人緊緊抱住。你走開！你走開！小妹哭喊得更大聲。

「現在只剩我們自己了……」功一勉強擠出這幾個字。

這時，原先始終沉默不語的泰輔忽然發出一聲慘叫，接著大哭起來，似乎想一吐壓抑許久的苦悶。

5

「昨天夜裡嗎？嗯，我想想，看看收據應該就知道吧。」頭髮稍顯稀疏的男子整理著架上的三明治和飯糰，側著頭思考。他胸前的名牌上寫著「店長」。

「可以請你查查看嗎？」

聽萩村這麼一問，看似店長的男人一臉不甘願地嘆了口氣，心裡的不耐表露無遺。等一下啊，他說完之後訕訕走向櫃台。

萩村張望著嶄新的店內，牆壁、地板幾乎不見任何損傷，看到店裡賣酒，前不久應該是個小酒商吧。

這裡是國道十六號沿線的一家便利商店。萩村為了某個線索到此訪查，但他的搭檔柏原卻滿臉無趣地站在雜誌架前方。

「嗯，昨晚只賣了一把，是在十一點二十二分。對了，印象中好像有客人買過。」店長看著長長的收據存根，自言自語似地喃喃說道。

「當時你在店裡嗎？」萩村問他。

「是啊，晚班大多只有我一個人。」

「還記得是什麼樣的客人嗎？」

店長一臉爲難地側著頭思索。

「我想應該是個男的，不過記不得了，我又沒注意每個客人的長相……」

「服裝或體型都好，難道沒有任何印象嗎？比方年齡多大？」

店長搖著雙手，表情清楚寫著別再找麻煩了。

「就說我記不得了。不好意思，請別指望我，況且我本來對自己的記憶力就沒啥信心。」

「那麼，如果想起任何事，可以和我們聯絡嗎？」萩村遞出一張便條，上面寫著調查總部的聯絡方式。

「嗯嗯，好啦好啦。」店長收下便條，擱在一邊，很明顯是準備等刑警一離開就馬上丟掉。

萩村向柏原打聲招呼，兩人一起走出便利商店。

「看你這麼認眞，我實在不想潑你冷水，但這種訪查沒什麼用啦。」柏原沒好氣地說。

「那也未必。」

「保證白費力氣，剛才那個店長不是說了嗎？便利商店的店員根本記不得客人的長相，再者，那把傘也不見得是昨晚買的，搞不好是凶手自己的。」

「眞是這樣也認了。不過，那把傘也很可能是凶手昨晚買的。這一帶是昨天半夜才開始下雨，推論起來，凶手在那之前沒帶傘也很正常吧。」

柏原搖搖頭，「追那把傘沒意義，不會有結果的。」

「怎麼能一口咬定，還不確定。」

「那我問你，你認爲凶手爲什麼留下這把傘。」

「應該是太過倉皇了吧，很可能在逃離現場時雨已經停了或變小，忘了帶走也不奇怪。」

「你沒聽到鑑識人員說的嗎，傘上的指紋被擦掉了，哪有人笨到顧慮這些細節，最後卻忘了把傘帶走。」

「指紋也可能是行凶前就擦掉的，況且，也不能斷定是刻意擦掉的，如果凶手戴了手套，也有相同的效果吧。」

柏原哼了一聲，「你覺得凶手只是單純的小偷，還是熟人？」

「從現場狀況來看，九成九是熟人幹的吧，那對夫妻似乎是在掉以輕心下遭到攻擊。」

「我也這麼覺得。也就是說，凶手不是擅自闖入，而是被害人夫妻邀他進到家中。何況現在又不是冬天，戴著手套會讓人起疑吧？所以我認爲凶手是行凶後才擦掉傘上的指紋。話說回來，常理上，直接把傘帶走不是更省事嗎？凶手沒這麼做，就是覺得帶傘太礙手礙腳，加上認定光憑這把傘不能成爲犯罪證據吧。說不定只是撿來或偷來的。」

資深刑警的這番說法霎時讓萩村毫無反駁的餘地。這麼推論確實不是沒道理。

據有明功一供稱，放在「ARIAKE」後門旁的那把塑膠傘不是家裡的，鑑識結果發現傘上的指紋已經被擦掉，由此判斷應該是凶手留下來的，萩村等人才會針對販賣同款塑膠傘的店家一一盤問……

「柏原大哥的意思我懂，但既然發現疑似凶手留下的東西，正常程序得先找出來源吧。」

「正常程序啊。」柏原走在路上，說著邊聳聳肩，「是這樣嗎？我覺得我們好像被派來打掃旁邊小路，主要幹線都被搜查一課那些傢伙占領了。」

「所謂的主要幹線……」

「就是那筆債務啊。」

「命案果然跟債務有關嗎？」

「怎麼想都只有這個原因吧？」

負責清查遇害夫妻交友關係的調查人員，大約兩小時前傳來一些值得深入追查的資訊。據說有明夫婦最近老向一些熟朋友借錢，好像因爲餐廳經營不善，沒辦法還清欠債。目前確實的金額還沒問出來，不過有明幸博一名現職是開業醫師的中學同學表示，被害人曾經找他商量，「金額越多越好，能不能先調個幾百萬？」從這點推測出這家小洋食店似乎有一筆不小的負債。

「但是，調查『ARIAKE』經營狀況的刑警說，並沒發現什麼大筆債務，雖然他們有向銀行貸款，卻沒有欠繳或拖延的紀錄。」

「那筆錢未必是從正當管道借來的。」

「難道是跟地下錢莊借的嗎？」

「這也不無可能。不過，我猜是更糟糕的狀況。『ARIAKE』的老闆非常好賭，我看八成是賭債。」

「他愛賭博啊？」萩村顯得有些訝異，之前的調查沒發現這部分。

「我以前在店裡聽過一些，自行車、賽馬、麻將……好像什麼都賭，要不了多久應該會查到這條線索吧。」

「這些事情，要不要跟搜查一課的人……」

「我才不告訴他們。」柏原晃動著肩膀大笑，「就讓他們繞圈子吧，誰教他們自以為是，把找塑膠傘來源這種不著邊際的工作塞給轄區的鄉下刑警。哼，我才不幫他們，反正那些傢伙遲早也會發現這件事。」

「意思是說，兩人是因為賭債才遭殺害嗎？」

「很有可能。」

「不過，債主應該不會把欠債的人殺了吧？」

「正常來說是這樣，但也不一定。或許一個談不攏，對方氣急攻心將兩夫妻給殺了，這也不無可能。」

「話是沒錯。」

正當萩村側著頭思索時，柏原胸前的呼叫器忽然響了起來。

「催什麼。」柏原將手伸進外套內側口袋中，一面張望四周，發現大約二十公尺之外有個電話亭。

萩村看著柏原打電話，自己點了一根菸，凝視著資深前輩的背影心想，他這次似乎比平常來得有幹勁，大概因為直接接觸到被害人的孩子吧。柏原目前單身，但實際上是幾年前才離的婚，有一個兒子，應該上小學了。兒子好像跟著媽媽。

「我根本沒做過任何身爲父親該做的事，最後一次見到兒子是他三歲時吧，我看他早就忘了我長什麼樣子。反正，這樣對他也好。」柏原曾經這麼說過，臉上還浮現一抹自嘲的笑容。

萩村猜測，柏原大概是看到有明家三兄妹後，不自覺聯想起自己的兒子吧。

柏原走出電話亭時，神情顯得比剛才凝重，「攔輛計程車，我們要到汐入的旅館。」

「去旅館？那三個孩子怎麼了嗎？」

「老二能講話了，而且一開口就不得了，說他當時看到凶手！」

「什麼！」

「聽說是老大的導師主動聯絡，而且老大還表示跟認識的警察比較好說明，特別指定要找我。眞是個好機會。」

這時，遠處剛好有輛空計程車駛來，萩村和柏原同時舉起手。

「鼻子高高的。不過，我沒有看得太清楚，也許不太對……」泰輔的聲音越來越小，最後低下了頭，直盯著功一，露出求救的眼神。

加油！功一輕聲對他說。

「臉的大小呢？感覺很大嗎？」一名穿著西裝的男人拿著素描本發問，看起來像是個老實的上班族，不太像警察。

泰輔側著頭想了想，「沒那麼大，感覺比較瘦長。」

西裝男點點頭，沙沙沙地動起筆來。

功一看看桌上的十幾隻紙鶴，都是靜奈摺的。她在隔壁房間躺著，已經聽不見哭聲，大概累得睡著了吧。

白天聽到爸媽的死訊後，靜奈瘋狂哭鬧，泰輔也跟著大哭起來。事情已過了好幾個小時，但功一耳邊還不斷響著兩人的哭叫。不知道是不是心理作用，他覺得自己好像有點發燒。

大人知道後，責怪他爲什麼告訴靜奈眞相，但功一並不後悔。他認爲往後三兄妹的事該由自己決定，因爲接下來只能兄妹三人相依爲命活下去。

泰輔大哭一陣之後總算開口說話，在宣洩出對奪走父母的凶手有多憤恨後，他忽然看著功一說，「大哥，我看到了！我看到殺死爸爸的那個人長什麼樣子。」

泰輔說，昨晚功一背著靜奈準備從正門進到店裡時，有個男人從後門走出來。

功一聽了大吃一驚，趕緊告訴野口老師。老師似乎是第一時間就聯絡警方，沒多久柏原一行人便來到旅館，其中還有一個是現在在泰輔面前的人。因爲警方想儘早製作出凶手的畫像。

柏原等人在房外等著，大概考量到太多人圍觀會讓泰輔又緊張地說不出話，但要功一陪著他。

「大概感覺像這樣？」西裝男拿起素描本給泰輔看。

本子上畫著個下巴尖尖、鼻梁高挺的男人。功一對這張臉沒印象。

「我覺得這邊還要寬一點。」泰輔指著圖上的額頭一帶，「還有，嗯……感覺很強。」

「很強？」

嗯，泰輔輕輕點了點頭。

「你這樣講人家聽不懂。」功一忍不住說，「什麼叫做很強？」

可是……泰輔低下了頭。

「不要緊，把你看到的感覺直接說出來就行了。」西裝男微微一笑，又沙沙沙地畫起來，接著再次把素描本拿到泰輔面前，「這樣呢？」

本子上那張臉的確比剛才看來嚴肅一些，至於是做了什麼修改，功一也不知道。

泰輔點點頭，「嗯，很像……我覺得差不多是這樣。」

「是嗎？謝謝你。」西裝男開心地瞇起眼睛笑著說，「太好了，這可以當做重要參考，如果你又想起其他特徵，可以再告訴我。」

男子拿起素描本走出房間，接著換柏原等人進來，還有那個名叫萩村的年輕刑警和白髮刑警。萩村曾經和柏原一起來店裡用餐，功一也認得他，但直到剛剛才知道他的名字，同時有人告訴他白髮男名叫橫山。

「不好意思，可不可以請你盡可能詳細地說說看到那個人時的狀況。」柏原先開口說道。

泰輔結結巴巴地開始講起當時目擊到的情況。不過，在旁邊聽著的功一也搞不懂這些到底有多少用處。泰輔只說了那男人穿著深色衣服，體型中等，匆匆忙忙從後門離開，不知道年齡，也沒聽見他的聲音。

果然，刑警也是一副失望的表情，沒多久就走出房間。

「大哥，如果我當時看得更清楚就好了……」刑警離開後，泰輔垂頭喪氣地說。

「不要緊的，已經有了畫像，馬上就能抓到凶手，而且還有那把傘。」

「傘？」

「那個凶手忘了把傘帶走，一定能找出線索。」

功一說完，後方的拉門忽然打開，站在門後的是靜奈。

「妳起來啦？」功一問她。

哭腫了雙眼的靜奈走過來緊緊抱住功一，「靜要報仇，靜要殺了害爸爸媽媽的凶手。」

功一輕輕拍著妹妹瘦小的背。

「沒錯，只要知道凶手是誰，我們三個就聯手殺了他。」

6

萩村一穿過自動門，便利商店店長立刻露出不耐煩的表情，萩村看了也不禁苦笑。

「不管你來幾趟都一樣，我之前說過，別指望我啦。」店長爲難地皺起眉頭。

「只是繞過來再確認一下而已，你不用覺得太有壓力。」

「話是沒錯，但你來這麼多趟，搞得我都有點過意不去了。」

店長打開抽屜，拿出一張影印資料，是前幾天萩村拿過來的凶手畫像。

「我也講過，那天晚上買雨傘的客人長得不是這個樣子，感覺更年輕一點。但是，我也記不太清楚，畢竟都過十多天了。」

「先別管買傘的客人了，如果出現長得跟這張畫像相似的人，麻煩通知我一聲。」

「我知道啦，目前還沒看到，有的話我會跟你聯絡。萩村先生，對吧？我會打給你的。」

這時正好有一對情侶進到店裡，店長立刻擺出一副沒空理會萩村的態度。那就麻煩你了，萩村說完後走出商店。

萩村看看手表，已經晚上十點多了，心想今天就先告一段落吧。他舉起手攔了一輛計程車，坐上後座後揉了揉小腿肚，估算一下這幾天步行的距離，忍不住嘆了口氣。

萩村回到橫須賀分局時，同事都正準備下班回家，柏原卻不見人影，於是他問了另一位資深前輩山邊。

「柏原嗎？他到衣笠去了吧。」山邊回答。

「衣笠？」

「好像有個每星期都會到『ARIAKE』吃午飯的男人，柏原就是去找他。不過，只知道是個在某銀行衣笠分行上班的業務員，連名字都不清楚，所以也只能大海撈針吧。」

「那個男的和畫像相似嗎？」

山邊搖搖頭，「聽說那個男的身材矮胖，跟畫像一點也沾不上邊，柏原大概是希望他能提供畫像男子的情報吧。」

萩村了解狀況後點點頭，「原來如此。」

有明泰輔目擊到疑似凶手的男子，這原本是個重大線索，大批調查人員也拿著畫像到處訪查，更重點鎖定有明夫婦的交友及「ARIAKE」的常客。然而，十幾天過去，調查小組還是沒找出符合的對象。

「搞不好又要落空了。」山邊接著說，「不是畫像根本不像，就是凶手原本便跟有明夫婦毫無關聯，連搜查一課那群人也沒發現什麼有用的線索，看樣子有得拖了。」

至於有名夫婦背負大筆債務這一點，眼前還沒獲得明確證實。起先縣警搜查一課似乎將重點放在這一塊，但這兩三天看來又將方向轉到訪查凶案現場周邊。

「另外那條線查得怎麼樣？圖書館那邊。」萩村問道。

「你是說有人目擊有明太太的行蹤嗎？不知道，我認爲不相干。」山邊心不在焉地回答，一面穿起外套，看來準備要回家了。

案發前一日的白天，有人看見有明塔子出現在附近圖書館。目擊者是塔子熟識的菜販，據說他是在開著小貨車運送蔬菜途中看到的，當時她正要走進圖書館。

不過，圖書館員卻對有明塔子毫無印象，也沒有她外借書籍的紀錄。但圖書館中也能自由閱覽雜誌和報紙，大部分調查人員認爲這或許是她上圖書館的目的。

我先走嘍，山邊交代一聲離開了。沒多久，把外套擱在肩上的柏原回到分局，他襯衫腋下的部分被汗水浸濕成一片。

柏原一看到萩村就輕輕舉手打招呼，接著整個人癱坐在自己位子上，從襯衫胸前口袋掏出香菸叼在嘴裡點燃。只見他深深吸了一口又呼出一團煙霧，但感覺不是太享受。這幾天下來，他瘦削的雙頰顯得更加憔悴，臉色也不太好看，只剩雙眼依舊炯炯有神，精光絲毫未減。

「聽說你到衣笠去了。」萩村問他。

柏原點點頭，把菸灰缸拿到面前。

「我見到了信用合作社的業務課課員。當初聽說他是『ARIAKE』的常客，但問了本人之後才知道他從頭到尾只去過差不多三次吧，這些小道消息真是信不得。」

「畫像拿給他看了嗎？」

「看是看了，但他說沒印象。」柏原扭扭頭，頸關節發出喀啦喀啦的聲響，連坐在位子上的萩村也聽見了。「你那邊怎麼樣？」

「這裡也一無所獲。我跟之前一樣，跑了好幾家超市和便利商店。」

「說不定根本不是附近的人幹的。」柏原叼著菸，攤開桌上的橫須賀市地圖，「如果凶手是從外地來，考量到案發時間在半夜，他應該得開車。那麼，車子停在哪裡呢……」

「如果是附近的停車場，搜查一課已經確認過監視攝影機的畫面，可惜沒發現類似畫像的人。」

「我要是凶手才不會把車停在附近停車場，但隨便停在路邊也不妥，因爲很有可能被附近居民檢舉。我寧願把車停在距離稍遠卻更安全的地方，像是一天之內進出幾千輛車，而且三更半夜使用也不會令人起疑的停車場。」柏原查看了一下地圖後，目光聚焦在一點上，「好比說，這裡怎麼樣？」

萩村走到他身邊盯著地圖。柏原指的是一間位於汐入的大型購物商城，裡面不但有好幾家餐廳，還有電影院和遊樂中心，當然停車場也相當寬敞。

「這裡跟案發現場有一段距離，用走的太辛苦了吧。」

「但也不是走不到的距離。還有另一個地方，這邊。」柏原指著和購物商城隔著馬路相對的飯店，「這裡的停車場也不小吧。」
「地下三層都是停車場。」
「停車費是機械收費嗎？」
「大概是，但出口應該有管理員。」
「好，拿畫像去給那個人看看。」柏原把剛點著的第二根菸捺熄在菸灰缸裡，一把抓起外套站起來。
「現在馬上去嗎？」
「反正回家也沒事做。」柏原將外套掛在肩上，往房門走去。
「等等，我也一起去。」萩村緊追在後。
兩人在分局前攔了輛計程車前往飯店。柏原蹺著二郎腿，拍著膝蓋凝視窗外，感覺有些焦躁不耐。
「那三兄妹啊，」柏原開口時已經來到飯店附近，「好像會被送進社福機構。」
「育幼院嗎？」
柏原輕輕點了點頭，「似乎是沒找到願意收留他們的親戚。先別說有沒有血緣關係，要是被平常沒什麼來往的人家收養，小孩子也不自在吧。」
「『ARIAKE』那家店呢？」
「不知道。還積欠了些銀行貸款，會被拍賣掉吧。」
「真可惜……」

萩村心想，往後再也吃不到那道牛肉燴飯了。

看到泰輔把戰車模型放進紙箱，一旁的功一趕緊搶下來。

「你剛才已經拿了一個鋼彈小模型吧？我不是說過玩具只能帶一個嗎？」

「可是這是爸媽最後買給我的……」

「那把鋼彈留下來啊，行李要盡量簡單才行。」

「我拿鋼彈跟這台戰車就好，拜託啦。」泰輔雙手合十哀求。

「不行，那些空間要放內褲和襪子。玩具沒有就算了，但缺少換洗衣物會很慘，以後再也沒人買給我們了。」

泰輔傷心地低著頭，拿出紙箱裡的鋼彈小模型和戰車放在一起看了好一會兒，最後把鋼彈放回箱子裡，戰車擺在書桌上。

功一把目光從弟弟身上移回自己手邊，他將內衣褲、外衣、書籍文具等裝進紙箱裡，連靜奈的也一起打包，分量不少。

靜奈躺在床上，不是在睡覺，而是鬧彆扭。她的寶貝有兩樣，兔子布偶和大象圖案枕頭，所以聽到功一說只能二選一便哭了起來。

其實功一心裡也想讓泰輔和靜奈帶著自己心愛的東西，因爲他完全無法想像接下來在育幼院的生活會是什麼情景，能確定的是不會每天開開心心，三人很可能得承受各種考驗，這時候身邊若有樣懷念的小玩具或許能帶來安慰，但功一卻覺得不能再依賴這些了。與其這樣，倒不如現在開始習慣忍耐、妥協；他甚至有種預感，如果連這些小事都無法忍受，將來會吃更多苦頭。

把他們三兄妹送進育幼院是大人的決定，雖然事先問過他們的意見，事實上卻沒有選擇的餘地。

「這樣的小孩其實很多，就算跟你們的狀況不同，但也有很多孩子因爲各種意外突然失去父母；有親戚收養當然很好，但大部分無依無靠的孩子都是進入育幼院。所以，你們不是特例喔。而且很多出身育幼院的人，長大後在社會上的表現也很出色，重要的是未來自己怎麼認眞活下去。」

導師野口對功一說的這些話聽起來像說服，或者該說安慰。功一邊聽邊想，這種事我都知道，而且比你還懂。

由於育幼院方面表示帶了太多東西也沒地方可放，老師交代每人只能收拾一個紙箱大小的行李。三個紙箱中幾乎裝滿了三人份的衣物和書籍文具。功一站起來，看著弟弟妹妹。

「到樓下拿件爸爸媽媽的紀念品吧，一個人可以拿兩件，爸爸和媽媽的各一樣。」

泰輔懶洋洋地站起來，靜奈卻還賴在床上。功一嘆了口氣說：

「靜，妳不拿嗎？之後哭著後悔也沒用喔，只剩今天的最後機會，以後不會再回家裡了。」

等他說完，靜奈總算肯放下懷裡的布偶下床。

三人走下樓梯，進到父母的臥室，這是案發後功一第一次仔細凝視著室內。雖然先前刑警曾要他到裡面看看，但他始終沒辦法睜大眼睛面對。

爸媽的寢室兼做一家人的起居室，每天三餐都是在這個房間吃的。房裡有張可讓一家五口圍坐的大矮桌，還有佛壇及電視機。櫃子裡收著一只汽油暖爐，一家人每到冬天就會拿出來用，將電扇收進櫃子裡。

房裡幾乎看不出爸媽慘遭殺害的跡象了，因為小學老師和一些家長會成員在徵求警方許可後，將現場打掃得相當乾淨；但功一還是感覺到有股血腥味瀰漫在室內。

靜奈走向塔子的梳妝台，在鏡子前坐下，拿起口紅和粉餅。功一想起每次媽媽化妝時，靜奈總在一旁看得出了神。

「可以兩樣都拿喔。」功一告訴她。

「眞的嗎？可是……」

「一樣算是我的，靜幫我保管。」

靜奈用力點點頭。

泰輔看到爸爸的手表，那金色的手表看起來很舊了，但父親幸博經常炫耀那是支高檔貨。

「我可以拿這個嗎？」泰輔問大哥。

「好啊。」

「大哥要拿什麼？」

「我早想好了。」功一說著，打開佛壇抽屜。

那本筆記收在抽屜裡，上頭寫著各道菜色的食譜。功一拿出本子翻了幾下，泛黃的紙張上寫著密密麻麻的字。

「只要有這個就不怕了。」功一對泰輔和靜奈說，「有了這個就能隨時做出爸爸的味道。」

7

才剛過完年，萩村心想，那股不祥的預感似乎成眞了。

那起洋食店夫婦凶殺案距案發已將近半年，至今仍未偵破。調查小組以最重要的證據，也就是凶手畫像爲依據，訪查過大約兩千人，卻找不出嫌疑犯。

至於兩夫妻的債務內容依舊不明，不過，案發前兩人的帳戶各有款項被領出，共計將近兩百萬圓；而且根據行員的證詞，兩個帳戶都是本人親自提款。

由於搜查時並未發現這筆現金，推測很可能是凶手拿走了，但要說剛領錢就碰巧遭劫又顯得牽強，應該是凶手事先便知道兩人手上有大筆現金，才決定當晚下手吧。那麼，知情的人是誰？此外，夫妻倆又爲什麼準備這筆現金？

然而，無論怎麼調查有明家的周邊關係，都找不到這些問題的答案。

案發一個月後，調查小組內開始出現焦急的氣氛。這類案子能否迅速破案，關鍵在於案發後立即採取的應變搜索，然而投入大量調查人員，經過多日訪查卻一無所獲，也難怪大夥兒會心浮氣躁起來。

當時有個縣警搜查一課的刑警，帶著一臉疲憊回來時，看著牆上那張畫像，冷不防隨口說了句，「這張畫像到底像不像啊！」

聽到那句話，萩村心中立刻升起一股不祥的預感，這案子該不會永遠破不了吧……

就在調查小組的氣氛日漸凝重中，新的一年到來。擴音器傳來警察局長訓詞的一星期後，轄區內又傳出新案件，一名年輕女性陳屍在橫須賀交流道附近的空地上，屍體顯示女子曾遭施暴，頸部還有繩索等物留下的勒痕。警方在一旁樹叢中找到疑似女子的皮包，卻發現皮夾掉在外面。皮夾裡的駕照當場證實被害人的身分，女子在附近超市工作，研判是下班回家途中遇襲。

萩村等人隨即被召集過去支援，照例在案發現場附近展開調查。他遵從上級指示，同時心想，這下再也沒機會接觸到洋食店凶案了。

當然，洋食店夫婦凶殺案的調查小組依舊設置在橫須賀分局，但部署的調查人員大幅縮減，現在只剩二十幾人，而且大多只是掛名，實際上分局裡很少見到搜查一課的刑警了。

萩村和柏原同樣也被分配到調查小組，但目前的狀態其實只是被動等待外界傳來新線索。

一個寒冷的夜裡，萩村和柏原結束當天訪查後進到一家賣關東煮的小店。那起超市女店員遇害的案子，看來就快破了，一名和死者畢業於同所高中的男子遭到逮捕。據說同學之間早有該名男子對被害人糾纏不休的傳聞。至於逮捕的關鍵物證，便是在被害人皮包上發現的那名男子的指紋。

萩村忍不住感嘆，要是每個案子都這麼容易破就好了。

柏原聽出他意有所指，馬上回問，「你是說『ARIAKE』嗎？」

萩村用免洗筷切開馬鈴薯，點了點頭。

「目前掌握到的證據確實不多，只有那張畫像和疑似凶手留在現場的雨傘；加上案發時間是深夜，也沒有其他目擊者的資訊。不過，究竟爲什麼調查會走到死胡同？這很明顯是一起熟人犯的案子。你不覺得只要徹底清查有明夫婦的交友關係，一定能找出凶手嗎？」

柏原幫自己斟上啤酒，一面搖搖頭。

「話是沒錯，但找不到也沒辦法。你知道我拿著那張畫像問過多少人了嗎？」

「我知道啊，柏原大哥比任何人都跑得勤，正因爲這樣才讓我不甘心。」

「我敢肯定凶手不是熟人，至少不是平常和兩夫婦有交集的人，因爲那些人我都逐一問過，沒有遺漏。」

「但如果不是熟人，夫妻倆不可能三更半夜還讓對方進到家裡吧。」

「這一點確實古怪，但我連有明太太之前的男人都問過了。」

「我知道，也沒有收獲吧。」

「沒錯，只是繞了一大圈做白工。」柏原喝了一口啤酒。

清查有明夫婦交友關係的那組調查人員，大約在案發兩星期後，開始將重點放在妻子塔子的過往。因爲警方在兩人周遭並無重大發現，便調整方向爲調查雙方的過去。當時引起關注的是他們並沒有正式辦理結婚手續，而且兩人在一起之前就各自有孩子。功一和泰輔是有明幸博的親生兒子，兩兄弟的母親生下泰輔不久後便因病過世；靜奈則是塔子的女兒，但戶籍上並沒有父親，也就是非婚生子女。

塔子先前在橫濱的歡場工作，靜奈好像就是和當時認識的男人所生。據當年和塔子共事的女子說，那男人是某公司的管理階層，不但已婚還有小孩，但塔子仍然選擇生下孩子，獨自撫養。

塔子的本姓是矢崎，靜奈跟母親同姓，但學校允許她用「有明」，因爲怕她跟兩個哥哥不同姓氏會引起其他同學質疑。

至於爲什麼有明幸博和矢崎塔子沒有正式結婚？塔子過去交往的男人，也就是極可能爲靜奈生父的人給了答案。

根據那名男子的說法，當初塔子決定生下小孩時，兩人約定只要男方支付孩子成人前的撫養費，就不必讓孩子正式認祖歸宗。不過這項協議還有個條件是，一旦塔子結婚便不再支付。

看來塔子似乎是捨不得這筆錢，才遲遲沒和有明幸博正式結婚，但也可能是幸博認爲既然如此便不需急著結婚。

當柏原找到那男人時，對方滿腹牢騷，「我根本不知道塔子竟然還跟一個開洋食店的人同居，原來被她騙了不少錢！」不過，一查他的帳戶才發現，撫養費早在一年多前就沒再匯出了。

柏原好像還當場問他能不能收養靜奈。別開玩笑了！他不但不加思索地回答，還接著說：

「當初是塔子無論如何都要生，我才妥協的，其實我根本不想要，所以那孩子我連一面都沒見過；再說，也不知道是不是我的。」

柏原說，聽到他的回答時眞想揍他一頓。

警方在這個人和案情之間找不出任何交集，但幾名對複雜交友關係抱持興趣的調查人員仍舊堅持盯了他好一陣子，最後還是徒勞無功。

「柏原大哥，你知道嗎？聽說神奈川縣警設置調查小組時，這幾年的破案率幾乎是百分之百，比起東京或大阪都高出許多。」

「這我倒是第一次聽說。」

「『ARIAKE』這件案子不知道會怎麼樣。」

聽萩村這麼問，柏原一臉爲難地苦思，「天曉得，說不定三年之後，還記得這個案子的只剩我們和三個孩子。」

萩村嘆了口氣，「這個預言眞不吉利。」

「我也不想這麼說。」柏原一口氣喝乾了啤酒。

很遺憾地，這個預言還是成眞了。不需三年，才過了一年，局裡便沒人再提起這個案子。雖然縣警總部持續偵辦，但萩村等人從未聽過有任何進展。

隨著歲月流逝，連萩村自己腦海中對三兄妹的記憶也消褪殆盡。

感覺有人搖著自己的肩膀，泰輔回過神來，張望一下四周，發現功一就站在身邊。

「你搞什麼，不是叫你趕快把功課寫完嗎？」

「啊……不小心睡著了。」

泰輔吸了吸流下的口水，看看桌上，攤開的筆記本被口水沾濕了一大片。

「眞是敗給你了，待會我再幫你寫啦。」

「眞的嗎？lucky!」

「只有今晚破例，倒是你快點準備啊。」

「早就弄好啦，從昨天就開始準備了。」

泰輔說完立刻爬上旁邊上下鋪的梯子，他睡上面，下面是功一，從進入育幼院後就沒變過。

泰輔抓起背包爬下梯子時，功一拉開另一個下鋪的簾子，床上有個胖胖的孩子開著電燈正在看漫畫。

「阿剛，白天跟你說過我和泰輔要出去一下，老樣子，拜託你啦。」

那個名叫阿剛的男孩瞪大了眼睛，「這麼晚了還要去哪裡？被發現會被罵得很慘耶。」

「你別管，要是配合得好，下次再請你吃拉麵。」

阿剛開心地點點頭。這傢伙貪吃到連餐廳阿姨都曉得要幫他留特大碗白飯。

功一打開窗戶探探外面的狀況，接著轉過來對泰輔點點頭，「ＯＫ，趁現在。」

泰輔伸手往床底下一探，拿出預藏的尼龍登山繩。他還記得第一次使用這繩子是在中學二年級，當時覺得很害怕，現在倒已經習慣。

泰輔先將登山繩穿過床腳，剩餘的部分則懸垂到窗外。套上手套的功一，腰上固定著一種叫做八字環的登山用具，他把登山繩穿過八字環後，縱身一跳就到了窗台上。

「我先下去嘍。」話一說完，他面對著建築物往下滑。

「好厲害。」阿剛發出感嘆。

我也很不賴呀，泰輔心底一面暗想著一面跳上距離地面約五公尺的窗台。他遵守著絕不往下看的鐵則，雖然動作不算完美流暢，但也順利一寸寸往下降。至於八字環的使用方法，當然是功一教的。

安全抵達地面後，他們對往下看的阿剛揮揮手，阿剛就開始回收登山繩。

「靜那邊不知道怎麼樣。」泰輔說道。

「那丫頭沒問題的。」功一邊說邊往前走。

兩人沿著建築物走到院區內的腳踏車停車場時，靜奈已經等在那裡，只見她一身運動服還披了件針織外套。

「你們眞慢，害我冷死了。」

「妳怎麼那麼快，」泰輔問她，「從哪裡溜出來的？」

「我才不像大哥二哥用那種原始的方法咧。」

「一定是給川口灌迷湯啦。」功一露出賊賊的笑容，「才中學一年級就會使這一招。」

川口是來育幼院當義工的大學生，負責類似夜間警衛的工作。

「不告訴你。總之快出發啦，好冷。」

功一和泰輔牽了各自的腳踏車出來，兩輛都是功一弄來的。他說是用打工薪水買的二手貨，眞相如何不得而知，但育幼院的老師只要沒發現偷竊的證據也不會多囉唆。

等靜奈坐上後座，功一便開始踩腳踏車，泰輔則跟在後面。這麼一來，泰輔就算再不情願腦中也免不了浮現那段錐心刺骨的記憶，因此最初聽到功一提到今晚的計畫時，他根本不想參與。但功一卻對他說，「不能再逃避下去，這麼做永遠不會有好結果。既然不會有人伸出援手，我們就再回去一次，從那裡重新出發！」

功一已經升上高中三年級，明年春天便得離開育幼院。在那之前，他必須做個了斷。

到了目的地附近的草叢時，三人下了腳踏車，躺在草地上。

「獅子座流星雨，指的是獅子座的星星會變成流星嗎？」靜奈問道。

「不是那個意思，其實那跟獅子座一點關係也沒有，只是觀看的方向碰巧看得到獅子座。」

聽完功一的解釋，靜奈掃興地回答，什麼嘛。

空中清澈無雲，跟那天大不相同。當眼睛適應黑暗後，滿天星星看起來像是天象儀。

接下來——

一顆顆流星劃過漆黑的天空，像是在補償他們那個惡夢般的夜晚。哇！靜奈不住讚嘆。

泰輔沉默不語，這副景象美得讓他發不出聲音，卻沒來由地滲出淚水。

「欸。」功一說了，「我們三個就像流星一樣。」不懂箇中意義的泰輔沒作聲，功一接著又說，「只是漫無目的地劃過夜空，最後不知在哪裡燃燒殆盡。不過——」功一深深吸了口氣，稍做停頓，「我們三個是命運共同體，無論何時都緊緊相繫，所以沒什麼好怕的。」

8

時鐘上的時針剛好指著「2」時，南田志穗從階梯的一頭出現，環顧店內後很快地發現高山，便帶著微笑走過來。

志穗身穿淺灰色套裝，由於她身材高眺，即使是穿著一般裙子也會秀出一雙長腿；高山中意的也是這一點。

「抱歉，等很久了嗎？」

「沒有，我也剛到而已，連東西都還沒點。」

「那就好。」

志穗從肩上放下皮包後，在高山對面的位子坐下，沒多久卻又像想起什麼似地站起身。

「我們並肩坐比較好吧。」

「哦?是嗎?」

「對啊，因爲是一起聽對方說明嘛。」她毫不猶豫地移到高山旁邊的位子坐下，頓時一股如花般的香水味刺激著高山的鼻腔。

志穗叫住店員，點了一杯皇家奶茶，高山則要了熱咖啡。

「你應該點貴一點的飲料的。」志穗說。

「爲什麼?」

「反正是對方付帳吧，不用客氣，我們是在幫他的忙呢。」

「話是沒錯……」

高山拿起菜單，看了看價格，志穗點的皇家奶茶確實比咖啡貴，但也不過相差兩百圓。她這種因爲一點小錢就覺得賺到的樸實心態，讓高山的心跳又加速幾拍。

「今天眞不好意思，」志穗雙手合掌，「把你扯進這麼莫名其妙的事。」

「別在意，現在銀行利息那麼低，我正想著是不是該妥善運用，可以說時機剛剛好。」

「聽你這麼說我就稍微放心了，總之，我最不希望的就是給久伸你添麻煩。」

「別這麼見外。」高山拿起水杯，喝口水潤潤喉。聽到從她口中說出自己的名字，至今心頭還會小鹿亂撞。

「奇怪了，怎麼那麼久還沒來?有沒有搞錯啊，讓我們在這裡等。」志穗抱怨完，突然「啊」的一聲站起身子。她往幾公尺外的桌子走去，有個身穿褐色西裝的男人背對坐著。志穗走到那男人面前笑著說，「學長，你怎麼在這裡!我們在那邊坐了很久耶。」

咦！男子轉過頭，看到高山之後趕緊站起來。

「唉呀，您好您好。眞是的，我太失禮了。」男子把公事包夾在腋下，一手端起冰咖啡，一手抓著帳單，移到高山和志穗坐的那桌。

「學長，你來多久了？」

「呃，大概二十分鐘吧。」

「嗯，我到的時候那個位子確實已經有人坐了。」高山說道。

「眞的嗎？實在太抱歉了，我竟然都沒發現，我以爲您會跟南田學妹一起來。」

「可是我來的時候你也沒發現呀。」聽志穗這麼一說，男子一臉尷尬，「眞是丟臉丟大了。」

「你該不會是這麼脫線才達不到業績吧？」

「都叫妳別說了。」男子站在桌邊，從西裝內側口袋中掏出名片，「您好，南田學妹可能跟您說過了，這是我的名片。」

名片上寫著「三協銀行日本橋分行　營業部　小宮康志」。

高山原本就在三協銀行開了戶，志穗好像對這件事有印象，所以這次才來拜託他，說是大學學長爲了無法達成業績而大傷腦筋，希望他能幫幫忙。

「這次眞謝謝您願意鼎力相助，幫了我一個大忙。」小宮說完鞠了個九十度的躬。

「先坐下來再談吧，站著好顯眼。」志穗對他說。

「啊，那我就不客氣了。」小宮總算坐了下來。

這個人一眼就給人標準銀行員的印象：頭髮分線清晰且梳得整齊，金邊眼鏡不會顯得太花俏，領帶色系也算樸實；站著看起來沒多高大，坐下來卻覺得上半身很長，應該是因爲他挺直了背脊。

感覺對方是個認眞踏實的人，高山也放心了，因爲他不太擅長和陌生人相處。

「學長，我還沒把詳細內容告訴他，應該說連我自己也搞不太懂，想請你再解釋一下。」

「嗯，當然沒問題，那就讓我爲兩位稍做說明。」小宮從公事包裡拿出一張簡介，遞到高山和志穗面前，「這次我介紹給兩位的美元計價債券，由一家叫做歐洲金融的公司發行，期限大約兩年，年利率以美金計算，有百分之四點八。」

「兩年的意思是中間不能解約嗎？」

「可以解約，但中途解約就不保本了。因爲金融公司是拿客戶這筆錢做各種投資以獲取利潤，如果投資不利也可能出現虧損。不過，只要這筆錢一直放到期滿，保證還本並加上利息。」

「那個什麼金融公司沒問題嗎？不會倒嗎？」志穗語帶質疑。

「這世界上沒有絕對不會倒的公司。」小宮說著一面攤開記事本，「嗯，這裡有那家公司的評等……」小宮說明，在穆迪(*1)的評等是Aaa，S&P(*2)的評等則是AAA。高山完全不懂這代表什麼意思，總之似乎是沒什麼問題的公司。

*1 Moody's，穆迪信用評等公司。針對八十個以上的國家企業所發行的債券及政府機構所發行的公債加以評等。

*2 Standard & Poor's，標準普爾公司。爲世界各地超過二十二萬家證券及基金進行信用評級。

接下來志穗又問了幾個問題，小宮都一一仔細答覆。雖說是大學學長，他卻沒露出半點氣勢凌人的態度，非但如此，面對志穗還謙恭有禮地使用敬語，這一點也讓高山深有好感，他心想應該能放心交給這個人處理吧。事實上，光在旁邊聽著兩人的對話，高山還是不太了解這到底是項什麼產品，因爲他對金融理財一竅不通。

「你覺得怎麼樣？目前聽起來好像沒什麼問題。」志穗徵詢高山的意見。

「那就好，交給妳了。」高山回答，「交給妳」這三個字感覺和志穗產生了某種實質的夥伴關係，讓他整個人飄飄然。

「你說最低承購金額是兩百萬啊？」志穗再次確認。

「妳能買一單位就幫大忙了。」

「之前在電話裡也講過，我手上只有五十萬，其餘的想請他出，這樣可以嗎？」

「那當然，不過只能登記在一人名下。」

「那就用他的名字。」

「好的，只是兩年期滿時會全額匯入高山先生的帳戶，這部分不要緊吧？」小宮看看高山，又看看志穗，向兩人確認。

「當然沒問題。」志穗立刻回答，「後續我們會自己處理，到時也不知道是什麼狀況，說不定我的存款已經全數移到久伸的名下了呢。」

這番話讓高山體溫頓時上升，他忍不住窺探志穗的側臉，她卻神色自然地問了句「對吧？」徵求他的同意。

是啊，他回答的聲音稍顯沙啞。

「那麼，不好意思，雖然有些倉促，我們就在這裡簽約吧。」小宮從公事包裡拿出各類文件。

首先在合約書上簽名、蓋章，接著在銀行的取款單上也同樣要簽名蓋章，只不過在塡寫金額時，高山突然抬起頭。

「我看，不如全都由我出吧。」

「您的意思是……？」

「兩百萬都從我的帳戶裡提領，這樣也不必弄得那麼麻煩。」他看看身邊的志穗，她也正在塡寫取款單，提領金額是五十萬。

「這……我這邊當然沒問題。」

「不行，」志穗卻語氣堅定地說，「我不想造成久伸的麻煩，這件事既然是我提起的，我也該出一點錢。」

「可是……」

她搖了搖頭，「這樣我沒辦法接受，照道理我應該出一半才對。」

高山露出苦笑，嘆了口氣，「那好吧，妳眞堅持。」

「我對錢可是錙銖必較。」說完她繼續塡寫提款單。

文件全都塡齊之後，高山和志穗把存摺交給小宮，小宮則把完成簽收的收據遞給兩人。

「可以稍等我二十分鐘左右嗎？我現在立刻去辦手續。」小宮拿起公事包站起來。

「路上小心。」志穗輕輕揮了揮手。

小宮往階梯走去，沒多久卻又回到桌邊，面有難色地看著高山。

「差點忘了一件重要的事，您今天帶了健保卡嗎？」

「健保卡啊，她交代我要帶著。」高山從西裝口袋拿出健保卡遞給小宮。

「欸，爲什麼還要這些證件啊？」志穗的語氣有些不滿。

「不好意思，最近手續變得複雜了點。」

等小宮離開後，志穗又點了一杯柳橙汁。

「你也再點個東西吧？」

「我不用了，咖啡還沒喝完呢。」

「眞抱歉，硬拖你下水。」

「別這麼說，我也很樂意。這個想法不錯，我也覺得把錢空放著不划算。」

謝謝，志穗微笑回答。

相識不到一個月，但高山感覺這件事一下子縮短了兩人的距離，馬上求婚當然太猴急，但照這個狀況下去，他有預感，甚至確信會出現自己期望的結果。

如果能抱得美人歸……他望著身邊正啜飮柳橙汁的志穗，覺得光凝視這副畫面就好幸福。

「怎麼啦？」志穗似乎察覺了他的目光，眨眨眼問著。

「沒、沒什麼。」高山趕緊將視線移開，以他的個性實在說不出「看妳看得傻了」這種話。

沒多久，小宮滿頭大汗地走回來。

「兩位久等了。先將存摺還給兩位，請確認。」他從公事包裡拿出兩本存摺，放在志穗和高山面前。

高山拿起存摺確認帳目：領出了一百五十萬圓。

「這是健保卡，太謝謝您了。購買憑證大概一星期左右就會寄給高山先生，有什麼問題請隨時跟我聯絡。」小宮謹慎地說明。

「學長，這下業績順利達成了嗎？」志穗問。

小宮聽了鬆口氣，露出微笑，「多虧妳幫了大忙。」

「只是你別再指望我嘍。」

「不好意思啊，這一攤算我的。」小宮抓起桌上的帳單站起來，「那麼，我先告辭。今天真的非常感謝兩位，往後也請多關照三協銀行。」

高山笑著目送行了好幾次禮的小宮。

「他看起來是個好人。」高山感嘆。

「就是這樣才達不到業績呀，好像不太會強迫推銷。」志穗看了下手表，一臉驚慌，「糟糕，已經這麼晚了！我得先走了。」

「還要回去工作嗎？」

「待會兒有個會要開，你可以留下繼續坐。」

「不了，我也一起走。」

高山久伸在咖啡廳前的路上攔了輛計程車，志穗目送車子駛離後才往前走。不一會兒，她皮包裡的手機鈴聲響起。

「喂。」

「客戶心情怎麼樣？」

「開心得很，No problem。」她講著電話，一面環顧四周。

有明泰輔就站在十字路口斜對面，深褐色西裝，戴著金邊眼鏡，這是他扮演銀行員時的造型。

「花了一個月才賺一百五十萬啊？這筆買賣還眞窮酸。」

「有什麼辦法，大哥就這麼交代呀，我本來想多賺五十萬的。」

「妳一定辦得到，那小子被妳迷得神魂顚倒。」

「那當然，也不想想本姑娘是什麼角色。」

她看到對街的泰輔一臉笑咪咪。

「待會兒見嘍。」

「辛苦啦。」說完後靜奈按下通話結束鍵，對著泰輔輕輕舉手示意。

9

泰輔在地下鐵東西線的門前仲町站下車，沿著葛西橋大道走一小段，轉進汽車車行前方的灰色大樓裡。這種大門無法自動上鎖的建築，現在看來也算有些老舊。

他爬樓梯上到三樓，在３０５號的門前停下腳步。房門上方裝設了一個米粒大小的ＬＥＤ

燈，確認小燈沒出現閃爍後，泰輔才掏出鑰匙。只要發現小燈閃爍就立刻離開，這是功一裝設時訂下的規矩，這表示房裡可能有人埋伏；除了警察之外，還有很多人會追查他們。

屋內以單身套房來看十分寬敞，不但擺了兩張單人床，還留下充裕的空間供功一作業。話說回來，一般家庭中該有的餐桌及沙發等家具，這裡一樣都沒有。

功一面對著電腦螢幕，怕熱的他，在家中大都只穿一件背心汗衫。

「看起來滿順利的。」功一依舊緊盯著螢幕說。

「靜跟你聯絡過了？」泰輔脫掉西裝外套，鬆開領帶坐下。

「嗯，還說先繞去小石川那邊才過來。」

「小石川？」泰輔反問之後又點點頭，「上次那個老師啊？」

「對方好像想討論旅行的事，要靜到學校附近。這個老師眞不像樣，居然趁下課時間打電話給女人。」

「旅行？上次靜提過的溫泉旅行？」

「大概吧。」

「大哥，你會讓她去嗎？」

「怎麼可能！」功一將椅子一轉，拿起放在一旁的信封丟到泰輔身邊。

泰輔看了看信封裡的東西，是美元計價債券的認購憑證，這當然是僞造的。購買人名義是高山久伸，面額兩百萬。

「看起來不錯吧。」功一露出得意的笑容。

「每次我都很佩服你，沒人看得出這是假的啦。」
「下星期就依照之前的方式寄出去。」
「這麼一來能保兩年高枕無憂……了吧。」
「希望如此，但願老天保佑高山不要臨時急需用錢。」
「他帳戶裡還有五百萬以上的存款，其他地方應該也有戶頭，如果沒有特殊狀況，大概不會想到解約這類的麻煩事吧。」
「原則上是這樣，正因爲他是這種人，才會被我們相中。」
功一高舉雙手，坐在椅子上稍事伸展，雙肩隆起的肌肉相當醒目。
這次設計讓高山久伸上鉤的「美元計價債券計畫」是他們最中意的工作內容之一，不需要強迫對方吐錢，等到目標發現上當也需要一段時日。
這計畫唯一的缺點是沒辦法大撈一筆，目前銀行規定，一次提領兩百萬以上的金額必須出示存戶本人證明，即使是兩百萬以下有時也必須提出證明，所以才向高山借用了健保卡。不過，光憑一張健保卡要提領超過兩百萬實在很難，因爲健保卡上沒有照片。
剛才高山提出願意全數支付時，靜奈之所以堅決反對，也是這個緣故。泰輔心有不甘地想著，在過去沒有「本人身分確認法」(*1)的時代，別說兩百萬，就算一次要領走五百萬也易如反掌。
「對了，最重要的營業額忘了拿出來。」泰輔拿起放在旁邊的公事包。
他掏出銀行信封放在功一面前，呼了口氣，泰輔每次總在這一瞬間感到有些驕傲。
功一探了探信封裡面，點了兩三次頭，「其餘五十萬就靠靜的演技啦。」

「她可是自信滿滿地打包票，還說也不想想她是什麼厲害角色。」泰輔想起先前和靜奈通電話時的情景。

「她沒問題，一定辦得到。」功一笑著道。

目前從高山身上弄到了一百五十萬，看樣子還能再挖個五十萬。這其實一點都不難，只要靜奈跟他說「臨時要用錢，希望先拿回那五十萬」，況且高山只出資一百五十萬，卻拿到價值兩百萬的債券，對於交還靜奈五十萬應該不會有什麼意見。當然，先決條件是到時他還沒發現這是一場騙局。

負責策畫一連串行動的是功一，泰輔不禁深深佩服這的確是個好方法。

「大哥在幹麻？」泰輔換下衣服，一面問道。

「收集下一個目標的相關資訊。」功一再次轉向電腦螢幕。

「決定了嗎？」

「差不多了。」

「再來是做什麼的？醫生嗎？」

「不是醫生，等靜來了再說。」

*1 二〇〇三年一月施行，目的在於防止提供恐怖組織資金及洗錢，明訂金融機構必須確認往來客戶，並有義務記錄及保存。本法已於二〇〇八年三月因「犯罪收益移轉防制法」全面實施而廢止。

「反正不管做什麼，一定都是有錢人吧。」

「那當然，我們只鎖定錢太多的人。」

「我要扮成什麼？又是銀行行員嗎？」

「不是，這次不用這招，我打算讓你扮成珠寶商。」

「珠寶商？這可是第一次遇到的角色。」

「你得多用功才行，因爲這次要讓對方買下一千萬的鑽石。」

功一的一句話讓泰輔睜大了眼睛，「眞的假的？」

「詳細的劇本現在才要開始寫，這次我想玩大一點。」

泰輔握起右手拳頭重重打了左手一下後站起來，接著打開冰箱拿出一罐啤酒，拉開拉環。

「一千萬啊，卯起來拚了！」他說完灌了一大口啤酒。

他們大約三年前開始從事這類詐騙勾當，起因是當時剛搬出育幼院的靜奈上了證照詐騙的當。

那時功一透過高中畢業後就讀的職業學校學長介紹，在一家小設計公司工作；泰輔則是打工地點一個換過一個，「自由業」聽起來雖然滿酷的，但實際上就是每份工作都不持久。

兩兄弟住在一起，之後靜奈也擠了進來。她在家庭餐廳有份工作，卻沒能力獨立生活。

某天靜奈外出購物時，有個年約三十、身形姣好的女子走過來對她說，「妳實在太符合我理想的條件，害我忍不住想跟妳聊幾句。」接著又說只要三十分鐘就好，邀靜奈到咖啡廳坐坐。

女子表明自己是美容顧問，工作內容之一是爲各地美容沙龍介紹優秀的美容師，所以得到處找尋適合的人才。

所謂優秀的人才指的便是年輕貌美的女孩——女子的說法是，如果美容師本身長得難看，該美容沙龍也無法博取顧客的信賴——聽起來倒挺有說服力。

靜奈一下子就相信了，心想當個美容師也不錯；當然，自己的美貌獲得讚賞而一時飄飄然，恐怕也是原因之一。

不過，並不是馬上能獲得美容師的工作。女子解釋，得先取得美容師的合格證書才行，也就是透過錄影帶及課本自學，考取資格之後便能爲她介紹數不盡的工作機會。教材總計約三十萬，當時的靜奈自然付不起這筆錢，於是她還貸了款。

靜奈沒把這件事告訴功一和泰輔，倒不是怕被罵，只是天眞地想在偷偷考取資格後給兩個哥哥一個驚喜。

然而，三人生活在同一個屋簷下，要長期藏著教材實在太困難。先不論泰輔，單要瞞過感覺敏銳的功一就不可能，果然沒多久便被發現，而且功一立刻洞悉了這些教材的用意。

「妳被騙了。」

接著他一派平靜地講解證照詐騙是怎麼一回事：先以購買教材的名義向目標收取一大筆錢，可是只有最初一兩個月會固定寄送教材，到最後便完全失聯、銷聲匿跡。當然，那些介紹工作機會的說法也全是胡說八道。

起先靜奈只是一副惡作劇被拆穿般的戲謔神情，但聽完大哥的說明後，不禁臉色大變，這才發現自己上當了。

「我要去解約，要她把錢還給我！」

功一聽了搖搖頭，「沒用的，早過了猶豫期。」
「不然去報警，說我受騙了。」
「警察不會理妳的，要找只能找消費者申訴中心(*1)。」
「那我就去那邊。」
「算了吧，去也只是浪費時間。如果聯絡不上對方，說什麼都沒用了。」
靜奈哭喪著臉，失望到了極點，「那該怎麼辦？難道就自認倒楣嗎？」
「這樣太不合理了吧！」泰輔抗議，「什麼嘛！爲什麼只能作罷，大哥不生氣嗎？」
「你閉嘴。」
「我才不要閉嘴！三十萬不是小數目，怎麼能讓靜因爲一時不小心而背一大筆債！」
「你少囉唆。」
「才不能就這樣算了，實在太沒道理！」
功一搔了搔頭，嘆口氣看著泰輔，「誰說要放棄？我可沒說過。」
「可是……」
「總之，重點是拿回那三十萬，對吧？」
「是沒錯，但大哥不是說沒辦法嗎……」
「要從那個人身上討回的確很難，即使辦得到也要花費一番工夫。」
「所以到底該怎麼討回來嘛。」
功一哼了一聲，看著弟弟和妹妹，「你們知道『天底下的錢都是流通的』這句話嗎？意思是說，錢不會固定停留在某一處，而是在不同人手上流轉。既然靜奈的錢流到那個詐騙集團手上，我們只要從別的地方討回就行了。」

「那到底要從哪裡，又怎麼討回來啊？」聽到泰輔這麼問，功一揚起嘴角，「是啊，該從哪裡呢？」

接下來功一提議的點子讓泰輔和靜奈頓時啞然失聲，沒想到他居然想用一模一樣的證照詐騙手法騙其他人。

「活在這世界上，要是不騙人就得被騙。你們看看那些政客和大官，全都靠欺瞞國民中飽私囊，但即使民眾心知肚明，有因此發生暴動過嗎？大家也都認了吧。重點在於，能巧妙騙過眾人的就是贏家，以其人之道還治其人之身，那些被我們騙的人如果不甘心，不想白白損失，再去騙其他人便是。」

「感覺像在抽鬼牌？」聽到泰輔的比喻，大哥點點頭說，一點都沒錯。

功一要靜奈仔細說明當時對方向她推銷的狀況，分析之後擬定計劃，交代靜奈和泰輔反覆練習，並用設計公司的機器將靜奈買下的教材重新包裝，看起來就跟新的一樣。

接下來只要到街上找適合的目標下手，條件是對自己的容貌有相當程度自信、不滿於現階段的生活及對未來感到茫然不安的年輕女孩——如同受騙當時的靜奈。

*1 類似台灣的消基會。

「挑個文靜乖巧型的不好嗎?」泰輔建議,卻被靜奈當場否決。

「自認能獨當一面的類型才好,保證很容易上當。」

「就像靜這一型嗎?」

「沒錯。」靜奈不太甘心地點點頭。

最後兩人盯上的是在有樂町百貨公司購物的年輕女孩,從選擇化妝品的樣子看得出她對美容應該很有興趣。

靜奈上前和那女孩攀談,邀了對方到咖啡廳,運用自己當初被騙的經驗,兩三下就成功引對方上鉤。接下來便輪到泰輔出場,他提著那袋重新包裝的教材。

「這份教材供不應求,還好我們手上剩最後一份,如果今天報名,可以讓您直接帶回家。」

這句台詞正是致勝關鍵,對方一聽馬上答應簽約。泰輔和靜奈帶著女孩到消費金融公司,當場貸款三十萬。女肥羊不疑有他,從泰輔手上接過那袋教材後笑咪咪離開。

幾天之後,靜奈又收到那份莫名其妙的教材,看起來比第一次收到的東西更沒內容。他們直接轉寄給之前詐騙的女孩。之後,如功一所預料,教材再也沒有寄來了,他們當然也沒能再轉寄東西給那女孩。

「好險,我真的被騙了。」靜奈懊惱地咬著下唇,「要是沒告訴大哥,就只能自認倒楣了。」

功一聽了豎起大拇指得意地說:

「只要我們三人同心協力,兩三下便能有大筆進帳。」

10

泰輔準備晚餐時，響起了房門打開的聲音，靜奈隨即走了進來。

「大家好啊。」她嗅了幾下，看著泰輔苦笑，「又是咖哩？能不能多變幾種花樣啊？」

「變啦，今天晚上是蔬菜咖哩。」

「什麼嘛，我看根本只是把冰箱裡的剩菜煮成一鍋，還是輪到大哥做晚飯的那個星期比較值得期待。」靜奈在床上坐下，順手將皮包和紙袋扔在一邊，「呼，累死了。」

依舊坐在電腦前方的功一轉過身子面對靜奈，蹺起二郎腿。

「老師的心情怎麼樣？」

「怎麼可能不好，我都臨時隨傳隨到了。」

「討論旅行的事嗎？」

靜奈一臉無精打采地點點頭。

「他說什麼想去賞楓的話要趁早，準備了一大堆行程簡介，擅自找了一家每個房間裡都有露天浴池的旅館，還說就選那家。」

「時間呢？」

「下個月的第二個星期六。」

功一看看牆上的月曆，「只剩三個星期啊。」

「趕快解決吧。」泰輔緩緩攪拌鍋子裡的材料說著，「那個中學老師的存款沒想像中多，我看隨便拿他個五十萬，趁早收手好了。乾脆就用每次奏效的賣壽險那招，可以吧？」

功一雙手交抱胸前，看著靜奈，「現階段感覺怎麼樣？」

她皺起眉頭，側著頭思索，「很難說，大哥說的沒錯，那個人比想像中更小氣，而且警覺心很強，好像懷疑我是爲了賣保險才對他好。」

「事實上就是啊。」功一笑著說。

三人這次的目標除了高山久伸之外，同時還鎖定另一名單身教師。他今年三十五歲，是小石川中學的理化老師。靜奈在九月舉辦的一場聯誼派對上相中他，經過功一詳細調查後，判斷此人屬於「C級」；也就是雖然預期收獲不到百萬，但仍有出手一騙的價值。此外，若估計收獲能超過百萬的，列爲「B級」，高山久伸便屬於這一級。至於推估收獲無上限的是「A級」，但這樣的肥羊至今僅僅遇過兩次。

「只要陪他去一趟溫泉旅行，我猜他應該就會吐一大筆錢出來。」

一聽到靜奈的話，「喂！」泰輔厲聲打斷：

「當初的規定是絕對不用這一招！」

「我知道啦，說說而已。」

「不准拿這種事來開玩笑。無論在什麼狀況下——」

「絕對不會讓我出賣身體，對吧？知道了，不要再念啦，聽得耳朵都長繭了。」靜奈不耐煩地揮揮手。

想講的話被搶先一步，泰輔閉上嘴，無奈地看著功一。只見他眨了下眼睛點點頭，意思是

「別擔心，規矩沒變」，這下子泰輔才鬆口氣，再把心思放回咖哩飯上。

「世界上的錢都是流通的，所以要設法讓錢流到自己手裡。」這句話是三人正式展開詐騙生涯時的宣言，當時功一制定了幾項規則，其中一項就是絕對不利用靜奈的肉體。他說過，讓妹妹去賣身的男人真該下地獄。

當然，泰輔也抱持相同的看法，還表示與其讓靜奈這麼做，不如自己跟有錢老太婆上床。

「不對，這也不行，一樣都是賣身吧；我們不做這種事，只憑騙術決勝負。」功一強調。

當時大哥的那番話至今仍殘留在泰輔耳邊，所以他也認爲大哥不會讓靜奈去這趟旅行。其實他擔心的是靜奈，因爲每次只要計畫進行得不太順利，她動不動便會說「乾脆先讓他上一次也無所謂」，雖然泰輔知道那不是她的眞心話，心裡還是不太舒服，而且靜奈還自己任意訂了規則——「親嘴和隔著衣服摸胸ＯＫ」。

雙手交抱胸前沉思了一會兒後，功一終於開口，「來訂期限吧，這個月之內解決，就以五十萬保險爲目標，試著跟他哭訴沒辦法達到公司業績。」

「有用嗎？」靜奈側著頭納悶。

「那再加碼爭風吃醋那招。泰輔，輪到你出馬了。」

「沒問題。」

「要是他還不上鉤就收手，反正本來就只是C級目標，不值得花這麼多時間和精神，況且我們接下來還有更大一票呢。」

「更大一票？」靜奈臉上瞬間露出光采，每次討論新計畫時，總會看到她這種表情。

「詳細狀況等吃過飯再說，否則太興奮影響胃腸就不好嘍。」功一意有所指地摸摸下巴。

晚餐由住在這裡的功一和泰輔負責打理，以輪值方式每星期交換一次。靜奈另在日本橋的濱町租了房子，平常她的生活起居都在那裡，但那個房間裡沒有半樣顯示她和兩個哥哥有關的物品。這間屋子裡也是，完全沒有她曾在此出入的跡象。

功一目前已經辭去設計公司的工作，但並非完全脫離這一行，而是以自由接案的方式繼續，理由是從設計方面工作建立的人脈有助於發展他的本業。

至於本業，當然就是詐騙。

當年靜奈上了證照詐騙的當，三人施展巧計成功將那筆損失從別人身上取回後，沒人開口說過要以此為本業，但可以確定的是，只要三人同心協力，想從其他人身上撈點錢似乎沒什麼困難，至少泰輔就再次體會到了三兄妹之間那股緊緊相繫的力量。

之後由於一起意外，三人才決定往後要運用這股力量生存下去，在那起意外中，功一成了受害者。

結束幾天連假後，功一一如往常到設計公司上班，整個辦公室卻已人去樓空，包括數位相機、電腦、影印機、印表機、色票、墨水、紙張，連鉛筆、原子筆、面紙還有菸灰缸，全都不見了！沒留下半點東西。不對，嚴格說起來還剩一樣，就是辦公室的鑰匙，被丟在百葉窗被拆掉的窗台上。

功一事後回想，自己當下根本不知道發生了什麼事。那是一定的啊，泰輔邊聽邊想，公司突然不見了，任誰都會手足無措吧。

既然公司負責人行蹤成謎，想當然耳，接下來如便是熟悉不過的情節：一群債主氣沖沖地上門。到了這時功一才知道公司欠了一屁股債。

面對蜂擁而至的債主，功一也解釋不清，因爲他一樣是受害者。這下子不止丟了工作，前兩個月的薪水也還沒拿到，況且之前聽從公司「最好有個人專用器材」的建議，才剛自掏腰包四十幾萬買了數位攝影機，不用說，那台攝影機也不翼而飛，很明顯，對方當初慫恿功一時早已計畫要帶著遠走高飛。

不僅如此，幾個請客戶先付款的案子，其中幾份收據上還有功一的簽名，對方自然以此爲憑要求他還錢。功一只好答應客戶將自己接下的案子做完，並向熟識的設計師求借器材；當然所有費用得由他一個人承擔，泰輔和靜奈還打工幫他籌錢。

所有工作告一段落後，功一的體重整整掉了四公斤。

「我再也不相信任何人！」雙頰消瘦的功一對泰輔和靜奈說，「能信任的只有你們，其實我早該知道的，沒想到會搞成這副德性，實在太丟臉了。我絕不會再犯同樣的錯！」

這不是大哥的錯，泰輔說，「你是被騙了，這有什麼好丟臉的呢。」

然而，功一炯炯有神的雙眼，神采絲毫未減，表情更加嚴肅地回答：

「之前我說過，這個世界上要不是騙人就是被騙，我明知這道理還上當，眞是笨到家了，還連累了你們。當哥哥的竟然這麼丟臉，太沒用了！」

看著垂頭喪氣的功一，靜奈伸出手搭在他肩上，「大哥，那就輪我們來騙人吧。」

功一抬起頭看她，泰輔也直盯著妹妹，不懂她這句話是什麼意思。

「這太沒道理了，爲什麼我們三個這麼倒楣？爸媽被殺，逼得我們離開自己的家；賣掉那棟房子的錢還被不知道打哪來的親戚拿走；好不容易能三個人安穩過日子，又換別人一個個來騙走我們的錢，簡直莫名其妙，這太不公平了。大哥，你說這個世界上不是騙人就是被騙吧？那老是被騙不就太笨了嗎？輪我們去騙人吧。」

「輪我們騙人，是什麼意思？」泰輔問道。

「之前我被騙走的錢是哥哥討回來的吧，那次我們不是合作無間嗎？就照那樣多設幾個局從別人身上騙錢啊！」

「說是這麼說，不過……這想法太荒謬了啦，對吧？大哥。」

但功一卻沒表示意見，還是低著頭動也不動，沉默了好一會兒。

找到設計公司負責人已經是一星期後的事，他被發現陳屍在秋田縣的男鹿半島，聽說是跳樓自殺，還留了遺書。

他投資一家新科技公司，當初對方說好成立之後由他帶領設計部門，於是他賭上了全部財產及人生。然而不但新公司遲遲未成立，當初邀請他入股的人也不知去向，留給他的只有龐大負債和無盡絕望，於是他什麼也沒多想就逃走，之後發現沒有自信能繼續活下去，便決定寫下遺書，自我了斷。

恐怕是這個結果造成了關鍵性的影響，這起意外發生不久後，功一向弟弟妹妹宣布：

「換我們來騙人，往後絕對輪不到我們愁眉苦臉！」

靜奈緊握雙拳，泰輔也點點頭，既然功一這麼說，表示這一定是對大家最理想的方向。

「我們最有力的武器是靜奈的臉蛋，唯一能用的也是這個方法。世上太多有閒錢卻得不到女人心的男人，那些人就是我們的目標；我們不騙窮人，這也是規則之一。」功一說道。

三兄妹也沒刻意討論，不知不覺已決定好各自的分工：計畫的擬定和事前調查是功一的工作，泰輔和靜奈則負責執行。基本手法是，一開始由靜奈詐騙男人，等到收網階段泰輔再出場。

三兄妹的「新事業」發展得相當順利，靜奈不止長得一副美貌，還擁有掌握男人心理的天賦，光是簡單交談幾句就能知道對方喜歡哪一種類型的女人，而且幾乎百發百中。

另一方面，泰輔在功一和靜奈口中是個「模仿天才」，無論保險業務員、銀行行員、占卜師、棒球選手還是男公關，他扮演起來都維妙維肖。而且一旦變身，怎麼看都會讓人認為那就是他的本行。

「二哥要是演員，說不定早在好萊塢發展了。」靜奈甚至曾這麼說過。

泰輔自己倒沒什麼感覺，他只是賣命演出，希望別拖累其他兩人。不過，他在這份「工作」中找到樂趣及價值的確是事實，光想到下次要扮演的角色就雀躍不已，為了融入角色做功課也非常有趣。過去他換過好幾份工作，卻從來沒享受過這種成就感。

三人吃完咖哩飯之後，功一拿出一份資料。「好，差不多該準備著手下一個計畫了。」

「別賣關子，快點說嘛。」靜奈嘟著嘴嘟囔。

「這次的目標就是他。」功一把資料放在玻璃桌上。

資料上附著一張照片，是個三十歲左右、下巴尖細的男人，雖然稱不上帥氣小生，但看起來頗有氣質。

「跟之前的比起來，感覺稱頭多了。」靜奈也這麼說。
「這個人名叫戶神行成，是一家連鎖餐廳的少東。」
「一千萬的鑽石就是要賣給這傢伙？」泰輔問道。
「沒錯。」功一開心地點點頭，「一定要讓他買下來。當然，那顆鑽石是我們要設法讓戶神行成送給靜奈的禮物。」
靜奈舔了舔嘴唇，豎起大拇指，「我已經準備好啦。」

11

川野武雄宛如旅行社業務，將一份份行程簡介排放在桌上，外加一張報告紙，上面寫著一大串數字。
「我研究了很久，覺得還是箱根好，考量到往返交通等等條件，挑出這三家看來還不錯的旅館，等級大概都在中上，餐點看起來也還可以，價錢差距不大。我簡單比較一下，大概是這樣。」川野把那張報告紙遞到靜奈面前。
上面寫的是三家旅館的費用比較，既然旅費全額由川野支付，照理根本不必把這種東西拿給女方看，他的用意可能在於表明「我可是爲妳花了大筆鈔票唷」。靜奈在心裡咒罵，就是老做這種事才沒女人要！
當然，靜奈絕不會把眞心話寫在臉上。每一家看起來都好棒喔，她對川野露出微笑。
「那交給我決定嘍。」

「嗯，好啊。不過，眞的很抱歉，現在還不確定能請假耶。」

川野的臉瞬間垮了下來，「可是，是週末……」

靜奈搖搖頭，「業務員是沒有週末的，因爲有些客戶平常日也要上班，六、日才有時間慢慢談。」

「……是喔。」川野一副鬧彆扭的表情。

他頂上稀疏，雙頰下垂，鬆弛的小腹微凸，這副邋遢模樣怎麼看都不像只有三十五歲。此外，他大學主修化學，畢業後曾在藥廠工作，卻無法融入公司組織，才半年就辭職；現在雖然以理化老師的身分勉強躋身於社會中，但在學校裡還是沒有親近的朋友，學生好像也當他是怪人。這些都是功一收集來的資訊。

其實，他並不是眞的怪，只是不善與人來往。他也想和普通人一樣交女朋友、結婚，才會在網路報名參加聯誼派對。只不過他沒勇氣主動和女性攀談，最初靜奈接近他時，他緊張得聲音高了八度，眼神像隻畏怯的小狗。

要操控這類男人的心理，對靜奈而言不費吹灰之力。打從派對隔天起，他沒有一天不傳簡訊來；算算兩人至今一起吃過三次飯，其中還有一次相偕去看了電影。光是這樣就讓川野樂不可支，完全認定自己已經是靜奈的男友。

功一三人正準備設下圈套讓他吐錢時，川野竟然邀靜奈去溫泉旅行。原先還以爲他這種人不善於和女人交往，出現這麼積極的舉動確實令人意外，但他在言談之間漏了餡。原來他經常上網路聊天室，因爲遇到有些不方便和認識的人說的事，在聊天室找人商量比較方便。而這次的旅行似乎就是網路聊天室裡有人建議，想和女友進一步發展可以邀約一起洗溫泉。不知道是哪個雞婆的人出的餿主意。

兩人約在池袋車站旁一家二樓附設有咖啡廳的大型書店。靜奈喝著紅茶，一面望向窗外。一名男子身穿色彩鮮艷的格子襯衫站在便利商店門口，他一頭長髮，戴著黑框眼鏡，手上還提著一只紙袋。第一眼看到他時，靜奈忍不住笑出聲來，心想如果在秋葉原，這副模樣大概會和身邊景象合而為一，難以分辨吧。

靜奈在桌子底下偷偷將手伸進皮包裡操作手機，只需按一個快速鍵，用摸索的就夠了。她看到便利商店前的男子有了反應，他從口袋掏出手機確認一下便切斷；這樣表示對方收到了信號。

「那，Yukari要什麼時候才能確定休假呢？」川野問她。

「這個嘛……」

靜奈側著頭想，Yukari這個發音到底寫成什麼漢字？由香里？還是由加里？她對自己的記憶沒半點自信，打從自我介紹之後就從來沒用過漢字，簡訊裡總是用「Yukari」。

「如果業績能達成，我想應該比較好安排其他事吧。」

「業績的規定那麼嚴格喔？」

「那當然。」靜奈點點頭，「如果拿不到合約，公司也沒必要僱用我們吧，只要業績差一點，馬上會反映在薪水上。」

是嗎，川野一臉茫然，反應不過來。這些公司、企業相關的語言是他最不擅長的，或許他下意識便想逃避。靜奈心想，得和這種老師討論就業方向的學生還眞可憐。

「所以我加保就行了吧。」川野將原本就稀疏的頭髮往後撥，低聲說著。

沒錯！靜奈忍住沒說出口，微微一笑，「我不想給武雄添麻煩，何況你還要負擔旅費。」

「對啊，一趟旅行下來不知道存款還剩多少，我想到時候如果還有餘力，再幫妳一點忙。」

說什麼廢話！靜奈聽得不耐煩了起來，旅費不全寫在那張報告紙上了嗎！清楚得很！

平常鮮少奢侈玩樂的川野有將近一千萬的存款，但這也同時證明了他一毛不拔的個性。靜奈先前認爲他遲遲不肯爽快加保是因爲對自己還有戒心，但最近了解到他只是單純捨不得手邊的錢。

川野的視線突然望向靜奈後方，她也感覺到背後有人靠近。

沒多久，一名男子來到兩人桌邊，是剛才站在便利商店門口的那個長髮男。

「我就知道。」男子直盯著她笑，「果然是妳。」

啊，靜奈驚呼一聲，「山田學長……」

「從背後就看出來是妳。哦？在談工作嗎？」男子滿臉笑容地看著她，又看看川野。

「呃，不是……」

「是嗎？對啦，快到月底了，妳該不會又被業績壓力追著跑吧？這個月的業績沒問題嗎？」

「嗯，勉強過關。」

「請問……」川野插嘴打斷兩人，「你們是朋友嗎？」

「呃，倒不是……」

「我是她的救星啦，對吧？」男子徵求她的認同。
「救星？」川野皺起眉頭。
「呃，那個，山田學長，我們在談正事。不好意思，改天有機會我再找你……」
「咦？是嗎？這樣吧，有什麼困難馬上打給我，一定唷，知道嗎？」
「好的，謝謝你。」
「上次去遊樂園玩得真開心，找時間再一起去吧。」
「嗯，好啊。」
長髮男帶著詭異的傻笑離去，靜奈雖然知道他的本尊是何人，那副表情還是讓人背脊發涼。
「那個男的是誰啊？」川野問她。
「他是我高中學長，前陣子在路上偶遇，他知道我是保險業務，又面臨業績壓力，就當場簽約加保……」
「什麼？」川野的表情看來有些難過，「你們還去了遊樂園？」
「我想向他道謝，他就提議陪他去遊樂園玩，但只去過一次喔。」
「說句不好聽的，這個人感覺怪怪的，是不是人家說的宅男啊？」
「我也不太清楚他是做哪一行，不過確實很有錢，所以我業績出現危機時只好拜託他。」
「這種人？」川野的雙眼瞬間閃過一道精光，「妳居然拜託這種臭阿宅？」
「眼看過不了關也沒辦法啊。」靜奈冷冰冰地說完，啜了一口紅茶。
川野將手伸向咖啡杯，端起杯子時還震得下方的小碟子喀喀作響。很明顯地，他此刻的心情異常激動。

「這我不能認同。爲了爭取合約，居然連約會都能答應，太奇怪了。」

「不是約會，只是一起去遊樂園玩而已。」

「但那小子一副把妳當成女朋友的樣子。」

「沒這回事。」

「總之，我不喜歡妳做這種事，下次別再這樣了。」

「可是……」靜奈低下頭。

川野隨手把咖啡杯往桌上一放，「要多少？」

「什麼？」她抬起頭。

「業績啊，還差多少？」

看著對方異常激動的表情，靜奈不禁想舔舔嘴唇，但她還是努力克制，刻意吞吞吐吐地開口。

望遠鏡頭捕捉到靜奈和川野正走出書店大門，靜奈挽著他的手臂，兩人過了馬路，走進對面的銀行。

泰輔將望遠鏡拿開，看看手表，時間已過六點。今天還有另一個安排，而且還是無論如何都不能挪動的重要行程，可不能因爲花費太多工夫騙個中學教師而遲到。

他再次拿起望遠鏡，一般來說，坐在長椅上幹這種事很容易讓人起疑，唯有在這身宅男裝扮掩護下毫無問題。

兩人總算走出銀行，只見靜奈對川野說了幾句話，接著攔下一輛正好經過的計程車。她向川野揮揮手坐上車子，川野則依依不捨地目送計程車駛離。

泰輔也站起身往車道走去，忙不迭地舉起手攔計程車，一上車就交代司機到青山。

這時，手機鈴聲響起，是靜奈打來的。

「我是山田。」泰輔說。

「順利完成，進帳一筆。」

「那眞是太好了。」泰輔點點頭，「一筆」指的是一百萬。果然鐵公雞川野也會爲了不讓阿宅搶走愛人而拚命呢。

「現在先回一趟日本橋總公司，重新包裝後就過去青山。」

「收到，我先去勘查狀況。」

結束通話後，泰輔摘下眼鏡，拿掉長假髮，同時拿出鏡子迅速整理髮型，他可不能像靜奈一樣花那麼多時間「重新包裝」。

在青山下了計程車之後，泰輔衝進最近一間大樓裡的洗手間。從紙袋拿出的公事包中裝著襯衫和外套，換裝完畢後，他把脫下來的衣服、變裝道具和紙袋全塞進公事包裡，走出洗手間。

目標的那家店就位於古董大街上，店外招牌寫著「ｂａｒｏｎ」。泰輔隔著馬路站在對面人行道上，拿出手機貼在耳邊，假裝講著電話，目光當然正對著「ｂａｒｏｎ」大門。

打扮光鮮亮麗的男男女女陸續走進店裡，年齡層大概在二十歲到三十五、六歲之間，其中有情侶，也有都是同性朋友的小團體，還有幾個是單獨一人。

今晚這家店將舉辦一場小型派對，泰輔等人眼中的重要人物應該會在此現身。

泰輔看看手表，快七點了。

一輛計程車停下，走出一名身穿褐色皮外套的男子。泰輔看到那人的側臉後，立刻望向手機上的畫面，比對著螢幕顯示的照片。

男子很快就進到店裡。確認之後，泰輔撥了手機。

「您好，這裡是『藝術規畫工作室』。」是功一的聲音。

「目標已經進入店內，沒有攜伴，交通工具是計程車。」

「完全在我們計畫之中，顧客群是什麼感覺？」

「各種人都有，女性單獨進入也不會特別突兀，怎麼樣？」

泰輔問完後，功一沉默了幾秒鐘，「還是按照原訂計畫行動，靜奈一個人反而醒目，你跟著她吧。」

「收到。」結束通話後，泰輔再次望向「baron」。不一會兒突然有人從後面拍拍他的肩膀，是靜奈。她身穿灰色連身洋裝，罩著外套，看起來重新補過妝，但感覺比剛才拘謹了些。

「這個妝好嗎？」

「你有意見啊？」

「沒有，只是看起來好像沒什麼女人味。」

「對手平常看太多濃妝豔抹了。好啦，走吧，春日井大哥。」

「請，佐緒里小姐。」

兩人等車流一減少便穿越馬路。

12

看著紅色液體從醒酒瓶注入酒杯的瞬間，戶神行成心想，這眞不錯。他晃了晃酒杯，凝視杯內附著的酒液靜靜滑落，滴落的速度和黏稠性跟他想像的差不多。他又晃了幾下杯子聞聞香氣，接著含了一口在嘴裡，口感十足，充分展現單寧的特質，其中微微透著一絲甘甜，感覺還不差。他心想，這酒搭配酥炸牛小排似乎不錯。

「這是皮蒙特（Piemonte）省產區的酒。」端著醒酒瓶的年輕男子說明，他脖子上繫著領結，看起來卻沒一點架式，大概是個實習侍酒師吧。

「在義大利北部吧。」

「是的，這支酒標示了Grande Reserve，Reserve的意思是——」

「沒關係，我知道。」行成伸出右手打斷男子的話，他不喜歡品酒時有人在旁邊高談闊論，這樣容易先入爲主。

他又啜了一口，靜靜閉上眼睛，在腦中描繪出用餐時的狀況：當嘴裡還殘留酥炸牛小排的味道時，喝一口這種紅酒，顧客會是什麼感覺？這口味跟醬汁搭配得起來嗎？

Reserve是法律上規定標示的紅酒釀製熟成時期，不太記得究竟是五年還六年，但這些細節無所謂，重點在口味，也就是能否和餐點搭配。

感覺還不差，有了結論之後，行成把酒杯放回桌上。只是還有個問題，價格有段差距。如果要在餐廳推出，價格最少得訂在七千圓，對抱著輕鬆心情來吃晚餐的情侶而言，這的確太貴了。
行成從口袋裡拿出記事本，先記下酒名，想著說不定能依照進貨量和廠商另外議價。
他離開桌邊，環顧四周。這個派對形式上是讓賓客自由走動取餐，實際上是義大利紅酒品酒會，因此桌上每道菜旁都放了適合搭配的推薦紅酒。
受邀來賓主要都是餐飲同業，也有不少熟面孔名人，看上去還有一些不知道什麼來路的人。聽說有人網拍邀請卡，但主辦單位大概也認爲有人捧場總比場子冷清來得好，所以睜一隻眼閉一隻眼吧。
行成在放著鮮魚冷盤和白酒的桌邊停下腳步。白酒該怎麼辦呢？這時他腦中剛好煩惱著這件事。正當他拿起酒杯時，忽然聽見某位女子的聲音。
「前幾天有人告訴我一家很棒的洋食店喔。」
聽到「洋食」二字，行成特別敏感，微微側了下頭。
一對年輕男女就在他身邊，起先以爲是情侶，但感覺不太一樣，男方的姿態似乎顯得較低。
「洋食倒是很少有好吃的店，是哪一家呢？」男子問道。
「叫做『戶神亭』，店名很奇怪吧。」
女子的一句話讓行成整個人當場僵住，他沒想到會聽到這個店名。
「需要爲您倒杯酒嗎？」女服務生面帶微笑地問他。
「哦……麻煩妳。」行成遞出空杯，但全副精神早已飛到旁邊兩人的對話上。
「那家店我曉得，東京都內還有好幾家分店，我倒是還沒去過。原來這麼好吃啊，妳點了什麼呢？」

「我點的是燉牛肉，一起去的朋友吃酥炸海鮮，她也說味道很不錯。」

「真的嗎，那改天我也帶老婆去吃吃看。」

「不過女性顧客對這家店的好惡可能會因人而異，如果要帶尊夫人同行，應該先提醒你一下比較好。」

這句無法忽視的話，讓正端起白酒準備試飲的行成停下手。

「是嗎？是什麼狀況？」那名男子問道，行成也豎起耳朵。

「這個嘛，很難用三言兩語形容。若是女性應該都能了解，但也可能只是我自己想太多。」

「真令人好奇，這麼說反而讓我更有興趣去瞧瞧。」

「嗯，親自去一趟比較好，到時應該就懂得那種感覺了。」

「這樣啊，那我最近找時間去一趟。」

兩人說完便慢慢離開，行成卻慌了起來，把還沒喝的白酒放在桌上，緊跟在後。

兩人並肩走著，有說有笑。女子身材苗條，從隱約窺見的側臉看來，大概不到二十五歲；男子雖然也很年輕，但應該比女方大一些，中等身材，背影散發出一股業務員的氣息。

「請問……」行成從後方叫住他們，兩人同時轉過頭，臉上都帶著疑惑。

行成當場愣了一下，女子的樣貌比從背影想像的漂亮多了。

「呃……恕我冒昧，剛才不小心在那邊聽到兩位的談話。」

兩人面面相覷，女子還不解地側著頭。

「就是洋食店的話題。」行成解釋，「兩位提到了『戶神亭』吧。」

女子點點頭，「我們是聊了一下，有什麼事嗎？」

「請問……是哪裡讓您感到不滿意呢？」

「嗯？」

「呃，您剛提到女性顧客對『戶神亭』的好惡可能因人而異，我想請教具體來說是哪些地方。」

這時，同行的男子上前一步。

「不好意思，請問您是……？」

「啊，眞抱歉，應該先自我介紹才對。」行成從外套口袋中拿出名片，「這是我的名片。」

上面印著「戶神亭有限公司　董事　戶神行成」，女子一看立刻睜大了眼睛，身旁的男子也一臉錯愕。

「唉呀，我居然出了這種糗……」女子驚訝地掩著嘴。

「眞的非常抱歉，」身邊的男子立刻不住賠禮，「實在沒想到旁邊剛好有這家餐廳的人，那番談話絕不是有意的，況且這位小姐的本意是稱讚『戶神亭』美味的餐點，還請別放在心上。」

行成聽了搖搖頭，「我一點都不介意，反倒覺得很幸運，因爲實在很少有機會聽見顧客眞正的心聲，而不是表面的應酬話。我只是非常想知道您的感想。」他直盯著女子。

女子面有難色地低著頭，眨了眨眼，「對不起，那沒什麼太大的意義，請您就當是小女孩隨口說說的感想，別再追究。」

「我認爲隨口說說的心得才重要，麻煩您直說吧。」

「好了好了，別那麼激動。」同行男子插入交談，「這位小姐是我客戶的千金，並不是餐飲相關從業人員，所以眞的只是隨口閒聊而已，也請您別放在心上。」

「不，我絕對沒有責怪的意思，眞的只是純粹請益，兩位不相信嗎？」行成尷尬地搔著頭。

同行男子或許理解了他的心情，便對女子說，「怎麼樣，佐緒里小姐？既然對方這麼有誠意，不如妳就坦白地將想法說出來吧。」

「麻煩您了。」行成深深一鞠躬。

「您的意思是？」

「傷腦筋，事情怎麼變成這樣……」她嘆了口氣，「請問，非得現在在這裡說嗎？」

「我希望能再去一次，親自確認過後再說。」

「您是說到我們餐廳嗎？」

女子點點頭，「既然要對經營者陳述感想，我也不想太輕率。如果我的想法只是受到當時心情影響，豈不是給您添了麻煩。」

「不要緊，就算這樣也很有參考價值。」

「可是我會覺得愧疚。我不希望在這裡隨口說說，之後卻感到後悔。這幾天我會去一趟『戶神亭』，倘若還是跟上次的感覺一樣，再用E-mail跟您說明，寄到這個信箱可以吧？」她看著行成的名片。

「可以……」

其實行成很希望能當場聽到，但既然對方無法接受這種做法，也不能強人所難。

話說回來，只不過是表達個感想便如此愼重，這樣的女孩還眞少見。光憑這一點，行成無論如何都想聽聽她的意見，而且是面對面交談，不是透過E-mail。

「就這麼決定吧，用信件溝通的話，佐緒里小姐也比較容易寫出眞正的感受。」同行男子做了結論。

「稍等一下，請問，您打算什麼時候去『戶神亭』呢？」

「還不確定……」

「決定時間後請通知我，方便的話，我想和您在餐後聊聊，五分鐘、十分鐘都無所謂。」

「不能就寄信說明嗎？」

「麻煩您了。」他又行了一禮。

行成耳裡傳來女子的一聲嘆息，「好吧，我會事先通知您。不過請不要抱太大的期望，我對餐廳眞的了解不多，烹飪方面也不熟悉。」

「像您這種顧客的意見才最珍貴，非常感謝您。」

女子苦笑地看著同行男子，「事情怎麼會變成這樣呢。」

「還好啦，別太介意。啊，對了，還沒自我介紹，這是我的名片。」男子遞了一張名片到行成面前，上頭寫著「CORTESIA．JAPAN東京分公司　營業部營業一課　春日井健一」。

「CORTESIA」這個行號行成也聽過，是一家專賣貴重金屬及珠寶的公司。

「您不是餐飲界同行啊。」

「我一開始便說過，這次因爲派對主辦單位中剛好有朋友，又知道這位小姐喜歡紅酒，才給了我們邀請卡。」

「請問……」行成再次看著女子。

「我叫高峰，高峰佐緒里。」

她從皮包裡拿出學生證。高峰佐緒里，就讀京都某個女子大學四年級。她說明自己目前休學，來東京體驗生活。

「眞是悠閒。」

「我只是認爲在對社會現況一無所知下畢業，不是太冒險了嗎？」她眼神中帶著些許質疑，看來個性也有幾分好強。

的確有道理，行成隨口回答。畢竟這女孩連對餐廳的感想都不肯輕率發言，對她來說，出社會前當然得先花一段時間深入了解。

沒多久，佐緒里和春日井一同離開了會場，行成則留下來繼續品酒，但精神卻無法集中，因爲佐緒里的身影在他腦中揮之不去。究竟是在意她對「戶神亭」的看法，還是被她這個人所吸引，他自己也不了解。

派對在九點多結束，行成搭計程車回到位於目黑的家。這棟房子是大約十年前他父親戶神政行買下的，聽說以前住了一戶德國人家，所以玄關的門特別高。此外，房子外表看來像是日本傳統住宅，實際上鋪設榻榻米的房間卻很少，好像也是曾經住過外國人的緣故。

行成走進客廳，看到父親政行正在講電話，他似乎剛回家不久，連一身西裝都還沒換下來。從政行嚴厲的口吻聽得出，電話另一頭應該是某個分店的店長。

「總之，不准再有第二次這類失誤了，你要牢記在心。」說完政行就掛了電話。

「怎麼了？」行成問父親。

「沒什麼，就是進貨時出了錯，造成了套餐的材料短缺。眞是的，又不是小孩子！」政行不耐煩地啐了一聲，脫下西裝外套，「品酒會如何？」

「有幾瓶覺得還不差，不過沒找到關鍵性的極品。」

政行聽了露出笑容。

「好，你慢慢傷腦筋吧，我以前也煩惱過。」

「我才不會光是模仿爸。」

「那當然，那是你的店，由你自己全權負責。」

「我知道。」

行成走出客廳，上了樓梯。他的房間在二樓。

這陣子他接下「戶神亭」新分店的店長，店面地點已經決定，內部也開始裝潢。他每天腦子裡只想著餐廳的事，被開幕準備的各項雜務追著跑。

他最大的期望，就是能有一間展現自我風格的餐廳。當然，如果不能讓顧客滿意，一切都毫無意義。

行成腦中又浮現高峰佐緒里的身影，他心想，眞希望能馬上和她談談。

13

戒指中央有個令人眩目的燦爛寶石，旁邊還緊密地鑲著一圈透明寶石，泰輔看了直眨眼。

「好炫喔，這是哪來的？」

指尖拈著戒指的功一微微一笑。

「拿拍攝用的道具，花點工夫稍微改造了一下，怎麼看都像眞品吧？」

「借我看看。」泰輔接過戒指，仔細觀察。

這次他扮演的角色是珠寶商，最近正努力吸收這方面的知識，尤其是「春日井健一」任職的「CORTESIA．JAPAN」，他更是瞭若指掌。這家公司的訂婚戒指有個特色，就是在鑲著鑽石的戒台部分有個「CORTESIA」字首「C」的設計。

泰輔手上的戒指在戒台側面刻著「C」和反轉文字。這是經典款。

「這個搞不好眞的可以騙得過人。」泰輔拿起放大鏡，觀察細部。

「哇，二哥看起來還眞有模有樣，好像專業珠寶商喔。」靜奈在一旁挖苦他。

「這是蘇聯鑽吧？」泰輔問道。

「這還用說！」功一忍不住笑了出來，「眞鑽要價好幾百萬耶，不過，你居然看得出是假貨，已經很厲害了。」

泰輔放下放大鏡。「表面看起來和眞鑽一模一樣，但在放大鏡之下會發現切割部分的線條不夠犀利。另外，亮度上也看得出著色太深，很明顯是人造鑽石。」

哇，功一和靜奈對看了一眼。

「我腦子是這麼想啦，」泰輔把戒指還給功一，「不過很可惜，我也看不太出來，因爲從沒看過眞鑽，無法比較。」

「什麼嘛，眞掃興，不過這也難怪。」功一謹慎地將戒指放回盒子裡，接著又拿出另一只盒子。他打開盒蓋，遞到泰輔面前，「那你看這個怎麼樣？」

盒子裡裝的也是戒指，不過上面沒有大顆寶石，而是一只鑲滿碎粒寶石的造型戒指。

「『CORTESIA』的最新款！」泰輔立即回答，「日本應該還沒進來幾只吧？」

「黑市可是很恐怖的，檯面下老早就有複製品流通了，我是在御徒町(*1)找到的。識貨的人好像一眼就知道是假貨，但外行人應該分辨不出來吧。」

「我可看不出來，因爲我只看過照片呀。」

借我瞧瞧，一旁的靜奈伸出手。她一接過來就往無名指上套，戒指在日光燈下閃閃發光。

「這款好可愛，我喜歡。」

「戒指的指圍已經按照靜的尺寸訂做，遲早都是妳的，別擔心。不過，不可以戴出去，在家裡開心就好。」

聽到功一這麼說，靜奈噘著嘴取下戒指，「什麼嘛，眞無趣。」

「戒指準備賣給戶神嗎？」泰輔問道。

「就是這麼回事。剛才看到的那只大的是六百五十萬，這只造型戒指三百五十萬，合起來是一千萬，也可以加個尾數，聽起來逼眞一些。」

*1 位於上野附近，車站有許多珠寶店，過去還曾經成立「珠寶城御徒町」的組織。

「不會被發現是假的吧？」

「那要靠你們的本領啦，如果讓戶神買下後當場送給靜奈當禮物，他就一輩子沒機會仔細觀察戒指了。」

「戶神對珠寶……不專精吧？」靜奈一臉擔憂。

功一從桌上拿起一張資料。

「戶神行成，二十八歲，慶明大學經濟學系畢業。大學畢業後進入父親經營的餐廳工作，擔任吉祥寺分店店長。平日的興趣是聽音樂、健行、釣魚，大學時參加單車社。至今沒有獨居的經驗。座車是Legacy Touring Wagon(*1)。喜歡的藝人：無，應該說對演藝界的動態一無所知。喜愛的品牌：無。頭髮都是到住家附近的理髮店整理，從未染過頭髮。父親名叫戶神政行，擔任洋食餐廳『戶神亭』社長，目前在東京都內有四家分店，另外橫濱、大阪地區各有一家；業績似乎在近十年內急速成長，最近預定再開一家分店，據說將交由戶神行成全權打理。戶神家位於目黑，聽說之前曾住在橫濱。」功一一口氣唸完之後，看看泰輔和靜奈，「怎麼樣？這份檔案並沒提到他專精珠寶。此外，另一項未經確認的消息指出，他只交過一個女朋友，在大學時分手了；也就是說，跟女人沒什麼接觸，講好聽一點是純樸，難聽的話就叫老土，我猜他壓根兒也不會想到這兩只戒指是假的吧。不過，再說一次，成敗全看你們的演技了。」

泰輔從功一手上接過檔案再細讀一次，確實沒什麼好擔憂的。

話說回來，功一竟然能在短短時間內調查得這麼詳細，泰輔暗自讚嘆。雖然一向如此，他還是不禁折服於功一蒐集情報的功力。

這次的目標是功一混進某個單身派對相中的，被鎖定的戶神行成大概做夢也沒想到，原本該是爲了把妹而來的一大群男人中，居然還夾雜了前來探路找肥羊的騙徒。

坦白說，功一會相中戶神也純屬巧合，是聽到他父親經營洋食餐廳才對他產生了興趣，加上之後不經意聽到的一些交談，才確定此人正是這次行動的最佳目標。

A級，這是功一對他的評等。換句話說，順利的話便能海削他一筆。

「約定的時間就在今晚，靜，妳有信心嗎？」功一問。

他指的是品酒會當晚，靜奈和戶神行成的約定。在那之後兩人說好靜奈將前往「戶神亭」廣尾分店用餐，並在餐後和戶神行成碰面。

「那當然，我早想好一套計畫了。」靜奈信心滿滿地回答。

「不過，這傢伙眞好騙，沒想到戶神這麼輕易就上鉤，大哥的策略永遠都那麼完美。」

「對啊，光是丟出『戶神亭』三個字的餌，他便緊咬著不放，害我當場差點笑出來。」

聽到泰輔和靜奈這麼說，功一滿意地點點頭。

「我之所以認爲戶神是頭肥羊，就是看穿他滿腦子想的都是餐廳。從某個角度來看，那小子現階段對女人根本沒興趣，整天只想著負責的這家新分店該怎麼打理，所以只要是談到『戶神亭』的意見，不論好壞他都想知道吧，當然會一腳踩進你們設下的圈套。這結果目前看來跟靜的魅力無關。」

「啊，太受傷了。」

*1 Subaru的一款休旅車。

「我是說『目前』，接下來就看妳的，一定要搞定。」

「包在我身上，我大概知道那傢伙的要害在哪了。」被功一一激，靜奈更添幾分鬥志。

「很好，這部分我們就相信靜的功力。」功一說完後在椅子上坐正，認眞地看著泰輔和靜奈，「有件事講在前頭，這次行動結束後，我們三個便從此洗手不幹，戶神行成將是最後一個目標。」

泰輔聽到大哥的話後，睜大了雙眼。

「大哥，這什麼意思？」靜奈似乎也很困惑。

「聽不懂嗎？我說撈完戶神行成這一票，我們就不幹這一行了。」功一一個字一個字地慢慢說。

「爲什麼啊？」泰輔問道。

功一嘆了口氣，「我們總不能永遠靠詐騙爲生吧。你和靜奈總有一天得成家，建立自己的幸福家庭，所以最好趁早回到社會當個正常人。」

「可是，也太突然……對吧？」泰輔尋求靜奈的認同。

她也點點頭，「就是說，沒必要急著決定吧，好不容易才上了軌道。」

功一搖搖頭，「這不是突然決定的，其實我一直想著這件事。這麼繼續下去，總有一天會踢到鐵板，不知道什麼時候會在哪裡碰到之前被我們騙的傢伙。靜說現在上了軌道，但懂得見好就收才是重點。我決定了就不會改變，這次是最後一票。」

看來功一心意已決，這時任誰說什麼都改變不了他的想法，此外，他的判斷永遠都是對的，這一點泰輔和靜奈也很清楚。

「既然大哥這麼說……那好吧。」泰輔回答。

「靜呢？」

「我也同意。」

「是嗎，那這最後一票就乾脆俐落地解決，等鈔票進帳，我們找地方開家小店吧。」功一笑著說。

戶神行成進入「戶神亭」廣尾分店時，已經過了八點半。店裡非常熱鬧，吧台區坐著一群常客，行成走過他們身邊時還輕聲打了招呼。

他和從開幕以來每個月都固定光顧的一對老夫妻寒暄幾句後，繼續往裡面走，桌位部分也幾乎滿座。

高峰佐緒里坐在靠牆一張小桌子的位子上，似乎已經用完主菜，正喝著紅茶。

行成回到櫃台邊看看帳單，想知道她點了哪些菜，確認之後便再次走近佐緒里的座位。她一察覺，便抬起了頭。見她一臉笑咪咪，行成愣了一下，頓時心神蕩漾，至於原因，連他自己也不清楚。

「您點的是酥炸豬排吧。」行成詢問。

「是的，非常好吃。」

「那眞是太好了，我可以坐下嗎？」他指著對面的椅子。

聽到她回答「請坐」後，行成坐了下來，並叫住服務生，要了一杯咖啡。
「我想您一定會找朋友一起，沒想到是一個人來。」
「原先是這麼打算的，但朋友臨時有事。」
「這樣啊，那也可以改天再過來呀。」
「我考慮過，但既然通知了您今天來，萬一改期也許會給您添麻煩……」
行成用力搖頭。
「沒這回事，這件事本來就是我厚著臉皮拜託您，眞是不好意思，反而讓您費心。」
「別這麼說，我其實不排斥一個人吃飯。」佐緒里微笑著啜了口紅茶。
行成端起送來的咖啡喝了一口後，坐直了身子看著她。
「那麼，可以請您告訴我，本店的缺點是什麼了嗎？」
她一聽連忙搖手，「並不是什麼缺點，只不過是一般人或許認爲無所謂，而我稍微有些在意的小地方罷了，您這麼愼重其事反而讓我難堪。」
「我只是當做參考，請您不用拘謹直說吧。」行成將雙手疊放在腿上。
佐緒里露出稍稍爲難的表情，最後終於下定決心點點頭。
「好的，既然您有這份雅量我就坦白說，我在意的是吧台區。」
「吧台區有什麼不妥嗎？」
「那一區大多是常客吧，所以大家會跟店員閒聊，看起來氣氛融洽，就像一家人。」
「這樣不好嗎？」

「法式或義式餐廳也容易有常客，卻很少出現這種景象，再說那些餐廳根本沒設吧台區。」

「您的意思是不該設置吧台區？」

佐緒里搖搖頭，「問題不在這裡，意思是，對於像我這種第一次來的顧客，這會是種不太舒服的氣氛，感覺自己好像被當成外人。」

「您想太多了，的確，比起法式或義式餐廳，我們店裡常客的比例可能偏高，但這也是洋食餐廳的一項優點啊。您如果多來幾次就能習慣這種氣氛了。」

佐緒里聽完，側著頭想了想，「只不過吃頓飯，還得設法融入店裡的氣氛，這很怪吧。」

「會嗎？可是……」行成話說到一半不禁露出苦笑，「不好意思，是我向您請教，結果還反駁了起來，眞不應該。」

「如果有冒犯的地方我向您致歉，這只是一個外行人的意見，您不用理會。」

「別這麼說，您剛提到的非常有參考價値，我以往根本沒想過這個問題。」

行成從口袋裡掏出記事本，寫下關於接待常客的意見。

這時，佐緒里又說了，「但餐點眞的很好吃喔。」

「謝謝。」

聽到行成的回答，她笑著聳聳肩。看著那副表情，行成感到心跳再次加快。

14

觀察著戶神行成的反應，靜奈覺得自己似乎已經掌控了整個節奏。和當初猜測的一樣，這男人個性老實，熱中工作，而且以往幾乎沒領教過女人的狡詐和心機；他大概做夢也沒想到，那個看似說出眞實感想的顧客高峰佐緒里，骨子裡正盤算著要怎麼玩弄他。

靜奈心想，沒問題，應該可以手到擒來。只不過，會這樣自我勉勵，對她而言倒很少見。

坦白說，靜奈隱約覺得這次的狀況和以往有點不同，但連她自己也分不清是什麼原因。若硬要講，就是心中有股淡淡的罪惡感正悄悄擴散；之前也不是完全沒這種感覺，但總能輕而易舉地把這個念頭趕出腦袋，因爲「對方活該被騙」的想法總是占了上風。

不過，今晚卻不太一樣，以往她總像是高高在上、睥睨對方，這次反而覺得有雙眼睛緊盯著自己，好不自在。

問題很可能出在這家店，從踏進店內的那刻起，靜奈心中便有股莫名的不安，彷彿有人敲著心靈角落那扇古老的門；然而，這種情緒卻又不壞，甚至讓她一下子鬆懈了。這份感覺困惑著她。

靜奈心想，大概因爲這是一家洋食餐廳吧，雖然和爸媽以前開的「ARIAKE」在規模及格調上都完全不同，卻瀰漫一部分明顯相似的氣息。那股氣息將她拉回昔日童年，那段從沒想過怎麼去欺騙他人的純眞歲月。

「怎麼了嗎？」行成問著，神情顯得不安。

「沒有，沒什麼。」靜奈趕緊搖搖頭。

「您還有其他建議嗎？不管是什麼都請別客氣，這些沒有多餘專業知識或先入爲主的意見，對我們而言相當寶貴。」行成的口吻依舊很熱切。

靜奈放下茶杯，環顧四周後說，「嗯，只有一件事。」

「是什麼呢？」行成立刻探出身子。

「其實我從剛才就對後方的座位很好奇。」

「後方？」

店內後方有一處特別隔開的空間，放置四張桌子，坐在這一區的顧客看起來都像情侶。

「那一區的燈光和其他地方不太一樣吧。」靜奈說。

行成點點頭。「這是專爲一些想在浪漫寧靜環境下用餐的顧客準備的空間，大都是情侶，所以用較微弱的燈光營造氣氛。」行成解釋完後看著靜奈，「這有什麼不妥嗎？」

「這個構想很好，但我對燈光的角度有點意見。」

「角度？」行成一臉意外，再次望向後方空間。

「當整個空間相對昏暗下，來自單一方向的光源會顯得特別強，而在臉上形成陰影。如此一來，照在臉上就不怎麼好看了。」

「咦？會嗎？」

「比方說，在黑暗之中拿著手電筒從臉部下方往上照，相當讓人毛骨悚然吧。當然，這個例子極端了些。」

「原來是這個意思啊，我從沒想過，但顧客本身應該不知道自己的臉看起來是什麼感覺吧。」

「看到其他顧客就會想像自己在這種燈光下看起來的感覺呀，女孩子隨時都很在乎自己在他人眼中的形象的。」

行成一臉折服地點點頭，「身爲男人確實無法想像，這一點也非常具有參考價值，謝謝您。」行成在記事本上寫下重點，再次望向後方座位區，「除了新分店之外，其他各分店的燈光最好也重新檢討一下。」

「新分店？」

「過一陣子在麻布十番有家新分店即將開幕，從開店前的準備到實際經營全都由我負責，最近光想著那家店的大小事就讓我頭痛，所以無論如何都要聽聽高峰小姐的意見。」

靜奈點點頭，心想著功一的情報果然沒錯。

「原來是這樣啊，眞不簡單。」

「難得有這個機會，我想營造出有別其他分店的特色。話雖如此，卻不像嘴巴說說那麼簡單。」

「您想打造出什麼樣的餐廳呢？」

行成就等著靜奈發問似的，雙眼瞬間閃爍起光芒。

「簡單一句話，就是能讓顧客盡情暢談的店。我認為以往『戶神亭』各分店都不免有種裝模作樣的感覺，顧客在店內很難輕鬆對話；高聲喧嘩當然另當別論，但我覺得用餐時絕對少不了交談。一般大多認為能否愉快暢談是因人而異，我卻相信餐廳的硬體規畫和工作人員的應對態度也有重要影響。」

看著笑得露出一口白牙的行成，靜奈心想，這個人是不是從沒接觸過潛藏在人心深處的醜惡呢？她不禁冒出邪念，要讓他了解人性之惡進而徹底失望；另一方面卻又羨慕起他的純樸天性。

「其實呢……」行成繼續說著，他的表情就像想出新把戲的小學生，「我有個想拿來當招牌的菜色。」

「是什麼？」

「這個嘛，」他壓低了嗓音，「就是牛肉燴飯。」

咦?!靜奈驚訝地睜大眼睛，「用牛肉燴飯當招牌菜色？」

行成用力點頭，「當然不止這一道，而是在套餐中先上魚類、肉類料理，最後以牛肉燴飯作結。爲此，之前的菜色也得在這個前提下重新設計，重點放在讓顧客以最開心的方式品嚐這道牛肉燴飯。」

「感覺好好吃，不過聽起來好像會吃得太飽。」

「爲了讓女性顧客也能大快朵頤，整個套餐的分量還必須重新調整。」

「您對自家餐廳的牛肉燴飯相當有信心呢。」

聽到靜奈這句話，行成下顎略收，整個人微微挺胸坐正。

「我們的餐廳能有今天這種規模，追本溯源都多虧了牛肉燴飯。當年就是因爲這道菜色廣受歡迎，才讓生意興隆了起來。」

「聽您說得這麼好吃，我今天眞該點牛肉燴飯才對。」

他聽了微笑搖搖頭，「很可惜，這家分店提供的牛肉燴飯並不是原始的口味。我父親在每一家分店開設前，都會要求各負責人製作出該店原創的牛肉燴飯，創始總店的食譜連下屬也不洩漏。換句話說，即使同樣都叫做『戶神亭』牛肉燴飯，口味也各式各樣。」

「這麼說，接下來要開幕的分店，牛肉燴飯也是新口味嗎？」

「不是，這家新分店要重現原始口味。」行成像是做出宣示，「我想回歸原點，以創始總店的『戶神亭』牛肉燴飯做爲賣點。這當中經過幾番說服，直到最近我父親才總算點頭。」

「令尊將作法傳授給您了嗎？」

「是我問出來的，爲了要重現那個味道，簡直弄得人仰馬翻。對了，過一陣子我們要辦個牛肉燴飯的試吃會，不知道您是否肯賞光出席呢？非常希望您來能嚐嚐。」

「我有這個榮幸嗎？」

「麻煩了，我認爲您的意見比那些烹飪專家還來得有參考價值。不對！應該說我很希望能聽聽您的建議。」

看著行成一副慷慨激昂的模樣，靜奈在心中暗自竊笑，因爲她正盤算著怎麼找個下次再見他的藉口。牛肉燴飯試吃會？感覺還不賴。只要先跟功一大哥商量，一定可以想出乍聽下像門外漢卻又能讓行家眼睛一亮的意見，好比之前告訴行成「常客營造出的氣氛太強，讓初次上門的顧客感到不舒服」的感想，也是功一事先面授機宜。

「啊，已經這麼晚了！」行成看著手表驚呼，「耽誤您這麼久的時間，眞不好意思，該不會影響到您接下來的安排吧？」

「沒有，之後沒什麼事。」靜奈還期待著或許他會提出邀約。

「是嗎？那就好。」

然而，行成卻沒有任何類似的行動，靜奈只好拿起皮包，「那麼，我想先結帳……」

「沒這回事。」行成舉起右手制止，「今天是我拜託您來的，沒理由跟您收費，就讓我請您一頓飯吧。」

「可是……」
「您提供了相當寶貴的意見，這樣就夠了，千萬別客氣。」
從他堅持的語氣中也聽出帶著些許踏實，靜奈心想，這個人倒不只是個任性大少爺。
那我就接受您的好意了，靜奈向他行了一禮。
她站起身，行成也隨即跟在後頭，看來是想送她出餐廳。
兩人經過吧台區時，幾名顧客杯酒交錯，好不熱鬧。
「您講的或許沒錯。」走出餐廳，等候電梯時行成又說了，「常客太過醒目似乎不是件好事，卻又不能因此不尊重他們，這眞是個難題。」
「您眞的不用太介意。」
「話不是這樣，難得有機會從零打造一家店，我可不想輕易妥協。」
行成剛說完，電梯門就開了，走出一名身穿灰色西裝的白髮男子。這名中年男子一看到行成便停下腳步。
「你怎麼來了？」
「爸也是啊，今天晚上不是該去橫濱嗎？」
聽到行成的問話，靜奈驚訝地凝視那名男子。這麼說，他就是戶神政行嘍？
「因爲計畫變更了。倒是你在這裡做什麼？」戶神政行講完，瞄了靜奈一眼。
「我請這位小姐來提供一點意見。上次跟你提過吧，這位就是我在品酒會上遇到的小姐。」
「哦，原來如此。」戶神政行點點頭，「謝謝您專程跑這一趟——你聽到了哪些高見呢？」

「待會兒我再慢慢告訴你，都是些非常有建設性的意見。」

「眞的嗎？那太好了。」戶神政行對靜奈微微一笑，笑容中蘊藏著一股包容力。

「那麼，我先告辭了。」

「我送您到樓下吧。」行成說道。

「請留步，謝謝您今晚的招待。」靜奈逕自走進電梯。

靜奈出大樓之後才走一小段距離，手機鈴聲便響了起來。

「我在對向車道。」手機傳來泰輔的聲音。她四下張望，看到路旁停了一輛藍色輕型休旅車，泰輔就在車裡。

靜奈穿越馬路，坐上車子的副駕駛座，右前方剛好能看到「戶神亭」所在的那棟大樓。

「怎麼樣？」泰輔問她。

「還算順利，應該沒讓他留下壞印象。」

「話是這麼說，但好像也沒能進展到吃完飯繼續換地方約會嘛，大哥當初還交代如果有這種狀況要我跟蹤觀察，我連變裝道具都帶了，卻派不上用場。」

靜奈皺起眉頭，「那個人在這方面很死腦筋啊。我看非得主動暗示誘導，否則他絕不會有所行動。」

泰輔樂得咯咯笑，「的確是這種感覺。」

「不過，已經約好下一次的碰面了，所以不必擔心。」

「妳果然有一套。」泰輔說完發動引擎，卻突然停下手，「欸，他出來了。」

只見行成走出大樓，後面跟著戶神政行，大概是事情辦完了。兩人攔了計程車，準備離去。

「世界上也有這種父子呢，事業成功，賺了大錢。」靜奈望著駛離的計程車喃喃說道，又看看身旁的泰輔。

不知爲什麼，他的表情僵硬，死盯著計程車離去的方向，甚至忘了眨眼。靜奈從來沒看過泰輔這麼嚴肅的表情。

「怎麼了，二哥？」

「那個人……跟在後面的那個男人，是戶神行成的爸嗎？」泰輔的呼吸急促了起來。

「是啊，有問題嗎？」

「就是他……」泰輔低語。

「嗯？」

「那天晚上……爸媽被殺的那晚，從後門走出來的男人……這男的就是當時那個人！」

15

聽完泰輔的話，連功一都覺得自己表情緊繃。

「你沒看錯嗎？能保證絕對是他嗎？」功一緊盯著弟弟，再確認一次。

「不能百分之百保證……不過，非常相似，我想就是那個人。」

「只是你『想』吧？」

「你這麼說，我也沒法確定……只能說我覺得很像。」

泰輔坐在床邊，緊握雙手，努力以誠摯的眼神傳達自己內心的想法。

功一回想十四年前的那一晚，目睹雙親遇害的現場後，飽受嚴重打擊而無法開口的泰輔，突然說出的那句話，至今還在功一耳邊揮之不去：

「大哥，我看到了！我看到殺死爸爸的那個人長什麼樣子了。」

泰輔這時的眼神和當年一模一樣，那股悔恨和遺憾想必再次鮮明地重現在他心中。

功一看看靠著床沿坐在地板上的靜奈，照理說應該先聽她報告今晚的狀況，但她還沒來得及開口，就聽見泰輔氣急敗壞地大喊，「我看到當年那個男的！」

功一站起身，打開衣櫥拉出一個小紙箱，掀開盒蓋，裡面裝著厚厚的資料夾。資料夾裡都是父母遇害一案的相關資料，不過大多只是報章雜誌的報導，小孩子能收集到的資料畢竟有限。

功一翻到某一頁報導，遞到靜奈面前。「靜，妳仔細看清楚，戶神政行長這個樣子嗎？」

那篇報導中刊登著根據泰輔描述所畫出的人像。

靜奈盯住畫像好一會兒，側著頭思索，「這麼一說似乎還滿像的……不過，也沒像到一模一樣。」

泰輔在旁邊瞄了畫像一眼，心虛地搔著頭，「當時我情緒很不穩定，而且從來沒這樣口述特徵讓別人畫畫像，所以也說不清楚，但其實我是想畫出那張臉呀！就是像戶神政行的那張臉。」

功一闔上資料夾，坐回椅子，「事情已經過了那麼久，你的印象會不會有變？」

「沒這回事，相信我！我真的懊惱得不得了，明明看到那傢伙的臉卻什麼忙都幫不上。那張臉我到死都記得，想忘也忘不了，因為沒有一天不想起，甚至連做夢都見到，我的記憶絕不會有變！」

看著弟弟真摯的雙眼，功一也不忍心再懷疑。目睹殺害雙親凶手的長相，對當時年幼的泰輔來說是多大的心理負擔，想到這裡，功一胸口便隱隱作痛。

功一雙臂交抱，「話雖如此，但光是很像又能怎麼樣？」

「可是，我不覺得這只是巧合。我們家以前開洋食店，戶神也是經營洋食餐廳，他和爸媽在工作上說不定有什麼交集。」

功一點點頭，泰輔說的也不無道理。「要調查看看嗎……」

「怎麼個調查法？」靜奈問道。

「我來想辦法。總之，這件事就交給我，有什麼發現我會告訴你們。」

功一說完，靜奈沒再多話，點了點頭，但泰輔卻一臉無法釋懷。

「怎麼？泰輔，你還有什麼要抱怨的嗎？」

「不是啦……」

「有話就直說啊，這樣太不像你了。」

「只是覺得你好像不相信我。」

「怎麼說？」

「那可能就是凶手耶，殺了我們爸媽的凶手！你卻那麼沉著冷靜，應該要表現得更意外、更激動吧。」泰輔心有不甘地噘著嘴。

功一嘆了口氣，「我了解你的心情。我當然不可能不驚訝，如果戶神政行真是你當晚看到的那個人，這下子眞的不得了。不過現在沒有半點證據，我最討厭那種空歡喜的感覺，期待老半天卻落空——我們三個從小到大不一直這樣嗎？」

「對啊，二哥。」靜奈也說，「要激動也得等掌握到證據，我不想再嚐到失望的滋味了，尤其是這件事。」

聽其他兩人這麼說，原本一臉不服氣的泰輔神情顯得有些落寞，最後終於輕輕點了點頭。

「我知道了，反正只有我一個人看到，不管我說多像也沒辦法證明。」

「別洩氣，我說了會調查。倒是今天晚上還順利嗎？」功一看看泰輔，又望著靜奈。

「大哥的建議奏效。」靜奈回答，「戶神行成對常客的吧台區非常介意，另外，我又提了照明的效果，他好像也很認眞思考。」

「那也不枉我事先調查了，約好下次見面了嗎？」

「那當然，他邀我參加牛肉燴飯的試吃會。」

「牛肉燴飯？居然還有這種試吃會？」

「他請我務必去嚐嚐。那小子好像不太習慣跟女生相處，下次我準備積極進攻。」

看著意興風發的靜奈，功一寄予厚望地點點頭。然而，他也發現泰輔在一旁若有所思，表情沉重。

兩天後，功一來到橫濱。他走出櫻木町車站，從餐飲街往南走。在快到橫跨大岡川的橋前，有家名叫「馬之樹」的咖啡廳，外觀看來像座小木屋，店內也使用大量自然原木。

功一在縱切圓木製成的吧台前坐下，點了一杯咖啡。店裡除了他以外沒有其他顧客，頂著禿頭卻有一大撮白鬍鬚的老闆正手法熟練地沖著咖啡。

「您這家店已經開了多久？」喝著黑咖啡的功一問。

「二十五年。」老闆不知怎麼地，刻意壓低了聲音回答，「什麼看起來都很破舊吧，到處都有毛病，很多地方都得修補，不過那得花上一大筆錢。」

「果然是歷史悠久的店，多年來這一帶也變了很多吧。」

「怎麼說呢，感覺好像已經沒什麼能變了，畢竟也不再有大片土地能開發。」老闆擦拭著餐具，側著頭思索。

「我小時候來過這附近，印象中有一家洋食餐廳，您知道嗎？」

功一一問，老闆就用力點著頭，「應該是『戸神亭』吧，在斜對面那裡，現在好像是一家賣二手CD還是DVD的店。」

「啊，那家店……已經沒了嗎？」

「現在搬到關內(*1)嘍。你沒聽過『戸神亭』嗎？最近到處都有分店耶。」

「印象中在銀座看過。」

「最原始的總店就在斜對面，雖然是家小餐廳，當時的生意卻好得不得了，經常大排長龍，

*1 指橫濱開港後的中心地區，櫻木町則位於橫濱西區和中區之間。

有些不想排隊的客人便會來我店裡。」老闆開心地回憶，似乎絲毫不以爲忤。

「生意眞的那麼好啊？」

「牛肉燴飯是最受歡迎的，電視節目或報章雜誌上應該介紹過吧。我也吃過幾次，確實好吃。」

功一想起，靜奈曾提到下次要出席牛肉燴飯試吃會，據說戶神行成有意把這道菜當做新分店的主力菜色。

「那家店的老闆是個什麼樣的人？」

「老闆就姓戶神，所以店名才叫做『戶神亭』吧。他是個很認眞的生意人，剛開店時也到我這裡打過招呼。聽說他之前在其他地方學藝，好不容易有機會自己創業，最初卻沒什麼客人上門，經營得很辛苦。但到了大概第三年，生意便突然旺了起來，我剛也說過，經常大排長龍呢。我才覺得這樣的改變眞驚人時，沒多久他就遷店到關內了，可能是原先的店面太窄吧。我猜他一定賺了不少錢。對了，我告訴你關內那家店在哪兒吧。」

「不要緊，我應該找得到，謝謝您。」

「遷到關內差不多是十年前的事吧，之後那傢伙便一帆風順，到處開分店。現在我們比起來已經是天差地遠啦。」

功一點點頭，喝光咖啡。根據他的調查，「戶神亭」總店遷移到關內的正確時間是十二年前，兩年後戶神政行也搬家了，看來財力似乎變得很雄厚。

功一三兄妹的父母是在十四年前遇害，如果咖啡廳老闆的話屬實，應該恰巧就是「戶神亭」生意轉好的階段。這種時候，身爲店老闆不太可能會到橫須賀犯下強盜殺人案吧。

付了帳之後功一走出咖啡廳，望著斜對面的二手影音店。店的正面是一整片玻璃窗，貼著電影海報和藝人彩照，不進到裡頭沒辦法清楚掌握，但想來應該只比「ARIAKE」寬敞一些。如果生意好到大排長龍，會想移到更大的店面也是理所當然。

返回櫻木町車站的路上，功一突然想到一件事，便轉朝日之出町站的方向走去。他邊走邊拿出手機，撥打某個號碼。他並未告訴泰輔和靜奈，跟那人還保持聯絡。

對方接了電話後，功一說了現在人在日之出町，問可不可以碰個面。對方爽快答應，兩人約在橫須賀中央站。

很久沒搭京濱線快車了，功一站在門邊，眺望著流過窗外的景致，回想起遙遠的過往。這片靠山近海的土地曾是他的最愛，還記得不費工夫就能看到的滿天星星。

功一輕輕搖頭，不讓自己沉溺在傷感中。他提醒自己，不是早決定放棄回到這個世界了嗎！

抵達橫須賀中央車站後，他又打了一次電話，對方已經在附近的一家自助咖啡廳。

功一很快就找到那家店，走進店內時一顆心七上八下，雖然和對方電話聯絡過幾次，卻好多年沒見面了。

對方坐在面朝走道的吧台區，從斜後方看到的側臉感覺沒什麼變化，只是頭髮花白了一些。此外，灰色西裝下的背影感覺也瘦了幾分。

功一買了杯咖啡後走近，對方立刻察覺，轉過頭停頓了幾秒鐘才睜大雙眼。

「是功一吧，你長大了呢。」

功一在旁邊坐下，露出苦笑，「您上次也這麼說，只是我身高從那時起就沒變過啦。」

「是嗎？你這麼一提倒也是。」對方笑道，嘴邊一圈沒刮乾淨的鬍子，跟十四年前一樣。

他就是橫須賀分局的柏原，目前好像還在同一個分局當刑警。功一離開育幼院不久便接到他的電話，他說聯絡方式是向育幼院打聽的。從那之後，每年總會接到他臨時起意似的一兩通電話，幾乎都沒什麼要事，只是聊些近況。

功一對柏原撒了謊，說自己跟泰輔、靜奈都沒聯絡，因爲以目前三兄妹從事的行業而言，光和現任刑警接觸就是一件風險極高的事。

「上一次碰面是四年前吧。」柏原說。

「嗯，因爲賭博的事……」

「對啊。」

四年前，柏原約了功一碰面，說是有事要談。在那之前，橫濱正好有個專做外圍莊家和賭博的組織遭到舉發，警方沒收的顧客名單中出現了「有明幸博」這個名字，不用說，當然就是功一三兄妹的父親。

有明幸博背負了三百萬左右的債務，而遇害之前，夫婦兩人四處向友人籌錢的原因，推測應該也是爲了還債。

橫須賀分局認爲這個賭博集團或許和洋食店夫婦命案有關，便重新啓動調查，柏原也是爲此才把功一找出來。然而，警方在這次搜查中依舊沒能找出眞相，結論是賭博集團和凶案的直接相關性非常低。

16

「今天怎麼啦？有什麼急事嗎？」柏原問道。

「也沒什麼事，只是剛好來到附近，想跟您碰個面。是不是打擾您工作了？」

刑警聽了露出沾滿尼古丁黃漬的牙齒笑了笑。

「分局的小警察，說忙也只是支援而已，跑出來摸個魚也沒啥大礙。最近上頭也不指望我們，感覺輕鬆不少。現在想想，最後能讓自己一頭栽進去的，就是那時候呀。」

功一也明白他口中的「那時候」是指什麼。

「轉眼已經過了十四年……老實講，眞的好快。」功一說，「追訴時效就快到了吧。」

柏原點點頭，喝了一口咖啡。

「最近我們為了重新調查，又開始有了行動。你大概會認為，事到如今已沒有什麼用了吧。不過，事情就是這樣，因為案件一個個接連發生，還沒結束的只好陸續往後塞，直到追訴期滿前才急急忙忙動了起來。坦白講，大家都知道這麼做根本徒勞無功，十五年來毫無線索，怎麼可能在要期滿前掌握到新事證，說穿了只是在應付媒體。」

功一點點頭。柏原自己大概忘了，四年前他也說過同樣的話，後來研判賭博集團並無關聯之後，橫須賀分局和縣警總部再次將洋食店夫婦命案擱在一邊。

「還是毫無進展嗎？」功一問道。

柏原面露難色，「唯一的線索就是那張畫像，但過了十四年，人的長相也會改變吧。」

「關於那張畫像，難道從來沒找到半個相像的人嗎？」

「光是相像的話當然很多，民眾也提供了不少情報。每次一有消息我們就飛奔過去，不止神奈川和東京，還曾經跑到埼玉和栃木，但那些人都是清白的。」

「現在還有這些人的名單嗎？」

「你是說長相神似的那些人嗎？我想名單應該還留著，有什麼問題嗎？」

「沒什麼……想說能不能讓我看看。」

柏原霎時露出詫異的神情，緊盯著功一不放；功一則避開他的目光，將咖啡杯端到嘴邊。

「我只是認爲，眼看追訴期就快期滿，警方大概也不會有什麼行動，與其這樣不如我自己盡點力，像是上網搜尋相關資訊之類。」

「那也不需要名單，你到底有什麼企圖？」

「我哪有什麼企圖，只是覺得再過濾一次名單也沒什麼壞處。」功一凝望窗外的街道說著，同時感覺到柏原緊盯著自己的視線。

「你找到疑似凶手的人了嗎？」柏原問他，「所以才想確認那個人是不是在名單上吧？」

這番話讓功一緊張了一下，眞不愧是刑警，腦子裡想的事馬上被他料中。

功一笑著搖搖頭，「如果我眞的發現這樣的人，早就先來找柏原叔叔商量了。我不是說了嗎？只是想用自己的方法調查看看，不想束手空等追訴期屆滿。」

柏原以刑警特有的銳利目光看著功一，功一覺得那道視線有股穿透內心的力量。

過了好一會兒柏原才大大嘆了口氣，眼中的精光也頓時消退。

「名單不可能洩漏給一般民眾，況且，警方也沒有袖手旁觀。我剛說過，在追訴期屆滿前還是會有所行動，當然也會再次調查那些長得和畫像相似的人吧。」

「那就好。」

「對了，你弟弟和妹妹怎麼樣？到現在還是沒聯絡嗎？」

「嗯，完全不知道他們在哪裡、做些什麼。」

「這樣啊，好好的手足至親耶，一家人最好還是要住在一起。」

柏原的口氣聽來包含著自己的情緒。功一想起四年前的事，柏原和離了婚的前妻有個孩子，因爲先天性疾病的關係，經過幾次手術和住院治療，最後還是在升上中學前過世了，聽說當年連制服都已經爲他準備好。

「柏原叔叔現在還是一個人？」

「是啊。」

「沒再結婚嗎？」

功一才說完，柏原就大笑到肩膀晃動。

「誰要跟著我這個糟老頭呀！倒是功一你，也該討個老婆了吧？」

「我想都沒想過。」

「組個新家庭也不錯啊，唉，只是從我嘴裡說出來沒什麼說服力吧。」柏原話剛結束，胸前的手機便響了起來。不好意思，他打聲招呼後接起電話，講了兩三句話就切斷。「抱歉，局裡找我，難得你來一趟，眞對不起。」

「我才不好意思，打擾您工作了。」

「再聯絡嘍。」柏原拿起自己的空杯離開座位，卻又立刻停下腳步轉過身，「如果掌握到任何消息，一定要先通知我，絕對不能一個人輕舉妄動，知道嗎？」

我知道了，功一回答。

目送著柏原走出店外的背影，功一心想，還不到告訴他戶神政行一事的時候。雖然泰輔說了和案發當晚看到的人很像，但光是這樣還不能確定那個人就是凶手。現階段而言，戶神政行只不過是詐騙目標的父親，倘若找柏原商量，他一定會盯上戶神政行，這麼一來目前進行中的計畫也得中止；不僅如此，柏原應該也會連帶調查戶神行成，最後很有可能發現高峰佐緒里這名女子。倘若被他查到這就是靜奈，他一定會起疑。萬一柏原問起來，功一沒信心能成功矇混過去。

由戶神行成策畫的感恩餐會，在「戶神亭」廣尾分店舉辦，原本公休的星期日特別為此開店。行成本人從下午五點便等候著受邀的顧客，餐會則是六點開始。

以感恩為名義的餐會，實際上是個試探顧客對於新菜單想法的試吃會。這一切當然都是為了即將開幕的麻布十番分店，受邀的常客也都清楚這一點，多半會興致勃勃地出席，瞧瞧戶神政行的兒子到底有多少能耐。其中自然也不乏打算刻意提出嚴苛評論的人，對此行成也早有心理準備。

五點半過後，受邀的賓客陸陸續續來到餐廳，裡頭也有行成熟悉的面孔。一部分性子較急的顧客已經迫不及待地向他恭喜，或許是把這次餐會當成了預先慶祝新分店的開幕吧。

餐會六點才正式開始，但店裡事先準備了飲料和簡單的餐點，早到的賓客便邊吃邊聊。儘管主辦單位安排了座位，卻也有幾個人像參加西式派對般自行端著酒杯站著吃喝。

行成加入他們閒聊沒多久，負責接待的店員走了過來。

「不好意思，那位小姐沒能出示邀請函……」店員指著入口處。

只見高峰佐緒里一臉不安地站在門口。一看到行成，她立刻露出放心的表情，像是見到了救星。

「您沒收到邀請函嗎？我記我寄過去了啊。」

「我收到了，不過我怕放在身上容易弄丟，交給了原本要一起來的朋友，因爲邀請函上寫了可以兩人同行。」

「您的朋友稍後才到嗎？」

「是這樣的，其實剛剛通過電話，對方說身體突然不舒服就不過來了……如果沒有邀請函就不能參加，我無所謂的。」

「哪裡的話，這根本不是問題，是我邀請您來的。來，請進。」行成確認座位表之後，領著她到座位上，是張位在角落的桌子。「請慢用。」

「不好意思……」佐緒里環顧四周，壓低嗓音說，「我這樣一個女生單獨在這種場合，感覺很怪吧。」

「沒這回事，您千萬別在意。」

「可是，大家都攜伴出席，只有我一個人埋著頭吃，感覺眞的有點難爲情。」

「這樣嗎……」行成看看四周，納悶地側著頭。其實他認爲單獨用餐也無所謂，或許年輕女孩會特別介意吧。

「戶神先生今天在餐會上不用餐嗎？」佐緒里問。

「這倒不是，今晚我會跟大家一樣，因爲和顧客在同樣的環境下用餐，才能更精確地掌握問題所在。」講到這裡，行成忽然脫口而出腦中浮現的想法，「方便的話，要不要跟我一起坐？我本來打算一個人坐。當然，得要您不嫌棄才行。」

佐緒里的臉上頓時露出光采，「您肯讓我一起坐嗎？這麼一來我就放心了，感覺也不會太尷尬。」

「那這麼說定了，我請工作人員安排。」

一離開佐緒里原本的座位，行成突然覺得自己的提議似乎有些冒失，雖然她的反應看起來很開心，仍然不免擔心她可能只是礙於情面而不好回絕。

六點一到，在店長短暫致詞後，餐會正式展開。首先上桌的是多種開胃前菜，每一道菜的分量都不多，目的是爲了讓賓客盡量品嚐到各樣菜色。

佐緒里每吃一口就會點點頭，一臉若有所思，這樣一個個小動作讓行成相當在意。

「發現了什麼問題嗎？」行成試探性地詢問。

「沒什麼，非常好吃。」

「當著我的面不方便說出眞心話吧。用餐結束後會發給各位來賓一份問卷，希望到時您能寫下寶貴的感想，無論多嚴苛的指教都無所謂。」

「怎麼會有什麼嚴苛意見呢……」她笑著點了點頭，「不過承蒙您熱情招待，我一定誠實寫出自己的想法。」

「那就麻煩您了。」行成低頭行了一禮，同時心想，她果然和一般女人不大相同。在這類場合中，通常開口閉口都會是表面的社交辭令，她卻不隨波逐流，顯示了個性中的堅強和正直。

「令尊今晚沒出席嗎？」佐緒里問道。

「家父沒過來。」行成簡潔回答，「今晚的餐會是我自行籌畫，跟家父沒什麼關係，邀請的賓客也由我決定。」

「這樣啊。」

「有什麼問題嗎？」

「沒什麼。」她搖搖頭，接著挑眼看著行成，「『戶神亭』第一家店是開在橫濱吧？」

「是啊，差不多在櫻木町和日之出町中間那一帶。」

「當年您曾去過橫須賀嗎？」

「橫須賀？沒有，我不常去那一區，橫須賀有什麼特別的嗎？」

「沒有，只是我有個朋友住那裡。」

「原來如此。」行成點點頭，邊納悶對方怎麼在問了父親的事後，突然轉移話題到橫須賀。

當行成離席準備找店長討論事情時，一名婦人叫住了他，是認識很久的常客之一。

「欸，那位漂亮的小姐是誰啊？是女朋友？」

行成連忙搖手，「沒這回事，人家只是顧客。」

「可是，旁觀者看來可不這麼回事。我還跟我們家老頭說，行成總算也找到一個好女孩啦。」

「眞的不是，您就別再取笑我了。」

行成冒著一身冷汗，趕緊從婦人面前逃離，不過心情卻不差，甚至瞬間閃過一個念頭，跟這樣的女孩說不定能相處得很不錯呢。

隨著餐點一道道上桌，最後的牛肉燴飯終於出現在賓客面前，行成的心情也緊張了起來，想著絕不能錯過賓客品嚐這道菜色時的模樣。

來賓的反應看上去都不錯，甚至還聽到有人稱讚從沒吃過這麼棒的牛肉燴飯。

行成放下心中大石，然而當他面向前方的瞬間卻愣住了。

佐緒里的狀況似乎不太尋常，只見她臉色蒼白、表情僵硬，雙眼布滿血絲且目光呆滯，不知正盯著哪裡，接著雙眸泛起淚水。

17

泰輔暫停正玩著的手機內建遊戲，確認一下時間，快晚上八點了。試吃會開始已將近兩個小時，估計差不多該上甜點了。他結束遊戲後把手機丟在副駕駛座上，自己則靠坐在駕駛座，望著斜前方的大樓。「戶神亭」廣尾分店就在那棟大樓裡。

泰輔和上次一樣等著靜奈出來，如果她和戶神行成兩人還要換地點單獨約會，他打算暗中跟蹤，不過今晚大概也沒下文吧。根據泰輔以往的經驗，和異性相處生疏的男人分成兩種，一種是拚命討女人歡心，卻苦苦得不到青睞；另一種則是本身條件不差，純粹只因爲把心思放在其他地方，身邊才會沒有女人。

大體上，前者對女性的態度比較積極，即使缺乏主動出擊的勇氣，也還是厚著臉皮等待有女人對自己百依百順。對靜奈來說，騙這一類人不需費吹灰之力，就算閉著眼睛也能輕輕鬆鬆讓這些凱子吐出錢來。

然而，戶神行成顯然屬於後者。今晚他邀請靜奈純粹是為了工作，即使明擺出不討厭靜奈的態度，個性中卻有堅持不將私人情感帶進職場的部分。話說回來，他可能完全沒想到要在試吃會之後約靜奈吧；當然，他也想像不出靜奈會有興趣接受邀約，腦袋裡大概壓根兒沒出現過這些念頭。

這次好像連靜也覺得很棘手——出門前泰輔對功一這麼說。搞不好，功一也表示認同。

功一前幾天去了橫濱一趟，到「戶神亭」總店最初的創始店面附近晃晃，蒐集戶神政行的相關情報。

功一說，可能真的弄錯人了。照理，案發那陣子戶神政行應該正拚命照顧他的餐廳，沒有任何當強盜闖入橫須賀的洋食店的理由。換句話說，功一並沒有找到「戶神亭」與「ARIAKE」間的交集。

泰輔向來佩服大哥的調查和分析能力，既然他這麼認為，事實可能真是如此。

但是——

那一晚，在這裡看到戶神政行的瞬間，那股強烈的衝擊至今仍留在泰輔心中。確實，人的記憶經過十四年可能出現變化，甚至會因此認錯人，這些道理泰輔都懂。然而，戶神政行的臉孔還是在泰輔腦中和案發當晚見到的那張臉合而為一，就像是墊著半透明紙照著描出來，分毫不差。

泰輔搖搖頭，自己不是下定決心不再想這件事了嗎？被其他事情一分心，到時支援靜奈時出差錯就糟了。

當他再次望向大樓時，出現了戶神行成的身影。泰輔驚訝之下坐正了身子，因爲行成跟在靜奈身邊，手還扶著她的背。

等號誌燈一變，兩人穿越了馬路。泰輔百思不解，如果只是送靜奈出餐廳，行成應該不會跟她一起走才對。

只見靜奈始終低著頭，似乎沒什麼精神，但看起來又不像喝醉了。

兩人走到對面馬路之後，行成立刻舉起手，一輛黑色計程車停在他們面前，打開後門。

不會吧!?泰輔邊想邊發動引擎。不過，他的直覺是正確的，靜奈上車後行成也跟著進了計程車後座。

泰輔幾乎和計程車同時起步，他左手抓起副駕駛座上的手機(*1)，張望一下確定附近沒有警車後才按下按鍵。

「怎麼了？」電話一接通就聽見功一這麼問，或許他早料到泰輔會在這時候打電話。

「靜和戶神行成一起走出餐廳，而且兩個人還坐上了計程車。」

「走出餐廳的只有他們兩個嗎？」

「是啊，而且是並肩走出來，行成那小子還扶著靜的背。」

「這就怪了。」

「是很怪，難道靜已經成功迷倒那小子了嗎？」

「就算是這樣，其他客人沒離開餐廳也很不對勁。行成離開的話，表示試吃會結束了吧，他怎麼可能比其他客人先走。」

功一說的沒錯，泰輔佩服地想，大哥果然隨時都保持冷靜。

「計程車開往哪個方向？」功一問。

「現在轉到六本木大道，正朝向溜池。」

「你繼續跟著，絕對不能跟丟。」

「我知道。萬一發現他們要進飯店或賓館，我就用老方法。」

這種狀況下，應對的方式是撥打靜奈的手機通知父母遭到意外，聽到這個消息應該沒有男人會強留靜奈。

「那好吧，不過他們大概不會去那種地方。」功一回答，「總之，你跟在後面多留意。」

收到，說完後泰輔切斷電話。

靜奈和行成搭乘的計程車，從內堀大道轉往鍛冶橋大道，又接到新大橋大道。從這個方向泰輔也猜到了目的地，計程車確實是往日本橋行駛，而靜奈的住處就在日本橋濱町。

計程車過了水天宮前的十字路口後左轉，這下子不用懷疑，戶神行成打算送靜奈回家。

計程車停在一棟深灰色建築物前，行成下車後，靜奈也隨即從車上下來。泰輔緊盯著兩人，

*1 日本汽車駕駛座在右側。

萬一行成有意進到她家，泰輔可得馬上採取應變行動。

然而，行成跟靜奈說了幾句話後就再次坐上計程車。看著計程車駛離，靜奈才走進住處。

泰輔把車子停在路肩，熄火下車，拔腿往大樓衝去。

爲了預防萬一，泰輔也有靜奈家的備用鑰匙。他掏出鑰匙開了樓下大門，靜奈住在五樓，等待電梯的空檔，泰輔心急得直踱步。

來到503室門口，泰輔按了門鈴就直接轉動門把，沒想到根本沒上鎖。

靜奈癱坐在單身公寓裡的地板中央，大衣還披在身上沒脫下來。她轉頭看著泰輔，一臉蒼白。

「啊，二哥……」

「怎麼回事？」泰輔匆忙脫下鞋子，進到房間，「爲什麼戶神送妳回來？身體不舒服嗎？」

靜奈搖搖頭，「不是。對不起，我害計畫泡湯了。」

「泡湯？到底怎麼搞的，妳說清楚啊。」泰輔在靜奈身邊盤腿坐下，接著窺探了一下靜奈的臉，大吃一驚。「靜，妳哭過了嗎？」

只見她的眼影糊了一片。「我很努力想忍住，但那個時候眼淚已經流下來了，眞的很對不起。」

「就問妳到底是怎麼回事，快說啊。」泰輔急得猛拍自己大腿。

靜奈皺起眉頭，緊咬嘴唇。看到她這副模樣，泰輔更不耐煩了。

「靜，妳有完沒完——」

「牛肉燴飯……」

「什麼？」

靜奈看著泰輔，喘了幾口氣，調整好呼吸後再次開口：

「試吃會最後一道菜是牛肉燴飯，就是他……戶神行成引以爲傲的牛肉燴飯。」

「那又怎麼了？」

「一模一樣啊。」

「什麼？」

靜奈猶豫了一會兒，舔了舔嘴唇才回答，「跟我們家的……」

「我們家的？」

「跟爸爸做的牛肉燴飯味道一樣！今晚吃到的跟『ARIAKE』牛肉燴飯味道一模一樣！」

聽完靜奈的話，功一還是雙臂交抱，保持沉默。他眼露精光，視線一動也不動，陷入沉思。

泰輔坐在床邊，等待大哥的反應。大約十分鐘前，他帶著靜奈到兩兄弟的住處。面對還不了解狀況、滿臉困惑的功一，泰輔要他先聽完靜奈的話。

「太誇張了。」功一的目光依舊沒有絲毫游移，「居然會有這種事！」

「我說的都是眞的，相信我，大哥。那個味道實在太令人懷念，所以我才忍不住哭了起來……」靜奈一臉難過地解釋。

功一直盯著靜奈，「妳還記得那個味道嗎？我們已經隔了十四年沒吃過爸親手做的料理喔。」

「當然，怎麼可能忘得了，我最愛吃那道菜了。」

「況且，現在也常吃啊。」泰輔也說，「大哥不時也會做吧？」

功一聽了緩緩搖頭，「那才不是爸的牛肉燴飯。」

「我曉得，大哥做的不是爸爸的味道。」靜奈說了。

「是嗎？」泰輔看著功一。

「完全不一樣，我平常做的都偷工減料，要做出爸的牛肉燴飯得花更多工夫。」

「我倒是吃不出來……」泰輔搔搔頭。

「因爲你是味覺白痴嘛。」功一微微一笑，又轉向靜奈，「不過兩者的確只有些微差異，靜平常吃得出來？」

「那當然，所以我才會這麼震驚，沒想到會在那個場合下吃到！」

聽了靜奈的說明，功一再次雙臂抱胸，整個人靠在椅子上，抬頭望著天花板。

「眞是爸的味道？」他再次確認。

「絕對錯不了。」靜奈回答。

那好吧！功一說完從椅子上站起來，「泰輔，車鑰匙借我。」

「你要去哪？」

「超市，我記得月島有二十四小時營業的店吧。」

「超市？要幹麻？」

「還用問嗎？當然是去買材料做牛肉燴飯啊。」

泰輔和靜奈同時發出驚呼，「大哥，你要馬上做嗎？」

「沒錯，我要用眞材實料重現爸的原味，讓靜比較一下今晚在『戶神亭』吃到的口味，這是唯一能確認的方法。」功一說完就抓起外套，走出住處。

將近兩小時過後，屋子裡開始瀰漫著醬汁的香氣。功一額頭上綁著一條毛巾，在廚房裡忙個不停。功一雖然對做菜很拿手，泰輔卻從來沒看過他平常做飯時有這副充滿活力的表情。

「剛才在感恩餐會上吃了好多，但一聞到這個香味肚子又餓啦。」靜奈吐了吐舌頭。

「對了，戶神那小子有什麼反應？妳突然哭了起來，他沒嚇一大跳嗎？」泰輔問道。

靜奈一臉沮喪地點點頭。

「當然啊，旁邊的客人也一直好奇地看著，感覺眞尷尬。戶神問我是不是身體不舒服，我回答不出來，之後他提議『先出去透透氣吧』便帶著我離開餐廳；沒多久又幫我拿了大衣，說要送我回家。我當時心情實在太激動，就聽了戶神的話坐上計程車。」

「戶神沒問妳爲什麼哭嗎？」

「沒有，在計程車上他只問了我住哪裡。」靜奈說完後又低聲說，「他搞不好是個好人……」

泰輔問功一，「大哥，你覺得怎麼樣？」

「什麼怎麼樣？」

「我們的計畫呀！今晚的意外看來不太妙吧，我擔心靜是不是讓整個計畫泡湯了。」

「計畫該怎麼往下進行……」功一盯著鍋子，接著說，「就看這鍋牛肉燴飯的味道了！」

聽了大哥這句話，泰輔和靜奈對看了一眼，不明白其中道理。

又經過了兩小時，一盤牛肉燴飯端上桌，靜奈拿著湯匙坐在桌前。

在功一和泰輔的注視下，她用湯匙舀了一小口牛肉燴飯送進嘴裡，眼神有著說不出的緊張。

靜奈咀嚼了幾下，突然睜大眼睛，然後又舀了一口吃。

如何？功一問。

靜奈望著他，用力點點頭，「眞的！這是爸爸的味道。」

泰輔也抓起湯匙，吃了一口牛肉燴飯，確實就是「ARIAKE」的味道！懷念的口味在嘴裡擴散開來，感覺一下子飛回了十多年前。

「今晚在『戶神亭』吃到的也是這個味道嗎？」功一又問了。

靜奈沒有馬上回答，而是再吃一口，然後輕輕側著頭思索了一會兒。

到底怎麼樣？功一催促著。

「嗯……幾乎一模一樣，不過好像又有一點點不同。」

「什麼嘛，原來不一樣啊。」泰輔笑著說。

「不是，在『戶神亭』吃到的牛肉燴飯，吃完以後嘴裡會有淡淡餘香，跟爸爸做的完全一樣。但這股香味在大哥做的牛肉燴飯裡卻吃不到，所以……那個才是爸爸的味道！」

18

高山久伸拚命故作冷靜，事實上內心卻遭受嚴重打擊，差點當場癱坐在地。

他努力不讓情緒顯露在臉上，同時伸手端起咖啡杯，心想再怎麼樣也得表現出冷靜的一面，不想讓志穗看到自己狼狽的模樣。

然而，高山心理上的創傷卻比他自己想像得還嚴重，虛脫的指尖將咖啡杯震得底盤喀啦喀啦作響，他放下咖啡杯，一把抓起水杯到嘴邊，灌了一大口進喉嚨，由於太過急促，一不小心水便流進氣管，當場被嗆得猛咳不停，弄得嘴角都是水。他趕緊拿出手帕遮著嘴，一時之間卻止不住咳，連眼淚都飆了出來。

高山維持了這個姿勢好一會兒，直到總算能開口說話。他瞄了面前一眼，只見剛才低頭不語的南田志穗一臉擔憂地望著自己。

「不要緊吧？」

高山依舊用手帕掩著嘴，點了點頭，同時在心裡氣得暗罵自己：這模樣看起來眞蠢！

他在昨天傍晚接到志穗的簡訊，寫著有話要告訴他，問能不能撥出時間。高山喜出望外，因為已經好一陣子沒見到她了，一方面他自己很忙，另一方面打電話也經常聯絡不上她，發了簡訊又不見回音。對於這種狀況，志穗的解釋是「被分派了新工作，忙到沒時間確認手機來電和簡訊」，她是個服裝設計師助理。

高山立刻回覆隨時都能碰面，於是志穗和他講好時間、地點，兩人約在可以俯瞰銀座中央大道的咖啡廳——先前她介紹三協銀行的小宮時，也是來這家店。

一想到能和許久未見的志穗碰面，高山整個人樂得飄飄然。然而，接下來他的心情卻漸漸轉為不安，志穗到底有什麼話要說？仔細想想，打從認識以來這還是她第一次主動邀約。

結果，依照約定時間準時出現的志穗，點完飲料後就一臉沉重地開口：

「突然這麼說實在很抱歉，不過我們以後別再見面了。」

這句話讓高山的情緒瞬間盪到谷底，好不容易呼吸總算漸漸穩定下來，他將遮在嘴邊的手帕拿開，順便擦拭額頭上的冷汗。

「不要緊吧？」志穗又問了一次。

嗯。高山點點頭，將手帕放回口袋，接著再次小心翼翼地拿起水杯，戒慎恐懼地喝了一口。

「對不起。」志穗低下頭。

「怎麼回事？這是……那個，意思是，妳要和我分手？」高山扯著僵硬的臉部肌肉問。

志穗用力點了點頭，「我知道這是無理取鬧，眞的很對不起。」

「這……」高山搖搖頭，「原因是什麼？」

「老實告訴你，有人邀我去美國。」

「美國？」

「我現在跟的老闆和一位紐約設計師很熟，他把我的作品拿給對方看之後，紐約那邊就問我有沒有興趣過去工作。老闆鼓勵我一定要去，因爲能學到很多東西，而且我自己也很有意願……」志穗低著頭說。

「要去紐約……可是，妳之前還說想永遠跟我在一起……不是嗎？」

「我的感情還是沒變，只不過成爲設計師一直是我的夢想，這樣難得的機會可能再也遇不上了……」志穗低聲說著，語氣雖然聽來微弱，但意志似乎相當堅定。

「但是妳不會一輩子待在那裡吧？還是會回日本吧？這樣的話也不用分手啊！」

志穗難過地皺著眉頭，「不知道什麼時候才回來，而且，我說不定就留在那邊工作。」

「即使如此也不會永遠待在那裡吧？妳還有老家在日本呀。」

「我沒跟你說過嗎？」

「什麼事？」

「我爸媽離婚了。當初我是跟著爸爸，但他在兩年前過世，媽媽也已再婚，所以我等於沒有老家了。」

「可是……」

「對不起。」志穗深深低下頭，「我不想爲了自己的理想拖累你，不知道什麼時候才能回來，怎麼敢要求你等我呢。久伸，你還是去找其他更適合的女孩，過幸福的生活吧。」

說到最後，她的聲音已經帶著哽咽，高山覺得整顆心被揪成一團。原來她也這麼痛苦，這是她幾經折磨才不得已做出的苦澀決定啊。

「我會等妳的，不管多少年，我都會等妳回來。」

「久伸……」

志穗抬起頭時，身後的階梯走上一名男子，是三協銀行的小宮。他看到高山之後帶著微笑走過來，「讓兩位久等了，上次謝謝你們的幫忙。」

高山一頭霧水，不知道爲什麼小宮會來這裡。正當他感到困惑時，志穗轉過頭對小宮說：

「小宮學長，不好意思麻煩你跑這麼一趟。」

「別客氣，倒是找我有什麼事？」小宮在志穗旁邊的位子坐下。
「是這樣的，上次簽約購買的那些美金計價債券，可以部分提前解約嗎？」
「部分解約？咦，爲什麼？」小宮看看志穗，又看看高山。
「我急需一筆錢，所以想請問能不能先退還我的那五十萬？」
「等一下！」一旁的高山插嘴，「我怎麼沒聽過這件事？」
「這件事我也會一併道歉。我本來以爲光靠存款應該能支撐，不過到那邊除了旅費之外，還有各項花費，怎麼算都不夠。」志穗說明。
「到那邊？」小宮問道，「到底怎麼回事，我怎麼都聽不懂？」
是這樣的，志穗開始解釋到美國深造的事；小宮一面聽著，不時窺探高山的表情。
「要去紐約啊……」聽完整個事情的始末後，小宮還是一臉凝重。
「有筆錢明天之前一定要付，所以才找學長出來。不好意思，百忙中還讓你專程跑一趟。」
「這倒是無所謂，不過沒辦法部分解約，只能整筆解約，但是這樣會虧損很多，之前我也說明過這類產品的性質就是這樣。」
「這樣啊，慘了。」志穗緊咬著下唇。
「話說回來，妳不覺得這樣太過分了嗎？」小宮不滿地噘著嘴，「我很感謝妳先前的幫忙，讓我達成業績；可是，像妳這樣自私地提前解約，對高山先生太說不過去了吧！我實在看不下去。」
小宮的口氣已經不是個銀行員，而是教訓學妹的學長。志穗也心虛地縮著脖子，輕聲說著，是我不好。

「隨便妳愛去紐約還哪裡都好，但就是不能給別人添麻煩！而且高山先生是妳男朋友吧？妳到底是怎麼想的！」

「不是的，別再說了。」高山連忙打圓場，「我也希望她能實現夢想，所以請別這麼嚴厲。」

「高山先生，你不能這麼心軟啊。」

「不要緊的，而且這是我們的問題，不勞小宮先生煩心。」

「……既然您都這麼說了，我也不好再多嘮叨什麼。」小宮嘆了口氣，看著志穗，「解約的事妳打算怎麼辦？」

「不用了，我自己另外想辦法。」

「眞的不用了嗎？」

「是的。」

「那我先走嘍，別給男朋友添麻煩啊！」

不好意思，志穗低著頭說。

看著邁開大步離開的小宮，高山再次凝視著志穗，只見她一臉沮喪。

「可以跟我商量一下吧，旅費的事爲什麼不跟我說呢？」

「因爲沒辦法跟你商量啊，況且我又想到得跟你分手……」

「我不想分手，我會一直等妳，直到妳回來。」

「久伸……」

「妳需要多少旅費？」高山問道。

搭乘銀座線到了日本橋，泰輔加快腳步往東西線的月台走去。他追上走在前方的靜奈，靜奈察覺之後停下腳步。

「拿到多少？」泰輔低頭看著鐵軌問。

「五十。」靜奈回答，「我覺得應該能拿到一百的。」

「大哥說五十就好。」

「我知道，所以忍住了啊。其實還能從高山身上多搾一點的，但沒辦法嘍。」

「南田志穗什麼時候出發去美國？」

「我跟高山說星期四，當然，他也打算到成田機場送機。」

「不過星期三他就會收到簡訊，寫著妳馬上要登機，因爲實在太難過了，不忍心讓他送行的謊言……」

「嗯，差不多是這樣。」

電車進站後，兩人一起上了車。

「還剩一個中學老師川野武雄，打算用什麼方法解決？」泰輔問。

「原則上會用同樣的理由，但那傢伙很固執，我看沒那麼容易死心。要是處理得不好，他一定會跑去保險公司問東問西。」

「這可不妙，沒辦法，只好多費點工夫了。」

自功一宣布戶神行成是三兄妹詐騙生涯的最後一個目標，從此便要洗手不幹後，泰輔和靜奈就趕緊處理掉剩下的業務——對那些還搾得出錢的目標再撈一筆，然後儘速和對方切得一乾二淨。

回到門前仲町的住處時，屋子飄散出陣陣香味。功一正在廚房裡忙著做菜，床上還丟著一只旅行袋。

「大哥，你什麼時候回來的？」泰輔問。

「到家大概三個小時了吧。因爲實在耐不住性子，索性馬上做做看。」

「感覺如何？」泰輔朝鍋子裡探頭探腦。「光是香味和外觀，跟之前的好像沒差嘛。」

「等吃了之後再說吧，倒是高山那邊處理得如何？」

「靜一出手就乾淨俐落地撈了五十萬。」

「眞有妳的。」

聽到功一的稱讚，靜奈一臉得意地在床邊坐下。

「大哥，你跑去名古屋做什麼？」

「之前不是說過嗎，要讓爸的牛肉燴飯完美重現，就需要某一項祕密武器。」

「那個東西在名古屋嗎？」

「沒錯，我好不容易才弄到手。」

「眞好奇，到底是什麼祕密武器？」

泰輔問了，功一卻沒作聲。

前幾天聽到靜奈說「戶神亭」的牛肉燴飯才是眞正「ARIAKE」的味道，功一沉思了好一會兒，最後總算抬頭說了句「我到名古屋走一趟」，還說或許所有的答案就在某個地方。一番話聽來像在打謎語，但他卻不肯解釋其中的道理。

「好嘍。」不久之後功一高喊，「靜，妳來吃吃看！」

靜奈面對桌上那盤牛肉燴飯，提心吊膽地深呼吸一口氣。

「不用那麼緊張。」功一笑著說，「放輕鬆吃就好。」

「因爲責任很重大呀。」靜奈說完便吃起那盤牛肉燴飯。她吃進第一口時眨了眨眼睛，接著又吃幾口後轉頭看著功一，眼中閃爍著光芒。

怎麼樣？功一問她。

「一百分。」靜奈說著，「有一種特殊的香味，這是爸爸的牛肉燴飯！」

「那天妳在『戶神亭』吃到的也是這個味道嗎？」

功一問了之後，靜奈點點頭。

「這樣啊……」

「大哥，到底怎麼回事？你也該揭曉答案了吧。」

功一聽了立刻打開流理台下方的櫃子，拿出一只泰輔從沒見過的醬油瓶。

「這是名古屋一家傳統老店的醬油。很多廚師在做牛肉燴飯時會用醬油提味，爸只用這個牌子的醬油，這個小祕訣也寫在這裡面。」功一拿起調理台上的破舊筆記本。

泰輔認得那本筆記，裡面記載了爸爸所有拿手菜色的作法。

「我今天就是去買這瓶醬油。」功一說，「而且，還在那家店打聽到很重要的消息。」

「重要消息？」泰輔和靜奈對看了一眼。

「店家透露『戶神亭』也進這種醬油，而且第一次訂貨好像就在十四年前。」

聽到這個時間點，泰輔感到瞬間彷彿有股電流竄過全身，在一旁的靜奈也僵住了。

「這可不是巧合。」功一繼續說，「戶神政行偷了『ARIAKE』的味道啊！——泰輔。」

「嗯？」

「那天晚上你看到的就是戶神政行，你沒看走眼！」

19

戶神行成忙著和設計師討論新分店的裝潢細節時，手機忽然響起。不好意思，他跟對方打聲招呼後瞄了手機螢幕一眼，上面顯示的來電者是「高峰佐緒里」。他轉身背對設計師山部秀和，按下通話鍵後遮著嘴輕聲說，「您好，我是戶神。」

「呃……我……我是高峰，前幾天接受您的邀請到廣尾的餐廳……」

「您好，身體不要緊了吧？」

「沒事了，那天眞是給您添了大麻煩。現在方便說話嗎？」

「我剛好在開會，應該快結束了，不介意我待會兒撥給您嗎？」

「當然沒問題，不好意思，打擾您工作。」

「別這麼說，那稍後再聊。」行成掛上電話，將椅子轉回正面。

山部看著他的表情，顯得有些驚訝，「行成老弟，這通電話讓你心情不錯喔。」

「咦？怎麼這麼說？」

「因爲你的表情跟剛才完全不同，之前眉頭深鎖像個哲學家，現在卻春風滿面，是女生打來的吧？」

行成不由自主地摸了摸臉頰，趕緊搖搖手，「別開我玩笑了，事情才不是那樣。」

「是嗎？該不會是前幾天出席感恩餐會的那位小姐吧？」

被對方一針見血地猜中，行成嚇了一跳。當晚山部也去了廣尾分店。

「看來被我料到了，那很好啊，你身邊也該有個這種好女孩。戶神社長之前提過，你擅長發揮理性打點一切工作，卻不知道打動人心靠的不光是理性；你偶爾也該和喜歡的女孩交往，爲了猜不透對方的心思而大傷腦筋，社長說這樣比較好。」

山部至今已經包辦過兩家「戶神亭」分店的內部設計，也是深得戶神政行信賴的設計師，比行成整整大了十歲。

行成皺起眉頭解釋，「剛才的電話確實是那個女孩打來的，不過我們之間不像山部大哥想的那樣。我只是想聽聽年輕女孩對餐廳的意見，才招待她來感恩餐會。碰巧當天她朋友有事，才安排她跟我一起坐。只是這樣而已。」

「原來是這麼回事，那眞是太可惜了。男人準備在事業上放手一搏時，背後最好還是要有個支持自己的女人，乾脆趁機追追看這個女孩好了，她長得很漂亮呢。」

「別笑話我了，對方不會想理我這種老男人的，別看她很穩重的樣子，其實還是個學生。」

「還是學生？這倒讓人很意外，眞好奇究竟累積了什麼樣的人生經驗才會有那種風貌。我不是說她看起來很老，而是覺得她散發出一股成熟的氣質。」
「我知道你的意思，我也有同感。我記得她說過就讀於京都某個大學四年級，目前休學中，爲的是想體驗各種生活，可能是這些經驗讓她擁有特別的氣質吧。」
「這個嘛，我覺得那種味道不是三兩天的社會經歷就能培養出來……」山部側著頭思索，「無所謂，就算不是女朋友，跟年輕女孩多接觸總是好事，尤其接下來的新分店也主打年輕客層。」
「我也這麼認爲，所以才會跟她保持聯絡，並沒有其他用意……」
「我知道、我知道，你別這麼認眞。」山部苦笑著說。
之後兩人討論了近三十分鐘才結束會議，行成一走出設計師事務所便立刻掏出手機，打給佐緒里。
「喂，您好。」電話那頭傳來輕快的聲音。
「我是戶神，剛才眞不好意思。」
「別這麼說，打擾您工作我才過意不去。現在方便講話了嗎？」
「會議結束了，剛剛在跟設計師討論即將開幕的新分店裝潢。」
「哇，聽起來好有趣。」
佐緒里的聲音聽起來不像單純附和，而是發自情感的關心，行成想起她之前也曾對餐廳內的照明提出意見。
「對了，剛才我也問過，您的身體不要緊了嗎？」

「嗯，沒問題了。我今天就是為了這件事打給您，那天實在太抱歉，所以想跟您道歉與致謝。戶神先生，最近有空碰個面嗎？大概只耽誤您半小時。」

「別這麼客氣，我當然很樂意跟您碰面，什麼時候好呢？」

「我是希望盡可能越快越好，戶神先生應該很忙，請直接說個合適的時間吧。」

「這樣啊，嗯，我想想……」

行成想了想接下來的行程，接著腦中浮現一個念頭，這個點子真吸引人！他稍微猶豫之後說，「方便的話，待會兒可以碰面嗎？不好意思，臨時找您出來。」

「待會兒嗎？我沒什麼問題。」事出突然讓佐緒里有些困惑，語氣中卻沒有絲毫不悅。

「那就這麼說定了，其實我想請您陪我去一個地方。」

「要去哪裡呢？」

「這個等碰面之後再談。」

約好一小時後在六本木之丘的某家咖啡廳碰面，行成就掛了電話。

他清楚意識到自己一顆心莫名地飄飄然，這不只是因為想出帶高峰佐緒里去某個地點的絕妙點子，而是光想到等會兒就能見到她，心情便開朗無比，這一點他無法否認。行成想起剛才山部的那番話，「趁機追追看啊」這句聽來老掉牙的台詞依稀在他耳邊。

如果佐緒里成了自己的女友——這個狂想讓行成體溫上升了起來，連在搭計程車前往六本木之丘的途中，心跳速度也比平常快了許多。

不過，在六本木之丘裡繞過幾家店，來到約定的咖啡廳買了一杯義大利濃縮咖啡後，他也恢復了幾分冷靜。對於佐緒里，行成腦中有了其他想法。

他發現自己對佐緒里幾乎一無所知。自從在品酒會上認識她，只有在「戶神亭」碰面兩次，不是用餐就是詢問她對餐廳的印象，如此而已。雖然知道她還在學，卻不知道她主修的科系，也沒聽她提過家庭狀況或父親的職業，不過既然是珠寶名店「CORTESIA・JAPAN」的客戶，應該也具有相當的地位吧。

行成忽然厭惡起自己。他並不是個不善與女性交談的人，但話題卻總離不開美食和餐廳，除此之外不知道還能聊什麼，甚至從來沒想過要問問對方的事。

前幾天在感恩餐會時也一樣，詢問完她對菜色的感想後，自己就開始高談闊論起新分店的種種。對佐緒里來說，即使覺得話題乏味也不能露出不耐的表情，一定很痛苦吧。

正因爲過於專心聊著自己感興趣的事，才會沒在第一時間察覺到佐緒里的異狀，要不是事情太嚴重，她也不可能在用餐時突然哭出來吧。無論是心理或生理上，總之她當時一定感到非常不舒服。行成直到現在依然很懊惱，爲什麼自己沒趁早發現，還讓她這麼難受。

此外，在送她回家的計程車上，行成也想不到任何一句能夠安慰她的話。因爲他怕輕率開口會傷害她，或是反而讓她瞧不起。

眞是沒用——行成咒罵著自己的無能。

不久，佐緒里出現了，白色線衫上披著灰色外套，黑色褲裝將她一雙美腿襯托得更加修長。

「不好意思，等很久了嗎？」她的目光落向行成面前的杯子，裡頭的咖啡已經喝光了。

「沒有，是我來得太早。要喝點什麼嗎？」行成準備站起身。

「我去買就好。那是義式濃縮咖啡吧?我可以點一樣的嗎?」

「可以啊,不好意思讓您自己去買。」

望著走向飲料販賣櫃台的佐緒里,行成心頭又是一陣小鹿亂撞。即使彼此不是情侶關係,但有機會和這般年輕漂亮的女孩有類似約會的交流,他就很開心了。

距離不遠的座位上,兩個年輕人正低著頭窸窸窣窣交談。行成發現他們的目光緊盯著佐緒里,一直跟隨佐緒里回到行成坐著的桌前,或許正盤算著如果她是跟另一名女性友人在一起,就準備上前搭訕吧。發覺眞相後,兩人明顯露出失望的表情,甚至還惡狠狠地瞪著行成。他們一定想著,爲什麼那種老男人可以把到這麼漂亮的女生,並在心裡不住咒罵著行成吧。

把飲料放在桌上後,佐緒里雙手貼在腿上,深深行了一禮。

「上次眞的很抱歉,我實在沒臉見您,但還是得向您道歉才行……」

「快別這麼說,我才要反省自己反應太慢,應該早點察覺到您的不舒服。」

「其實,那天我並不是身體出狀況,而是吃到牛肉燴飯的瞬間,忽然想起了一段回憶。」

「究竟是什麼事呢?」

「小時候有個家裡開洋食餐廳的好友,那晚的牛肉燴飯跟在她家吃過的味道非常相似。」

「跟我們店裡的牛肉燴飯很像,眞的嗎?是哪一家店?」

「是一家開在橫須賀的小店。不過,我也沒把握是不是眞的很像,或許只是聽到牛肉燴飯而一時產生的錯覺。那個朋友因爲父母同時慘遭不測過世,後來就搬走了。我想到這件事,突然覺得很難過……眞的很對不起。」

「原來是這麼回事啊，您和那位朋友……」

「在她搬家之後就沒見過面了。」佐緒里低垂著視線。

行成心想，她眞是個情感豐富又纖細的人，而且還很體貼，否則不可能光從食物口味便想起童年時期分別已久的朋友吧。

「我是來向您道歉的，沒想到卻說起這些不相干的事。」佐緒里歉疚地摸摸臉頰，接著拿起旁邊的紙袋放在腿上，「這是我的一點小心意，不知道您肯不肯笑納。」說著取出一只包裝好的小盒子，放在桌上。

行成大吃一驚，搖了搖頭，「高峰小姐，您眞的不用這麼費心。」

「可是我相當過意不去，眞的只是個小東西，希望戶神先生在工作上能用得到……」

「我說不過您了。」行成拿起那份禮物，當然沒有一絲不悅，「可以打開嗎？」

「當然，不過請別抱太大期待。」

行成謹愼地拆開包裝，裡面裝的是一只放在眞皮套子裡的侍酒師專業開瓶刀，握柄處呈現些微弧度，金屬卡榫部分則以黃銅製成。

「Château Laguiole（*1）的複刻版，這是高級名品啊！」

「因爲第一次見到您是在品酒會上，才選了這個……只是戶神先生一定早已擁有更高級的用

*1 法國著名高級開酒刀器品牌。

刀了吧。」

「我可沒有這麼好的東西，不過這下傷腦筋了，這份大禮眞的能收嗎？」

「這是一點心意，您如果肯笑納，我就太高興了。」

「謝謝，我會珍惜的。不過，收這禮可能會被我爸斥責，以我的程度用這種高級酒刀還早得很。」行成將開酒刀放回皮套裡，小心翼翼地重新包好。

「聽說令尊戶神政行先生最初是將餐廳開在橫濱？」佐緒里問道。

「是啊，當時我才念小學，那是家很小的店，而我爸當年也只是個不懂做生意的廚師。」

行成的話讓佐緒里聽得雙眼直發亮。

「我對『戶神亭』創業的故事很有興趣，請您慢慢講給我聽。」

行成露出苦笑，傾著頭，「我可不覺得您聽了那些事會感到有趣。」

「不過，成功人士的奮鬥史不是常能給人很多啓示嗎？」

「或許吧。」行成將重新包裝整齊的盒子放回桌上，注視著佐緒里，「其實我想請您陪我去個地方，不如我們到那裡再慢慢聊。但我先聲明，可沒什麼精彩的故事喔。」

「是您剛才在電話裡提過的吧？要去哪裡呢？」

「總之，先離開這裡吧。」行成說完逕自起身。

20

那家店位於出了麻布十番站步行約五分鐘，一條傳統商店與嶄新設計的店面交錯混雜的大街上。從建築物正面爬上略呈曲線的階梯，入口就在二樓，不過現在還沒裝上大門。

這裡就是即將成爲「戶神亭」麻布十番分店的地方，也是行成想帶靜奈來看看的地點。

「小心腳邊。」行成邊說邊從入口進到店內。

靜奈跟在他身後，聽見裡頭傳來陣陣作業的聲響，通過了一條藍色塑膠布罩住的走廊，眼前突然一片開闊。她停下腳步，睜大雙眼，這完全是自然反應。

「哇，好寬敞！」她忍不住脫口而出。

走在前面的行成轉過頭，微笑著露出一口白牙。

「那是因爲現在還空蕩蕩的，其實我本來希望能有更寬廣的店面，但找不到更大的地點。不過，目前這樣我已經很滿意了。」

靜奈聽著他充滿自信的回答，一面張望四周，看來裝潢還沒全部完成，但她卻感覺到一道嶄新的耀眼光芒。

店內到處都有工作人員，各自忙著手上的事務。靜奈看不出他們的工作內容，只是看著大家默默忙碌的模樣，確實能感受到這目前一無所有的空間即將變身爲一家新餐廳的氣氛。

「感覺如何？預計在這個月底大致完成裝潢，下個月搬進桌椅擺設便差不多進入最後階段。」

「好棒喔，這裡大概能容納多少人？」

「我不想讓餐廳感覺太擁擠，最多一次容納五十人吧。不過，還是得優先考量空間配置。」

靜奈點點頭，再次環顧四周，餐廳地點位於建築物邊間，正方形格局開兩面窗。她在腦中勾勒出整個空間擺上餐桌後的景象。

「如果是妳，會想在哪個座位用餐呢？」行成問。

「這個嘛……」靜奈走近窗邊，觀察了一下景觀又看看店內，但目前只能在腦海中自行描繪店內未來的狀況。

她沿著窗邊，一直走到角落才停下腳步。

「實際上當然還是要看與其他座位之間的距離，不過，我最喜歡這個位置。」

「爲什麼？」

「因爲一方面希望能享受窗外的景致，卻又不想引起其他桌客人的注目……這個位置不論是入座或離席，動作都不會太突兀。」她說明的同時又看向旁邊一根圓柱，「這根柱子也很棒，光是這樣就覺得保有了一點私密性。」

行成緩緩點了點頭，笑著說：

「帶妳過來果然是明智的決定，這下子我對自己的感覺又多了幾分信心。」

靜奈側著頭，似乎不解他話中的含意，行成繼續說，「我自己最喜歡的位置也是這裡，而且理由幾乎和妳一模一樣。還有這根柱子……」他拍拍柱子，環顧店內，「妳不覺得這間餐廳的柱子特別多嗎？」

「這麼一說好像是……」

「柱子通常都讓人覺得礙眼，但另一方面也有遮蔽的效果，即使體積不是太大，只要有這麼一根柱子，就能讓人感到安心不少。只不過爲了不影響整體動線，我眞是傷透了腦筋。」

「我覺得這個想法很好啊。」

「其實，第一家『戶神亭』的店裡也有很多柱子。」

「第一家是指在橫濱那家嗎？」

行成點點頭，「當時整個店面完全稱不上寬敞，卻立了好幾根柱子。我當時還小不懂事，總覺得眞礙眼，自以為是地判斷這些柱子一定也不討顧客喜歡。不過，有一次我撞見了有趣的畫面。」

靜奈直盯著行成，純粹因為對這個話題感到好奇。

「那天有一對年輕情侶來到店裡，我剛好坐在吧台前吃著員工伙食當晚餐。當我不經意地看向那對情侶時，發現男生好像沒什麼定性、動來動去的，仔細一看才發現他把一個小盒子藏在桌子下方，探頭探腦地觀察著周邊的狀況，最後總算慢慢拿上桌面。那是一只裝著戒指的盒子！」

靜奈腦中也浮現相同的景象，點了點頭。這副畫面在連續劇裡經常看到。

「其實我並未看到他當時的表情，因為中間隔著柱子，他應該也沒發現整個過程都被我看在眼裡。如果沒有那根柱子，或許他會在意我的視線而不敢做出這麼浪漫的舉動。那時我心想，原來那些柱子也是有作用的。」

「好有趣的故事。」

「話說回來，當時『戶神亭』店內會有那麼多柱子，其實只是直接沿用前一家店的裝潢，因為店裡資金不夠，沒辦法撤掉多餘的柱子，這也算是無心插柳的結果吧。只不過，我始終無法忘懷那一幕，總想著等到有自己的餐廳時，至少要讓情侶能不在意他人目光地輕鬆交換禮物。」

看著越說越得意的行成，靜奈心想，這個男人真的打從心底深愛著自己的工作。不對，應該說他喜歡的，是以洋食餐廳的形式讓他人感到幸福快樂，所以腦子裡想的淨是這些，不論看到什麼、聽到什麼，總忍不住聯想到餐廳。這種單純無邪的人生哲學，讓她好不羨慕。

一名工作人員走過來，在行成耳邊低聲說了幾句話。只見行成收起臉上笑容，跟對方交談幾句後看著靜奈。

「不好意思，我失陪一下。」

「您先忙。」靜奈回答。望著行成和工作人員就著設計圖討論的模樣，靜奈又看看店內，還一面想像著完工之後的模樣，以及顧客坐滿餐廳時的狀況。雖然還不清楚家具或照明的配置，但她在腦中自行設計、構思：既然行成想規畫出一家能讓情侶輕鬆入內的餐廳，那麼該營造出什麼樣的氣氛？

她沿著牆邊慢慢走，思考著這裡適合布置什麼畫。當然，不能是氣氛太沉重的畫，應該是一幅光看著就讓人心情開朗的畫——想到這裡，靜奈突然停下腳步。

到底在幹嘛啊，她忍不住咒罵自己。這家店之後會變成怎樣關自己什麼事？行成經營失敗又如何？此時此刻該想的不是這件事！

在功一完美重現了「戶神亭」的牛肉燴飯，也就是「ARIAKE」當年的口味之後，三兄妹謹慎地討論接下來該怎麼辦。

「總之，希望先掌握到證據。」功一說，「案發當晚泰輔看到的那個男人，九成九是戶神政行。不過，只說很像，警方根本不會展開行動，所以我們要有確定他就是凶手的證據。」

「但他不是偷了『ARIAKE』的食譜嗎？難道這不能當做證據？」

功一聽完泰輔的疑問，搖了搖頭，「那未必是他偷走的，應該說我覺得不可能是他偷的。」

「為什麼？」

「記錄店裡食譜的只有我手上那本筆記，此外沒有別的。戶神做得出『ARIAKE』的牛肉燴飯，唯一的可能是直接問爸。」

「那樣也沒差啊。反正不管怎麼說，戶神政行跟爸認識，而且我在案發當晚看到他，這不就夠了嗎？」

功一聽了卻沒有點頭，「牛肉燴飯的口味再相似，也不能證明兩人認識；另外，使用同種醬油也一樣，只要一句純屬巧合我們就沒轍了。」

「有這種巧合嗎？不是相似，而是完全一模一樣啊！」

「我想這不是巧合，但光這些並不能讓警察行動。」

「什麼樣的證據才能清楚確認戶神是凶手呢？」靜奈問功一。

功一雙臂交抱，低聲沉吟。

「坦白說，事到如今要證明或許已經很難了，畢竟都過了十四年，重新追查不在場證明的希望不大；即使有辦法查證，也不能單憑戶神沒有不在場證明這點就判定他是凶手。更何況，警方至今連凶手的指紋及遺留在現場的物品都還無法確認。」

「意思是束手無策嘍？」泰輔不滿地嘟著嘴。

「我可沒打算就此放棄，一定會有辦法的，總之先調查戶神政行十四年前到底做了什麼。如同你剛才提到的，戶神應該跟『ARIAKE』有交集才對，得先設法把這條線釐清。」功一說完，對靜奈投以銳利的眼神，「一切只能寄託在靜身上了。」

靜奈不發一語地點了點頭，不用多說也明白，功一的意思是現在只有自己能接近戶神政行。

「如果掌握到證據該怎麼處理？」泰輔問，「要通知警方嗎？」

功一沒有立刻回答，皺起眉頭沉默了好一會兒。

「大哥……」

「看是什麼內容吧。」功一說，「看最後掌握到什麼樣的證據，如果任誰都能依此斷定凶手就是戶神政行，我們便匿名通報警方。」

「如果不是呢？」靜奈問他，「萬一找不到所謂的關鍵性證據怎麼辦？還是要報警嗎？」

「最後只好這樣啊，對吧，大哥？」泰輔徵求大哥的認同。

但是功一卻愁容滿面，「證據模稜兩可的話，不確定警方是否會行動，即便警方有動作，萬一被戶神三言兩語矇混過去，一切都玩完了。」

「眞是那樣，再加把勁找不就得了嗎？」

「不，這倒沒辦法。」

「爲什麼？」

功一看看泰輔，又看看靜奈。

「因爲必須等到我們完全從戶神身邊撤退後，才能通報警方。用腦子想想便知道，警方一定會追查通報者的身分，並推測出那人就在戶神政行的四周，要是再查出最近有個年輕女孩接近他兒子戶神行成，一定會起疑。」

「這樣有什麼不妥嗎？」

聽到泰輔的問題，功一當場傻眼，嘆了口氣。

「你認爲警方發現用化名接近戶神行成的女人會怎麼想？更不用提還有冒牌珠寶商。」

「我們可是受害人家屬，說是爲了揪出戶神的狐狸尾巴才接近他不就好了。」

「那被問到爲什麼會盯上戶神時，該怎麼辦？」

「隨便講個理由混過就行啦。」

「你給我認眞回答，該怎麼跟警察解釋？」

面對功一的追問，泰輔臭著臉默不吭聲。功一見狀搖了搖頭。

「別忘了我們是詐騙集團啊，都無法確定自己什麼時候會被警方盯上。難道你們不明白我在玄關上裝警示燈的用意嗎？」

「這些我當然都知道！萬一沒辦法掌握到戶神是凶手的決定性證據，到時該怎麼辦？」

「到時候……只好耍陰的。」功一低聲呢喃。

「耍陰的？」靜奈問，「什麼意思？」

「這先不談，我不想在現階段討論最後一招。總之，目前只要專心想怎麼掌握證據就好。」

功一說完凝視著兩人。

「再告訴你們一次，計畫全盤改變。對象不是戶神行成，而是他爸戶神政行。目標不是一千萬，而是有明夫婦凶殺案凶手的證據。不用多說你們也該曉得，這是至今最大的目標，當然屬於

A級。不對，是超A級，一定要成功！」

功一激昂的宣言，此刻仍殘留在靜奈耳邊。她心想，不能辜負大哥的期待，這也是一掃三兄妹十四年來心中積恨的必經之路。

「首先，要追查的是戶神政行和『ARIAKE』的關係。」功一提出建議，「清楚問出十四年前的事，應該就能找出他和『ARIAKE』的交集。」

靜奈重新提振士氣，警惕自己不能被行成的節奏拉著走；居然還認真跟他討論起餐廳的事，到底在搞什麼！

行成和工作人員的討論告一段落後，帶著笑容走回來，「讓您久等了，吧台的材料好像跟原本指定的有出入。」

「這樣不是很麻煩嗎？」

「那也沒辦法，每個人都會犯錯啊，重要的是不要重蹈覆轍，對吧？」

看著行成那露出一口白牙的微笑，靜奈心中升起一股複雜的情感，連她自己也搞不清楚這是什麼樣的感覺。

21

行成和靜奈走出尚未開幕的「戶神亭」麻布十番分店時，外面天色漸漸暗了下來。來到人行道上後，走在前方的行成忽然轉過頭來看著靜奈。

「對了，您說想聽家父當初創業的過程吧？」

靜奈露出苦笑，「是啊，您本來答應介紹新分店時要一面說給我聽的。」

行成摸摸後腦袋，仰天大笑，「不好意思，我忘得一乾二淨，滿腦子只想著自己要講的話……眞對不起。」

「這點小事用不著道歉，我當然還是很想聽您說說。」

「我一定知無不言，那我們回去店裡吧。」行成轉身準備走上階梯。

「呃……還要回去嗎？」

「因爲我答應過要邊介紹餐廳邊說的。」

「但是，剛才已經參觀餐廳很久了……」

「啊，說的也是。」行成在階梯中間停下腳步，又摸摸頭，「那該怎麼辦呢？」

看著行成一臉不知所措的模樣，靜奈忍不住差點笑出來。以往這種狀況下，她總會不耐煩，此刻卻不知怎麼地，完全沒這種脾氣。

她再次體認到這眞是個不中用的人。行成在工作上確實游刃有餘，但只要一離開工作和他人相處，似乎馬上就會手忙腳亂。

靜奈判斷，這種狀況下只得由自己發動主導權。「我覺得也可以用餐時一面聊。」

「用餐？啊，對呀，這樣也不錯，您哪天方便呢？」

「哪天啊……」

「嗯，我這個星期還有什麼時間呢。」行成皺起眉頭認眞想著。

「戶神先生，您今晚還有什麼其他安排嗎？」

「今晚嗎？我是沒什麼事……」說到這裡，他才恍然大悟地看看手表，「對啊，也可以現在去吃個飯，不過您方便嗎？」

「我沒問題。」

「那要不要找個地方吃飯呢？剛好到了用餐時間。」

「好啊，這是我的榮幸。」

「那就這樣吧，去哪家餐廳好呢。」

看著他側著頭思索，靜奈走下階梯時心想，這個人雖然個性善良，卻不怎麼懂得照顧別人。然而，這依舊沒帶給她任何不快的感覺。

行成最後選定一家靠近麻布十番車站的義大利餐廳，外觀和裝潢都很平實，桌上鋪著格子花紋的棉質桌巾，據說這家餐廳的自製麵包相當有名。

「這家餐廳的麵包製作時都花上好幾個小時發酵，瞧，麵包撕開瞬間有一股香草植物的氣味吧，這就是他們的特色。」行成說完後，掰了一口麵包塞進嘴裡。只要一談起食物，他又立刻變得生龍活虎。

「您連這附近的餐廳也仔細調查過了？」靜奈問。

「當然啊，因爲他們不但是對手，同時也是戰友。」

「戰友？」

「是吧，想要招攬顧客來我們餐廳，就必須先讓他們對這個地區有興趣才行。如果顧客全往銀座或六本木跑，我們這裡也競爭不起來吧。不管是爲了其他店家或目的都好，總之，前提是得先吸引顧客到這個地區，接下來才能談競爭。」

行成的話裡充滿自信，似乎認爲只要顧客上門，絕對都能心滿意足。

「戶神先生的致勝武器，就是那道牛肉燴飯吧。」

行成聽了之後滿意地點點頭，「我們這家分店能不能成功，全看牛肉燴飯了。啊，對了，剛才您提過，那道牛肉燴飯是充滿回憶的味道吧？」

「不好意思，說了這麼掃興的話。」

「沒這回事，我很有興趣，也很意外有其他餐廳的牛肉燴飯和我們店裡相似，因爲聽家父說，那是他嘔心瀝血才研究出來的。」

終於順利逼近了話題核心，靜奈凝視著行成的雙眼，「那是第一家『戶神亭』推出的牛肉燴飯吧。」

「對啊，是剛才說的那個店內柱子很多的餐廳。」

「牛肉燴飯就是在那家店變成招牌菜色的嗎？」

「對呀，牛肉燴飯廣受顧客喜愛、口耳相傳，沒多久還上了電視和雜誌報導，吸引越來越多顧客上門。不過，一開始也不是那麼順利，我還記得剛開幕時門可羅雀的狀況呢。大概過了兩年，顧客才突然一下子變多。」

「出現了什麼轉機嗎？」

「勉強說起來，應該是更新成功吧。」

「更新？」

「雖然這麼說，但其實也沒什麼大變動，只是稍微調整一下菜單，增加牛肉燴飯套餐而已。沒想到這招卻意外奏效，每到中午就有上班族和粉領族來吃牛肉燴飯，不知不覺間便成了一家經常大排長龍的餐廳。老實說，到現在我還覺得不可思議，只不過把菜單做了一點更動，居然會引起這麼大的變化。」

聽了這番解釋，靜奈心想，會不會是牛肉燴飯的口味改變了？雖然目前還不清楚這中間的來龍去脈，但戶神政行可能在得到「ARIAKE」的牛肉燴飯食譜後，依樣烹調推出，才提昇了顧客的評價。這麼一想，似乎與當初的推測不謀而合。

不過，該怎麼證明呢——

「那道牛肉燴飯眞的很好吃。」靜奈說，「製作上有什麼祕密呢？像是提味的材料……」

行成一聽，突然停下快要送進嘴裡的一口蔬菜湯，露出笑容。

「裡面的祕密很多，不過很可惜，不能透露。」

「醬汁裡有股特殊的香氣，吃完後會在嘴裡留下淡淡餘味。」

行成睁大了眼看著她，忍不住佩服地搖了搖頭，「太感動了，沒幾個顧客能這麼深入品嚐我們店裡的牛肉燴飯呢，況且您上次只吃了一小口。」

「那股香氣的祕密……」靜奈想都沒想就接著說，「我猜應該是醬油吧。」

行成瞬間瞠目結舌，「您怎麼知道？」

「說不上來，就是一種感覺，倒不是因爲吃起來有醬油味……如果弄錯，先跟您道個歉。」

「哇，太意外了。」他放下湯匙，拿起一旁的玻璃杯，輕啜了一口白酒後感嘆道，「您說的沒錯，是用醬油提味。不過，從來沒人光靠香氣就分辨出來，我看美食專家也沒這個能耐吧，您太厲害了！」

「沒這回事，碰巧矇到而已。」

「光是矇到不可能猜得那麼準，您對料理相當內行吧。」

「不是的，老實招了吧，是朋友告訴我的。」

「朋友？」

「之前跟您提過的那個父母意外身亡的朋友曾告訴我，她家餐廳的牛肉燴飯是用醬油提味，我才試著猜猜看，所以真的是瞎矇。」

聽了她的解釋，行成點點頭，似乎能了解其中道理。

「原來是這麼回事啊。確實，醬油提味並不罕見，關鍵在於用什麼樣的醬油。我只告訴您一個人，我們店裡用了特別的醬油。」

「哦？眞有趣，是什麼樣的醬油呢？」

就是啊……講到這裡，行成晃了晃豎起的食指。

「不好意思，沒辦法告訴您，這可是商業機密。」

「哦……說的也是。這麼重要的事當然不能洩漏給外人，眞抱歉，我居然問這種問題。」

「您不用道歉，其實我也認爲沒什麼好隱瞞的，因爲即使知道材料，也做不出我們餐廳的口味啊。表面上看似簡單的牛肉燴飯，作法其實很複雜。」

看來，功一在名古屋訪查獲得的資訊沒錯，靜奈現在更加確定，「戸神亭」批進的那些醬油都是用來做牛肉燴飯。

餐點陸續上到主菜，靜奈選了燒烤長腳蝦，行成則點了小羊排。

「令尊是怎麼開發出現在的口味呢？能談談當時的甘苦嗎？」

行成切著小羊排的手停下來，眼神像是回到遙遠的過去。

「坦白說，這段歷程我沒仔細問過，先前還以為是有什麼靈感，一問之下他才說沒有，只是不斷地嘗試錯誤，最後才找出這個味道。」

「這是在開第一家『戸神亭』之前的事嗎？」

「當然，牛肉燴飯是一開幕就有的菜色。」

但也不能確定當時和現在的牛肉燴飯是相同的，靜奈試著旁敲側擊：

「這麼說，戸神先生在『戸神亭』開幕前便吃過那道牛肉燴飯嘍。」

「應該是吧。」行成的回答聽起來有所保留。

「請問，應該……是什麼意思？」

「老實講，我真的不太記得。」他難為情地笑著，露出一口白牙，「小時候我對家裡的生意完全沒興趣，不僅如此，甚至還曾討厭身為廚師的父親，希望他能和其他父親一樣打領帶去上班。大概是這個緣故，我對童年時他做的菜幾乎沒什麼印象，直到餐廳生意大好之後，才開始吃員工伙食當晚餐，先前大都還是吃母親親手煮的菜。身邊的朋友常羨慕我家開洋食餐廳，不過每天聞著肉醬味沒多久就膩了。」

靜奈聽了雖然點點頭，卻回憶起自己正好相反，小時候放學一回到家，聞到廚房裡飄來的肉香就沒來由地開心，也很愛吃爸爸做的菜。

話說回來，也可能是當年靜奈還小，如果幾年下來都聞著相同味道，說不定想法會變得跟行成一樣。

這些暫且不提，就目前聽到的感覺，行成似乎不記得「戶神亭」剛開幕時的牛肉燴飯口味。根據功一的說法，「戶神亭」生意好轉與「ARIAKE」發生強盜凶殺案幾乎是同一時期，很難忽視這點和兩家餐廳牛肉燴飯口味酷似之間的關係。

靜奈腦中不經意地閃過一個念頭，不由得屏住呼吸。

難道戶神政行是爲了取得牛肉燴飯的食譜才在當晚潛入有明家？他不知從哪裡打聽到那本食譜筆記的存在，打算行竊時卻被有明夫婦撞個正著，情急之下便將兩人殺害，會不會是這樣？

不過，靜奈立刻發現這個推理有許多矛盾之處，因爲食譜筆記並沒有被偷走，現在是在功一手上，而凶手應該沒時間在案發現場抄寫，且「ARIAKE」店內也沒有影印機。

何況，不管是多美味的料理，難道眞的値得爲此殺人嗎？這才是最大的疑問。

「怎麼了？」行成問她，「身體又不舒服了嗎？」

「沒什麼，只是剛好想到一件事。不好意思。」

「那我就放心了。」

看著行成開朗的笑容，靜奈心想，爲了找到證據，只能更接近戶神政行。

吃完甜點之後，她藉口上洗手間離席，檢查了下手機來電，發現有一封泰輔傳來的簡訊，寫著要她趕緊聯絡。靜奈隨即撥了電話，「妳在哪？」聽得出來泰輔的聲音有幾分怒氣。

「在麻布十番的一家餐廳裡。」

電話那頭傳來泰輔嘖了一聲。「幹麻不聯絡？不知道妳在哪裡要怎麼跟蹤？」

「對不起啊，我忘了。」

「搞什麼，這太不像妳了，爲了預防萬一，我得隨時盯著妳才行啊。」

「知道啦，這點小事。不過，我一個人也沒問題的。」

「妳怎麼這樣說？萬一出了錯就無法挽回啊。」

「跟你說我知道了嘛。打太久會讓人起疑，我先掛了。」還沒等到泰輔回答，靜奈就直接按下結束通話鍵，之後更乾脆關機。

嘮嘮叨叨，煩死了——她在心中暗罵，又側了下頭思索，的確不太像自己的作風。

22

行成回到目黑的家時，已經是晚上十點多了。和高峰佐緒里聊得很愉快，吃完甜點還喝了咖啡，在餐廳裡待了很長一段時間。

不對，說暢談並不正確，眞正的理由是自己不想和她道別，才拚命找話題聊下去。還好佐緒里對於餐廳經營及「戶神亭」很有興趣，因爲話題幾乎都繞著這些打轉。

說實在的，出了餐廳之後行成還想邀她去其他地方，麻布附近有幾家常去的酒吧，卻怎麼也開不了口。最初提出共進晚餐的是佐緒里，但行成不想搭這個順風車，認爲如果想邀她去喝杯酒，應該一開始就要營造出約會的感覺才對。

話雖如此，行成心中不可否認的確有些懊惱，再也找不出約她的藉口了。感恩餐會已經邀請她出席，開幕前的麻布十番分店剛才一起去看過了，接下來該怎麼辦呢。倒也能邀請她出席麻布十番分店開幕慶祝會，但那還要等上一陣子，況且即使當天她願意來，行成自己也一定忙得沒空好好聊天吧。

在一股五味雜陳的情緒下，行成走進家中玄關，寬敞的門口放著一雙父親政行的黑色皮鞋。戶神政行正在客廳裡看一些資料，應該是各分店的營運報表吧。行成覺得父親近來不再是個廚師，而完全成了個經營者。

母親貴美子從廚房走出來，「你回來啦，在外頭吃過了嗎？」

「嗯，跟熟人碰面後順便一起吃了。」

貴美子皺起眉頭，抿了抿嘴，「那也打個電話回來說一聲呀，我還幫你留了生魚片呢。」

「抱歉，我帶那個人去看了麻布十番的店，後來就直接去吃飯，中間沒機會打電話回家。」

看著報表的政行聽到後抬起頭，「你帶外人去看麻布十番分店？」

「沒關係吧，又沒什麼好遮掩的。況且那個人能給我很有建設性的意見，爸也見過，就是高峰佐緒里小姐。」

「哦，是那個女孩呀。」政行想起來之後，直盯著行成，「你們很常見面吶。」

「也沒那麼常見，今天是對方跟我聯絡的。我不是說過前幾天在感恩餐會上，有位客人突然身體不舒服嗎？其實就是她，那天我送她回家，她才打來表示要當面道謝。」

「這樣啊。」政行嘴上這麼回答，似乎欲言又止。

「看來這女孩很懂事呢，是個怎麼樣的人？」貴美子問道。

行成心想這下事情麻煩了。他不禁有些後悔，早知道應該別說出和佐緒里碰面的事。母親貴美子從以前就這樣，只要一提到女孩子，即使對方跟行成沒什麼關係，也一定會馬上追問不休。

「在品酒會上認識的，還在念書，除此之外我也不清楚。」

「都一起吃過飯了，怎麼可能什麼都不知道。」

「我只是爲了新分店開幕，想聽聽年輕女孩的意見而已，沒必要追著人家問東問西的吧，這樣反而失禮。」

「會嗎？」貴美子側著頭，一副無法理解的模樣。

「不必一直逼問啦。」政行說了，「我已經把新分店的事全權交給這小子處理，想用什麼方法經營是他的自由，確實也需要聽聽年輕女孩的意見。」

被丈夫這麼一講，貴美子也只好心不甘情不願地點點頭。

「唉，我只希望行成能交個女友。如果有理想的對象，記得要帶回來介紹給我們認識啊。」

「都說了不是啊。」行成擠出苦笑。

是喔，貴美子說完轉身回到廚房。

行成脫下外套，在沙發上坐下。

「那位，高峰小姐，是嗎？她對麻布十番分店有什麼看法？」政行問。

「她很喜歡啊，還說非常適合情侶用餐。那個增加店內柱子的創意看來效果不錯。」

「該不會是客套話吧？」

行成搖頭，「她的個性不像那種人。當初我會想請教她，便是因爲她針對『戶神亭』的缺點提出了寶貴的意見。我也說過吧，就是常客太活躍的店會讓其他顧客卻步那件事。」

「是說廣尾分店吧，這個意見聽來的確很辛辣。」

「能毫無顧忌地眞心提出建議的人才可貴，加上她又是個年輕女孩，更是難得。所以我才覺得要珍惜和她之間的交流。」

政行搖搖頭，目光再次移回報表上，「不需要跟我說這些藉口，我跟你媽不一樣，你想跟誰交往我完全不過問。」

這不是藉口，行成忍住了差點脫口而出的話，再認眞辯駁下去反而更不自然。

「她……高峰小姐也相當中意牛肉燴飯，一直說很好吃。不過，這道料理對她似乎別具意義，所以讚美的話聽聽就算了。」

「別具意義？」政行透過老花眼鏡的縫隙挑了一眼。

「聽說是以前有個朋友家裡開洋食餐廳，牛肉燴飯的味道跟我們店裡的很像。」

「我沒問店名，是她朋友父母開的店吧……好像在橫須賀。」

鏡片後的那雙眼睛一下子睜大，政行隨即摘下老花眼鏡，「那家店叫什麼名字？」

「橫須賀？」政行的目光犀利了起來，「你沒聽錯嗎？」

「沒錯啊，她是這麼說的。怎麼？爸，你知道是哪一家嗎？」

「不，我怎麼可能知道……」政行的眼神從兒子臉上移開，盯著半空好一會兒才又看著行成，「其他還說了什麼跟那家餐廳有關的事嗎？」
「只說了牛肉燴飯的味道很像，不過那很可能是她的錯覺，畢竟是小時候的事。」
「長大之後沒再去過那間餐廳了嗎？」
「應該沒有吧。」行成回答後，想起一件重要的事，「對了，她說那家店已經不在了。」
「不在了？為什麼？」
「因為朋友的父母在意外中過世了。」
「過世了……」政行瞬間倒吸了口氣，緊閉著嘴，胸口明顯起伏，「你剛才說是意外身亡？」
「她是這樣說的。」
這樣啊，政行低喃，眼神又往其他方向游移。
「爸，怎麼了？你知道那家店嗎？」
聽到行成這麼問，政行才回過神，嘆了口氣搖搖頭，「不是，剛好相反。」
「相反？」
「我常耳聞同行間的各種小道消息，正心想是不是你剛說的那家店，但果然是我從沒聽過的餐廳。」
嗯，行成點點頭。這時，貴美子從廚房端了一盤水果走出來。
「怕放太久會壞掉，所以我全都削了，加油吃完喔。」
盤子裡盛著滿滿的洋梨，是別人送的。看來貴美子把剩下的全削了，分量不少。
我先吃嘍，行成說完又起一塊送進嘴裡。好甜。

「什麼其他地方的牛肉燴飯跟我們店裡的味道很像，一定是騙人的。」貴美子說，她好像聽到了剛才父子倆的對話。

「爲什麼？」行成問。

「不可能嘛。你大概不記得了，但你爸爸當年不知花了多少心思才做出那個味道——對吧？」她尋求政行的同意。

「那些事不用再提了。」

「這怎麼行，行成這次開的新分店，就是要拿那道牛肉燴飯當招牌吧？更應該讓他知道當年是費了多大的勁才開發出這道菜色啊。」

「我都說不用提了！」政行一臉不高興地站起來，頭也不回地走出客廳。

「我說了什麼惹他不開心的話嗎？」行成納悶。

「因爲你說有別家店的味道很像啊。」

「又不是我說的，我只是照實轉述高峰小姐的話呀。」

「你就不該講這種話，那根本不可能嘛，你爸爸的牛肉燴飯是獨一無二的，沒有其他人做得出來。如果你懂得這一點，應該能馬上拆穿這種謊話。」

「妳別一口斷定別人在說謊，那也未必呀。」

只是，貴美子絲毫不讓步，用力搖頭，「提這種不可能的事，當然是在說謊，對方只是爲了引起你的注意。」

「引起我的注意？怎麼會？」

「想也知道，今天也是對方主動打電話來的吧？她用盡各種藉口，也許只是想成爲你的女朋友，你要多留意。」

行成才吃了第二塊洋梨，就放下叉子。「我吃飽了。」他瞪著母親說完，站起身。

「怎麼，不吃了？」

「她才不是那種人。」他丟下一句話便走出客廳。

回到自己房間，行成把外套收進衣櫥時，從內側口袋拿出一只包裝盒，是佐緒里送他的專業開瓶刀。他將刀子握在手中，不自覺露出笑容。

他反覆咀嚼著貴美子剛才那句話——她只是想當你女朋友——如果這是眞的，那該有多好，他心想。

聽完靜奈的報告，功一忍不住沉吟。

「看來戶神行成連那道牛肉燴飯是什麼時候、怎麼做出來的都不清楚，這點倒是失算了。」

「他說餐廳生意變好多虧了牛肉燴飯，我想應該是稍早之前做出來的。」靜奈一臉凝重地說。

「這個推測我在之前調查橫濱總店時已經提過，但我們現在要的不是推測，而是印證。因爲戶神政行和『ARIAKE』的交集就只有牛肉燴飯了。」

「從戶神行成口中大概再也問不出什麼了，看來只能接近他爸。」

「接近他又能怎樣？難道要問他是怎麼做出牛肉燴飯的嗎？如果他眞是兇手，妳覺得他會說實話嗎？」

靜奈對功一的質問默不作聲，黯然低下頭。

「大哥不是說過要耍陰的嗎？」盤腿坐在床上的泰輔突然開口，「你說萬一找不到確切證據時就要用暗招，現在可以告訴我們了吧？」

功一搖搖頭，「現在還不是時候。」

「可是事情已經過了十四年，找不到證據了！你不是說過相信我的眼睛嗎？我可以保證兇手就是戶神政行那傢伙！」

不過，功一依舊不作聲，交抱起雙臂閉上雙眼。

只能走險招了，這一點他也很清楚。打從案發當時，警方就掌握不到任何證據，料想兇手自然不可能將證據保存在自己身邊。

然而，最後這著險棋一出手便再也沒有後路，只能往前衝；況且，這招只能使一次，萬一失敗，三兄妹就會遭到警方追捕。

他考慮著到底該不該放手一搏，身爲長男，他對下面兩個弟妹得負起責任。

功一睜開眼睛，「靜，上次那件事妳問到了嗎？就是戶神政行學徒時代的事。」

「他開『戶神亭』之前的事嗎？問到了。」

「戶神行成知道他爸在哪裡當學徒嗎？」

「這個他倒知道，是之前吉祥寺的一家餐廳。」

靜奈拿起丟在床上的皮包，從裡面掏出一張紙。

「我怕忘了，還請他幫忙寫下來，應該是『白銀屋』吧。」

功一接過紙條，上面果然寫著「白銀屋」。

「之前在吉祥寺，意思是說現在已經沒有這家店了嗎？」

「不知道，他本身好像也沒去過。」

功一點點頭，低聲說了「好吧」。

「你打算怎麼做？」泰輔問。

「先做好最後確認，完成後立刻展開行動。」功一看了看兩人，「要使出最後的險招了！」

23

功一和泰輔在吉祥寺站旁的百貨公司停車場停好車，打算從這裡徒步過去。兩人看著傳眞取得的地圖到了車站前，接著往北走。時間離黃昏還有一會兒。

「這一區還滿熱鬧的嘛。」一身西裝的泰輔四處張望，今天還特地打了領帶。「我是第一次來吉祥寺耶。」

「我是第二次吧。在之前那家公司時，曾經到井之頭公園（*1）拍照。」

一群群打扮入時的年輕人走在創意小店林立的街頭，他們散發出的氣息和新宿或澀谷一帶的年輕人不太相同；看來不會過度盲從時髦，反而樂於保有各自的風格。功一心想，或許和市中心保持的理想距離，給了他們適當的空間吧。

西式居酒屋「NAPAN」位於距離車站徒步約十分鐘的地方。木門前立了一塊小黑板，寫著當天的推薦菜色，今晚特別介紹的是香草烤鱸魚及軟殼蟹。

門上還掛著「準備中」的牌子，但功一卻毫不猶豫地推開門。

店內一片昏暗，一個年輕女孩正擦拭著吧台，滿臉困惑地看著功一兄弟倆。

「呃……五點半才開始營業。」

「不是的，我們約好營業時間之前過來。」泰輔從外套口袋中掏出名片夾，拿出一張來。那是昨晚功一趕工做出來的，上面印著「KTS股份有限公司　導播　山高伸久」。KTS是取功一、泰輔、靜奈三人名字的縮寫(*2)，山高伸久則是靜奈想的，只是將最近詐騙對象的高山久伸姓名分別顛倒過來。

「請稍待。」女店員拿著名片走到裡頭。

功一環顧店內。除了吧台之外，還有五張四人座的桌子，不過眞要坐四個人可能窄了點。牆上貼著西洋電影海報，架子上則擺了舊時鐘和黑色電話機。內部裝潢了無新意，但品味還不差。

泰輔朝他比出架攝影機的動作，功一點點頭，從手提包裡取出器材，隨便拍攝店內景象。功

*1　全名「井之頭恩賜公園」，距離吉祥寺站南口不到五百公尺。

*2　三人的日文名字發音分別爲Koichi、Taisuke、Shizuna。

一今天的角色是陪同節目製作公司導播前來的攝影師。

「不能隨便拍攝喔。」一個粗獷的聲音高喊。

店裡頭走出一名男子，身穿白色襯衫配黑色背心，稀疏的髮量剪成三分頭。大概是這個緣故，更襯托出他的一張圓臉，體格也屬於矮胖型。看上去有點老，但其實他應該才四十多歲。

「是野村先生吧？眞不好意思，百忙之中打擾您。」

泰輔正準備再拿出名片，野村隆夫卻一副不耐煩地搖搖手。

「剛才店員拿給我了。我沒什麼時間，麻煩你們講重點。」野村在吧台前的高腳椅坐下，

「你們也隨便找地方坐吧。」

「那就不客氣了。」泰輔拉了桌邊的椅子坐下，功一卻還是站著繼續張望店內，大概認爲這樣看起來比較像攝影師吧。

「呃，要問什麼來著？戶神老闆的事嗎？」野村問道。

「是的。除了戶神老闆的往事，也希望您稍微聊聊『戶神亭』的牛肉燴飯。如同昨天電話中提到的，這次我們構想做個『名菜來源追追追』的節目，『戶神亭』的牛肉燴飯也在候選名單上。」

「哼。」野村嗤之以鼻，「那直接去問戶神老闆本人不就得了？」

「當然我們也打算採訪他本人。不過，節目裡其他友人的訪談也非常重要，包括他本人奮鬥的過程，還有周遭友人的看法，從兩方面烘托起來，節目內容才會有深度。」

泰輔今天口條依舊清晰順暢。其實功一原本要披掛上陣，但對自己的演技實在沒信心。

「話是這麼說，但現在幾乎沒往來了。」野村訕訕說著。

「野村先生和戶神老闆一起在『白銀屋』工作了三年吧？」

「對。之前我在另一家餐廳工作，那家店倒了之後，『白銀屋』的主廚兼老闆就收留我。不過，後來卻連『白銀屋』都倒了，我還眞倒楣。」野村露出自嘲的笑容。

據他所言，「白銀屋」是在八年前倒閉，原因是主廚老闆突然過世。這件事功一已從網路上得知，他用「吉祥寺」和「白銀屋」兩個關鍵字搜尋，便找到類似的內容。不過，那段文字還給了他另外的訊息：當年在「白銀屋」工作的廚師在吉祥寺開了一家西式居酒屋。那家店是「NAPAN」，而當年的廚師就是野村。

「戶神老闆是個什麼樣的人呢？」泰輔問。

「這樣問我也答不上來。我們雖然一起工作，但其實沒那麼熟。嗯，算是個熱中研究的人吧，老闆也很欣賞他，所以當他要自行創業時也高興地答應了。反正他挑在橫濱開店，不用擔心成爲競爭對手。」

「當時那個牛肉燴飯已經是戶神老闆的拿手菜了嗎？」泰輔的問題漸漸逼近核心。

野村搖搖頭，「『白銀屋』的牛肉燴飯是老闆一直以來維持的口味，戶神在『白銀屋』工作時也是依照店裡的食譜去做。不過，他自己創業後好像花了一番工夫，想做出個人獨特的口味。」

泰輔側眼瞄了下功一，雖然臉部表情沒變化，功一卻能感受到他的激動情緒。

這下子總算找到「戶神亭」牛肉燴飯的起源，可以確定的是，現在這個口味是戶神政行獨自創業之後才有的。

「您還記得當年的情況嗎？只要是有關牛肉燴飯的故事，無論什麼都行。」

聽泰輔這麼問，野村交抱雙臂回答，「你一直問也沒用，自從他創業後我們幾乎沒碰面，只是他有時會找老闆討論經營餐廳的事。我自己開店，知道這不簡單，那個人剛起步時好像也吃了不少苦頭。」

「這部分我聽說過，最初生意不是太好的樣子。」

「何止不太好，據說根本沒半個客人上門，也因爲如此，他居然還推出外送服務。沒錢僱用其他人之下，都由他太太出去送，偶爾他也自己跑。大廚還兼外送小弟，就算生意再怎麼差也很難想像吧。」野村似乎變得健談了些，看來是不排斥談論其他店家生意清淡的話題。

這時，野村的眼神忽然像憶起遙遠的過往。

「提到外送，我倒想起一件有意思的事。有一天晚上，戶神老闆醉醺醺地跑來『白銀屋』，我還是第一次看到他喝成那副德性哩。」

「發生了什麼事嗎？」

「好像是那天跟客人起了爭執，應該沒到打架受傷的地步，只是一點小口角吧。還有，對方似乎不是上門的客人，而是外送地點的顧客。」

「起口角的原因呢？」

「被對方嫌難吃死了。」

「啊？」泰輔不禁驚呼一聲，「餐點嗎？」

「是啊，我沒聽到是哪道菜，但對方好像說得很難聽。『白銀屋』的老闆還安慰他，反正那種地方的客人也吃不出什麼名堂，不必太在意。」

「那種地方是什麼意思？」功一忍不住插嘴，「是哪裡呢？」

「咖啡廳啦。」野村回答得乾脆。

「咖啡廳？」泰輔不解，「咖啡廳的客人會叫外送嗎？」

「那家咖啡廳有一台大電視機，每到例假日便有一大群人聚集。咖啡廳本身又沒辦法弄那麼多吃的，所以就請附近的洋食餐廳外送吧。」

「這樣啊。」泰輔一臉不太能理解地點點頭，功一也覺得聽起來不大尋常。

「後來戶神老闆怎麼樣了呢？」泰輔又問。

「怎麼樣呢……」野村側著頭思索，「那麼久之前的事，我也記不清楚。他當時是因爲喝醉了吧，可能酒醒之後心情也好了一點。」

野村直到前一刻才憶起這個小插曲，相信要他再回想細節也是枉然吧。

接著，泰輔又針對「戶神亭」的牛肉燴飯問了幾個問題，希望能勾起野村的回憶，卻完全得不到功一期待的答案。看來他從待在「白銀屋」時就和戶神政行不太熟的事，應該不是謊話。

泰輔假裝看看手表，趁機對功一使了個眼色問該怎麼辦，功一輕輕點了下頭。

「感謝您百忙之中抽空受訪，今天這些題材如果要在節目中使用的話，我們會另外找時間做一次正式採訪。」

聽了泰輔的話，「咦？」野村不滿地噘著嘴，「不是也會報導我們這家店嗎？」

「當然，到時候還得麻煩您。」

「意思是現在還沒決定？」

「是的，目前還在事前準備階段，節目中要使用哪些採訪內容，接下來製作單位會再討論。」

「是喔，早說的話我還可以多講一點有關戶神老闆個性之類的……」野村咕噥。他似乎也有自知之明，發現想不出什麼有趣的內容，或許是原本料定隨便應付也會播出，所以才掉以輕心吧。

「決定具體內容之後會再跟您聯絡。」泰輔說完站起身。

出了店外，步行一段距離後，泰輔大大嘆了一口氣。

「剛開始聽到他說戶神是創業後才做出牛肉燴飯時，還以爲能有什麼收獲，沒想到居然是雷聲大雨點小。這老頭眞沒用！」

「唉，那也沒辦法，再到別的地方碰碰運氣吧。」

「別的地方？你還想到哪裡嗎？」

聽泰輔這麼問，功一只是緊咬著嘴唇，默不作聲。

戶神政行和「ARIAKE」的關係或許沒那麼容易找得出來，畢竟如果戶神確是眞凶，一定不會讓別人發現兩者間的交集。

兩人保持沉默走了好一會兒，來到一家面對馬路的電器行。店頭放了一台液晶電視，正播著高爾夫球賽實況。

功一突然停下腳步。

「怎麼了？」泰輔問。

「他剛才說大家在看電視吧？」

「什麼？」

「戶神外送的咖啡廳裡有台電視機，所以聚集了一大群顧客。」

「是啊，他是這麼說的，那又怎麼樣？」

「你覺得他們在看什麼？」

「啥？」泰輔張大了嘴，「我怎麼可能曉得。」

「但我就是知道！」功一拍拍泰輔的肩膀，「快點，再兜風一趟。」

兩人的目的地是櫻木町。車子在大岡川橋前停下，功一走向一家咖啡廳，就是模仿小木屋打造的「馬之樹」。

他走進店裡，吧台內那留著白鬍子的老闆抬起頭，露出豪邁的笑容，「嘿，你上次來過吧？」

「上次非常謝謝您。」功一行了一禮。

「之後去過『戶神亭』了嗎？」

「哦，還沒。對了，今天有點事想請教您，不過先來兩杯咖啡吧。」功一豎起兩根手指，同時在吧台前坐下。

泰輔也在一旁坐下，依舊一臉茫然，因爲來這裡的路上，功一什麼都沒說。

「這附近以前是不是有家叫做『Sunrise』的咖啡廳？」功一問。

老闆邊沉思邊沖泡咖啡，過了一會兒才點點頭回答，「對啊。」

「的確有家叫做『Sunrise』的咖啡廳，在前面那棟大樓裡，不過現在已經沒嘍。」他意有所指地露出微笑。

「是因爲牽涉到那個案子才倒的吧？」功一壓抑著激動的情緒。

「對啊，就是那個案子，你知道得挺清楚的嘛。那時候我們也受到牽連，還被懷疑店裡也幹同樣的勾當。」

泰輔用手肘輕輕撞了下功一側腹，「『那個案子』到底是什麼？」

「待會兒再告訴你。」

功一喝著老闆送上的黑咖啡，複雜的思緒在腦中團團糾纏。終於找到戶神政行和「ARIAKE」的交集了！不過，這對功一來說卻是一段苦澀的回憶。

四年前，橫濱有個外圍集團被舉發，賭客名單中赫然出現「有明幸博」的名字。

那個外圍集團的地盤是一家擺設有電視機的咖啡廳，讓顧客在觀看賽馬實況轉播的同時，也能購買莊家自行販售的馬票。至於那家咖啡廳的店名，當時的報紙也曾記載，就叫「Sunrise」。

24

「我搞不太懂。外圍是幹麻的？我是聽過用電視賭博。」靜奈躺在床上問，雙手還抱著泰輔平常慣用的枕頭。

「就是私人的賽馬。」泰輔答道。

「私人的？是說幾個人用自己的馬下注，賭哪匹跑得快嗎？」

「不是啦，怎麼可能是這麼奢侈的玩法，妳到底懂不懂啊？」

「我就是不懂嘛。」靜奈噘起嘴，看著功一。

「知道一般的賽馬是怎麼回事嗎？」功一問她。

「一般的我知道啊。」靜奈回答，「預測哪匹會跑贏，然後買馬票，猜中了可以拿到獎金，對吧？只是我沒實際買過。」

「所謂外圍，原本指的是負責仲介馬票買賣的組織。客人預測哪匹馬跑贏後會下注，外圍組頭再根據下注內容買馬票，贏得的獎金當然就交給客人。」

靜奈在床上翻了個身，「換句話說，他們是幫那些懶得自己下注的客人買馬票嘍？」

「對客人來講確實有這種好處。」

「那組頭是賺手續費嗎？」

「不是，基本上不收手續費，如果提出這種要求，客人會乾脆自己下注吧。」

「所以，只爲了讓咖啡廳生意好，才提供這種服務嗎？」

功一看著靜奈，露出賊笑，「這應該是用來做爲一旦被舉發時的藉口吧。」

「什麼意思？再講得簡單易懂一點啦！」

「外圍組織有很多種，我剛說的是最基本的。不過，這麼一來組頭完全沒賺頭，對客人而言，優點也只是省下自己下注的麻煩。爲了雙方有利可圖，於是，組頭把中獎馬票的賠率拉得比正規下注時還大。賽馬這種合法賭博的下注金額約有四分之一會被當稅金扣掉，做爲營運的費用；也就是說，下注一百塊時，實際賭注只有七十五塊。反觀外圍組織因爲能降低這部分的成本，賠率自然可以拉高，這下子便多了吸引客人向外圍下注的優勢。」

「這樣組頭大哥不就虧了嗎？」

聽到靜奈竟然稱那些人是「組頭大哥」，功一忍不住笑了出來。

「如果乖乖照客人的指示下注當然會虧，但如果不甩客人，而是暗中照自己的想法下注呢？當客人猜錯、組頭卻猜對時，那筆獎金就能進到自己口袋。」

「但也可能出現自己猜錯的狀況啊。」

「當然會有這種情形，所以比較保守的作法是只收客人的賭資，組頭實際上不再下注。如此一來，賭資就能一毛不少地進到組頭口袋。」

「萬一客人中獎了怎麼辦？」

「那就只能乖乖把獎金吐出來啊。不過，現實生活中賭馬沒那麼好中獎，雖然客人的預測偶爾可能很準，但絕大部分都是落空。長遠看下來賺的一定是組頭，賽馬就是這麼回事，所以JRA(*1)才會這麼賺錢。話說回來，爲了預防客人中了像萬馬券(*2)之類的高賠率獎金，外圍組織實際上應該也先買了保險吧。」

靜奈趴在床上，腦中整理著剛才功一說的那些話，一會兒之後忽然翻身躺著。

「那個咖啡廳叫什麼名字啊？」

「『Sunrise』嗎？」

「嗯，也就是說，那個『Sunrise』幹的就是大哥說的事嗎？」

「我猜八九不離十。」功一把椅子一轉，正對著電腦螢幕，上網連到新聞搜尋網站，「報導上是這麼寫的——該店店員接受賭客下注後，將預測的跑道和馬匹號碼塡入專用收據裡，再將收執聯交給賭客。中獎者可獲得較正規高出百分之五的獎金，不過實際上他們根本沒下注。跟我說的一樣。」

「那麼，爸爸經常泡在那裡嗎？」靜奈臉色沉了下來。

功一皺起眉頭，「既然名字出現在賭客名單上，應該是常客吧。」

靜奈用力搖著頭，把懷裡的枕頭往牆壁一扔，「我才不相信！我從來不知道爸爸會賭馬。」

功一和泰輔對看了一眼。看到弟弟臉上那抹交雜著憤怒及哀傷的神情，功一心想，自己這時應該也是相同的表情吧。

「因爲妳當年還小……」泰輔低聲說著。

靜奈坐起身來，直瞪著他，「什麼？到底怎麼回事？」

但是，泰輔卻沒作聲，只用求助的眼神看著功一。或許他不太想親口說出那段往事吧。

功一在電腦桌上撐著下巴，「爸是個超級賭徒，尤其一提到賽馬就像變了個人。」

「我從來沒看過。」靜奈語氣強硬地反駁。

「所以才說是妳還很小的時候啊。爸只要店裡公休便往賽馬場跑，常一大早出去直到晚上才

＊1　Japan Racing Association，日本中央賽馬協會。

＊2　指賠率爲一賠一百的冷門馬票。因爲日本馬票一單位一百圓，一百倍的馬票就稱「萬馬券」。

回來。聽老媽講，他每輸錢就喝得爛醉，贏錢又會在外面亂花，兩人經常爲這種事大吵特吵，不過爸卻始終戒不了。」

「可是我記憶中從來沒看過這種事，那表示他戒了吧？」

「戒了啊，因爲被寫在作文裡了。」

「作文？」

「大哥，那件事不必講啦。」泰輔用力搖著手。

「不講清楚靜聽不懂。」功一對著靜奈繼續說，「泰輔在作文上寫過，爸爸每到公休日就往賽馬場跑，害他覺得很孤單，眞希望爸爸多陪陪自己。結果他們班導師還特地來家裡，請爸媽要設法改善。爸聽到這件事也沮喪很久，最後答應我們和媽以後不再賭馬。」

「騙人的吧……」或許是和記憶中的父親形象相距太遠，靜奈看來受到不小的打擊。

泰輔嘖了一聲，「這種事有什麼好騙的。我在作文裡寫那些亂七八糟的事，後來還惹火了爸，媽也爲這件事氣得要命……」

「當時家裡可眞是鬧得雞飛狗跳。」功一苦笑。並不是所有的回憶都甜美，但不可否認，這確實也是家人共同生活時留下的珍貴一頁。

「不過，最後爸還是沒戒掉賭馬。」泰輔緊咬著嘴唇，「雖然沒往賽馬場跑，卻換了一個更近、更方便的地方。」

「因爲不能讓媽發現啊。這倒讓我想起，爸經常一到星期天就藉故工會聚會出門，只是不像以前上賽馬場時弄到那麼晚才回家。我猜他可能是到『Sunrise』去吧。再說，跟組頭下注用電話聯絡也行，即使待在家裡也無所謂。」

「大哥，你是什麼時候知道的？」泰輔問。

「你說爸去外圍賭場的事？這種事我小時候當然不知道。」

「所以才問你啊。因爲你心裡有數，才會在『NAPAN』聽到那些事後直接到櫻木町去吧？」

被泰輔一問，功一一時答不上來。他並沒有告訴弟妹，自己和柏原還保持聯絡。

「四年前『Sunrise』被舉發，神奈川縣警通知我爸的名字出現在賭客名單裡。」

原先靠牆坐著的泰輔忽然站起來，「這個地方已經被警方知道了嗎？」

「這樣不太妙吧？」靜奈也臉色大變。

「離開育幼院之前，不是留了聯絡方式嗎？後來雖然搬過幾次家，但警方如果有心要找，馬上就能知道我們的住處，這沒什麼大不了的。只要我們做的事沒曝光，應該不用太擔心。」

那就好，靜奈還是不太放心。

「當時，那個案子發現了任何和強盜凶殺案之間的關聯嗎？」泰輔問道。

「警方只追查到爸向那個組頭借了三百萬，看起來是一大筆負債。通常組頭會借錢給賭客，而賭客總想著下次贏錢時再還，不知不覺債款便像滾雪球一樣越來越多。據組頭說，爸告訴他會在限期之內還錢，當時的借據還留著，沒想到期限未到就被殺了。但也因爲這樣，組頭沒有殺害爸媽的動機；事實上，即使過了還款期限，我也認爲他們沒理由下手。」

「大哥，爲什麼都沒告訴我們這些事情呢？」靜奈眼神中帶著苛責，眼角還微微泛紅。

「我覺得沒必要說，而且我也不想告訴妳爸沉迷賭博的事。」

「話是這樣沒錯……」靜奈又懊惱地把頭埋進被窩裡。

「然後，戶神政行也經常進出『Sunrise』嗎？」泰輔問。

功一點點頭。「『NAPAN』老闆所說的，九成九是『Sunrise』。戶神因爲外送的關係，應該去過很多次，會在那裡認識爸也不奇怪。」

「之前他還提過，戶神外送時曾經被客人抱怨東西難吃，那個人會不會就是爸啊。」

「很難說，但滿可能會是爸。」

「因爲他對口味要求很高。眞是的，別家店管那麼多幹麻。」泰輔在床上盤腿坐下，隨即抱起雙臂。他似乎認定那個抱怨東西難吃的客人就是自己父親。沒多久，他像是有了新發現，忽然抬起頭，「啊，難不成……」

「怎麼？」

「戶神做的菜被爸嫌棄，所以一氣之下……」

泰輔沒把話說完，功一也知道他想表達什麼，卻搖了搖頭。

「不太可能吧，再怎麼樣也很難想像會爲這種小事殺人。再說，這麼一來就沒辦法解釋戶神爲什麼做得出『ARIAKE』的牛肉燴飯。」

「對喔。」泰輔低喃。

「不知道是什麼樣的因緣，總之，我猜爸和戶神應該認識。」功一解釋，「而且，兩人交情應該很不錯，爸才會把牛肉燴飯的作法教給戶神。說不定爸跟他借錢，而食譜就是交換條件。」

「爸爸那時候正缺錢，這樣想想也說得通。」靜奈也坐了起來。

「可是，那時候戶神應該也苦於經營困難而缺錢吧。如果學會了料理作法，卻沒錢借人，那該怎麼辦。」

「他就因為這樣殺了爸媽嗎！」泰輔高聲回答。

「小聲一點！」功一皺起眉頭，「你先把話聽完。光是沒錢借人的話，我想不至於行凶殺人，不過，如果眼前有一大筆錢呢？或是知道熟人手上有一筆錢，他會怎麼做？對當時經營困難、垂死掙扎的戶神來說，很有可能鋌而走險。」

「誰啊？誰身上有一大筆錢？」泰輔問。

功一哼了一聲，「當然是爸呀。」

「爸？」

「我知道了。」靜奈突然雙手一拍，「案發之前，爸媽正到處籌錢，應該是準備要還給組頭，所以當晚我們家裡有三百萬現金。」

「沒錯，戶神很可能也知道這件事。」功一繼續說，「怎麼樣，這下有動機了吧？」

泰輔跳下床，緊握雙拳站得挺直，「這不真相大白了嗎？戶神就是凶手，這樣便萬事ＯＫ了！」

「先別激動。戶神確實和『ARIAKE』有交集，但除此之外全是我們的猜測，也沒有任何證據顯示當晚家裡有那一大筆錢。」

「照你這麼講，接下來該怎麼辦嘛。」泰輔克制不住焦躁的情緒，胡亂搔著頭。

「對啊，這下不就確定二哥那晚看到的是戶神政行了，其他還需要什麼證據呢？」靜奈也說了。

「靜說的沒錯，我們都很篤定，但光靠這些還不夠說服警方，需要更明確的事證。」

光用講的也沒用呀，靜奈一臉苦悶。

「別擔心，我不是要妳去找證據。之前不是提過嗎，我們要耍陰的。」

「那到底是要幹麻？」

泰輔急得臉都皺了，功一卻輕輕笑著說：

「既然找不出證據，我們就只剩下一條路——製造證據！」

25

行成拿了一份鮮蝦酪梨沙拉，先聞聞花生醬的香氣，吃了一口，閉上雙眼慢慢咀嚼，然後吞下。留在口中的餘味，也是確認菜色時的一個重要項目。

「還不錯。」他睜開眼睛說，「口味濃郁卻不膩，這樣也不會影響到之後的牛肉燴飯。」

一旁忐忑不安的橫田，這時總算露出放心的微笑。

行成來到「戶神亭」廣尾分店時早已過了打烊時間，店內沒有其他顧客，但他面前卻有好幾道菜，都是準備列入麻布十番分店菜單的選項。今晚要討論的部分是午餐菜色，搭配主菜牛肉燴飯一起上桌的沙拉，行成打算列出幾種供顧客選擇，卻不想弄得太平價。他希望這些沙拉看起來要不遜於單品料理。

「你最後選用了花生醬呀，芝麻醬做起來怎麼樣？」行成徵詢橫田的看法。

「也不錯，不過我覺得花生醬吃起來跟牛肉燴飯比較搭。你要試試芝麻醬的口味嗎？」

「不用了，其實我也覺得花生醬好，還好我的意見和橫田大哥相同。」

聽了行成的回答，橫田開心地點點頭。他雖然年輕，卻是廣尾分店的重要廚師，最初是行成從其他店挖角來的。這次調他到麻布十番分店擔任主廚，事先也已得到父親政行的同意。

「沙拉大致上就這麼決定，湯應該也沒問題。再來是甜點啊，我最弱的部分。」

行成愁眉苦臉地拿起記事本時，留在餐廳打掃的店員走了過來。

「不好意思，社長來了。」

「我爸？」行成望著店員身後。

穿著一身灰色西裝的政行從門口走進來，橫田忽然站得挺直，一動也不動。

「今天店裡出了什麼差錯嗎？」行成低聲詢問。

沒有吧，橫田側頭苦思。

「我有話跟你說，現在方便嗎？」政行沉聲問道。

「現在也可以，但不能等到回家再說嗎？」

「我也想過，不過還是儘早告訴你比較好，所以聽到你在這裡討論菜色就來了。」政行走近之後瞄了桌上一眼。

「在試吃沙拉？」

「是午餐菜色，我想跟牛肉燴飯搭成套餐。我們快討論完了，可以稍等我一下嗎？」

「不，最好現在就談，我不想讓你們再浪費時間討論了。」

行成的目光正要移回筆記上，聽到政行這句話頓時愣住，他搞不懂到底怎麼回事，於是直盯著父親。

「這是什麼意思？」

政行剛要開口卻又立刻閉上嘴，瞄了瞄旁邊的橫田和年輕店員。

「抱歉，我想和行成單獨談談，你們可以先離開嗎？」

橫田滿臉困惑，瞥了行成一眼後回句「好的」，便轉身走回廚房。年輕店員也跟在他身後。

行成瞪著父親，「什麼叫做浪費時間討論？該不是要重新評估麻布十番分店的開幕營業吧？話說在前頭，到了這個階段若要取消……」

政行用力搖了搖手，「沒人說過要重新評估。來，坐著談。」他拉了一張椅子坐下。

但行成無動於衷，依舊交抱雙臂站著。

「這樣怎麼說話？先坐下來吧。」

「沒關係，有什麼事請快講。」

政行嘆了口氣，抬頭看著兒子。那雙眼睛充滿威嚴，但行成卻氣定丹田，毫不示弱。

「我只是要變更其中一項業務方針，而且已經決定，不准你有意見。」

「變更方針？這太沒道理了吧。當初約定這家店交給我全權負責，由我決定這家分店的營業方針，從頭到尾沒拜託過爸一件事，現在你卻要來更改方針？」

「的確，大小事全交由你負責，但只有一件事你有求於我，知道是什麼吧？」

父親挑著眉質問，行成緊張地思索了一會兒，想到的只有一個。

「牛肉燴飯……」

「沒錯，就是牛肉燴飯。以往每家新分店開幕前，我都要求店長一定要做出該店原創的牛肉燴飯，不過你先前希望能在新分店推出原始口味的牛肉燴飯，而我當時也同意了。」

行成睜大了雙眼，「現在是反悔了嗎？」

「是的，你也要和其他負責人一樣，做出新口味的牛肉燴飯當麻布十番分店的招牌菜色。」

行成氣得鬆開抱在胸前的雙臂，叉腰低頭瞪著父親。

「等一下！怎麼能現在臨時變更呢！麻布十番分店的整體概念是讓『戶神亭』原始口味再次復甦，現在卻變成得開發新口味的牛肉燴飯，不等於顚覆了整個基礎嗎？」

「每家分店展現不同風格，本來就是『戶神亭』的特色，我們不是單純拓展分店而已。」

「這我知道，也因爲很了解才更想推出原始口味的！現在已經沒有任何一家分店保有這種口味，連關內的總店也沒有，即使麻布十番分店推出，也不會跟其他分店產生衝突。」

政行面無表情地搖了搖頭，「以往每家分店的店長都曾爲了開發獨特的牛肉燴飯絞盡腦汁，我認爲就是經過考驗，所以各分店都能克服挫折，達到今天的成績。對你有相同要求應該很公平吧？我說錯了嗎？」

行成無話可說。父親的話確實有道理，其實他心裡對此也不是全無歉疚。

不過，無論如何他都想讓將「戶神亭」推向成功之路的牛肉燴飯在自己手中重新復活。這絕不是想偷懶撿現成，事實上他認爲自己與其他店長歷經了同等考驗，甚至比他們更辛苦。

「麻布十番分店的一切都是以讓那道牛肉燴飯復活爲前提，不管是搭配的酒、材料還是菜單……你要我全部歸零重來嗎？」行成低著頭說。

「如果你認爲這些經驗都是白費，就不配當個經營者，趕快去找其他工作吧。」政行站起身來，「我一開始便說過，這已經是定案，沒有商量的餘地。但我也答應你，不再干涉往後的事，至於開幕的時間，我們再另外討論。」

行成撥了一下劉海，緊盯著父親，「爲什麼事到如今才決定？請給我一個理由。」

「剛才不是說了嗎？我只是想維持公平性。」

「既然這樣，之前又爲什麼答應我？當初講清楚不就好了嗎？」

「關於這一點我得誠心道歉，不過對象不是你，而是其他店長。竟然偏袒自己的兒子，太不像我的作風了，我對此深切反省。」

政行說完轉身離開，行成很想對著他背後破口大罵，卻還是忍住了。畢竟行成很清楚這麼做沒有任何意義。

他在剛才政行落座的那張椅子坐下，整個人瞬間虛脫。

「行成。」聽到有人出聲叫喚，他抬起頭看到橫田一臉擔憂地站在旁邊。

「你都聽到了吧？」行成問。

橫田點點頭走過來，「接下來可辛苦了，招牌菜色的口味得重新調整才行。」

此刻這不帶悲觀的語氣聽在行成耳裡無疑是一種安慰，但橫田心裡一定急得要命。

「一切都得重新來過，但如同我爸說的，先前的經驗也不是不能活用。一起加油吧。」

嗯，橫田點點頭後，開始收拾桌上的餐盤。行成看著這副情景，腦中一面反芻剛才和父親的對話。他雖然能了解父親所說的，卻始終無法接受。

一個念頭閃過他的腦海，難道是——

最後一次向父親談到牛肉燴飯，是和佐緒里共進晚餐那天，回家之後行成提起她以前吃過同樣口味的牛肉燴飯。現在回想起來，那時父親的反應確實有些不尋常。

那件事影響了父親的想法嗎？那麼重點究竟在哪個部分？而且爲什麼沒當場直說？

行成拿出手機，從通訊錄中找到佐緒里的號碼。不過，按下通話鍵前他想了想，輕輕搖頭，就算問佐緒里也得不到解答，再說，也不知道要從何問起。

看到戶神政行走出大樓，功一慌了手腳，沒想到他這麼快下來。馬路對側的大樓有間方便監看的咖啡廳，功一剛進去買了一杯咖啡，這下只好趕緊大口喝完，衝出店門。

功一從戶神政行離開位於關內的「戶神亭」總店之後，便一直跟蹤他，只爲了某個目的。戶神目前一週仍保持幾天親自坐鎭總店廚房，交通往返都是自己開車。車子通常停在離餐廳五十公尺左右的一處月租停車場。

原本功一計畫在那裡完成任務，所以從總店打烊前一個多小時就在附近監視。

不過，他卻誤判了情勢，打烊後戶神和餐廳工作人員一起出來，還有說有笑地往停車場走去。另一個人似乎也把車停在相同的地方。

原本功一打算就此放棄在今天完成任務，因爲「戶神政行落單」是達到目的的絕對條件。

但他仍舊不肯輕易死心，繼續尾隨戶神駕駛的賓士車，冒著被察覺的風險跟蹤，等待下手的機會。可是他同時也決定，若戶神直接回家就改天再行動，因爲那種狀況下等於毫無勝算。

然而，機會降臨了！當發現前方賓士車的去向不是戶神家，而是「戶神亭」廣尾分店時，握著方向盤的功一忍不住開心地吹起口哨。

戶神把賓士車停到附近大樓的地下停車場，功一也將輕型休旅車開往地下室，停在稍遠的停車格裡。確認戶神下車後他才打開車門。

功一不清楚戶神到廣尾分店的原因，但看看停車場的營業時間，推測他不會待太久。事實是，戶神政行比功一預期的還早離開餐廳。

功一小跑步回到停車場，幸好戶神車旁沒有其他人影，但他依舊仔細觀察四周，從夾克口袋裡掏出一樣東西。

這東西對三兄妹而言非常珍貴，可說世上絕無僅有。功一也曾苦惱過，該不該利用這麼貴重的物品，因爲很可能再也回不到他們手上了。

但是，他也想不出其他方法，正是如此珍貴的東西，才有辦法助他們的計畫一臂之力。

布置妥當之後，功一躲進自己車裡，接下來只等戶神政行出現。

不一會兒，一身西裝的戶神從電梯間走過來，而且單獨一人！功一緊張得屏氣凝神。

戶神掏出車鑰匙，走近賓士車，繞到駕駛座旁開了鎖。

看著車門打開，功一緊咬著嘴唇。戶神似乎絲毫不察，直接坐上車，關起車門。

得擇日再戰啊，就在功一不耐煩地嘖了一聲時，車門又開了！戶神探出上半身看看地下，接著撿起一樣東西。

功一的心七上八下，後續行動端看戶神的反應。如果他拿走東西直接發動引擎，用盡任何手段都要阻止他。

不過，戶神的反應完全如同功一所預料。他把撿起來的東西放回原處，關上車門，然後發動引擎驅車離開。

確認賓士車消失在視線範圍內，功一才下了車，走到剛才的停車格。

先前布置的那個東西幾乎被放在相同的位置，他以戴著手套的單手撿起，裝進預先準備的塑膠袋裡。

成功了！他在心底暗暗對泰輔和靜奈歡呼，那傢伙已經踩進第一道陷阱了——

功一忍不住浮現一抹笑容。

26

靜奈在星期六午後接到川野武雄來電。一開始看到手機上的來電顯示時，靜奈原本不想理會，卻又擔心事情鬧大，只好答應他「無論如何見面談談」的請求，約在池袋一家咖啡廳碰面。

「為什麼都不回簡訊？」川野緊咬著這一點質問，「電話也打不通，到底怎麼搞的？」

靜奈低下頭，迴避川野的目光，「因為工作太忙了……對不起。」

「離我們上次碰面已經過了三個多星期，妳知道事情有多嚴重嗎？旅行的事討論了那麼多次，結果妳都沒回覆，害我原本預約的行程都得取消！不是早約好要一起去泡溫泉的嗎！」

「我們沒約好吧？我只說去了也不錯而已。」

「不是一樣嗎？也不想想我爲了這趟旅行花了多少力氣準備。」

「這點我很過意不去，但之前我也提過工作很忙，不好排出時間呀。」

「妳怎麼動不動就工作、工作的掛在嘴邊，拉保險那麼了不起嗎？既然這樣我不客氣地說了，我也是客戶吧！我爲了幫妳達成業績加保了耶！難道客戶的話妳不聽？」川野鬆垮的兩頰脹得通紅，氣得口不擇言，口水還噴到了靜奈面前。

她忽然抬起頭，不是因爲噴來的口水，而是終於從川野嘴裡聽到這句等待已久的話。

「你是想和我一起去洗溫泉才加保的嗎？原來你一開始就有這種企圖？」

咦，川野睜大了眼睛。

「你以爲我是這麼輕浮的女人嗎？」她拉高音量質問，其他顧客的目光瞬間集中到他們這裡，靜奈卻不以爲意，引起眾人注目反而更好。

「不，我沒那個意思……」川野支吾其詞。這反應完全在靜奈預料之中。

「你剛才不是說已經加保，所以要我一起去溫泉旅行？」

「我沒講過這種話。」

「明明就有，你說要乖乖聽客戶的話呀！」

川野驚慌失措，眼神游移不定。看來他已經亂了心神，只差臨門一腳！

「太離譜了。」靜奈擺出快氣哭的表情，「你居然這麼看輕我……那好，我把保險提前解約，錢全還你總行了吧。」

「等等啊，不是那樣！不好意思，我道歉。妳先冷靜一下。」川野方寸大亂，剛才臉上的紅潮漸退，變得越來越蒼白。

靜奈雙手掩面，呼地吐了一大口氣，假裝讓心情恢復平靜，順便從指縫偷窺川野的動靜。他顯然已經十分狼狽。

從男人身上騙錢並不難，問題在於如何順利切斷關係、全身而退。川野和高山久伸屬於不同類型，不是用出國追求夢想的故事就能簡單打發，他甚至可能在深思熟慮後表示願意同行；表面上是中年歐吉桑，個性卻還是動不動就要賴的小鬼。對付這種男人，只能出狠招。

靜奈正想著接下來該怎麼收場時，手機鈴聲突然響起，是誰呢？泰輔在附近待命，但沒收到暗號應該不會主動聯絡才對。

「妳手機在響。」川野提醒她。

「知道啦。」靜奈冷冷回答，抓起皮包。看到來電顯示後，她毫無表情的面孔稍微和緩了些，是戶神行成打來的。

靜奈拿起手機站起來，按下通話鍵，一面走到川野看不到的位置。

「喂，我是高峰。」她雖然壓低聲音，但依舊保持口齒清晰。

「您好，我是戶神。現在方便講話嗎？」

「請說，有什麼事嗎？」

「有件事想請教您，今晚可以找個地方碰面嗎？」

「今晚嗎……？」

「呃，不一定要今晚，只是希望能儘早。」

「這樣啊，那待會兒方便嗎？我沒什麼事。」

「咦，是嗎？請問，您現在在哪裡呢？」

「我在池袋辦點事，馬上就結束了。」靜奈說著，邊窺視川野，他還是一臉消沉沮喪。確認完後，靜奈又對著手機說，「應該已經算結束了。」

和行成約好之後，靜奈回到座位，當然還是擺出一副不悅的表情。垂頭喪氣的川野抬起頭，窺探靜奈的臉色。

「公司主管打來罵了一頓，說大家忙得要命，我怎麼不見人影。一回報外出見客戶，他就問能不能順利簽到合約，我根本答不上來。」

「只要我簽約加保就行了吧？」川野激動地探出身子，露出討好的眼神。

靜奈搖搖頭，把手機放回皮包裡，「我不會向你開口了，不可能再拜託你吧。」

「那，我該怎麼……」

「你什麼都不用做。」她站起來，從皮夾拿出咖啡錢放在桌上。

「欸，等一下呀。」川野倉皇失措，哭喪著臉。

「我要好好想想，我們暫時別見面吧。等我心情平靜下來再跟你聯絡。」

「Yukari……」

靜奈往門口走去，出自動門時又想到，「Yukari」的漢字到底怎麼寫？

走向車站的路上，她傳了簡訊給泰輔，「對川野的惱羞成怒策略成功。剛接到戶神行成電話，約了待會兒銀座碰面，好像有話找我談。」在進到地鐵站之前就收到回覆，「收到。我要準備那個計畫，先回去了。」

靜奈關上手機，一股不安的情緒在心中蔓延。她知道「那個計畫」的內容，雖然有功一跟著應該沒問題，但想到萬一稍有閃失，就會被警方逮著，心中便擔憂難遏。

她和戶神行成約在銀座二丁目的咖啡廳。只見他坐在靠窗的位子，目光朝向大馬路，似乎有心事。因爲他若眞是望著路邊，不可能沒看到靜奈從窗外經過。

靜奈出聲叫喚，果然不出所料，他訝異地轉過頭，「啊」地驚呼一聲。

「表情好嚴肅，在想什麼嗎？」

行成摸摸自己的臉，「這麼嚇人嗎？眞糟糕。得先跟您道個歉，臨時找您出來，事情辦完了嗎？」

「嗯，全都解決了，也不是什麼要緊的事。」靜奈在行成對面坐下，露出微笑；這倒不是演戲，而是自然流露，「本來幾個朋友約了要去泡溫泉，結果大家時間沒辦法配合只好取消，剛才是去辦個手續而已。」

「哦，您喜歡溫泉嗎？」

「倒也還好，只是喜歡大夥兒出遊的感覺。」

「這樣啊，是大學裡的朋友嗎？」

「不，是一些中學和高中時代的朋友，因爲大學是到京都念的。」

靜奈談起她在各行各業的友人，其中有服裝設計師和保險業務員；當設計師的那個朋友最近決定到紐約深造，還和未婚夫分手了。當然，這些全是瞎掰，故事中的人物都是她過去欺騙男人時捏造的身分，所以才能說來毫不遲疑，流暢自如。

行成認眞地聽著她的連篇謊話，不時露出驚訝的表情。看著他這副模樣，靜奈不知不覺有些歉疚，同時也意識到內心的空虛。因爲他現在聽得津津有味的，是高峰佐緒里這個虛構人物，和她那些不存在的女性友人之間的故事。

她忽然靜了下來，端起冰塊快融化的紅茶。

「怎麼了？」行成不解地問。靜奈也知道，他不是在問自己爲什麼突然沒說話，而是在關切她臉上笑容消失的緣故。

「沒什麼，只是忽然想到淨講這些無聊的事，有點不好意思。」她勉強擠出一絲微笑。

「怎麼會無聊，我聽得很開心呢。」

靜奈搖搖頭，「別取笑我了，倒是您找我有什麼事？」

啊，行成欲言又止。看起來他不像忘了這件事，而是一開口就不知如何往下說。靜奈察覺到，那似乎是個難以啓齒的話題。

「不好意思，臨時找您出來……其實是爲了牛肉燴飯的事。」

「牛肉燴飯？麻布十番分店的菜色嗎？」

「不是的，呃……應該也有點關係吧，我想請教您上次提過的有關牛肉燴飯的事。」

「我說了什麼？」

「就是……您不是小時候吃過和我們店裡口味很類似的牛肉燴飯嗎？」

「哦……」

「那家餐廳以前在橫須賀吧，您還記得店名嗎？」

行成嚴肅的眼神讓靜奈相當不安，不明白他此刻重提這件事的用意。當然，她不可能講出「ARIAKE」的店名。

「叫什麼呢，都過那麼久了……」她假裝努力回想。

「是您朋友家開的店吧，她姓什麼呢？」

這個問題可不能不回答。只是吃到牛肉燴飯便勾起了回憶，甚至還在大庭廣眾下不自覺流淚，這個朋友對高峰佐緒里來說自然很重要，連姓什麼都記不得的話太說不過去。

「她姓……矢崎。」

聽到這個脫口而出的姓氏，連靜奈自己都嚇了一大跳，頓時覺得整個人都發燙了起來。這是她眞正的姓氏，也代表了她和兩個哥哥沒有血緣關係。

至於爲什麼會說出這個姓氏，她自己也不了解。以往數不清多少次，她都能瞬間胡謅一個化名，此刻卻完全想不出來。她忽然厭倦了，不想再讓行成聽到更多虛構的化名。

「矢崎小姐啊，那名字呢？」行成又問。

一股衝擊直搗靜奈胸口。她試圖讓自己冷靜下來，想著要謹愼應對才行，於是思索後回答，

「靜奈。」

「矢崎靜奈小姐，是哪幾個字呢？」行成拿出記事本。

矢崎靜奈。她勉強克制住激動的情緒，告訴行成漢字的寫法。這件事絕對不能讓兩個哥哥知情，否則會被大罵一頓，怎麼做出這麼愚蠢的事。

靜奈也不確定這樣做是對還是錯，硬要問出理由，她最多只能回答「因爲當場就想說出自己的本名」。

「爲什麼想知道那個朋友的名字呢？」靜奈問。

「這個嘛，原因很多。」行成露出尷尬的表情，之後看著記事本上的文字，「矢崎靜奈小姐……眞是好名字，她是怎麼樣的人？」

「個性很開朗，和哥哥感情很好。」

靜奈強忍住胸口湧現的那股溫熱。行成這是在打聽她的身世呢，而且叫著她的本名而不是化名。對此，她不用再說謊，可以據實以告——這些都讓她樂不可支。

站在黑漆漆的小巷子裡，抬頭看著旁邊的建築物，泰輔心想，到底有多少年沒做這種事了。還記得三兄妹爲了看獅子座流星雨從育幼院溜出去，那大概是最後一次了吧。要是留著當時用的八字環就好了。

只是，這麼做眞的沒問題嗎——

既然是腦筋一級棒的功一想出的計畫，應該錯不了。不過，當泰輔聽到今晚計畫時，還是嚇了一大跳。不只是驚嚇，甚至感到害怕。

「我事前充分探勘過了，信心十足。但是，我不會要你一起去，我自己搞定。」

功一雖然這麼說，泰輔當然不可能「哦，這樣嗎？」簡單一句話就退縮。遇到危機時向來總是兩人攜手度過。

上頭傳來聲響，泰輔打開光筆閃爍一下。這是「沒問題」的暗號。
沒多久一條登山繩伴隨著匡啷啷的金屬聲垂下來，應該是加裝了八字環吧。
只見功一攀著繩子下降，迅速俐落的動作跟小時候完全相同，還帶了一只背包。
「順利嗎？」泰輔問。
「一切ＯＫ我才下來的，趕緊閃人吧。」
兩人壓低身子，拔腿就跑。

27

萩村信二剛休完假，一早就被課長磯部找去。
「怎麼了？看起來滿臉疲倦。」磯部放下大疊文件，抬起頭看著萩村。
「還好吧，只是太久沒開這麼長途的車，肩頸有點僵硬。」
昨天他帶著妻子和念小學的兒子回到靜岡的老家。爸媽三年沒看到小孫子了。
「陪家人啊？眞了不起，我都不知道幾年沒帶家人出去旅行了。話說回來，我老婆和女兒原本就不太想跟我出門，你也要小心點啊。」
「該怎麼個小心啊？」
被萩村一問，磯部靜靜想了一下露出苦笑。
「我要是知道就不會淪落到這個地步啦。好了，談正事。前天深夜橫須賀分局收到通報，馬堀海岸停了一輛可疑的車，交通大隊的員警去看過了，是一輛白色輕型車。」磯部拿出一張照片給萩村看，堤防前停了一輛款式方方正正的車子。

「這輛車有什麼問題？」

「從牌照查出車主後，才知道已經報案失竊，據說是停在橫濱路邊被偷走。實際上，那輛車的鑰匙鎖芯早被破壞，是連接電線發動的。」

「然後？」萩村迫不及待地問。他認爲如果只是個偷車賊，應該不需要自己出馬。他目前可是隸屬神奈川縣警局總部搜查一課呢。

「問題出在從車子裡起出的東西，有一大堆DVD和一只舊皮包。」

「DVD？」

「A片啦。不過，很可惜，都不是違法影片，全是到處都能看到的一般影音產品。啊，這都是橫須賀分局的傢伙說的，我可沒看過。」

萩村忍不住露出微笑，「到底要我調查什麼呢？」

「別急，要進入正題了。DVD沒問題，古怪的是那個一起被發現的皮包，裡面居然放著這個。」磯部打開辦公桌抽屜，拿出幾張新拍的照片。

萩村拿起其中一張，照片裡有一只方形罐子，蓋子上畫著糖果圖案。

「看起來是個糖果罐。」

「是啊，當然裡面裝的不是糖果。」磯部將幾張照片排在桌上，皮夾、手表、粉盒、口紅，每張上各有一項物品。不知道爲什麼，口紅蓋子不見了。

「這樣說對物主有點過意不去，但這些看來都是破銅爛鐵。」

「一點都沒錯。不過，橫須賀分局只能靠這些破銅爛鐵找出偷車賊，雖然看起來都不像線索，還是一件件仔細調查，沒想到卻有意外的發現。」磯部拿起拍有手表的那張照片，那是一支金表。「你看一下，感覺到什麼了嗎？」

萩村瞄了照片一眼，是支舊表，不像什麼高檔貨。

「如何？」

「沒什麼特別的……這表有問題嗎？」

「那這個呢？」磯部又從抽屜裡拿出另一張照片。

那還是手表的照片，但拍的是背面，上頭好像刻了字。萩村湊近瞪大眼睛看。

「慶祝 ARIAKE 開幕紀念」——手表背後的文字。

「ARIAKE？」他忍不住低喃。

「想起什麼了嗎？」磯部微微一笑。

「是那個『ARIAKE』嗎？橫須賀的洋食店……」

「無法肯定，可是橫須賀分局正在調查製造商和一些銷售點，早晚都能確認吧。」

「課長，如果這個『ARIAKE』就是那家餐廳……」

聽到萩村的語氣激動了起來，磯部立刻伸手制止。

「冷靜點，我知道你很關注那個案子，所以才把你編入後續調查小組。但是，最好別先入爲主，萬一想太多可能會誤導調查方向。總之，你先到橫須賀分局一趟吧。」

「我知道了。」

回到座位整理一下東西，萩村感覺自己整個人慢慢熱了起來。要他冷靜是不可能的，畢竟追訴期逼近卻始終束手無策的案子，很可能會出現意想不到的線索。

萩村走出縣警局總部後，掏出手機，邊走邊操作按鍵。

「嘿，你聽到風聲啦。」電話一接通柏原便這麼說，那口氣早料到是萩村打來的。

「是啊，嚇了我一大跳。怎麼樣？眞的是有明幸博的手表嗎？」

「還不確定，不過可能性滿高的。你知道除了手表還有口紅嗎？」

「看過照片了。」

「那支口紅，有人問過廠商，確定十三年前就停產了。還有，那個糖果罐，現在也沒再製作，最後一批是在十六年前出售。」

「確實很久了。」

「我猜，這些東西會不會是連同糖果罐一起被藏起來了，很可能十三年來都沒人碰過。這麼說來，那支手表也因爲某個理由一直被放在罐子裡。」

萩村發現自己的心跳越來越快，他知道柏原想說什麼。

「你的意思是，手表是在案發時被偷的吧。」

「不過這個推論被上頭念了一頓，說我太早下結論。」柏原低聲笑著說。他也和萩村一樣，無法壓抑高昂的情緒。

「知道手表是哪裡出廠的嗎？」

「這倒清楚，是個瑞士的牌子，也問過進口商。不過，到這裡就沒下文了，畢竟出貨給經銷商是二十幾年前的事，也沒留下詳細紀錄。」

「手表也那麼舊嗎？」

「如果是慶祝那家『ARIAKE』開幕的紀念品，當然不奇怪。」

確實如此，萩村將手機貼著耳朵，逕自點頭，「真希望有辦法確認那支手表到底是不是有明幸博的。」

「這件事嘛，倒有個人可以問問。其實我現在就要跟他碰面，要不要一起來？」

「碰面？跟誰？」

萩村問完，柏原停頓了一會兒才回答，「有明功一。」

約定的地點是一間位於品川站旁的飯店。先在橫濱站會合的柏原和萩村在大廳咖啡座等著有明功一，這段時間柏原透露自己和功一偶有聯絡，重新聯繫上的契機是四年前在橫濱被舉發的那起外圍賭場案。

「的確，當初那個案子出現有明幸博的名字時，我們都精神為之一振，還以為終於可以揪出凶手的狐狸尾巴……」

「結果卻沒從外圍賭場找出任何證據，而且聽說那群傢伙因為收不回有明的欠款，案發後還搞到內訌。」

「柏原大哥就是那時找了有明功一嗎？」

「我想問他，曉不曉得父親向外圍組頭投注的事，可是他一無所知。其實，我也想讓他多少知道一些調查的進展。」

「原來如此。」萩村點點頭。

四年前萩村已經調到現在的單位。當年破獲外圍賭場時，「ARIAKE」凶殺案一時重啓調查，他也加入了調查小組，卻壓根兒沒想到過被害人家屬。

萩村看看喝著咖啡的柏原，心想這個人變得圓融多了，記得他以前不是那種會深入體恤被害人家屬的個性。

萩村猜測，柏原大概還忘不了兒子吧。他兒子接受過多次心臟手術，最後還是過世了。萩村至今仍難忘柏原接到兒子死訊時的表情，他蹲在地上、雙手抱頭，不住嗚咽。那聲音聽來就像身在地獄、飽受折磨的亡者。

柏原抬起頭，望著遠處，「啊，他來了。」

萩村也跟著轉過頭。一名身穿深褐色外套、身形瘦高的年輕人剛好走進來。一時之間，萩村沒發現他就是有明功一，還望著旁邊其他人。不過，當萩村再次定神看著他時，那眼神中帶點灰暗的表情，立刻讓人聯想到他少年時的模樣。

「好久不見。」功一行了一禮打招呼，聲音倒是完全變了。

「認得我嗎？」萩村問。

「當然，您是萩村叔叔吧。」功一笑著說，露出一口白牙。

等他坐下之後，又把服務生叫來，萩村和柏原面前的咖啡杯也已經空了。

功一說明自己在東京的設計公司工作，和弟弟妹妹都沒來往。因爲三兄妹離開育幼院的時間不同，而且光是獨立打拚過活就讓他筋疲力竭了。

萩村腦海中浮現三兄妹兒時的模樣，他還記得三個人互相打氣、手拉手勉勵對方努力活下去的情景。看來現實生活沒那麼容易，想到這裡不免一陣心痛。

「您有東西要給我看？」大致聊完近況之後，功一看著柏原問道，似乎還不知道詳情。

嗯，柏原點點頭，接著從西裝外套內袋中拿出裝在塑膠袋裡的那支表，放在功一面前。

「你對這個有印象嗎？」

「可以借我看看嗎？」

「不能從袋子裡取出來喔。」

功一拿起塑膠袋，仔細盯著裡頭的手表。一旁的萩村原本期待從他眼中看到驚訝的光芒，豈料事與願違，功一只是稍微側了一下頭，並未流露任何質疑的神色。

「這手表有什麼特別的嗎？」功一問。

萩村看了下身旁的柏原，他的表情完全沒變，但內心應該跟萩村一樣失望吧。

「你看看背面。」柏原說著，「可能不太清楚，不過上面刻著『ARIAKE』吧，還有『慶祝開幕』幾個字。」

功一翻過塑膠袋，盯著手表背面，雙眼微微睜大。

「我們研判這支手表可能來自你家，也就是你父親的。」

聽到柏原這句話，功一似乎瞬間屏住了呼吸，但之後卻皺起眉頭，彷彿陷入沉思。

「不是嗎？」萩村問他。

功一閉上眼睛，過了幾秒後，再次仔細盯著手表，「您這麼一說，我倒想起有人送手表給爸爸的事，但不確定是不是這一支。」

「是誰送的？」柏原問道。

「印象中好像是爸爸的同學吧，似乎是一群中學同學合資的……」

「你知道令尊是哪所中學畢業的嗎？」

「哪裡畢業的……我想應該是家鄉的公立中學吧。」

「這部分馬上就能查出來。」萩村提醒柏原。

這倒是，柏原點點頭。

「請問……這支手表是在哪裡發現的？」功一問兩人。

萩村默不作聲，他認爲該怎麼應對就交給柏原判斷，因爲發現手表的單位是橫須賀分局。

「在一輛贓車上找到的。」柏原回答，「車子被丟在馬堀一帶，還沒查出車子是誰開走的。」

「車子裡只找到這支表嗎？」

「不止，還有其他幾樣東西。」柏原又從口袋裡掏出幾張照片，上面分別是皮夾、口紅，還有糖果罐。「怎麼樣？有印象嗎？」

「光憑這些很難說，看起來都很普通，沒什麼特別。」

也是，柏原邊說邊收起照片，最後把手表也放進口袋裡。

「柏原叔叔，如果那表是我爸爸的，表示有機會逮到凶手嗎？」功一探出身子問道。

柏原瞥了萩村一眼，輕輕搖了下頭，「這倒未必，目前連這支手表爲什麼至今才出現都還不清楚。」

「但拿了表的人不就是凶手嗎?」

「有可能是,也可能不是,一切要看接下來的調查。」

「不過,剩沒多少時間了吧,不趕快行動的話……」功一語帶不滿地說到一半,忽然回過神似地搔搔頭,「但是現在連這到底是不是爸的手表也還不確定……」

「是啊,但我答應你,在追訴期期滿之前,一定會持續追查下去。」

聽柏原這麼說,功一向他行了一禮,「那就麻煩您了。」

28

功一報告完狀況後,泰輔一臉質疑地側著頭,「為什麼不乾脆明講那手表是爸的呢?這樣不就能進展得快一點嗎?」

旁邊的靜奈似乎也有同感,聽了猛點頭。

三人一如往常地在兩兄弟的住處擬定作戰計畫,功一坐在電腦前面,泰輔和靜奈則各自占領一張床,兩人或躺著,或盤腿坐。這也是泰輔最喜歡的時刻,感覺像是再次回到童年。

「進展得太快就不妙了。」功一回答。

「為什麼?」

「已經是十四年前的事情,還牢牢記得爸爸戴什麼手表,不是太不自然了嗎?」

「會嗎?我記得很清楚啊,爸很珍惜那支手表。所以當年大哥要我們挑一樣東西做紀念時,我馬上想到那支表。」

泰輔回想起帶走金表時的情景，那是在三兄妹進入育幼院之前的事。這次功一提出要他忍痛割愛，剛開始他還強烈反對，但最後仍被說服，下定了決心，因爲要討回爸媽這筆血海深仇，只能這麼做。

功一搖搖頭，「你知道吧？我們的做法是讓那支手表看起來是案發當晚凶手偷走的，一定要讓警方認爲是凶手殺害爸媽後順手帶走的。」

「這我明白。」

「如果一眼就認出是爸的手表，警察接下來一定會問我爲什麼案發當時沒發現手表遺失，對吧？」

啊，泰輔忍不住低聲驚呼。

「案發之後警察問過我好幾次，家裡有沒有掉什麼東西。如果是十四年後印象依舊深刻的手表，遺失時一定會注意到吧。當然，我也可以藉故當年心情太過激動才沒發現，但相較之下，回答不確定手表是不是爸的，感覺更自然一點。」

「不過，警察查得出那支手表是爸爸的嗎？」靜奈擔憂地問。

功一露出苦笑，「妳可別小看警察。再說，就算我一口咬定手表是爸的，他們還是會去查證，結果是一樣的。」

他接著說，「此外，比起輕易得到的答案，花費心力才獲得的結果感覺更有價值。我猜警方應該會先從爸的同學著手，不知道他們能找到幾個人，但只要能取得『手表是同學合送』的證詞，警方一定會士氣大振吧。」

看著自信滿滿的功一，泰輔也心想或許這才是正確的選擇，同時也忍不住佩服大哥總是這麼深思熟慮。

「問題在下一步，警方要能順利咬到我們事先準備的餌就好了，總不能主動告訴他們哪裡有餌可吃吧。只祈禱柏原刑警那群人不要太笨。」

「但是，大哥和警察保持聯絡不要緊嗎？」靜奈問道。

「爲了打聽調查的進展，偶爾也得和他們聯絡。不過別擔心，那些人沒理由懷疑我，倒是靜反而要多小心。」

「我？」靜奈按著胸口。

「如果我設的局一切順利——當然，不順利的話就傷腦筋了，到時候警方一定會盯上戶神政行，預料也會對他身邊的人展開調查。先前也說過，萬一警方發現高峰佐緒里這個虛構的女人，即使和十四年前的案子無關，多少也會產生疑心。換句話說，靜奈最遲得在那之前從戶神行成面前消失才行。」

泰輔發現，靜奈聽著功一的話時，表情起了些微變化，浮現出訝異而緊張的神色。

「高峰佐緒里的任務結束了嗎？之前食譜那招呢？」

功一點點頭，同時又皺起眉。

「本來是想交給靜，不過那招的關鍵在戶神行成的態度，不管怎麼說都得潛入戶神家才行。可是，如果沒受邀，靜再怎麼神通廣大也進不去啊。」

「那大哥打算怎麼辦？」

眼看功一沉默不語，泰輔頓時察覺了他的想法，緊張得屏住呼吸。

「大哥，你準備再幹一次嗎？」

功一沒有作聲，反而是一旁的靜奈忽然坐直了身子。

「再幹一次……該不會又想偷偷潛進去吧？」她看著兩個哥哥，最後目光留在功一身上，「不好吧？那不是普通人家耶。」

「是啊，就說很危險了。那裡一定裝了保全系統，我是沒看到，但八成錯不了。」

「我今天白天去勘查過了。」功一說，「你說的沒錯，確實裝了很多設備，像是監視攝影機及防盜玻璃，沒那麼容易溜進去。不過，戒備再怎麼森嚴的房子也會遭小偷，表示我也辦得到。」

「不行！」靜奈高喊，「絕對不能做這種事，大哥又不是職業小偷，就算運動神經再發達也不行，太危險了。」

「我的意見跟靜一樣。我也很想抓到戶神那老頭，但如果在那之前大哥被抓了，一切就都是空談。」

「可是只剩這條路啊。之前也提過，倘若找不到顯示戶神是凶手的證據，我們只好自己製造。即使警方盯上戶神，照現在的狀況也沒辦法逮捕他！」

「話是沒錯……」泰輔說到一半便支吾其詞。

「交給我吧。」靜奈說道，「這件事最好還是由我進行，既安全又不會留下痕跡。大哥不也說過，食譜這招絕對不能留下任何證據。大哥出手的話，或許能像專業小偷一樣潛入屋裡，但沒辦法保證不留痕跡吧。不如讓我負責更安心，包在我身上。」她一口氣說完，接著說了聲「拜託了。」雙手合十懇求。

功一雙肘撐在電腦桌上，一手按著額頭。泰輔很少看他露出這麼猶豫的神情，果然最了解潛入戶神家風險的就是功一自己。

「妳說牛肉燴飯要換口味，是吧？」功一維持之前的姿勢問道。

「咦？」靜奈反問。

「上次妳跟戶神行成碰面時，他不是告訴妳麻布十番分店推出原味牛肉燴飯的計畫泡湯了。」

「他是這麼說沒錯。」

「他還說是戶神政行的決定吧。你們覺得，爲什麼戶神老頭會在這時忽然提起這件事呢？」

功一看著其他兩人，想知道他們的想法。

「是受到靜的影響嗎？」

「很有可能，或許一提到位於橫須賀的洋食店便勾起了他的記憶，加上行成又說老闆已經過世，他直覺認爲那就是『ARIAKE』也很自然。對戶神來說，吃得出『戶神亭』和『ARIAKE』兩家店牛肉燴飯味道相似的人，都是不定時炸彈。況且他也不能肯定是否還有其他人，才會臨時收回成命，不讓原始口味的牛肉燴飯出現在麻布十番分店。」

功一的推測非常具有說服力，不過，泰輔卻不知道他爲什麼突然提起這件事。

「恐怕就是這樣，但這跟剛才的討論有關係嗎？」靜奈似乎也有相同的疑問。

「妳想想看，對戶神政行而言，靜奈……不對，高峰佐緒里簡直是個危險人物，怎麼能讓這種人一直待在兒子身邊？如果我是戶神，一定會要求兒子別再跟這女人來往。」

「但上次碰面時，戶神行成什麼都沒說，況且還是他主動約我的。」

「可能是他爸還沒提出告誡，也可能只是沒告訴妳。總之，戶神一定會想辦法阻止你們進一步交往吧，所以邀請高峰佐緒里到家中，根本是不可能的事。」

泰輔終於了解功一的意思。原來是這麼回事，他低喃。

「不過，不需要戶神老頭的邀請啊，只要想辦法讓他兒子邀我不就行了？」

「妳還是不懂嗎？戶神政行不可能答應。」

「不試試怎麼知道？戶神先生也不是那種凡事對父親唯命是從的人。」

「戶神先生？」泰輔皺起眉頭，望著靜奈的側臉。

「啊……抱歉，我在他面前都這麼叫他，一時改不了口。總之，我要說的是，戶神行成未必只會乖乖聽他爸指示。」

「是嗎？我看他就是個聽話的乖乖牌，都快三十了還跟爸媽住在一起，證明他離不開父母。」

「才不是那樣。」

靜奈的語氣一下子強硬起來，嚇得泰輔瞠目結舌。功一也頗感意外，睜大了雙眼。

兩個哥哥的反應讓她尷尬地低下了頭，過一會兒才抬起臉。

「反正交給我就好。戶神行成已經愛上我了，我一定把他治得服服貼貼，絕不會讓他變成只聽爸話的乖乖牌。」

功一撐著下巴，露出笑容，「妳還是這麼有自信。」

「從以前到現在，我說辦得到的事從沒失手過吧。」

「這次跟之前的狀況可不一樣。」

「就交給靜吧。」泰輔說，「如果還是不行，到時候再做其他打算。」

功一嘆了口氣，「沒什麼時間了，最晚只能撐到警察盯上戶神，到時靜便得立刻收手，知道嗎？」

「我知道，這輩子都不會再見戶神行成了。」

靜奈直視著功一回答。冷眼旁觀的泰輔感受到她眼神中那股強烈的決心和意志，然而，同時也發現她神情裡還蘊含著另一種情感。只不過，他還不了解其中眞正的意義。

萩村來到一家位於上大岡的鞋店。他不是來買鞋，而是來找老闆室井忠士。兩人在店內角落的長椅坐下，萩村從公事包裡拿出塑膠袋，一面說明來意。

室井忠士眯起眼睛，眼角的皺紋一下子變得更深了。

「哎呀呀，這個啊。」室井拿著裝在塑膠袋裡的手表，愛不釋手地把玩，翻面看看刻在背後的文字後，難過得垂下眉毛，「沒錯，這支手表就是當年大夥兒送給有明的。」

「在哪裡買的呢？」萩村問他。

「應該是百貨公司吧，記得是託一個叫山本的朋友買的。因爲只有那家店提供背面刻字的服務。沒想到經過這麼多年還能看到這支手表，眞是太意外了。」

見到室井一臉懷念地仔細盯著手表，萩村悄悄握起右拳。看來這不像室井的印象有誤，也就是說，這確實是有明幸博的遺物。

「話說回來，警方爲什麼會有這支表呢？難道這跟有明被殺的案子有關嗎？」室井將手表歸還，一面問道。

「現在還很難講，一切都還在偵查中。」

「不過，既然出現這支手表，不就表示找到什麼證據了嗎？是在哪裡找到的呢？」

「不好意思，這些我不能透露。」

「那麼，至少告訴我這個案子有沒有機會偵破吧。我啊，之前很相信警方呢，總認爲一下就會抓到殺害有明的凶手。結果不但逮不到人，一轉眼連追訴期都快到了吧？這實在太沒道理了。有我們能幫忙的請儘管說，大夥兒每年都爲這件事懊惱極了。」

萩村理解室井的心情，也希望能回應他的期待，但現在沒時間和他談太久，隨口應付了幾句就離開鞋店。

萩村走在路上，趕緊打了電話給柏原。

「怎麼樣？」一接起電話便丟出問題，似乎是柏原的習慣。

「料得沒錯，那支手表應該就是有明幸博的。」

「正如我們的推測。」

「接下來，要想辦法找出偷車賊吧。」

「這件事嘛，剛才進來了一個有意思的消息。」柏原壓低了嗓音繼續說，「那個偷車賊，搞不好已經死了。」

29

一道浪花打上來，瞬間染白了海面，又在下一刻退去。海水隨著浪花飛濺到腳邊，萩村往後退了幾步，濕透的海砂滲入鞋底。鞋子裡有了砂粒的觸感，他心想，回程應該先到便利商店買雙襪子才對。

他來到走水海岸，與發現那輛贓車的地點相隔大約一公里。這一帶的海岸線和國道有一小段距離。

柏原聳著肩，一副很冷的模樣走過來，「你覺得怎麼樣？」

「什麼？」

「找不找得到屍體啊？」

誰知道，萩村微偏著頭。

「我剛聽在地人說，一出海後水流會變得很複雜。而且，平常浪沒那麼高，是這兩三天風浪才變得特別凶猛。」

「意思是很適合自殺嗎？」柏原望著遠處的海面。

萩村也順著他的目光望去，看到海上保安總部的船隻。沒聽說他們會持續搜索到何時。

昨天在觀音崎的入海處，某漁船的作業員發現一艘翻覆的舢舨。當然，當時上面沒有人。沒多久就查出這艘舢舨是在走水海岸失竊，橫須賀分局搜查人員在附近搜索的結果，還發現一只可疑的紙袋。裡頭有工作手套、眼鏡、原子筆和信封。信封內有張字條，內容如下：

「智子：

對不起，我籌不到錢，接下來的事就拜託妳了。」

由於時間和地緣上都十分接近，橫須賀分局立刻展開調查，釐清是否和贓車案有關。不過，遺留下來的幾件東西都找不出指紋，便轉而將重心放在工作手套上。這副工作手套相當破舊，沾滿油垢之類的髒污。重新檢查從贓車上起出的DVD等物品，發現有幾個和工作手套相符的痕跡。

雖然還無法百分之百斷定，但紙袋極可能是丟下贓車的嫌犯遺留的。

問題在於，那到底是誰？目前唯一的線索只有「智子」這個名字。橫須賀分局調出至今受理的協尋申請，名叫「智子」的人——應該是位女性，可能曾經報案過。但截至目前爲止，還沒找到符合的對象。

「如果視那張紙條爲遺書，嫌犯應該是急需用錢吧。」萩村說道。

「是啊，大概是負債吧。」

「車子裡那一大堆DVD是幹麻的？嫌犯打算拿去賣嗎？」

「搞不好，問題是他上哪兒弄來的。」柏原抽起菸，另一手拿著攜帶式菸灰缸，「嫌犯划著舢舨出海，然後投海自殺嗎？嗯，倒也不是不可能……」

「有什麼不對勁嗎？」

「只是覺得這種死法眞麻煩。要自殺的話，應該有一堆省事的方法吧，像是跳樓之類。」

「嫌犯大概是丟棄贓車之後，就沿著海岸線左思右想，碰巧發現了舢舨，便產生一股投海自殺的衝動——我覺得是這樣吧。」

「您是說僞裝成自殺？」

「我們上面的大頭也這麼認爲，但我就是覺得有些不對勁。」

「這並非不可能。」

「目的呢？確實以往就常見假借自殺逃避債務的手法，當然詐騙保險金也是。但達成這類目的的先決條件是清楚表明自殺者的身分，但這次的嫌犯連遺書都沒寫上自己的名字，不是很奇怪嗎？」

「怪就怪在這裡，不論眞自殺或是僞裝，幹麻不寫名字呢？」

「會不會是改變心意了？起先打算好好留下一封遺書，卻因爲某個理由打消了念頭。所以並非刻意不留名字，而是寫到一半就停筆了。」

「你這麼說，也有可能。」柏原還是無法釋懷似地將香菸捺熄。

「如果是僞裝，嫌犯得冒很大的風險。」

柏原聽了萩村的話，睜大眼看著他，「爲什麼？」

「因爲嫌犯必須先搖著舢舨到出海口再游回來，而且還是在三更半夜，這還不危險嗎？我看連游泳高手都會猶豫。」

柏原低喃幾句，又打開香菸盒，正準備掏出一根菸時，忽然抬起頭，「如果有兩個人呢？」

「兩個人？」

「就是有同夥啊。先划兩艘舢舨出海，等其中一人上到另一艘後，再弄翻先前那艘，這下就不危險了吧。」

萩村腦中浮現他敘述的景象，的確不無可能。「這麼做的目的是什麼？大費周章只爲了製造出自殺的跡象，到底有什麼意義？對誰都沒好處吧。」

「原因……」柏原叼著菸搖搖頭，「我也不知道。」

「想太多了。」萩村說完轉過身，一陣海風吹得他全身冷颼颼。

行成吃了一口便想，果然不太一樣。番茄醬的味道重了點，換句話說是偏向復古口味，喜歡的顧客應該也不少。不過，跟「戶神亭」的原始口味牛肉燴飯卻完全不同。

他失望地繼續吃著，其實對這盤牛肉燴飯已經興致缺缺，但總不喜歡吃剩留下。

這家名叫「YAZAKI」的洋食餐廳位於石神井公園站旁，是行成上網查到的。實際來了之後發現店門口有一座小花壇，是家頗有格調的小店。雖然不是午餐時間，店裡還是有幾個吃著蛋糕的女性顧客，一看菜單才知道這家店最出名的是甜點。甜點向來是行成不擅長的部分，就這個角度來看不失爲一個學習的機會，但他今天並不是爲這個目的前來。

盤底朝天後，他立刻站起身。坦白說，整間店裡只有他一個男性顧客，感覺眞是彆扭，走出餐廳時還忍不住大大喘口氣。

前往車站的路上，他自問，做這種事情究竟有什麼意義？麻布十番分店要推出的牛肉燴飯口味還沒決定，與其在這裡浪費時間，倒不如多和廚師研究菜色。雖然試吃其他餐廳的牛肉燴飯也很重要，今天眞正的目的卻是爲了另一件事。

然而，他又覺得不解開心中的疙瘩就踏不出下一步。當下他最在意的，就是父親政行的態度。

行成不禁懷疑，父親態度反覆的原因出在高峰佐緒里的那番話，也就是她曾經在橫須賀的一家洋食店吃過和「戸神亭」相同味道的牛肉燴飯——兩者間應該不會毫無關聯。

只是，他擁有的線索實在少得可憐，唯一的蛛絲馬跡是從高峰佐緒里口中問出的洋食店老闆女兒的名字，矢崎靜奈。

直接以姓氏做爲店名的餐廳不少，「戸神亭」本身就是。於是行成推測，當年橫須賀的那家洋食店或許也會冠上「矢崎」、「やざき」或「YAZAKI」(*1)之類的店名。他便以首都圈(*2)爲中心，用這幾個關鍵字尋找。

結果，只有搜尋到位在石神井公園的這家「YAZAKI」。另外，神戸也有一家「矢崎屋」，不過據說是昭和初期(*3)就有的老店，不可能是後來從橫須賀遷過去的。

到了車站，他走近售票機，邊想著接下來該怎麼辦時，手機傳來簡訊鈴聲。他心想大概是麻

*1 日文中，「矢崎」的平假名寫法是「やざき」，羅馬拼音則是「YAZAKI」。
*2 包括東京、神奈川、崎玉、千葉、茨城、栃木、群馬、山梨等八個行政區。
*3 「昭和」的年號始於一九二六年。

布十番分店的工作人員，拿起手機一看，竟然是高峰佐緒里傳的。

簡訊裡寫著「有事想商量，請在方便時回電」。

行成剛才還爲了牛肉燴飯的事煩得焦頭爛額，沒想到心情瞬間就轉變了。對於佐緒里要找自己商量的事，好奇得不得了。

行成顧不得買車票，先撥通了電話。

喂，電話沒響幾聲就傳來佐緒里的聲音。行成很高興，這表示她正等著自己回電。

「我是戶神，剛才收到您的簡訊……」

「您好，不好意思打擾了。」

「不要緊。請問，想和我商量什麼事呢？」

「這個，在電話裡講不太方便。請問最近能碰面嗎？」

「當然，應該說我今天接下來都沒什麼事了。」

「眞的嗎？請問您現在在哪裡？」

「我在石神井公園附近。」

「石神井？練馬區嗎？」佐緒里似乎有些意外。

「這裡剛好有家想來看看的洋食餐廳，但我剛才去過了。我們要在什麼地方碰面呢？」

「上次銀座那家咖啡廳怎麼樣？」

「好的，我想五點鐘應該就能到那裡。」行成看著手表回答。

到了池袋轉乘地下鐵時，牛肉燴飯的事早被行成趕到腦袋的角落，此刻他全副心思都在佐緒里身上，她到底想談什麼事？

腦袋第一個浮現的竟是不祥的預感，難不成佐緒里難以啓齒的事，就是往後不再見他了？或者是要向他坦承，自己早已名花有主？

到了位於銀座二丁目的咖啡廳時，時間剛過五點，坐在窗邊的佐緒里看到行成走進店內，輕輕揮著手。見到她的表情，行成稍稍放了心，至少看來不像要宣告沉重消息。

「不好意思，時間沒估好，讓您久等了吧。」行成在她對面的位子坐下，一開口就先道歉。

「沒有，我也剛到。我才覺得抱歉，臨時把您找出來。」佐緒里低下頭說道。

「別放在心上。我不是去辦什麼重要的事，而且幾乎等於白跑一趟。」

佐緒里似乎還沒點東西，大概想等行成來了再說。他向店員招了招手，兩人各自點了飲料。

「請問，您想商量的是……」行成提心吊膽地發問。

佐緒里的表情變得有些僵硬，唇邊的笑容卻沒褪去。

「昨天我爸媽打電話來，因爲有段時間沒報告近況，他們有點擔心，最後還被念了一頓。」

「被念了一頓？」

「是啊，爸媽問我打算游手好閒到什麼時候，大概擔心我明年四月能不能復學吧。」

「原來如此。」行成想起佐緒里正值休學期間，瞬間感到心底有股焦躁的情緒，因爲明年四月她就要回京都了。

「您當然是準備復學吧？」

「這件事……坦白說我還在猶豫。」

「是什麼讓您下不了決心呢？」
「我從很久以前就想留學。」
「留學……是出國嗎？」話剛講完，他便罵了自己一句，這不是廢話嗎？
佐緒里笑著點點頭。
「大學畢業之後，我想從事能向國外介紹日本文化的相關工作，刻意選京都的大學也是爲了實現這個夢想，這點父母也能體諒。不過，想達成這個目標還是需要基本的語言能力吧？」
行成眨了眨眼，凝視著佐緒里。先前和她聊過不少事，卻是第一次聽她談起夢想。這個理想果然符合她的個性。
「這樣的話，到國外念語言學校或許是個不錯的選擇。」行成嘴上這麼說，心裡卻越來越焦急。如果在京都，想碰面還算容易，但到國外就另當別論了。
「您也這麼認爲嗎？其實幾年前有個加拿大女孩寄宿過我家，所以這次換我到她家叨擾。」
「這很好啊。」行成口是心非。
「前幾天，我打電話告訴那個女孩，她聽了這想法之後非常開心，她父母甚至還考慮把家裡改裝成日本人習慣的格局呢。我雖然推辭說不必麻煩，他們卻堅持要藉此感謝我之前的照顧……所以，想拜託戶神先生一件事，不過這個請求太唐突，我有點擔心。」
「什麼事呢？」
佐緒里露出猶豫不決的表情，略微上飄的眼神帶著懇求凝視著行成。
「不知道能不能到戶神先生家參觀一下？」

行成一時之間還搞不懂這句話的意思。這時店員剛好端來飲料，他想也不想地就抓起面前的玻璃杯，喝了一大口。味道是冰紅茶。

佐緒里張大了嘴，一臉驚訝，「呃，那是我點的……」

行成看看手中的玻璃杯，再看向桌上的咖啡杯，才想起自己點的是熱咖啡。

「啊，眞是抱歉，我……我弄錯了，怎麼辦？」

佐緒里笑得瞇了眼，「不要緊。您請用吧，我喝這杯熱咖啡。」

「這樣嗎？眞對不起。」行成從口袋掏出手帕，汗珠大顆小顆地從他額側流下來。

「眞抱歉，我提出的請求實在太沒分寸了，才讓您嚇一跳吧？」

「不，不是您想的那樣……不過，嚇了一跳倒是眞的。」行成繼續咕嚕咕嚕喝著冰紅茶，「爲什麼想參觀我家呢？」

「因爲您不是提過，府上以前住的是德國家庭，屋子經過改建，有很多東西合璧的設計。」

「這麼說，我確實講過。」

在這之前他壓根兒忘光了。他以爲自己跟佐緒里只談了麻布十番分店和料理相關的話題，但實際上他們也閒聊很多其他事。印象中，他雖然提過家裡的設計，但當時沒什麼特別用意，沒想到佐緒里卻記得這麼清楚，這一點又讓他不禁暗自竊喜。

「我覺得眞的沒必要爲一個留學生費事重新裝潢，不過考量到以後有機會長期在國外生活，也想知道如何能住得舒服些。但我也曉得這個請求太厚臉皮了。」

行成雙手撐著桌面，用力搖頭，「怎麼會厚臉皮呢，這點小事我隨時都能幫忙。總是麻煩高峰小姐給意見，正煩惱該怎麼報答呢。」

「眞的嗎？不過，您如果覺得不妥請直說，我不會在意的。」

「這是實話，只是，我比較擔心您看過舍下後沒什麼幫助。」

「一定會有幫助的，眞的非常感謝，還好鼓起了勇氣跟您商量。」佐緒里端起咖啡杯，大概是鬆了口氣，她的笑容看來更燦爛了。

能幫上她的忙，行成也開心到像飛上了天。然而，他心中卻另有一片烏雲迅速蔓延。不用多說，那股不祥的預感，就是不久之後可能再也見不到她了。

30

距離在馬堀海岸發現那輛可疑贓車的整整一星期後，萩村來到線索指向的那家店。地點位於橫濱櫻木町，和車站有段距離，旁邊就是大岡川。

那家店是一棟木造兩層樓建築，一樓當店鋪使用。正面雖然是一大片玻璃門，卻完全看不見店裡的模樣，因爲上頭密密麻麻貼滿了海報。感覺上目的不是爲了宣傳產品，而是避免行人從外面窺看到顧客。這類影音商店如果沒能好好照顧主力顧客的需求，就很難做生意了。

這家店叫做「GOOD SOFT」，不止販賣，據說也收購二手貨。招牌下方還貼著「高價收購」的紙張。

萩村踏進店裡時，沒看見其他顧客。店內除了中古DVD之外，還陳列著CD和寫眞集。但看來主要商品還是和A片脫不了關係，占了整間店一半以上的面積，甚至還有少見的VHS

錄影帶，顯然都是盜版複製的。DVD很可能也一樣。

店員是一名姓辻本的年輕男子，乾乾瘦瘦、臉色很難看，連萩村走進店裡也沒說聲「歡迎光臨」。反而是亮出警察手冊後，他才緊張了起來，連原本微駝的背也瞬間挺直。

看到萩村拿出的三片DVD，辻本的表情變了。這幾片DVD是在那輛贓車裡找到的。

一開始辻本還說沒什麼印象，萩村以稍加嚴厲的口吻追問後，他才心不甘情不願地回答應該是店裡的商品。從盒子上貼的定價標籤看來，似乎是兩年前使用的規格。

萩村忍不住在心中大聲叫好，總算找到了DVD的出處。

爲什麼要撒謊呢？萩村問他。辻本要笑不笑地答道，怕惹上麻煩所以順口混過。

「我猜這些片子大概是被偷走的。」

「被偷走？什麼時候？」

「大約十天前吧。」辻本看著牆上貼的月曆，「我一到店裡就發現收銀機被動過，而且有種到處被搜過的感覺，馬上知道小偷進來過。」

辻本住在大岡，上班時間是下午四點到晚上十一點，所以這家店在深夜是沒有人的。

「報案了嗎？」

被萩村一問，辻本皺起眉，搔搔頭。「社長說太麻煩了，不必報案。」

「社長是哪位？」

辻本打開櫃台抽屜，拿出一張名片。上面印著「上田繁雄」這個名字，好像是在其他地方開設資源回收公司，算是辻本的父執輩。

據辻本說，上田都在快打烊時才露臉，收走當天的全部營業額。如果收購了二手商品，辻本便要向上田報告是哪些東西，花費多少錢。

「他根本不信任我，所以店裡絕對不會多放錢。我想小偷一定很失望，因爲收銀機裡一毛錢都沒有。」

「可是，要收購商品的話，沒有現金不行吧？」

「他只交給我五萬塊，遇到要收購時就拿這筆錢付給顧客，之後社長會再補足相同額度。」

「原來是這樣。那五萬塊沒被偷嗎？」

「是啊，因爲都放在我的皮夾裡。放個五萬塊在收銀機裡要幹嘛，這樣做才正確。萬一被偷，那個社長一定會把責任推到我身上，要我賠償。」

萩村沒作聲，只在一側臉頰擠出笑容。他懷疑那五萬塊現在是否還如數躺在辻本皮夾裡，很可能經常挪作私用，之後才匆匆忙忙湊足吧。

「所以你們發現DVD被偷了嗎？」萩村問道。

「是啦。不過，反正都是些賣不出去的東西，社長說這下子還省掉處理的工夫。」

萩村看著手上的DVD。

「這些片子原本是放在哪裡？上面的標籤是如果兩年前的，應該沒陳列在店裡吧？」

辻本點點頭，豎起拇指指著上方，「都堆在二樓。那個小偷好像是從二樓窗戶爬進來的。」

「二樓？能讓我看一下嗎？」

辻本遲疑地抿著嘴，「隨便讓人上去看，到時候可能又會被社長念一頓。」

「照理說，店裡遭小偷卻沒報案，警方可以找你們社長去問話。你現在可是救他一命，應該盡力配合調查才對。」

「……這樣的話，那好吧。」辻本才往裡面走沒幾步就停下來，轉過頭問道，「那幾片DVD是在哪裡找到的？跟什麼案子有關呢？」

「是在調查另一個案子時碰巧找到的，應該和你沒什麼關係，所以你不需要知道細節，我們當然也不可能透露消息。不好意思。」

「嗯……算了，只要跟我無關就好。」

店的後方有一扇門，打開後迎面就是一道階梯。好怪的格局，萩村低聲咕噥。

「這裡以前似乎是一家小餐廳。」辻本邊上樓梯邊解釋，「社長說現在的店面是拆掉了之前的廚房等部分而成，才會有些奇怪的地方。」

「小餐廳？什麼樣的小餐廳？」

「詳細情況我就不知道了。」辻本側著頭道。

萩村心想，該不會是洋食店吧。不過，他立刻把這個念頭趕出腦外，同時反省不該先入為主，動不動便把線索和「ARIAKE」聯想在一起。這家店沒有任何證據顯示和十四年前的強盜凶殺案有關，甚至現在根本也不是洋食店或餐廳了。

二樓有兩間和室，一間六帖，另一間四帖半(*1)，兩個房間看起來都不像有人居住，堆滿了

*1 「一帖」為一張榻榻米的大小，兩帖約一坪，因此這兩個房間分別為三坪及不到二點五坪。

裝著DVD和錄影帶的紙箱，連下方的榻榻米都被完全遮住。可想而知，整個空間積滿灰塵，看來只要被放到這裡的商品，就再也沒有重見天日的機會。

「之前曾經辦過一次類似清倉拍賣的活動，不過也賣不了多少，只是添麻煩，現在就只是堆著。這些到底要怎麼處理掉呀。」辻本講得一副事不關己，「小偷也真是的，既然來了幹嘛不全搬走。」

「這些都不打算賣了嗎？」

「賣不出去啦。堆在這裡的不是客人拿來賣的，幾乎都是製作公司破產或出租店倒閉時，社長低價大量收購的。如果是A片還可能推銷得出去，但都是些畫質差得要命的老片子，不然就是畫質雖好內容卻是小成本的C級電影，沒有人會掏錢出來買。社長根本沒篩選過內容，裡面還混著教學錄影帶，更誇張的還有公司簡介的帶子咧。」

萩村聽了露出苦笑，看向旁邊的一個紙箱。箱內最上方放著一卷介紹瘦身體操的錄影帶。

「我剛才拿出來的那幾片DVD原本放在哪裡？」

「不太記得了，A片的話大概收在壁櫥裡吧。」

辻本才轉身想往壁櫥移動時，「等一下！」萩村叫住他。「遭小偷之後有人動過房間裡的東西嗎？」

辻本搖搖頭，「只有修補玻璃窗。不過說是修補，其實只是像那樣簡單處理。」

萩村看看窗戶，靠近窗鎖的地方破了個洞，目前是用膠布補上一塊塑膠板。

「我向社長提過，如果不修好，其他小偷又會摸進來。」

「小偷是從外面爬上這扇窗嗎？」

「這就不知道了，但後面是條小巷子，確實較少人進出。」

萩村點點頭，一面戴上手套。他盡可能留意在不碰觸任何東西之下，緩緩走到壁櫥前面。壁櫥的紙門是拉開的，下方堆滿紙箱，上層也大同小異，只有一小塊正方形空間沒積著灰塵。看來之前這裡似乎有個紙箱，最近才被移動過。萩村問了辻本。

「沒錯，我猜應該是刑警先生腳邊那個箱子吧。剛才拿出的那幾片ＤＶＤ，之前大概就是放在那裡面。」

萩村看向腳邊，有一個原本用來裝橘子的空箱。如果把贓車上發現的ＤＶＤ全塞進去，差不多剛好裝滿一箱。

「爲什麼只偷這箱裡的東西呢？」他喃喃說道。

「不就因爲是Ａ片嗎？」

「但其他箱裡也有呀。」壁櫥裡其他層還有好幾個紙箱，似乎都是Ａ片。

萩村觀察著壁櫥裡的狀況，在望向天花板時忽然止住目光。天花板隔板錯開的部分留有一處檢查孔。

「這部分以前就是這樣嗎？」

「哪裡？」

「壁櫥的天花板。啊，請盡量不要碰到旁邊的東西。」

辻本踩著謹慎的腳步過來，抬頭望著壁櫥的天花板。

「不知道。」他偏著頭想，「最近沒上來檢查這些地方。」
萩村嘆了口氣，就在這時，他眼角餘光發現壁櫥深處有個閃閃發亮的東西。
他用戴著手套的那隻手輕輕拾起，同時發現自己全身漸漸發燙。
「你剛說社長姓上田吧？可以馬上聯絡到他嗎？」
「咦？要找社長嗎？」
「我看還是請他報個案比較好。」
「是喔。」辻本不知爲什麼露出失望的表情，拿出手機，同時看了一眼萩村手上的東西，「那是什麼？」
萩村忍不住露出一抹神祕的笑容，「跟你沒關係，但我就告訴你吧。這是蓋子，口紅蓋。」

31

上田繁雄有著一張國字臉，看起來像將棋棋子一樣，四四方方。頂著那張臉又縮著肩膀，幾乎看不見脖子了。他從出現在萩村等人面前就始終保持這個姿勢，似乎全神戒備著，擔心因爲沒報案而遭警方處罰。
「所以，你承認這些DVD都是店裡的商品嘍？」
萩村一問，上田縮起原本已經很短的脖子點點頭，「是啊，我想大概是吧。」
「大概啊……」
「不是啦，對，都是我店裡的商品，錯不了。」他不住點頭。

萩村和柏原在橫須賀分局的會議室裡偵訊上田繁雄，桌上放著之前從那輛贓車裡起出的DVD和舊皮包。

「因爲沒什麼損失，報警的話得接受一堆調查，到時候店也要暫停營業幾天。我們做這種生意的一天沒營業損失就很慘重，再說臨時歇業對客人也交代不過去，便覺得不報案也無所謂。眞的很抱歉。」上田摸摸後頸，接著又不停低頭道歉。

萩村把皮包拿到上田面前，「這個皮包你有印象嗎？」

上田一臉困惑，側著頭思索。

「沒有，沒印象。眞的，我沒看過這個皮包，不是我的。會不會是辻本的？」

「我給辻本先生看過這個皮包的照片，他也說不知道。」

「這樣啊，那就不是我們店裡的。」上田回答。

萩村從皮包拿出幾個塑膠袋，東西都分別裝在裡頭。

「這裡面有你看過的東西嗎？」

上田帶著疑惑的神情，望著桌上一字排開的物品：糖果空罐、皮夾、手表、粉盒、口紅。

過了好一會兒，上田才拿起裝有手表的塑膠袋，仔細看過後又放回桌上。

「沒印象，全都不是我的東西。」

「您好像看了手表很久。」

「我有一支很類似的表，所以確認一下，但看過後發現完全不同。」

萩村看向柏原，想徵求他的意見。

「那個壁櫥是從什麼時候變成這個樣子的？」柏原問上田。

「這個樣子是指什麼？」

「我是問你從什麼時候亂堆起一大堆賣不出去的DVD。」

「哦哦……嗯，什麼時候開始的呢……」上田交抱手臂偏著頭沉思，「那邊已經很久沒人碰過了，最後一次開那個壁櫥應該是一年前……不對，應該是更久之前。」

「被偷的那些DVD，上面好像貼著兩年前的標籤。」萩村說道。

「啊，沒錯沒錯。我想起來了，那些DVD被塞進壁櫥裡是更新標籤後沒多久的事，差不多是兩年前吧。」

「意思是從經營這家店起，壁櫥就拿來堆放庫存商品嗎？」柏原問他。

上田挺出下巴，用力點點頭。

「是啊，當初租下這個店面時，本來想把二樓當辦公室用，開店之後卻發現根本不需要，反倒得找個地方堆放庫存，壁櫥也就成了這種用途。不只是壁櫥，應該說整個二樓都像倉庫。」

「我要你仔細想清楚。」柏原站著，雙手撐在桌面，探出身子低頭直盯坐著的上田，「除了你之外，到底有沒有其他人使用或曾經用過二樓空間？只是短期的也無所謂。」

上田在壓力下稍微往後退了一點，搖搖頭回答，「我想沒有，不過這幾年陸續換過幾個店員，也可能有人隨便把自己的東西放在那裡，這些細節我就沒辦法一一掌握了。」

「那麼，二樓在當倉庫之前是什麼狀況？」

「沒當倉庫之前……這個，就只是空房間，所以才會決定用來堆放庫存。」

柏原看著萩村，輕輕點了下頭，意思是他沒別的問題了。

「請問……」上田抬起頭來，「這個偵訊到底想知道什麼事？店面二樓有什麼不對勁嗎？我們只是把賣不出去的ＤＶＤ堆在那裡，沒藏什麼違法的東西喔。」

「這不是偵訊，只是請您協助調查。」萩村說道。

「可是，爲什麼要到橫須賀分局呢？我們的店面不在這個管區呀。」

「因爲這些東西是在橫須賀分局轄區找到的贓車中發現的。」

「嗯？贓車……」

「最後一個問題，您覺得有什麼可疑人物會闖進您店裡？比方說離職員工之類的，經常有小偷因爲熟悉環境而潛入先前的工作地點。」

上田皺起眉，抿著嘴想了一會兒，最後還是搖搖頭。

「沒有，您這樣問我也沒用啊，而且在我們店裡工作過就知道，根本沒東西可偷。」

萩村嘆了口氣，看來從這個人身上也問不出什麼有用的消息。

「謝謝，之後可能還有事想請教，到時也請多幫忙。」他對上田說。

「呃，我可以走了嗎？」

「請回。」

「這些東西該怎麼辦呢？」上田看著桌上的ＤＶＤ。

「請先去報個案，辦完手續後應該就能歸還給您。」

上田聽完萩村的說明，不置可否地點點頭，走出房間。柏原露出苦笑。

「那老頭一副就是不願意報案、也不想拿回DVD的樣子嘛。」

「手續麻煩，而且拿回一大堆庫存影片也沒意義吧。倒是你覺得如何？跟上田不相干吧。」

「無關吧。」柏原坐下來，「他看到皮包時表情沒任何變化，不像在演戲。」

「我也這麼想，看他那樣子真的一無所知。不過，這些東西之前的確是放在壁櫥裡。」萩村看著擺在桌上的幾只塑膠袋。

柏原拿起其中一項物品——口紅。「就是這玩意兒掉在裡面吧。」

那支口紅當初在贓車裡發現時沒有蓋子，但現在柏原手中的卻已蓋上。口紅蓋出現在「GOOD SOFT」二樓的壁櫥裡，是萩村本人發現。他一眼認定那是在贓車上發現的口紅，之後便聯絡柏原帶證物口紅到「GOOD SOFT」來，當場確認蓋子和口紅一致。鑑識人員目前已經進入「GOOD SOFT」二樓，過不了多久結果就會出爐，但萩村認爲至少「開走贓車的人曾經潛入」這點應該沒錯。

「剛才我和鑑識員通過電話，那個壁櫥裡的檢查孔好像是最近才打開的。」柏原說明。

「壁櫥天花板上那個啊。」

柏原點點頭，「要等仔細檢查後才能斷定，但看來是有人移動時在天花板裡層留下痕跡。只是不像整個人在夾層裡活動，大概是從檢查孔伸進手觸碰而已。」

「辻本和上田都沒印象，那應該是小偷幹的吧。」

「這個方向錯不了。」柏原盯著會議桌上一字排開的物品，「我聽以前抓到的慣竊說過，沒什麼收獲時看看壁櫥的天花板裡層，運氣好的話，還能找到偷藏的私房錢或者不想被他人發現的寶貝。」

「這種手法我也聽過。」
「那個糖果罐說不定原本就藏在天花板裡層。」
「意思是小偷摸出來的嘍。」
「雖然裡面沒什麼貴重物品，但小偷可能不想空手而回，便索性帶走了，然後也順手抓一堆DVD——大概是這樣吧。」
「要是能直接問小偷就好了，現在卻完全沒轍。」
「又還沒確定他已經死了。」
「話是沒錯啦。」
目前還沒查出在觀音崎出海口發現的小船上原本載著什麼人，換句話說，還沒找到疑似的溺斃屍體。如果被海流沖走，遺體很可能從浦賀水道出海。
「不管小偷現在是死是活，對我們來說都不太重要吧。問題在於，是誰把糖果罐藏在天花板裡層。」
「這個嘛……」話講到一半，柏原連忙掏出手機，好像是設定成無聲的手機發出來電震動。他三言兩語說完後便切斷電話。
「我們分局鑑識員打來的，上田和辻本的指紋都和手表上的不符。」
「我就知道。」
「這下了便弄清楚整起案子跟『GOOD SOFT』毫不相干了。」
萩村點點頭，看著桌上的幾只塑膠袋。其中一只裝著金表。

僅有這支手表上留著相對清晰的指紋，而且已經對照過十四年前的資料，確認不是遇害的有明幸博和塔子。

「好啦，接下來該怎麼辦？」柏原問道。

「調查『GOOD SOFT』。」

「那家店？鑑識報告一有結果就會送過來。」

「我是要去問房屋仲介。」萩村回答，「這個糖果罐很可能從上田租下店面時就被藏在屋裡，依我的觀察，重新裝潢過的應該只有一樓。」

「這樣啊。」柏原不斷點頭，豎起大拇指，「那我們去看看吧。」

打了通電話給上田，問到店面是向橫濱車站旁的房屋仲介公司租的後，兩人隨即動身前往。

兩人來到位於一樓的辦公室，見到了承辦人員。那是個戴著眼鏡的年輕男業務。

「那個店面前後更換過好幾任房客。地主原本是蓋起來想經營服飾店，卻因爲不太順利便轉而出租。」男業務看著檔案資料一面說明。

「目前這家店的前一任房客是誰？」萩村問他。

「『GOOD SOFT』之前嗎？我看看，是家餐飲店，店名叫做戶神亭。」

「戶神亭？」

「寫起來就是這三個字。」男業務把檔案夾遞到萩村面前，上頭寫的正是「戶神亭」三個字。

「這名字好像在哪兒聽過。」萩村身旁的柏原低喃。

男業務露出淺淺的笑容，「是現在很有名的洋食餐廳啊。」

「洋食餐廳？」一句話讓萩村瞬間反應過來，不由得高聲反問，「你沒弄錯吧？」

男業務鏡片後的雙眼睜得大大的，臉上寫著：有必要這麼吃驚嗎？

「『戶神亭』最初便是從那個地方發跡，生意上軌道之後才搬到其他地方，規模越來越大，據說是牛肉燴飯大受好評的緣故。不過，這些都是聽公司前輩說的。」

萩村和柏原對看了一眼。

那店面在「GOOD SOFT」之前租給和「ARIAKE」相同性質的洋食餐廳，難道這會是單純的巧合嗎？

「當初出租給『GOOD SOFT』時，一樓似乎曾經重新裝潢過，那二樓呢？施工過嗎？」柏原問道。雖然語氣聽來平淡，但萩村察覺出他克制著急切的心情。

男業務再次翻閱資料，「看來是簽約後上田先生自行重新裝潢過。根據我們的紀錄，如您所說，裝潢的部分只限一樓，二樓應該是維持原狀。」

「紀錄上房東也沒針對二樓施工過嗎？」

「沒錯，說不定曾經簡單清潔過，但原則上沒動過大工程。」

一走出仲介公司，萩村立刻問柏原，「DVD店之前是洋食餐廳——您覺得這只是巧合嗎？」

柏原不置可否，掏出手機，「我問問他。」

32

接到柏原想儘快碰面的聯絡，功一馬上就知道他想談什麼，卻留意不讓自己顯露出情緒波動，平靜地問道，「案情有什麼新發現嗎？」

「還稱不上發現，只是有些資訊需要確認。不好意思打擾你工作，能不能出來見個面，或是我到東京找你也行。」雖然他語氣保持低調，還是聽得出似乎掌握到了一些線索。

「不能在電話裡講嗎？」

「也不是不能，但還是想找你面對面談，這樣對你也比較好。」

「好吧，我待會兒可以撥出時間。」

「太好了，在哪裡碰頭呢？」

「您方便到東京車站的話是最理想。」

「當然，我沒問題。不好意思啊，打擾你工作。」

「別這麼說，您也是有要緊的事。」

約好在東京車站內的咖啡廳碰面後，功一切斷電話。泰輔坐在一旁的床上，一臉不安。

柏原刑警打來的，功一告訴他。

「他打來幹麻？」泰輔皺起眉頭。

「我猜他找到那家DVD店了，說不定還查出之前承租的是『戶神亭』。」

「眞的嗎？」

「不然他應該不會打給我。看來警方已經依照我們的計畫，乖乖跳上我們鋪好的軌道。」

功一站起來打開衣櫥。他告訴柏原等人自己在設計公司工作，所以出門前得換套不會讓人起疑的服裝。

「如果警方盯上了『戶神亭』，我們是不是少動手比較好，以免節外生枝？」泰輔說道。

「那當然，不過，該安排好的地方沒確實布置妥當，計畫很可能沒辦法順利進行到底。」

「該安排好的部分是指食譜那招吧。」

「沒錯，你告訴靜，剩沒多少時間了。要不了多久警方就會開始調查戶神政行，在他身邊繼續晃下去太危險。」

「我待會兒跟她說。」

功一點點頭，從衣櫥裡拿出外套和長褲。

「大哥，警方逮得到戶神政行嗎？」泰輔擔憂地問。

「逮不到就麻煩了，我們可是爲了將他定罪才特地蒐集證據的。」

「不過，我不覺得戶神會乾脆招認。再說，警方找到的全是他沒印象的證物，他不會一口咬定是遭人陷害嗎？」

「有可能。應該說，他一定會堅持主張沒看過『ARIAKE』的金表，也不記得藏在舊家的天花板裡層。」

「那不就慘了？」

「不要緊的。」功一換上衣服，低頭看著弟弟，「絕大部分的嫌疑犯即使面對證據，還是不會輕易招供，其中不乏堅持被陷害的人，所以無論戶神怎麼辯解，警方都不會理睬。」

「那就好……」

看著欲言又止的泰輔，功一停下換裝的動作，「怎麼？你有什麼不滿嗎？」

「也不是。」

「有話就說出來，這樣不像你。」

「不是啦，我也還沒整理好自己的想法。」泰輔搔搔頭說，「大哥的計畫是要讓警方這麼想吧。殺了我們爸媽的凶手當時偷走了糖果罐，因爲裡面裝有現金和一些貴重物品。接下來，現金花完就把罐子藏在家裡的天花板裡層。凶手搬家後，那家店變成DVD店，這次有個小偷摸進店內，還發現天花板裡層的糖果罐，以爲裡面有貴重物品就順手牽羊——是這樣吧。」

「還有後續。那個小偷欠了一屁股債，潛入那家店卻沒什麼收獲，於是陷入絕望。接著又偷了一輛車，漫無目的地亂開，最後到了海邊便起了自殺的念頭。臨死前想留遺書給名叫智子的獨生女，寫到一半卻停筆，在走水海岸偷了一艘舢舨，出海自殺——那票警察如果想像力沒這麼豐富可傷腦筋了。」功一又繼續著裝，一面說明。

「智子是獨生女？我還以爲是老婆。」

「都可以，反正就是對小偷來說很重要的女人。重點是非得留下一封遺書不可，否則沒辦法讓警方認爲他是自殺。」

「這樣警方會相信嗎？」

「天曉得，既然找不到屍體，說不定會懷疑是假自殺。」

「要緊嗎？」

「沒什麼壞處吧。反正小偷是不是眞的自殺，跟調查『ARIAKE』的強盜凶殺案一點關係都沒有。重點是要讓警方認爲確實出現過這個小偷。然後呢，正因爲進展順利，柏原刑警他們才會找到DVD店，一切都按照計畫進行，沒問題。之後只要靜成功完成食譜那一招，我們就可以功成身退。」

不過，泰輔還是一臉悶悶不樂，功一看著有些不耐煩，「你到底想抱怨什麼？」

泰輔連忙搖頭，「我不是想抱怨。只是，這麼重要的東西會忘掉嗎？」

「什麼意思？」

「糖果罐。我們的設定是凶手把它藏在天花板裡層忘了帶走，可是這樣合理嗎？對凶手來說那可是致命性的證據。」

「一般是不太可能。」

「那警方不會懷疑嗎？」

「怎麼懷疑？難道會認爲有人設計嗎？」

「這我倒是不知道。」

「無所謂，有點不自然才好。」功一自信滿滿地說著，「人的行爲並不全都能用常理說明，很多時候反而沒什麼道理。強盜殺人犯把可能是重要證據的物品藏在天花板裡層，卻在搬家時忘了帶走——聽起來的確不太合理，太扯了。不過，人總會犯錯。再說，警方根本不在乎這種事。」

「哪種事？」

「就是凶手爲什麼會忘了帶走這麼重要的證據。警方不會想的。應該說，或許他們會想到這點，卻不可能因此放掉好不容易才追到的線索。只要不放棄，面對小瑕疵便會睜一隻眼閉一隻眼，警察都是一個樣。我以前打工時，曾被懷疑偷拿店裡的錢；因爲一開始就確定是內賊，加上其他店員都有不在場證明。不過，如果是我偷的，得先避開好幾個人的耳目才行，但那群警察根本不管這個疑點，只顧著大吼，要我承認偷錢。要不是最後證實是店長那個白痴兒子A走，我便成了冤大頭。」

「這件事你說過。」

「那你明白我的意思吧？」

也是，泰輔沉吟著。

換好衣服後，功一拍拍弟弟的肩膀，「別擔心，一切應該都進展順利，我再從柏原刑警那裡套出一些詳細狀況。」

「嗯，這我倒不怎麼擔心。只是，非得用這種迂迴的方法嗎？雖然到了這個地步，再說這些也挺怪的。」

聽到弟弟的疑問，功一嘆了口氣，在另一張床坐下。

「這件事我解釋過很多次了吧。光是『和十四年前凶案當晚看到的人很像』，或是『牛肉燴飯吃起來味道一樣』，這些都不能保證警方會行動。即使警方有動作，也未必能掌握到戶神就是凶手的證據，很可能即使從頭到尾調查一遍，最後還是什麼也找不到。」

「不過，警察也不是笨蛋，應該能查出什麼吧。比方說，我猜他們至少會發現爸和戶神是在外圍賭場認識的。」

「然後？」功一偏著頭看弟弟，「那又如何？你以爲這樣就能逮到凶手嗎？」

「或許是能查出很多其他事，再怎麼說警方都是這方面的專家，搞不好會找出大哥沒發現的證據。」

「萬一沒找到呢？到時候怎麼辦？難道你要眼睜睜看著警方因爲證據不足放了戶神，才氣得乾瞪眼嗎？」

「那樣的話……再祭出食譜那一招不就行了。」

功一皺起眉頭，「你眞的是完全狀況外。如果一開始調查時戶神周邊什麼證據都沒有，過一陣子才忽然一件件迸出來，警方絕對會起疑。不用說，也會懷疑到我們身上。」

泰輔面對功一的指謫無可辯駁，只能撇了撇嘴低下頭。看到弟弟這副模樣，功一繼續說：

「當初決定捏造證據時，我們就說好了要到最後才和警方接觸。尤其是你，得在最後的最後才出現，因爲必須指認凶手。你的任務是在看到遭逮捕的戶神政行後，明確指出他就是十四年前看到的那個人。在這之前，你根本不曉得戶神這號人物，當然也不曾懷疑過他，必須堅持這點才行。絕對不能讓柏原刑警他們發現現在掌握到的證據與我們有關。」

或許是受到了功一強勢的語氣壓迫，泰輔的頭始終低垂著，接著輕輕點了下頭。

「知道了，我對大哥的做法沒什麼意見。只是，要讓靜去冒險，我有點擔心。」

「我也這麼認爲。不過，現在只能賭這把，靜也說了包在她身上。」

「嗯……也對。」

「別想太多，只差臨門一腳，加油。」功一又把手搭在弟弟肩上。

走出住處後，功一轉乘地下鐵前往東京車站。他抓著吊環，出神地抬頭望著車廂廣告，一面反覆思索剛才和泰輔的對話。

這方法的確繞了一大圈，在慣以直覺行動的泰輔看來，這樣的做法太不乾脆了嗎？

他回想潛入「GOOD SOFT」的那一晚。那天功一和泰輔在夜裡來回奔波，先在「GOOD SOFT」製造遭竊的跡象，接下來開著事先偷來的輕型車前往橫須賀。車子是泰輔偷的，他曾經在修車廠工作過，平常自誇舊型車只要五分鐘就能弄到手。

功一感到最恐懼的，是兩人分別坐上舢舨，划向出海口的那一刻。那附近的海域總較別處風平浪靜，那天夜裡卻波濤洶湧。而且爲了掩人耳目，兩人都僅戴著一只小頭燈。如果單獨一人，一定會想當場作罷，幸虧兩人互相出聲打氣，總算撐到了出海口。

翻覆一艘舢舨後，兩人靠著另一艘回到岸邊。兄弟倆接著步行到橫須賀中央車站附近，耗到早上才搭電車回到東京。在電車上兩人都呼呼大睡。

一切就像走鋼索般險象環生，功一忍不住佩服自己居然能完成這個計畫。讓泰輔跟著涉險實在非功一所願，但他無論如何都想讓這個計畫成功。

剛才雖然和泰輔提到指認的事，但依照功一的想法，最理想的狀況是盡可能直到最後都不讓警方接近泰輔和靜奈。一旦他們提供警方任何證詞，到時很可能得以證人身分出庭，想必戶神行成也會在場吧。他若看到自稱珠寶商的男人和應該名爲高峰佐緒里的女子竟然以被害人家屬之姿出現，想必會引起一陣騷動，沒處理好可能連之前的詐騙勾當都會洩底。

功一心想，不管發生什麼事，他都要保護泰輔和靜奈。

走進約定的咖啡廳，柏原和萩村已經坐在一張小桌子前。看到功一，兩人立刻露出微笑。

「這麼忙還找你出來，真抱歉。」柏原說道，「要喝什麼？」

「不用了，我剛喝過咖啡，直接說有什麼事吧。」

兩名刑警對看了一眼，接著由萩村開口，「令尊經營的是洋食餐廳，你知道他和同業之間的來往狀況嗎？」

「同業指的是其他從事餐飲業的的人嗎？」

「應該說跟令尊一樣開洋食餐廳的人。」

「洋食餐廳……沒印象。」功一偏著頭想了想，「聽他講過別家店的壞話，但有沒有來往就不知道了。」

「壞話？什麼樣的？」

「像是難吃得要命還賣那麼貴、虛有其表之類的，不好意思，我記不太清楚。」

「其中有叫『戶神亭』的店嗎？」

萩村這一問讓功一心跳加速，警方終於注意到戶神政行這號人物了！但他依舊保持平靜，搖了搖頭，「戶神亭……沒有，沒聽過。」

33

坦白說，萩村聽了功一的回答大失所望，同時也覺得無可奈何，畢竟是十四年前的事了，加上功一當年只是個小學生，如果能清楚掌握父親的交友關係才是罕見。

「你聽到有關其他洋食餐廳的事都只有壞話嗎？其他像店家的地點、餐廳的工作人員等，只要記得的，任何小事都好，可以告訴我們嗎？」

聽了萩村的話，功一雙臂交抱陷入沉思。不過，他馬上驚訝地看著對方反問：

「這和案情有關嗎？凶手是同行的人？」

不是不是，萩村連忙搖手，「現在還沒辦法下結論，只是懷疑可能與同行的人有關，才想問你看看。」

「這表示警方找到新線索了吧。」功一看看萩村，又看看柏原，「能透露有什麼發現嗎？」

對刑警來說，這眞是個兩難的問題。萩村當然想讓被害人家屬知道調查的進展，但又無法保證情報絕對不會因此洩漏，萬一引來媒體，對家屬也不是好事。此外，也得防範家屬推測出可能的嫌犯而做出激烈的舉動。

對了，功一接著說，「前陣子讓我指認過慶祝『ARIAKE』開幕的金表吧，從那上頭找到了什麼線索嗎？」

萩村正想著該怎麼說明，柏原卻先開了口：

「就是跟這件事有關。目前已知那支手表是在某個地方失竊，問題是爲什麼會出現在那裡。

我們在調查那個地方的相關者時，發現了一間洋食餐廳，不過，現階段還沒釐清這家餐廳和案情之間的關聯，也可能毫不相干。只不過碰巧也是洋食餐廳這點，引起了我們的興趣，所以還不方便告訴你詳情。」

聽著柏原的話，萩村不禁佩服起他那技巧性的說明。雖然略過關鍵部分，卻清楚傳達了關於手表的調查進度。

功一皺起眉頭，沉思了一會兒，之後稍微放鬆表情對萩村說，「您剛問我，有沒有從家父口中聽過一家叫『戶神亭』的店，這是警方目前正在調查的洋食餐廳吧。」

萩村無奈地點點頭，「不過，柏原大哥也說了，目前什麼都還沒發現，也可能跟案情不相干。希望你不要有什麼衝動的想法，只要相信我們，靜待破案就好。」

功一聽完露出苦笑，「我怎麼會想要搶先在警方之前行動，只是如果了解您的用意，我也比較能認眞思考……沒什麼特別想法。」

這樣啊，萩村回答。

「嗯嗯，您剛問什麼？對了，要問家父有沒有談論過其他洋食餐廳吧。」功一撐著下巴、緊抿嘴唇，像在搜尋兒時記憶。

「像是其他餐廳的特色呢？」萩村提醒他。

「特色……啊。」

「比如說，提供不尋常的服務之類的事。」

功一聽了萩村的話，當場笑到全身搖晃，「洋食餐廳還能有什麼不尋常的服務啊？」

「我只是打個比方嘛。」

服務啊，功一喃喃自語之後立刻正色，「我想起來了，他好像提過有外送服務的店。」

「外送？」

「我們店裡因爲人手不夠，沒有外送服務，但家父常去的一家洋食餐廳似乎有提供。他還發出在那裡吃到超級糟糕的牛肉燴飯的評論。不過，家父最後還是在罵人啦。」

萩村想著，聽來不像是「戶神亭」，這家店可是以牛肉燴飯聞名的。此外，如果生意興隆，應該也沒空應付外送訂單吧。

「他去的是哪裡？」柏原問道。

「什麼意思？」

「令尊常去的店是哪家呢？他要忙餐廳的事，應該沒什麼時間外出吧？」

「這倒是，不過星期天店裡公休。」說到這裡，功一似乎想起什麼，「啊！」低聲驚呼。

「怎麼了？」萩村問他。

功一低下頭，一臉爲難地緊咬嘴唇。到底怎麼了？正當萩村要再開口時，功一抬起頭。

「那個……賭馬，我猜他是去那家店賭博。」

「啊……外圍賭場嗎？」

功一收起下巴點點頭，「當時不知道他是去那種非法營業的店，家父提到的外送餐廳，我猜是賭馬時遇上的。」

嗯嗯，萩村點點頭。話題轉到那個外圍賭場他就沒什麼興趣了，四年前已經證實那和凶案無關。

然而，萩村看向柏原時卻心頭一驚，因為他的眼神再嚴肅不過，似乎有話想說。

「有什麼不對勁嗎？」萩村問。

「沒有，沒什麼。這孩子工作也很忙，今天到這裡先告一段落吧。洋食餐廳的事，請他回去仔細想想。」

「呃……也好。」

萩村察覺了柏原的心思。他一定發現了什麼重要訊息，卻不方便在功一面前明講。

「那就先這樣吧。不好意思，麻煩你跑這一趟。」萩村對功一說。

「可以了嗎？」或許因為話題結束得突然，功一顯得有些困惑。

「之後應該會再聯絡，到時也請多幫忙，今天多謝了。」

哦，功一點點頭，站起身來。

「聯絡上弟弟了嗎？」柏原問，「我記得他叫泰輔吧，你之前說完全沒碰面，但連聯絡方式都沒有嗎？」

功一的表情像被戳到痛處，搔搔耳後回道，「想聯絡的話，也不是沒辦法……」

「可以請你試著聯繫嗎？或許得請他協助調查。」

「但事情已經過了十四年，他大概早忘了凶手的長相吧。」

「這也是我們必須確認的部分。」

功一猶豫不決地眨了眨眼，低聲回答，「好吧，我會試看看，他應該沒換電話。」

「那就麻煩你了，這樣對你們兄弟也比較好吧。」

功一聽完柏原的話，不置可否地偏著頭，說句「我先走了」便逕自離開。

「他爲什麼沒和弟弟碰面了？」功一走了之後，萩村問道。

「先前弟弟離開育幼院時，兩人好像曾經想過要一起住。不過他氣弟弟不肯腳踏實地工作，之後便漸行漸遠。詳細情形我也不太了解。」

「那妹妹呢？」

「妹妹跟他們本來就沒有血緣關係，離開育幼院後似乎也沒再聯絡。」

「這樣啊。」

萩村腦海中浮現三人童年時的模樣：一個是完全搞不清楚發生什麼事的小女孩，一個是承受過大打擊說不出話的小男孩，還有爲了不在這兩人面前示弱、拚命忍住淚水的大哥——想到他們無法衡量的損失，萩村心中立刻湧起一股決心，不能讓這個案子隨風而逝，也絕不讓這起案件最後因爲超過追訴期而落幕。

「重點是，你聽了他剛才那番話，有沒有想起什麼？」柏原問道。

「外圍賭場那件事嗎？沒有……柏原大哥有什麼發現嗎？」

「那個外圍賭場僞裝的地點是在櫻木町吧？」

「櫻木町嗎……我只記得是家咖啡廳，店名倒忘了。如果是櫻木町的話，就在那間DVD店附近。」

「去確認一下吧。」柏原衝勁十足地站起來。

泰輔到靜奈住處時，她正站在大鏡子前，拿起一件深藍色連身洋裝在身上比著。

「妳在幹麻？」

「挑選去戶神家要穿的衣服呀。欸，你覺得套裝和連身洋裝哪種比較好？」

「還不都一樣，重點是決定哪一天了嗎？」

「在等他聯絡，最快可能下週末吧。」

聽到靜奈口中說著「他」，泰輔感覺有點怪怪的，卻說不出是哪裡不對勁。

「大哥交代要儘快。剛才那個叫柏原的刑警打來，大哥去找他了，說是警方可能已經盯上『戶神亭』。」

「是喔，那得趕快嘍。」靜奈把手中的洋裝往床上一扔，和之前放在床上的套裝比對了一下，接著坐在地板上，「到戶神家成功完成食譜行動後，我的任務就結束了吧。」

「沒錯，大哥說接下來就交給警方。一切都依照計畫進行，大哥果然厲害。」

不過，靜奈聽了卻不作聲，仍舊盯著床上的衣服，過了好一會兒才嘆口氣，聳了聳肩。

「我眞白痴。仔細想想，這次之後高峰佐緒里這個女人便會從此消失，穿什麼還不都一樣，根本沒必要花力氣吸引戶神行成。」

「穿得太恐怖搞不好會被趕出來，挑件普通的就行了吧。」

「說的也是。」靜奈講完收拾起床上的衣服。

「對了，我帶資料來了。」泰輔拿出一只提袋。

「什麼資料？」

「一些留學啦，加拿大的相關資料。高峰佐緒里要到加拿大留學吧？什麼都不知道就慘了。」泰輔說著露出賊賊的笑容。

「是嗎，不要緊啦。」

「什麼？」

「不需要這些東西啦。別擔心，我可以順利矇混過去。」

「妳啊，人家特地拿來，需要擺出這種態度嗎？況且，到了對方家裡一定會被問到很多留學的事，萬一答不上來或是胡扯一通，不就糗大了。食譜行動要想成功，先決條件就是絕對不能讓人起疑。」

「這點小事我知道啦。」靜奈簡短丟下一句話，「都說了我會順利完成，反正是最後一次和戶神行成碰面，以後也不會再見，我不會露出馬腳啦！」

氣氛一下子僵到泰輔無言以對，只能愣在原地。一會兒之後靜奈才低聲說了句：

「對不起，直到最後一刻都不能鬆懈吧。抱歉，我會先惡補的，那些資料放著吧。還有，去戶神家的日期決定後我會跟你們聯絡。」

那好吧，泰輔說完轉身往玄關走去。

回到位於門前仲町的住處時，功一早已在家，他對著泰輔比出「ＯＫ」的手勢。

「沒問題，警察已經鎖定『戶神亭』了。」大哥的聲音聽來情緒高昂，「雖然不會馬上把戶神政行列爲嫌犯，但材料這麼齊全，最後一定會正式調查。順利的話，說不定還能發現我們沒找到的證據。」

「這樣……眞是太好了。」泰輔語帶保留地說完，不出所料，功一不滿地撇著嘴。

「這什麼反應，對我的做法還有意見？」

「不，沒那回事。因爲大哥的計畫正按部就班地進行，我剛剛便去找靜，提醒她食譜行動要加快腳步。」

「然後呢？靜說了什麼？」

泰輔搖搖頭，「她什麼都沒說，只要我別擔心，會好好完成任務。」

「那你爲什麼板著一張苦瓜臉？有什麼問題嗎？」

泰輔猶豫著該不該把剛發現的事告訴功一，但又覺得不是靠自己一個人就能解決。

快說啊，功一不耐煩地催促。

「靜……」泰輔凝視著大哥的雙眼，「愛上他了。」

「什麼？」功一皺起眉頭，「你在說什麼？」

「靜愛上戶神行成了，不是演戲，而是眞的愛上他。」

34

功一還沒進入正題，靜奈的表情就有些僵硬，或許被找來時便預料到了吧。

沒有開場白，功一直接發問。只見她驚訝地睜大雙眼，意外和狼狽的神色逃不過功一的眼睛。然而下一瞬間，她那張愣住的臉立刻露出笑容。

「什麼跟什麼？聽不懂你們在講啥，這是搞笑嗎？」

靜奈坐在床上看著兩個哥哥。泰輔雙臂交抱胸前，靠著牆壁站立。

「現在是我發問，靜，妳老實回答。」功一說道。

靜奈嘆了一大口氣，「怎麼可能有這種事嘛，為什麼會這麼想？是不是二哥亂說了什麼？」

泰輔的默不作聲，讓她更加確定自己的想法，於是皺起眉頭露出失望的表情，「剛才是我口氣不太好，我也道歉了。結果你居然一回來就跟大哥打小報告，太過分了吧？」

她瞪著泰輔。

「妳覺得我是因為生氣，才胡說八道嗎？」

「難道不是嗎？」

泰輔搖搖頭，「我覺得事態嚴重才告訴大哥的。」

「你說我真的愛上了戶神行成？白痴。」靜奈把頭一甩。

功一盯著她好一會兒，總算緩緩開口，「靜，妳現在的想法對我們來說很重要，我們可不是在玩扮家家酒，只要走錯一步，被關進牢裡的就不是戶神，而是我們三個。交給妳的食譜行動是這次計畫裡最關鍵的部分，高峰佐緒里這個女人的出現也舉足輕重。換句話說，一切都看妳了。倘若妳對戶神行成有一絲絲好感，問題就大了，所以妳一定要老實說。」

靜奈搖搖頭，看著功一，露出淺淺微笑。

「大哥，你有沒有搞錯？那傢伙的爸爸殺了爸媽，我怎麼會愛上這種人？根本不可能嘛。」

功一直盯著她。

「如果我們的計畫進行順利，戶神政行會被逮捕，當然也會連帶影響『戶神亭』的生意，說不定所有分店將一次倒閉。戶神行成不可能不受到波及，別說開不了餐廳，一輩子或許還都得受到眾人指指點點。雖然做壞事的不是他，而是他爸，但結果就是這麼現實，妳覺得無所謂嗎？」

「那又如何？誰教他是殺人凶手的兒子，那也沒辦法。」

「這樣妳不心痛嗎？」

聽到功一這句話，靜奈怒目以對，「我幹麻心痛？本來就是爲了報仇呀！戶神行成靠他爸賺的錢長大，還到大學，下場悲慘也是活該，我當然是這麼想的呀！」

功一舉手制止越說越激動的靜奈，「不要那麼大聲，會被鄰居聽見。」

「誰教你們淨說莫名其妙的話……」靜奈咬著嘴唇。

功一盯著她，坐在椅子上不斷左右搖晃身體，過了好一會兒總算停下來，嘆了口氣點點頭。

「好，我相信妳。任何細節我都不喜歡懸著不講清楚，慎重起見才找妳來問問。」

「神經病，幹麻懷疑我？」靜奈低著頭。

「沒有人懷疑妳，只是問清楚而已。這件事到此爲止，不好意思臨時把妳叫出來。」

「問完了沒？」

「沒事了，戶神行成的事就交給妳。」

嗯，靜奈點點頭，從床上站起來。

看著靜奈離開後，泰輔面對著功一，依舊一副無法釋懷的表情。「你信她說的嗎？」

功一沒作聲，急得泰輔猛搔頭。

「相信我的眼睛，我最了解靜奈了，大哥可能也清楚她的個性，但我們相處的時間比較久。這雙眼睛不知道看她演過多少次戲，絕對錯不了，相信我。」

功一隻手放在椅子扶手上，撐著下巴，「誰不相信你了？」

「咦？可是……」

「大哥……」

「你說的沒錯，我也很了解她。這大概是她第一次爲了男人跟我們發這麼大脾氣吧。」

「到了這個地步也沒辦法更換計畫，眞是傷腦筋。」功一這下手貼額頭，煩惱不已。

聽完行成的話，貴美子一臉不高興。看著她眉間的皺紋，行成心想，果然不出所料。

「我之前也受過對方多次幫忙，招待她來家裡參觀一下又不會怎樣。」

「話是沒錯，但這個女孩子也太沒分寸了吧。」

「怎麼會沒分寸呢，沒這麼嚴重吧？」

「她要到家裡來耶，難道我們不用招待她嗎？」

行成無奈地搖搖頭，「她都說了不用麻煩，只稍微參觀一下，馬上就回去。」

「說是這麼說，總不可能連杯茶都不準備吧？」

「茶我自己泡就行了，可沒拜託老媽幫忙什麼事。」行成站在廚房門口，對著正清洗碗盤的貴美子說道，口氣稍顯強硬。

「在吵什麼？」客廳門打開，換過衣服的政行走進來。他才剛回到家。

貴美子從廚房走出來，「行成要帶女孩子到家裡來。」

是嗎？政行露出意外的表情，「哪裡的女孩子？」

「又不是什麼可疑的人，爸也知道的，就是高峰小姐。」

「那個女孩子？來我們家做什麼？」

行成說明她近期打算留學，所以想參觀一下折衷東西方設計的住家。

「這樣應該沒什麼關係吧？」政行回答。

「我也這麼覺得，可是媽反對。」

「我也不是反對。」

那是什麼？行成想要反問時，家裡電話鈴聲響起，貴美子趕緊去接電話。

行成嘆口氣，在客廳的沙發坐下。

「你前陣子說了件古怪的事吧，好像是高峰小姐吃過跟我們店裡同樣口味的牛肉燴飯。」政行開口問道。

行成沒想到父親竟然會主動提及這個話題，大感意外地看著他。

「是啊，不知道那家賣牛肉燴飯的餐廳叫什麼名字，老闆似乎姓矢崎，爸有印象嗎？」

「矢崎……沒有，沒聽過。」政行偏著頭思索，看來不像在裝傻。

貴美子臉色難看地走過來，手上還拿著電話的無線分機。

「老公，警察打來的。」她對政行說。

政行臉上閃過一絲緊張，行成也嚇得屏住呼吸，難道是哪家分店出事了？

「哪裡的警察？」

「說是神奈川縣縣警。」

「神奈川？」政行訝異地伸出手，接過貴美子遞來的電話分機。

行成在一旁聽著，對方待會兒似乎想到家裡一趟，看來是不方便在電話裡談的事。

那我恭候大駕，政行說完就掛斷電話。他看著行成問，「你知道是什麼事嗎？」

「是總店出了什麼問題嗎？」行成猜測。

「有事的話，總店的人會先通知一聲吧。」

說的也是，行成沉默不語。

大約三十分鐘後，對講機的門鈴響起。兩名刑警在貴美子引領下進入客廳，一個體格健壯，看上去不到四十歲，另一人則身形瘦削、雙眼炯炯有神，大概在五十歲上下。

年長的那位自稱是橫須賀分局的柏原，年輕的好像叫萩村，提著一只紙袋。

「我們方便在場嗎？」行成問道。

「當然沒問題，有些事也想請教家人。」柏原笑著回答。

行成和政行在兩名刑警對面並肩坐著，貴美子則到一旁泡茶。

「首先想請您看樣東西。」柏原才說完，旁邊的萩村就伸手進紙袋裡，拿出一樣物品放在茶几上。那是一個裝在塑膠袋裡的方形罐子，看起來很舊，到處都生鏽了。

「這是什麼？」政行探出身，直盯著罐子。

「您有印象嗎？」柏原問道。

政行皺起眉側著頭。看到他這副模樣，柏原轉向行成。

「您覺得呢？在什麼地方看過嗎？」接著他又往廚房揚聲，「戶神太太，請您也來看一下。」

行成盯著塑膠袋裡的罐子，「看起來是個糖果罐。」

「沒錯，這是將近二十年前的產品，目前已經停產。」

貴美子端來了茶，在每個人面前放上一杯之後，看向茶几，「這個罐子是怎麼回事？」

柏原沒回答她的問題，直盯著政行，「您曾經住過櫻木町吧？」

「是的，已經是十多年前的事。」政行回答。

「搬到這裡之後，還曾經回舊家，或是進入屋子裡嗎？」

「沒有，沒再進去，頂多只是路過。」

柏原看向行成，他隨即回答「我也差不多」。到現在還完全不清楚警察這些問題的用意。

「這樣啊。其實這個糖果罐，之前好像就是放在你們的舊家。」

行成不太了解柏原這句話的意思，政行似乎也是，只能狐疑地看著刑警。

「那個地方現在是一家DVD店。」柏原繼續說明，「最近那家店遭小偷，糖果罐大概就是那時候被偷走。不過，令人驚訝的是，那家店的人聲稱從沒看過這個罐子。經過種種調查，才發現原本是藏在壁櫥的天花板裡層，所以才想問問之前住過那間屋子的戶神先生。」

「天花板裡層？哪裡的？」政行問道。

「就在二樓壁櫥，檢查口旁邊。」

政行搖頭，「一點印象都沒有，我沒打開過那個地方——是你藏的嗎？」他問行成。

「我也沒看過這個東西。」

聽了兒子的回答後，政行點點頭，「大概是弄錯了吧，我們一家人跟這件事應該沒關係。」

「那麼，可以請您看看罐子裡的東西嗎？」柏原說完，萩村就和剛才一樣，從紙袋裡又拿出塑膠袋，但這次不只一個——皮夾、口紅、粉盒、手表——每一樣都很破舊。

最先伸出手的是貴美子。她拿起裝有口紅和粉盒的塑膠袋，仔細觀察了好一會兒，才搖搖頭把東西放回原位。

「這不是我的，我沒用過這種牌子。」

「其他東西呢？皮夾或手表？」柏原看看政行和行成。

「沒看過。」行成低喃時，政行伸手便抓起裝著手表的塑膠袋，若有所思地端詳。

「對這支表有印象嗎？」刑警的眼中似乎多了一道精光。

「呃，沒有……」政行搖搖頭，把塑膠袋放回茶几上，「沒印象。」

「這支手表很特別。」柏原解釋，「好像是爲了慶祝某家店開張，一些朋友合送老闆的。那家店是間洋食餐廳，叫做『ARIAKE』，您聽過嗎？」

一聽到「洋食餐廳」，行成特別敏感，忍不住看著身旁的父親。

不過，政行卻面無表情，眨了眨眼之後平靜回答，「沒有，我沒聽過。」

35

萩村一直在一旁仔細觀察戶神政行，卻沒發現任何顯著的變化，連聽到「ARIAKE」的店名時，他也面無表情。不過，依以往的經驗萩村也知道，人到了某個年紀，尤其像戶神這種居於上位的人，即便受到打擊也不會輕易表露，倒是他聽到「洋食餐廳」時毫無反應這點，讓萩村感到不太對勁。反觀他兒子行成，一聽到「洋食餐廳」幾個字就面露訝異還比較自然。

此外，戶神政行拿起金表直盯了好一會兒，這舉動也讓萩村很在意。話說回來，面對這幾樣物品時，像戶神這個年紀的男人會先注意到金表也算正常，「GOOD SOFT」的老闆也是第一個就拿起金表。相對地，戶神太太只對粉盒和口紅有興趣。

「『戶神亭』當初還在櫻木町營業時，附近有家叫做『Sunrise』的咖啡廳，您還有印象嗎？」柏原問道。兩人到這裡之前已經協調過，今天的問話由柏原主導。

「『Sunrise』……嗎？嗯，沒什麼印象，只記得確實有幾家咖啡廳，店名就不清楚了。」戶神回答，表情看來沒什麼變化。

「聽說當時你們店裡提供外送服務？」

被柏原一問，戶神點點頭，「是的，不過沒有維持很久。」

「據當時的常客表示，那家咖啡廳是您外送的地點之一。對方說只要肚子餓了就會請附近的『戶神亭』外送餐點，外送到咖啡廳的狀況應該不常見，您多少有印象吧？」

戶神政行抱著雙臂，低著頭沉思了一會兒。

這時，在一旁的戶神太太忽然開口。

「這麼一說我倒想起那家店了。」她對著丈夫說，「每次總在莫名其妙的時間打電話來，像是星期天下午兩點，訂餐數量滿多的，我們也很高興。不過大家都點不同的東西，每次準備都要大費周章。」

聽了她的話之後，戶神也點點頭。「我也剛想起來。」

「店名確實有個『Sun』，因爲每次都是我接的電話。」

看來是錯不了，萩村望向柏原的側臉。

「您還記不記得那家咖啡廳都是哪些人出入呢？」柏原進一步發問。

「咖啡廳的客人嗎？這個……」戶神政行露出苦笑，「我是負責送餐點過去，而且只送到店門口，不清楚店裡有哪些顧客。」

「其實常客裡有個開洋食餐廳的人，他的店便叫『ARIAKE』。」

啊，戶神行成發出驚呼。他看著裝有手表的塑膠袋，「就是這支手表上刻的？」

「沒錯，就是那家店，老闆的姓氏也唸做『ARIAKE』，寫成有明海的『有明』(*1)。我們想，戶神先生會不會和他有什麼關係呢？」

然而，戶神政行卻搖搖頭，「我不記得這個人，剛才也說過，我從來沒和那家咖啡廳的顧客直接面對面，現在聽您提起才曉得原來常客裡有同行。對於這支手表，我也完全沒印象。」

「這樣啊，既然您這麼肯定，就一定不認識了。」柏原輕易做出結論，因爲現階段沒有足夠的材料可以深入追問吧。

「請問，這是針對什麼案件的調查嗎？」戶神問道，「看來好像是調查很久以前的事，不知道目的是什麼呢？」

萩村沉默不語，柏原露出笑容應對。

「您說的沒錯，其實我們正在調查一個很久之前的案子，至今尚未破案。不過，這個糖果罐裡的東西可能是重要線索，所以想釐清當初是誰把東西藏在天花板裡層。」

「是什麼案子呢？」戶神行成問。

「這一點請恕無可奉告，倘若您對這個糖果罐有印象，就另當別論了。」

戶神行成一臉不服氣地看著身旁的父親。

「我想這和我們家沒關係。」戶神政行的聲音聽來氣定神閒，「不明白這些物品爲什麼會被藏在那屋子的天花板，但至少確定不是我們一家人藏的。」他直視兩名刑警，回答得斬釘截鐵。

「我明白了。」柏原說道，「這麼晚還登門打擾真是抱歉。不過，如果您想起任何細節，麻煩通知我一聲。這是我的名片，打到辦公室或是我手機都可以。」接著便把名片放在茶几上。

出了戶神家沒走幾步，「覺得怎麼樣？」萩村立刻問道。

「很難講。」柏原神情凝重地回答，「那個人一伸手就拿起手表吧。」

「是啊，所以我才覺得有點可疑。」

*1 「ARIAKE」是「有明」的羅馬拼音。

「是嗎？我的想法剛好相反。」
「意思是……？」
「我認爲，如果是有印象的東西，應該不會這麼乾脆地出手抓吧。假設那個人眞是ARIAKE一案的凶手，且當時搶走的就是那支手表，更不可能毫不遲疑地拿起來吧。」
「那戶神是清白的嘍？」
「不，這也不能肯定。我不認爲有那麼巧，他外送的地點剛好是有明幸博常去的店。」
「這點我也有同感。」
先前聽了有明功一的話後，萩村等人便想過，外送餐點到外圍賭場的洋食餐廳會不會就是「戶神亭」。於是，他們問了好幾名當時常到「Sunrise」的顧客，這些人似乎都不願意再回憶當年的事，個個擺出臭臉，卻沒多想就能說出外送餐點的洋食餐廳。除了一部分忘記店名或本來就一無所知的人，所有人都回答是「戶神亭」。
然而，他們的記憶僅止於此，送餐的是什麼人沒人答得上來，當然也不知道是否和有明幸博有關聯。
總之，既然已經找到物理上的相關性，不如直搗核心，兩人也才會在今晚走訪戶神家。
「不過，怎麼想都覺得怪怪的。」柏原說道。
「什麼事？」
「那個糖果罐，爲什麼會藏在天花板裡層那種地方？對自己不利的東西，早早處理掉不就好了嗎？如果有非得保存的理由，又爲什麼藏起來不管？」

「會不會是本來想著之後再處理，結果卻忘了。聽起來有點糊塗。」

「沒錯，的確很糊塗。不過，見了戶神政行之後，我認爲這個人不像是個迷糊蟲。」

萩村沒作聲，因爲他對戶神政行的印象也是這樣，根本無從反駁。

「哎呀呀，該怎麼跟上頭報告呢，眞頭痛。」柏原搔搔夾雜著白髮的頭。

兩人約定碰面的地點是在和青山大道有些距離的咖啡廳，內部裝潢使用大量木材，在重點照明下感覺也很溫暖。靜奈雖然是第一次來，卻直覺認爲這是行成喜歡的氣氛。座位的配置不呈一直線，而是互相錯開，藉此避開其他桌顧客的視線。她想起行成說過，以前櫻木町的那家原始「戶神亭」，店內的多根柱子能讓顧客感到安心。靜奈深信，他這種處處爲對方著想的心態不是後天訓練，而是與生俱來。

不過，行成今天居然相當罕見地遲到了快十分鐘，他臉上帶著深深歉意，小跑步來到桌邊。

「不好意思，剛在查點資料，沒想到花的時間比預期還久……」

「不要緊，別那麼客氣。是查料理方面的資料嗎？」

「倒也不算料理……」

看到店員走過來，行成只說到一半，先點了一杯冰咖啡。

兩人待會兒要到「戶神亭」麻布十番分店，因爲新的牛肉燴飯總算做出理想口味，行成想請靜奈試吃看看。

「高峰小姐以前曾住過橫須賀吧？」

行成突然這麼問，靜奈心頭一驚，隨即帶著笑容小心翼翼回答，「我提過這件事嗎？」

「您不是說過朋友的事嗎？那個家裡開洋食餐廳的女孩，記得她叫矢崎靜奈。那家店在橫須賀吧？所以我才認爲高峰小姐當時應該也住在橫須賀。」

聽到行成親口說出自己的本名，靜奈心跳得更快了。不過，這感覺一點都不惱人。

「由於家父工作的關係，小時候在橫須賀住過一段時間。」

「原來是這樣，我在橫濱土生土長，幾乎沒去過橫須賀——這是題外話，我想請教的是，那位朋友家開的洋食餐廳，您還是想不起店名嗎？」

行成的詢問讓靜奈神經緊繃，不清楚他重提這件事的眞正用意，看來得愼重應對才行。

「眞對不起，因爲已經是很久以前的事了……那家店有什麼問題嗎？」

「這倒不是。老實說，我剛才在查一家洋食餐廳的相關資訊。那家店好像位在橫須賀，而且老闆夫婦在一起案件中雙雙身亡。我記得您那位姓矢崎的朋友，父母親也都過世了吧。這兩者的共同點很多，才想再次向您確認店名。」

聽行成一面說著，靜奈覺得自己胸口升起一團沉重的情緒，差點被壓得無法呼吸，但還是拚命忍住，維持笑容。

「您在查的那家洋食餐廳叫什麼呢？」

「叫『ARIAKE』，是用拼音方式取的店名。您朋友家的餐廳是這個名字嗎？」

靜奈頓時一陣頭暈目眩，但她絕不能把這副倉皇失措的模樣表露在外，於是微微偏頭，輕輕搖了幾下，「不是，印象中……好像是個更西式的名字。」

「這樣啊，那可能只是巧合。話說回來，那家『ARIAKE』的老闆似乎就姓有明，所以應該不是您那位朋友。」

「橫須賀一帶洋食餐廳太多了。」靜奈端起茶杯，同時努力克制不讓手顫抖。

聽功一說，警方已經將方向明確轉到「戶神亭」上，很可能也接觸過戶神政行了，否則行成不會查起「ARIAKE」的事。

靜奈有預感事情已進入高潮，這也表示她得開始設法完成功一和泰輔交付的重要任務。

然而，這也宣告了高峰佐緒里將從此銷聲匿跡，不可能再次出現在戶神行成面前。想到這裡，她心底不禁隱隱作痛，她當然也察覺到那股刺痛代表的意義。

「對了，上次那件事，我跟家父家母提過了。請別客氣，歡迎您隨時過來。」

靜奈瞬間還搞不清楚怎麼回事，一想起是參觀戶神家的事，不禁挺直背脊。

「令尊令堂一定覺得我太冒失了吧。」

「沒這回事，只是一再強調沒辦法大費周章招待您。」行成一臉促狹。

靜奈此刻籠罩在複雜的心情中，一方面掌握到了良機得以實現功一的計畫，感到鬥志十足；另一方面卻又因最後關頭的漸漸逼近而焦躁不安。此外，想到能夠拜訪他的住處，她也有那麼一絲絲欣喜。

「走吧。」行成拿了帳單站起來。

看著他走向櫃台的背影，靜奈忽然想起哥哥質問自己的那一刻——妳是不是愛上了戶神行成——功一的問題就像快速直球。

她心想，即使沒有血緣關係，兩個哥哥果然不是當假的，連靜奈本身也直到最近才察覺自己的情感。不對，她很可能早已發現卻視而不見。

雖然努力自圓其說，顯然兩個哥哥並未完全接受，或許他們到現在都還很擔心，怕她露出狐狸尾巴，不知道她能不能克制自己的情緒，依照原訂計畫行動。

絕不能辜負他們的信任。從小，三兄妹就不停說著總有一天要報父母的血海深仇，三人的堅定決心，絕不能只因爲自己一時的情愫而潰散。

這個男人——靜奈瞪著行成的背影，在心中告訴自己——

這個男人，是殺害父母眞凶的兒子！

36

走出咖啡廳，行成招了一輛計程車。他讓高峰佐緒里先上車，自己跟著鑽進車裡。前往的地點是麻布十番。

「眞期待新口味的牛肉燴飯，吃起來是什麼味道呢？」計程車才一開動，佐緒里隨即問道。

「這個嘛，就請您親自品嚐，我深具信心。」

「不過，讓我這種外行人試吃，也講不出什麼建設性的感想，對戶神先生來說應該沒有參考價值吧。」

行成笑著搖搖頭，「妳只要告訴我，吃完感覺是慶幸還是後悔，這樣就夠了。千萬別客氣，我最怕聽到應酬的場面話。」

「感覺責任重大呢。」

「不需要有壓力，輕鬆點吧。」

好的，她點點頭，接著又倏地正色望向窗外，好像有心事。

行成總覺得她今天有點不對勁，表情比平常僵硬，態度也有些冷淡。

起初倒沒什麼異樣，但從行成提起「ARIAKE」那家洋食餐廳之後，卻開始有這種感覺。

他心想，也許不該談起那家店老闆夫婦身亡的事，這會不會讓佐緒里想起了朋友痛失雙親的回憶呢。他後悔起來，果眞如此，自己就太粗心了。

行成想要調查「ARIAKE」，起因於前幾天來訪的兩位刑警。他們從頭到尾沒表明搜查目的，行成心中感到相當不是滋味。

警方在櫻木町的屋子裡找到一個舊糖果罐，那又如何？而糖果罐內放了一支「ARIAKE」洋食店老闆的表，究竟有什麼重要性？爲了弄清這點，行成自行調查有關「ARIAKE」的事，他在網路上搜尋新聞報導，輸入了「ARIAKE」和「洋食店」兩個關鍵字後，馬上出現相關資料，原來是十四年前的事。他看了內容後驚訝得說不出話，沒想到竟是一起殘酷的強盜凶殺案。

這下子他終於明白兩名刑警爲什麼對糖果罐和金表的問題緊追不捨，因爲他們認爲那是當初凶手從犯案現場帶走的。換句話說，根據他們的推測，把罐子藏在天花板裡層的就是眞凶吧。

對警方而言，這種想法或許合理，但行成認爲懷疑父親政行簡直大錯特錯。政行沒有任何動機攻擊橫須賀的一家小洋食店，不對，應該說他根本不可能做出這種事。雖然最後總會眞相大白，但想到父親好一陣子都得被當做嫌犯，行成就受不了。

「請問……您怎麼了？」看到行成陷入沉思，佐緒里一臉擔心地問。

「不好意思。」他趕緊擠出微笑，「只是剛好在想點事情。」

「看起來像在思考什麼難題。」

「怎麼說？」

「因爲表情很凝重，眉頭皺成這樣……」

啊，行成說著，一面用手指撫著眉間。

「不好意思，我不小心板起臉了嗎？其實也不是什麼難題。」

「看來開一家新餐廳，眞的有很多事要操心。在這麼忙碌的時候，我還提出要到府上參觀這種過分的請求，眞的很抱歉。如果不方便，還請您直說。」

行成連忙搖手，「怎麼會不方便，剛才也提過，已經徵求家父家母的同意了，您不用擔心。」

「聽您這麼說就放心了。」

看著佐緒里的微笑，行成暗罵自己到底在搞什麼。剛剛才發現她的狀況不太尋常，馬上就換自己讓對方擔心。

行成想到往後不知還能擁有幾次與她共處的時光，決定見面時不再想其他不相干的事。

是啊，可能再也見不到她了……

行成察覺自己早已被佐緒里深深吸引，當然，一開始對她並沒有特別的念頭，單純只是想聽取年輕女孩的意見。但現在不同了，會爲了想見她編造各種藉口，連今天的試吃也一樣。表面上是想聽她的意見，其實更想讓她嚐嚐自己深具信心的新作品。此外，更重要的是，想見到她。

眼看她就要出國，坦白說，行成眞的想挽留她，卻認爲自己沒有立場而作罷。

「怎麼了？」佐緒里納悶地問，大概發現行成正直盯著她的側臉吧。

「沒什麼。」行成趕緊正視前方。

他們搭乘的計程車在路口停了下來。

看著紅燈，高山久伸打了個呵欠。他正開車從公司回家，車子是兩年前買的福斯Beetle。他相當中意這款車鮮黃色的外型。

高山任職於一家電玩公司，最近爲了即將發售的軟體測試，連續好幾天都在公司加班到很晚，好不容易達成了進度，今天才能早點下班。

但是，他沒有因此特別開心，就算早回家也不代表快樂時光增加，只是一如往常到便利商店買個便當，配著錄下來的動畫，度過一個人的孤獨晚餐。

高山又打了個呵欠，嘴張得大大的，不經意瞥向左邊的瞬間，他驚訝得差點停止呼吸，連嘴也忘了合起來，睜大了雙眼。

停在一旁的計程車裡，竟然坐著南田志穗！

這怎麼可能！正當他想再看清楚時，那輛計程車已經開動，因爲號誌燈變綠了。

後面的車不斷按喇叭，高山也連忙開動Beetle。

他心想絕不可能有這種事，一面緊跟著計程車努力想開到旁邊，卻沒那麼簡單。那名可疑的女子坐在後座右側，從後方看起來髮型跟志穗不同。志穗是短髮，但計程車上的女子似乎留著一頭長髮。

不過，剛才瞥見的那張臉，毫無疑問就是志穗！雖然感覺不盡相同，但絕對不只是相貌相似的另一人，因爲高山直到現在依舊一有空就想著志穗。每當回想起志穗離開那時，他依然痛苦不已。當時他才計畫星期四要到成田機場送機，沒想到前一天卻收到志穗的簡訊，寫著待會兒就要搭上飛往紐約的班機，最後還說明這是因爲面對面道別實在太難受。

自此之後，志穗音訊全無，沒接到她打來的國際電話，也沒收到隻字片語。她目前身在何處、做些什麼，高山一無所知，當然也沒辦法主動聯絡。雖然告訴自己只能忘掉她，但卻始終難以忘懷，一直以來就這麼落落寡歡。這次工作的案子會拖得這麼久，其中一個理由顯然是他不夠專心。

志穗竟然出現了！而且還是在東京——

高山簡直不敢相信，照理，她爲了實現理想已經遠渡重洋到美國了。這時的她應該一面擔任設計師助理，同時每天認眞進修才對，不可能出現在這裡！

高山心裡雖想著自己認錯人，還是緊追著計程車不肯死心。無論如何他都要再看那名女乘客一眼，除非確認不是南田志穗，否則絕不就此回家，要不然今晚起大概再也睡不著覺了。

旁邊的車子一再插進來，讓他很難接近計程車，偶爾能順利靠近，那名關鍵女子卻面朝反方向，看不到長相。在一波波追逐拉鋸中，不知不覺已來到麻布十番地區，路口處車潮相當擁擠，那計程車跟高山之間距離四輛車，在前面等紅燈。

正當高山思索著車上的人到底要往哪裡去時，忽然看到計程車後門打開。先是走出一名男子，接著那名女乘客也下了車。好像是因爲前方塞車，兩人才在這裡下車。

高山拚命睜大眼睛，直盯著女乘客。但她和另一名男子都背對著高山，頭也不回地越走越遠。女子的身形像極了志穗。

男女兩人步入轉角，從高山的視野中消失。他急了起來，這麼一來肯定會跟丟。

前面的車總算動了，他趕緊想辦法變換車道，但兩人轉進的巷子是條單行道，車子進不去。他無奈想著只好到下一條巷子再轉彎，沒想到地形遠比想像中複雜，最後根本搞不清楚該怎麼開才能繞回剛剛那條路。

高山隨便找個地方停了車，飛快衝下。他心想，如果今晚在這裡沒找到她，之後就再也沒機會碰面了。

高山來回繞了好幾次剛才那對男女轉進的巷子，卻沒看見他們的蹤影。他看著整排餐廳亮起的燈光苦惱不已，那名女子可能在其中某家餐廳裡，她或許只是個神似志穗的陌生人。不過，如果眞是志穗……

雖然認爲自己在白費工夫，高山卻下不了決心離開，心中仍有一絲淡淡期待，說不定到處晃晃還能遇見她。結果，他猶豫了半個多小時才回到車旁，心愛的Beetle還被開了張違規停車的罰單。

通過玻璃門時，萩村顯得有些緊張，因爲一名身穿整齊套裝的女子帶著微笑迎面而來。

「歡迎光臨，請問有訂位嗎？」

「哦，我不是來用餐，而是來找戶神先生。」
啊，女子露出了解的表情點點頭，「您是萩村先生吧。」
「是的，戶神先生要我九點左右過來接他。」
「好的，我去通知，請您在這裡稍等一下。」
女子指著一張小桌子，應該是客滿時讓顧客候位時用的，萩村心想，生意興隆的店果然不一樣。
他坐下來張望四周，店內用品看來像是外國的古董，但塗抹灰泥的牆壁肯定是爲了凸顯日式風格，想藉此強調「洋食」實爲日本飲食文化的一環，似乎是店主相當引以爲傲的設計。
大約一小時前，萩村打了電話給戶神政行，表示有些事想詢問，請他撥出時間，也表明希望他能一同回到縣警總部協助調查。戶神對於詳細狀況沒問太多，只說了九點鐘在「戶神亭」等候，語氣聽來不疾不徐。
不一會兒，戶神出現，身穿襯衫搭配咖啡色西裝外套，並沒有打領帶。「讓您久等了。」
「別客氣，不好意思打擾您工作。」
店門口的車道上停了輛待命的車，當然不是警車。柏原坐在駕駛座上，看到萩村和戶神一起走出來，特地下車示意。
「前幾天突然造訪，眞是抱歉。」
「別這麼說，倒是還有什麼事要談嗎？」戶神看著柏原，又看看萩村。
「是的，有件事一定要向您確認。」柏原回答。

「什麼事？」

「這個嘛，先回局裡再慢慢說吧，請上車。」柏原講完逕自坐上車。

萩村請戶神坐進後座，自己接著鑽進副駕駛座。這樣的安排也是考量到，盡可能不讓戶神有被當做嫌犯對待的感覺。

從「戶神亭」總店到縣警總部的車程不到十分鐘，抵達之後，兩人領著戶神到預先空出的小會議室。

「我還是頭一遭走進這種地方。」戶神環顧著四面皆是白色牆壁的單調房間。

「要喝點什麼嗎？」萩村問他。

「不用了，找我來到底有什麼事？」

在戶神的催促下，柏原瞥了萩村一眼，輕輕點頭示意。萩村把房間角落的紙袋放到會議桌上，從裡面拿出一樣物品，是上次那個糖果罐。

「這個糖果罐又怎麼了？」戶神皺起眉，露出不耐煩的神情。

「前幾天問您有沒有印象，」柏原說著，「您回答沒看過，現在也依然沒看過嗎？」

「沒有，我的確沒看過，有什麼問題嗎？」

柏原激動地探出身子，「戶神先生，請您老實說，真的沒看過嗎？」

「沒看過。」戶神搖搖頭，「為什麼不相信我？」

「不是不相信，但上面確實有您碰過的證據。」

「證據？」

「是指紋，放在糖果罐裡的金表上，檢測出您的指紋。」

37

不對，柏原說完舉起手在面前搖了搖。

「這個說法不太恰當，應該說是表上的指紋和留在裝著金表塑膠袋上的指紋，兩者相符才對。」

「塑膠袋上的指紋……」這下戶神的神情似乎凝重了起來，但挺直的背脊依舊文風不動。

「您還記得嗎？之前讓您看的金表是裝在塑膠袋裡，其實所有證物都一樣，不能直接接觸，所以用這種方式收存。上回前往府上時，這位萩村帶著手套，而裝手表的塑膠袋是新的，按理不會有其他人的指紋，加上我們都當場目睹您伸手拿起的動作，因此袋上的指紋極有可能是您的。當然，這或許是我們弄錯了，還需要進一步確認。待會兒希望能正式採集指紋，您願意配合嗎？」柏原一口氣說完後，直盯著戶神想確認他的反應。

戶神緊抿著嘴唇，望向糖果罐，只眨了眨眼。接著，他緩緩開口，「我當然無法拒絕採集指紋的要求吧？」

「有什麼特殊原因嗎？」

沒什麼，戶神搖搖頭，「只是問問罷了，不過真想不透，怎麼會有這種事？」

「金表上有戶神先生的指紋，這一點可躲不過我們的搜查。」柏原繼續說，「事實和您前幾天說的互相矛盾。」

「就算您這麼認爲，我的回答還是一樣。不管是這個糖果罐或是金表，我都沒印象。」

「那麼，您要怎麼說明上面的指紋呢？」

「我沒辦法說明，既然有我的指紋，應該是曾在哪裡碰觸過吧。但若問何時、在哪裡摸過，我也答不上來，最正確的回答就是『不記得』。」戶神的語調只是稍微快了些，看不出情緒上有任何起伏。

一旁的萩村聽了心想，如果這是演戲，可就遇上強敵了。

「不過，戶神先生，糖果罐是在天花板裡層找到的，我們實在很難想像有人會忘記東西藏在這麼特殊的地方。」柏原收起下巴，挑眉質疑。

「都說了不是我藏的！」戶神斬釘截鐵地回答，「難道，糖果罐上也發現了我的指紋嗎？」

「這倒沒有……」

「這就對了。」戶神盯著糖果罐接著說，「或許我曾在哪裡碰過那支手表，後來被其他人放進罐子、藏在天花板裡層，這個推論不是比較正常嗎？」

萩村心想，這個人眞是冷靜沉著。確實，正因爲糖果罐上檢測不出指紋，才使得警方無法整理出一套明確的推論。

柏原接著從西裝外套內側口袋中掏出一張照片，放在戶神面前。照片上的兩個人正是遭到殺害的有明夫婦，場景看來是出席一場婚禮，幸博和塔子都穿著日式禮服。案發當時，萩村也曾拿著照片的影本到處訪查案情。

「您對照片上的人有印象嗎？」柏原問。

戶神從懷裡取出眼鏡戴上，拿起照片。萩村看到，他像是感到炫目般瞬間瞇起了眼睛。

「這是什麼人呢？」

「什麼人不重要，只能透露這是一對夫婦，照片是十四、五年前拍的。」

戶神盯了大概十秒鐘，搖搖頭摘下眼鏡，「不好意思，我不認識。」

「那位先生就是金表的主人。」柏原說，「您碰過金表，卻不認識表的主人，這到底是怎麼回事？」

「剛才不是說過了，我連碰過手表的事都記不得。」

從戶神的表情中感覺不到一絲倉皇不安，萩村原本還預期他的情緒多少會出現波動，沒想到卻完全落空。

柏原嘆口氣，望著萩村徵求他的意見。

萩村想了想之後說，「當年您在櫻木町開餐廳時，曾經去過橫須賀一帶嗎？」

「橫須賀啊……去是去過，不過只有兩三次吧。」

「為了什麼事呢？」

「沒什麼重要的事吧，大都是純粹兜風。」

「您最後一次是什麼時候去的？」

「不記得了，是什麼時候呢？」戶神雙手抱胸，皺起眉頭，「大概是兒子念小學時的事，也將近二十年了吧。」

「您有朋友住在那一帶嗎？」

「沒有。」戶神搖搖頭。

萩村望著柏原點點頭，表示沒其他要問的了。

柏原對戶神露出笑容。

「謝謝您，關於今天請教的幾個問題，如果想到什麼請馬上跟我們聯絡。」

「我想應該不會有，但禮貌上還是答應您。」說完之後，戶神露出些許猶豫的神情，再次正視兩位刑警，「可以換我請教一個問題嗎？」

「什麼事？」柏原反問。

「那棟屋子……據說小偷闖入櫻木町那棟屋子，然後從天花板裡層偷走了那個糖果罐。」戶神看著桌上的糖果罐，「那個小偷抓到了嗎？」

萩村和柏原對看一眼。

「還沒抓到，有什麼問題嗎？」柏原說道。

戶神驚訝地挺起下巴，看著兩人，「既然沒有抓到……爲什麼糖果罐會在這裡？」

「這個嘛……」柏原舉起單手說明，「這個罐子是從小偷丟棄的贓車裡找到的，其他還有一些贓物。」

「其他贓物原先也是藏在天花板裡層嗎？」

「不，是在其他地方。」

「那爲什麼能斷定那個罐子原本藏在天花板裡層呢？」

「這是從現場跡象判斷的結果，詳細狀況恕不便告知。」

戶神顯然對柏原的回答不太滿意，只見他環抱雙臂，低下頭。
「您覺得哪裡不對勁嗎？」萩村問。
「不是，我在想東西到底是什麼時候被藏在那裡……」
「什麼時候……您在意這一點嗎？」
「是啊，因爲這表示是在我碰過手表之後吧。」戶神納悶了一會兒，最後終於放棄，點了點頭，「算了，無所謂。對了，還需要採集指紋吧？」
「我去找負責人員過來。」萩村站起身。
採完指紋後，同樣由柏原送戶神回餐廳，萩村則回到搜查一課，向磯部課長報告偵訊內容。
「果然使出這一招，堅持不記得啊……」磯部一臉苦悶，結果似乎有一半在他預料之中。
「關於那支金表，由於我們沒能掌握到過程中的轉折，只要他堅持不記得何時、在哪裡觸摸過，我們也無從深入追問。」
「我跟上面商量過了，光憑一支手表就當戶神政行是嫌犯實在太冒險。從他以前住處找到被害人的物品，而且上面還有他的指紋，的確相當可疑，但這也稱不上證據，因爲這種狀況隨便都能說出一籮筐理由。」
「是啊，我原本還期待能從戶神口中聽到什麼理由呢。」
「結果他一句『不記得』，我們就沒轍了。到底是經過算計的回答，還是眞的不記得……」
磯部在桌上交疊著雙手，「你的看法如何？」
「很難講。看起來不像說謊，但這個人有種特殊的氣質，說不定會被他騙了。」

「我記得有畫像吧，和戶神像嗎？」

「談不上來，要說像也有幾分像，大概是這種程度吧。再怎麼樣都已經過了十四年。」

「經過這麼多年，就算是同一個人，相貌也會改變。看到我十四年前的照片，也沒幾個人能馬上認出來。」磯部嘆口氣，把稀疏的頭髮往後攏，「那張畫像，是根據被害人兒子的描述畫的吧。」

「排行老二的弟弟當年看到疑似凶手的人，要安排指認嗎？」

「是啊，形式上還是該走完程序，不過，不用急著辦。只是小時候看過一眼，即使他作證確實神似，可信度也很低；萬一說不像，那我們更沒理由調查戶神了。我看還是等接下來的調查狀況，若發現戶神涉嫌重大再安排指認。」

「意思是達到加分效果就賺到了？」

「一點都沒錯，現階段調查中扯上被害人家屬沒有好處。被害人家屬很容易直接把警方盯上的人當成凶手，光是這樣倒還好，有時還會放消息給媒體，這麼一來就麻煩了。」

「我也先知會一下橫須賀分局。」

「那就拜託你了。對了，戶神政行的指紋採了嗎？」

「採了，明天就請他們進行比對。」

當年從凶案現場，也就是「ARIAKE」店內和住家採集了數不清的指紋，資料至今還留著，可以從中確認是否有戶神的指紋。即使他犯案時戴著手套影響也不大，因爲打一開始，調查小組便認爲犯案當晚並不是凶手第一次到「ARIAKE」。

只要能找到任何一枚戶神的指紋，就能針對他堅稱沒聽過「ARIAKE」這一點深入追問。

「另外，還得調查戶神當年的狀況，如果兩人只是偶爾在外圍賭場碰面，有再天大的理由也不可能行搶又殺人吧。戶神和被害人之間應該有其他交集。」

「這部分已經著手調查。」

「需要人手吧，我跟上面商量，調幾個人過來幫忙。只是，訪查時要特別謹慎，別被『戶神亭』反咬一口，投訴我們妨礙營業就麻煩了。」

「這方面我們會特別小心。」

「千萬要留意，不能輕舉妄動。我幹這行這麼久，還沒遇過在追訴期前發現凶手的狀況。」

我會牢牢記住，萩村回答。

出了縣警總部後，萩村朝關內車站走去，不過目的地不是車站，而是車站旁的居酒屋。他和柏原約在那裡碰面。

進入店裡，就看到柏原弓著背坐在吧台前，面前擺著一杯烏龍茶，雙眼直盯某件物品。萩村從後方窺探出是一張照片，上面是個貌似小學生的男孩，他知道那是柏原的兒子。

「久等了。」

一聽到聲音，柏原像是受到驚嚇，頓時挺直背脊，連忙將手中的照片塞進口袋裡。

「沒想到你這麼晚才來。」

「因爲跟課長討論得久了點。」

聽完萩村轉述了和磯部的對話內容後，柏原露出苦笑。

「這樣啊，留意不能輕舉妄動呀……」

「雖然會想，對一個小洋食餐廳的社長姿態何必擺得那麼低，不過，單憑破案率等同縣警形象這點，上面就得盡量避免抓錯人吧。倒是戶神政行的狀況如何？」

「還是老樣子，不動如山。他眞沉得住氣。知道回程時他說了什麼嗎？說下回請各位一定要來吃吃小店引以爲傲的牛肉燴飯。」

「感覺也不像是虛張聲勢吧。」

「不，是眞的輕鬆應對。我甚至想，自己會不會猜錯了。」

「猜錯？是指凶手不是他嗎？」

一手拿著烏龍茶的柏原點點頭。

「沒有任何證據顯示那支手表是在凶案當晚被偷走，搞不好有明幸博老早就將表脫手了，戶神輾轉取得，之後表又被人放進罐子、藏在天花板裡層，最後連藏匿的人自己都忘了這回事——這麼想也說得通吧？」

「那麼，到底是誰藏的？」

「會出現這種情形，多半是小鬼的惡作劇。」

「啊……他兒子嗎？」

「十多年前的話，他兒子還只是小學生吧，也許眞相便是如此。」冷冷說完後，柏原側著頭想了想，「說不定我們早已輕舉妄動了。」

38

泰輔駕駛的輕型休旅車在昭和大道右轉後，停在路肩。

為妝容做最後確認的靜奈，把小鏡子塞進PRADA皮包裡，忍不住「呼」地嘆了一大口氣。

「在這裡下車嗎？」泰輔問她。

「嗯，謝啦。」

她要赴約的咖啡廳離這裡大概還有一百公尺，但萬一被行成看到她從這輛車走下來，就很難交代清楚了。

靜奈伸手到後座提起一只紙袋，裡面裝的滷牛肉是在一家老肉品店買的，距離靜奈住處徒步五分鐘左右。她記得行成之前稱讚過那家店的口味。

「沒忘記帶什麼東西吧？」

二哥一問，她立刻苦笑回答，「有什麼好忘的，我非帶不可的東西只有一樣。」她拍拍皮包。

「沒留下指紋吧？大哥說紙張也會留指紋。」

「我知道，之前你交給我的時候，我就沒空手碰過。」

「待會兒行動時也要小心點。」

「沒問題，我會戴手套。」

「手套？這麼做不會讓人起疑嗎？」

「我已經想到好藉口了。而且，是大哥說的，即使會稍微引人起疑，行動前最好還是要戴上手套。」

可能聽到是功一的指示，泰輔放心地點點頭。

「問題在能不能找到適合的地點，大哥預設了幾個狀況，就不曉得實際上戶神家到底有沒有這種地方。」

「這部分要到現場才知道了。不過，我會設法的，因爲機會只有這麼一次，絕對不會讓你們失望。」

「我其實想告訴妳，不要太勉強……」泰輔皺著眉搔搔頭，「算了，還是只能拜託妳全力搞定。」

「嗯，交給我吧。」

「我會在戶神家附近隨時待命，手機保持開機。基本上不主動跟妳聯絡，但會維持能隨時行動的狀態，一有狀況就通知我，需要我打過去就撥過來後馬上掛斷。」

「知道了，這些事我們之前不知道做過多少遍了。我走了。」靜奈打開副駕駛座車門。

靜！泰輔忽然叫住她。她轉過頭，看見二哥一臉尷尬，猶豫了幾秒鐘才開口，「今天將是妳最後一次見戶神行成，眞的不要緊吧？」

靜奈盯著二哥，連自己都感覺到雙頰有些僵硬，雖然曉得眼神中帶著怒氣，卻收不回來。

「搞什麼？你是什麼意思？」她連聲音都拉高八度。

「不是啦，那個……」泰輔支支吾吾，避開靜奈的目光。

「我不是說過了，不要這樣亂猜。爲什麼要說這種話？太沒道理了吧！」

「妳自己沒有任何疑慮就好。」泰輔別過頭說，「我只是問問而已。」

「白痴，我接下來才準備要出手，你不要又講些莫名其妙的話來搗亂！」

「我知道了，抱歉。」

「我走啦。」

「嗯。」泰輔再次看著妹妹，「加油。」

靜奈突然心頭一驚，因爲泰輔的雙眼中充滿了溫柔和體貼。

她想不出該怎麼回應，只點點頭就走出車子，稍嫌不耐煩地用力甩上車門。

泰輔輕輕舉起手示意，然後發動車子。目送著車子駛離，靜奈緊咬嘴唇心想，好不容易說服自己不去想，二哥幹嘛又來多嘴！

她深呼吸後才往前走。終於等到今天參觀戶神家，靜奈心想得好好集中注意力才行。雖然不知騙過多少男人了，但她總提醒自己絕不能掉以輕心，從見到對方之前就要先入戲。我是高峰佐緒里，靜奈對自己說。如同泰輔所言，今天大概是最後一次用這個名字，今天一結束，高峰佐緒里這個女人也不復存在。

兩人相約在銀座二丁目的咖啡廳，她和戶神行成幾次都是約在這裡碰面。一進到店裡，靜奈馬上看到身穿咖啡色休閒外套的行成。他也看到靜奈，露出笑容。

向店員點了飲料之後，靜奈坐下來，「讓您久等了，不好意思。」

行成看看手表，搖了搖頭，「離約定的時間還有五分鐘，是我來得太早。感覺注意力不太能集中，所以工作也提早告一段落。」

「是嗎?影響到您的工作就太不好意思了。」

「沒那回事，是我自己太期待今天了，請別把這些小事放在心上。」

「您這麼說我就安心多了。」

喝了一口店員端上來的萊姆茶，靜奈試圖讓心情穩定下來。光是這樣和行成四目相對，她的心跳便漸漸加劇。面對面看著他毫無心機的坦率笑容，讓靜奈好痛苦。

「對了，前幾天謝謝您。我說您對新口味讚不絕口，廚師聽了也很高興。」行成說道。

他講的是上次去麻布十番分店的事，也就是請靜奈試吃新口味牛肉燴飯那天。

改良後的牛肉燴飯除了保有原創的濃厚口味，更凸顯出各種材料的特色。靜奈試吃後說出心中眞實的感覺，非常好吃。這話一點都不假，她是打從心底認爲這樣的味道足以和「ARIAKE」的牛肉燴飯一較高下。

「像我這種外行人的意見，您眞的不用太介意。我上次也說過，請聽聽就算了。」

沒想到行成立刻正色搖頭，「沒這回事，請您試吃確實是明智的選擇。之前也邀幾個人吃過，只有您能精準說出我們想要表達的感覺，看來或許唯有對牛肉燴飯有特殊情感的人才能體會吧。」

「倒也沒什麼特殊情感……」靜奈垂下目光。行成指的是之前她吃了牛肉燴飯勾起傷心回憶的那件事。

或許以爲不小心又傷了她，行成連忙解釋，「啊，不好意思，我說了不該說的話。眞的很對不起，我實在太粗心了。」

看著他那副模樣，靜奈忍不住笑了，「沒事的。我一直覺得戶神先生待人太客氣，像這樣老是爲對方著想，不會太辛苦嗎？」

「會嗎？我還曾被罵太遲鈍呢。」行成偏著頭思索。

那是指你不懂女人心吧，靜奈忍住沒把這句話說出口。

「這種話或許輪不到我來講，不過，當老闆似乎可以任性妄爲一些。」

「這點您大可放心，別看我這樣，其實本性相當任性妄爲，最好的證明就是一天到晚藉故找您出來啊。」他笑著說完，抓起桌子上的帳單，「我們走吧。」

好的，靜奈輕聲回答後也站起身來。

兩人走出咖啡廳，行成招了輛計程車，一如往常讓靜奈先上車，接著自己坐進車裡，同時告訴司機到目黑。

行成向司機說明該怎麼走，靜奈看著他的側臉，努力壓抑心中逐漸擴散的焦躁不安；想到兩人往後再也不能像這樣搭著計程車，又拚命告訴自己這種事根本沒什麼。然而，越是這樣，內心湧現的情緒便越複雜難解。

這個人，是殺死父母凶手的兒子——靜奈在心中祭出反覆背誦的咒語，卻也發現這句咒語實際上沒有任何力量；她心中另一個聲音低聲這麼告訴自己：可是，一切與他無關，殺人凶手又不是這個人，這個人能夠體諒他人的心痛……

行成突然望著靜奈，驚訝地睜大雙眼，面帶笑容，「怎麼了？」

「沒什麼。」靜奈避開他的目光，「令尊令堂今天都在家嗎？」

「家母應該在，但我交代過她不要問東問西，別擔心。」

「您之前曾邀請女孩子到家裡嗎？」

「這倒是第一次，所以家母似乎也特別好奇。不過我一再告訴她，您只是來參觀一下家裡的裝潢，不是她以爲的那樣。」講到最後，他的聲音越來越細微。

靜奈點點頭，看著窗外，一輛很像泰輔的輕型休旅車經過，她瞬間愣了一下。不過，那輛車的側面標示著沒聽過的公司名稱。

靜奈心想，如果這趟眞的是前往自己男友的家，心情該有多興奮。光想到和對方的母親第一次見面，不知自己是否能應對得宜，一定會很緊張吧。然而，她此刻的心情完全不同，雖然也很緊張，卻是因爲擔心不能順利完成哥哥交代的任務。至於對方的母親？誰理她。再者，想到即將和他揮別，心情不免沉重了起來。

「留學的事，後來有什麼進展嗎？」行成問她。

靜奈立刻擠出笑容對他說，「前幾天跟父母商量過，他們認爲既然有這個計畫，不如打鐵趁熱。」

「所以呢？」行成的眼神看來有些嚴肅。

「說不定下個月就動身，寄宿家庭那邊也希望我早點過去。」

「嗯……原來是這樣，沒想到這麼匆忙。不過說的也對，既然有心便早點付諸行動，也可以多學一點。」行成笑著說，但表情顯然有些僵硬。

「坦白講，我覺得很不安，因爲有太多事情要做，還想臨時抱佛腳去上英語會話課。」

「聽起來眞辛苦，加油。」

我會的，靜奈點點頭，再次望向窗外。

這算是爲後續的收尾鋪好路，明天過後即便行成主動聯絡想見面，也可以用忙碌的藉口拒絕他。因爲他的個性太爲別人著想，只要被回絕一次，往後就不會再密集聯絡。等到下個月，就把手機停話，在那之前最好傳一則簡訊，告訴他準備動身去加拿大，這麼一來，他一定會死心。再過一段時日，或許有其他好女人出現，他也就不會再想起高峰佐緒里這個名字了。

這樣對大家都好，她在心裡低聲告訴自己。

「請問……」行成忽然開口，「您知道加拿大那邊的住址嗎？」

「呃，住址嗎？」

「是啊，寄宿家庭的住址。方便告訴我的話，我想跟您通信。」

靜奈頓時慌張失措起來，以往誆騙的男人中，當然也有些希望知道她之後在國外的聯絡方式，她卻沒想到行成會有這麼積極主動的一面。

「不好意思，現在還不確定。」

「那之後可以告訴我嗎？」

「嗯，當然。」

「還有，」他舔舔嘴唇，「在您前往加拿大之前，能不能空出一點時間呢？有些話無論如何想在出國之前告訴您。」

他想求婚！靜奈直覺這麼認爲，他眞摯的眼神感覺好炫目。

好的，靜奈回答，「我會空出時間。」

「太好了。」行成像是完成一項重大任務，露出安心的表情，往座墊上靠。

靜奈再次感到心跳加速，甚至呼吸困難。先前也曾幾次察覺到男人有意求婚，每到這個階段總認爲自己得手了，今天卻不一樣，這感覺只教她心神不寧。

她的確想聽他對自己求婚，然而，卻沒自信在聽過後能從此將他忘得一乾二淨。

「快到了。」行成對她說。

靜奈愣了一下，看著前方，計程車已經駛進安靜的住宅區。

搞什麼！她忍不住在心裡咒罵自己。這個男人不可能開口求婚的！因爲不久之後，他就會成爲殺人凶手的兒子，而這些將由她自己一手安排……

39

看到戶神家的宅院，靜奈心想，原來「豪宅」就是用來形容這種房子。光從正面看不出實際大小，但從面對馬路的牆壁長度看來，整座院子顯然不下百坪。屋頂鋪的瓦片凸顯出日本風格，但上方豎立的煙囪卻使用紅磚材質，展現了西式情調。

「我第一次看到有煙囪的屋子。」靜奈坦率說出感想。

「因爲客廳有一座暖爐。」行成若無其事地說明，「當然，現在已經不再使用。家父好像很喜歡壁爐，所以重新裝潢時便留了下來，連帶煙囪也只成了裝飾。」

行成按下裝設在門柱上的對講機按鈕。「哪位？」裡頭響起成熟穩重的女聲。

「我帶高峰小姐來了。」

「進來吧。」對方輕柔回答。光從這幾句話便能聽出聲音主人平日過著優渥的生活。

進了大門，走過花草圍繞的小徑，上了小階梯後便是門廊。玄關的門巨大到讓靜奈吃了一驚。

「德國人身材都很高大，據說一定要把門做得那麼大一扇才放心。」行成笑著解釋，一面打開門。「來吧，請進。」

「打擾了。」靜奈打聲招呼後走進屋裡。

寬敞的門廳幾乎是一般家庭兒童房的大小，一名身材嬌小的女人站在前方，身穿淺紫色線衫，脖子上戴了一條細項鍊。她的雙頰雖然有些豐腴，但稱不上肥胖；眼角看得出幾道小細紋，肌膚卻光滑潤澤。

這就是貴婦的模樣！靜奈想著，同時低下頭。剛才在計程車上聽行成說了，她名叫貴美子。

「我是高峰。不好意思，提出這麼怪的請求，打擾府上了。」

「別這樣說，如此老舊的房子若值得參考，請隨意到處看看。不過，我平常疏於打掃，就麻煩妳睜一隻眼閉一隻眼嘍。」

「昨天好像還匆匆忙忙地大掃除，這麼沒信心？」

貴美子瞪了一眼挖苦自己的兒子，「洩漏後台機密犯規喔，你也要好好配合，別讓高峰小姐看到那些我偷懶沒掃乾淨的地方。——好啦，快點進屋子裡再說。先喝杯茶吧，要不然這孩子太不懂得招呼人，一下子直接帶著妳參觀家裡，待會兒可連坐下來慢慢聊的機會都沒有。」

貴美子不斷脫口而出一句句優雅的話語，聽起來卻沒有一點做作挖苦的感覺。其實她一定打從心裡認爲，這個厚臉皮的小丫頭眞會找麻煩，而且對沒當下回絕的兒子也頗有微詞。靜奈心想，這名女子絲毫未將內心情感表露於外，正證明了她不單只是個貴婦人。想想十幾年前，就是「戶神亭」生意還不見起色時，她曾是個生意清淡的小洋食店老闆娘。換句話說，她早慣於迎合顧客的臉色來應對進退。

靜奈脫了鞋走進屋內後，才想到帶來的伴手禮。

「這是一點小意思……聽說府上滿喜歡這個口味的。」她遞出紙袋。

「哎呀，眞是太客氣了。」貴美子表現出一臉爲難地收下，瞄了袋內一眼後，樂得眉開眼笑，「眞是的，行成這孩子怎麼連這種小事也說了？——你好好反省一下吧。」

「有什麼關係。」行成也笑了。

「不好意思啊，高峰小姐，那我就不客氣收下嘍。來來來，這邊請。」

在走廊上看著貴美子的身影，靜奈腦中突然浮現「婆婆」這兩個字。如果自己跟這個人生活在同一個屋簷下，能和平共處嗎？現在看來和藹可親的表情，面對媳婦時會不會一百八十度大轉變呢……

貴美子像是突然想起什麼，停下腳步轉過頭，「對了，爸爸也回來嘍。」她對行成說。

靜奈心頭一驚，爸爸指的當然就是戶神政行。

「爸？爲什麼？」

「我也不知道，說店裡沒什麼事。大概太好奇了吧，畢竟這孩子是第一次帶女生來家裡嘛。」後面這句話是對靜奈說的。

「真愛湊熱鬧。」行成皺起眉頭，「不好意思，沒想到會弄成這樣，不要緊吧？」

「我沒關係的。」

「去跟他簡單打聲招呼就好。」說完之後貴美子繼續往前走。

望著她的背影，靜奈的心情已和剛才完全不同，暗罵自己居然將她想像成婆婆，現在可沒這種閒情逸致。

貴美子停下來，打開旁邊一扇門。

「老公，客人來嘍。」她對房裡招呼一聲後，轉頭看著靜奈，「來，請進。」

靜奈低下頭走進房間。房裡有張大茶几，旁邊圍著一座皮革沙發，戶神政行站在一側，身上套著一件灰色開襟毛衣。

「我是戶神。不好意思，沒出去招呼妳。」

「別這麼說，打擾您了。」靜奈深深行了一禮。

第一次和行成在「戶神亭」廣尾分店碰面那天，靜奈離開前恰巧和戶神政行撞個正著。當時這對父子只是單純的詐騙對象，後來泰輔看到政行，才赫然發現案發當晚目擊到的人就是他。

行成領著靜奈在一張三人座的沙發上坐下，自己也坐在旁邊。

「聽說妳要到加拿大留學啊？」坐在對面的政行問她。

「是的。」靜奈回答後，政行點了點頭。

「在外國的經驗對人生會有很大影響，不過，也未必都是正面，這部分的拿捏最困難。」

「爸！」行成臉色一變，「別淨潑冷水啦。」

「我沒這個意思啊。」政行的目光移回靜奈身上，嘴邊浮現一抹笑容，「希望這趟留學能豐富妳的人生。」

「謝謝您的鼓勵。」靜奈低下頭道謝。

貴美子端來紅茶，房間裡頓時隱約瀰漫著香草氣息。靜奈端了茶杯到嘴邊，偷偷窺探政行的表情。他正拿起一片餅乾。

這個男人殺了我爸媽——

不論是成熟穩重的態度，或是知性的五官，都絲毫感覺不出他曾經犯下殺人重罪的氣息。只是，行騙有年的靜奈比誰都清楚「人不可貌相」這句話的眞諦，假面具越完美的人，內心越容易隱藏不可告人的一面，且往往超乎尋常想像。

十四年前那天的惡夢在腦中蠢蠢欲動，但靜奈拚命克制情緒。實際上，事前功一再三叮嚀過，「如果和戶神政行打照面，盡量別想起命案。一想起來一定無法保持平靜，也沒辦法當場進行復仇，所以無論如何都得忍下來，心中再憤怒也要等事成之後才爆發。只要想著自己該完成的任務，否則保證失敗。」

功一說的沒錯，光是像這樣面對面就覺得全身發熱，有股放聲大吼的衝動。靜奈望著下方，留意盡可能不直視戶神政行。

「對了，行成那家分店得到妳大力幫忙，我也該向妳道謝。」

「怎麼說大力幫忙……」她眼神低垂，猛搖著頭，「我沒幫上什麼。」

「前幾天才請她試吃麻布十番分店要推出的牛肉燴飯呢。」

「是嗎，吃完之後有什麼感想？」

「她稱讚充分凸顯了各種材料的特色。能吃出我們想要強調的感覺，讓我放心多了。」

「這樣啊。不過，這該不會是客套話吧，高峰小姐？」

「沒這回事，我只是照實說。」

「那就好，我也認爲這個口味應該端得上檯面——對了，高峰小姐。」

在對方直呼下，靜奈不得不抬起頭，她調整呼吸，挺直背脊看著前方，「是的。」

「聽行成說，妳在其他洋食餐廳吃過和我們原創口味相同的牛肉燴飯。」

靜奈心臟猛跳了下，整個人差點彈起來。她努力擠出笑容，自己都感覺到臉部肌肉僵硬。

「不確定是不是相同，畢竟是小時候吃到的。」

「那家店在橫須賀嗎？妳還記不記得店名？」

「這我問過了，她不太記得。」一旁的行成回答，「只曉得好像是個西式的店名，對吧？」

是，靜奈點點頭。

「西式店名嗎……？妳對那家店還有什麼印象嗎？像是牛肉燴飯以外的菜色之類。」

「牛肉燴飯以外？」

「怎麼問起這件事？」行成語帶抗議地對父親說，「之前提到那家店時明明沒興趣。」

「不，當時我就覺得這件事挺有意思。不過，我這樣追根究柢似乎太失禮了。」

「人家今天是來參觀家裡，不是陪你聊天的。」

「也是。」政行點點頭看著靜奈，「如果冒犯到妳，請多包涵。」

「別這麼說。」靜奈擠出微笑，「小時候的事已經記不太清楚，所以我說牛肉燴飯口味相似，可能也只是錯覺。我才該向您道歉，講了那些莫名其妙的話。」

「味道是很難記得的嘛。」坐在最旁邊聽著眾人對話的貴美子，似乎試圖打圓場。

這就不對了，政行搖搖手反駁，「童年階段對味覺的記憶可是比想像中來得正確，所以很多人才會最喜歡媽媽的味噌湯和飯糰。如果妳之後想起來，可以告訴行成，或許能當做參考。」說完後他站起來，「我先告退了，請慢慢參觀。不過地方很小，請別嫌棄。」

政行走出房間後，靜奈的情緒一時之間還無法平復，忍不住納悶他為什麼突然提起那件事。

「對了，我想送高峰小姐一個小禮物。」貴美子開心地對行成說。

「是什麼？」

「就是這個。」她邊說邊拿出一個方形小盒子，上面有著香奈兒的標誌。靜奈立刻知道盒裡裝的是什麼。

「這瓶香水不是去年到巴黎時買的嗎？」

「對呀，回來之後才發現不太適合我，不知道是太花俏，還是太清爽。」

「總之就是買到不符合妳年紀的東西。」行成笑著說。

「只是類型不對啦。不過，我一見到高峰小姐便覺得肯定適合。不嫌棄的話，送給妳用吧。」貴美子打開盒子，拿出盒內的瓶子遞給靜奈。

「這麼貴重的禮物……」靜奈接過瓶子後望著行成。

「放在我這裡也沒用，只是暴殄天物。不過，香水這種東西各人喜好不同，不喜歡就別勉強，妳先聞聞味道吧。」

靜奈噴灑少許在左手腕上，接著用右手稍微摩擦後貼近鼻子。這香水屬於清新的柑橘調，還帶點甜香，確實可能比較適合年輕女孩。

「好舒服的香味。」靜奈不禁脫口而出。

「不錯吧？妳肯收下嗎？」

「這樣好嗎？」

「當然好啊。坦白說，見面之前我壓根兒沒這個想法。我還想，怎麼會有這麼奇怪的女孩要參觀別人家裡。但一見到妳，不知怎麼就覺得好開心，沒想到會是個這麼討人喜歡的女孩，行成挑女孩子的眼光還眞不是蓋的。」

「說到哪裡去了。」行成皺起眉頭。

「妳就別客氣了，當然最主要的是妳喜歡。」

「謝謝。既然您肯割愛，我會好好珍惜的。」

靜奈握著香水瓶，低下頭。這不是演戲，而是她強忍著不讓眼淚流出來，爲什麼會這樣？自己也不懂。她只知道貴美子這番話不像在說謊，深深打動了她的心。

「從哪裡開始介紹呢？」貴美子問行成。

「先從客房吧，我覺得那個房間最有參考價値，之後再看書庫和日光室。」

「嗯，結束之後告訴我一聲。」

「好——走吧。」

好的，靜奈回答時的聲音略微沙啞。

40

客房在玄關通道旁邊。剛才行成說這裡最具參考價值，一走進房裡靜奈就明白了他的用意，因爲房間整體的結構實在太特別。

正前方有一組茶几和沙發，牆邊放置著簡單的衣櫥，地面鋪設了地板。不過，房間內側出現了幾十公分的高度差，稍遠處則留有三帖榻榻米的空間。能清楚知道是三帖，是由於那裡實際上便鋪著榻榻米。

「以前房間全鋪上了地板，好像還放了張舊床。但考量到日本人出遠門時都希望有地方伸展雙腿，加上對榻榻米的喜愛，家父才有了這個構想。」

行成在階梯上坐下，觸摸著榻榻米表面，像在體會那份觸感。靜奈也在他身邊坐下。

「這就叫做折衷東西方的設計嗎？」

「我覺得這個構想很好，也因此對家父刮目相看，果然需要多年營運洋食餐廳的經驗累積才能體會其中奧妙。從另一個角度來看，洋食其實也是一種折衷東西方的飲食文化。」行成站起來，在狹窄的牆壁凹間前方盤腿而坐。凹間上擺放有茶具裝飾。「鋪了地板的空間放置英國一帶的古董家具，這裡則擺飾富有日本風味的小東西，這部分好像也是家父特殊的品味。」

靜奈也起身，在他身邊端正跪坐，「這個茶杯也是令尊精心挑選的吧。」

「應該是吧，聽說是知名陶藝大師的作品。」

「方便讓我看看嗎？」

聽靜奈一問，行成睜大雙眼，似乎感到很意外。「您對陶藝有興趣嗎？」

「談不上了解，純粹只是喜歡而已，因爲以前學過一點簡單的茶道。」

「原來如此，這倒是相當符合您的品味，是表流(*1)嗎？」

「我學的是裏千家(*2)，就是將茶攪拌出泡沫的那一派。」靜奈笑著拿起皮包，接著掏出一雙白色手套戴上。

行成驚訝地猛搖手，「不需要這麼愼重吧，徒手拿就可以了。」

「不要緊，這樣我比較安心。萬一留下指紋或手汗，那可糟了。」靜奈邊說邊拿起茶杯。

當然，她對陶器一無所知，有關茶道的知識，也只是先前詐騙某個男人時看過幾本書惡補。之所以提出欣賞茶杯，只是想在行成不起疑的情況下戴上手套。

「我眞想見見高峰小姐的父母。」行成感嘆說著，靜奈吃驚地抬起頭，「爲什麼？」

「您別誤會，我只想知道令尊令堂怎麼能教育出這麼出色的女孩，沒幾個人有這麼細密的心思啊。況且，您看起來一點都不做作，每個舉止都那麼自然，太不簡單了。」

「這……您太過獎了，讓我好難爲情，差點就手滑了。」靜奈把茶杯放回原處。

「是嗎，但我眞的打從心底這麼想。」

「請別再說了。」靜奈從走下榻榻米，仍戴著手套拿起皮包，「接下來要帶我參觀哪個房間呢？」

「嗯，那我們去日光室吧。」行成也站起來。

跟在行成身後，靜奈腦子裡思緒翻騰。她心想，這個男人也太沒眼光了，居然將戴手套的藉口信以爲眞，一廂情願地在腦中塑造出高峰佐緒里這名理想女子。還有，認爲她的舉止再自然不過，這個感想也很可笑。因爲靜奈自己心裡七上八下，還深怕戲演過了頭。

然而，另一方面又爲了聽到他的讚美而高興不已。即使是假象也好，至少此時此刻，他是喜歡自己的——想到這裡，靜奈心頭一緊。

剛才接受貴美子送的香水時也有相同感覺。今天很可能是第一次、也是最後一次見面，照理講留下什麼印象都無所謂，但當她說「一見到妳，不知怎麼就覺得好開心」時，靜奈不禁動容，只因生下戶神行成的女子，敞開心房接納了自己。

不過，靜奈只能辜負他們了，雖然不再猶豫，卻無法否認胸口仍隱隱作痛。

日光室就在客廳隔壁，相鄰著一道拉門。若將拉門全打開，就成爲超過四十帖的大型客廳。日光室三面都是由大玻璃接成的窗，還有一扇通往庭院的門。

「聽說這裡以前是個小工作室。」行成說明。

「繪畫是前屋主的嗜好，由於想在自然光下作畫，才使用這種採光良好的格局。」

陽光穿透西南方窗戶灑落在地板上，靜奈站在光影中，忍不住輕嘆「好暖和」。

*1 茶道的流派之一，以千利休爲始祖，也是千家的本家，亦稱表千家。

*2 相對於表千家的旁系，爲目前茶道流派最大一支，據說茶道學習者中半數以上都是裏千家一派。

房間裡幾乎沒有家具，角落的一道小階梯格外引人注目。上方似乎是個小閣樓，大小差不多兩張榻榻米。

「妳猜那裡是什麼？」察覺到靜奈的目光，行成雙眼發亮地問她。

「不知道，不是閣樓嗎？」

「上去親眼瞧瞧吧。」行成大步走到階梯邊，跨上一步後回頭，「來啊，別客氣。」

靜奈猶豫地走近，先上了幾階的行成伸出手來，她於是遞出戴著手套的左手。

靜奈感受著他透過手套傳來的體溫，一步步走上階梯。樓上放著一張小書桌和天文望遠鏡。

抬頭望向天花板，靜奈恍然大悟，因爲旁邊有一扇大型天窗。

「從這裡可以看到遠方廣闊的天空。」行成說道。

「您喜歡觀測星象嗎？」

「這算是受到家父的影響吧，聽說他從前就很熱中天文觀測，我還小時，也經常找我陪他。這個房間也是家父的創意，不過他最近很少上來，大概是因爲年紀大了怕爬樓梯吧。」他說完看看靜奈，思索了一會兒，「女孩子對星象沒什麼興趣吧，星座占卜倒是很受歡迎。」

聽到星象，勾起了靜奈的回憶，她不加思索便脫口而出，「我以前看過獅子座流星雨。」

行成驚訝地半張開嘴，「哇，眞的嗎？」

「念中學的時候吧。還有，更早之前還看過英仙座流星雨。」

行成帶著敬佩的眼神凝視她，搖了搖頭。

「每次和您聊天總驚喜不斷，沒想到您連觀星都有這麼深的造詣。」

「沒這回事。我完全不懂星象，當時只是朋友約了，就懵懵懂懂地跟去而已。」

「聽起來眞有趣，結果看得清楚嗎？」

「沒有，可惜當晚下雨。幾年之後，同一群人又去看了獅子座流星雨。」

事實上，當年還沒下雨靜奈就睡著了。當她醒來時，發現自己被帶到了一個完全陌生的地方，過了一段時間才知道父母早已慘遭殺害。

那場宛如惡夢的回憶差點又要浮上心頭，靜奈拚命將它趕出腦袋，現在沒閒工夫想這些。

對她的苦惱一無所知的行成，露出開朗笑容仰望天窗。

「流星啊，我小時候也相當著迷，預測數量最多的那天還會半夜起床，一手拿著計數器計算，一面記錄觀測結果。這麼一講才發現好一陣子沒看了呢。對了，明年夏天要不要一起看？」

他開心地說完後，立刻面露尷尬，「啊，應該沒辦法吧。」

靜奈微笑著點點頭，也知道此刻自己臉上一定寫滿落寞。這可不是演出來的。

「加拿大一定更容易看得到星星。」行成臉上恢復笑容，「我們下去吧，小心階梯。」

走下階梯後，他說明接著要介紹書庫，「那個房間以前是傭人房，可能請了長期居家的幫傭吧。不過，我們不需要這類房間，便改當書庫用了。」

先折回玄關通道，經過客房門口，直往寬敞的走廊盡頭，左側出現一扇門。行成打開門，前方有一條稍窄的走廊。

「這扇門之前是一道牆，據說是爲了避免傭人房直通主屋內，但當做書庫的話太不方便了。」

在走廊上繼續往前，右側出現一扇拉門。行成把門打開後，亮起房裡的燈。

踏進房間的剎那，靜奈驚訝得睜大雙眼。

房間約八帖大，但兩面牆幾乎都被書櫃占滿，看不到空隙，架上塞滿了書籍和各式資料。太壯觀了，她不禁感嘆，「整面牆都做成書櫃了吧。」

「這麼說不太對。」行成解釋，「這些櫃子是原本就有的，似乎是供傭人收放生活日用品和衣物，大概就像現在的衣櫥吧。後來經過稍微加工改成書櫃，各層格架的深度才略有差異。不過，實際用起來倒相當方便，家父和我都很喜歡。」

靜奈點點頭走近，望著整座書櫃。此時她心中已經做出決定。

「數量真驚人，特別是烹飪相關的書籍。」

「裡面也有我的書，但多數還是從家父年輕時就有的收藏，可能還有一些世界各國料理的相關資料。雖然收集了那麼多，也不知道什麼時候才有機會動手做做看。」行成苦笑。

走出書庫後，行成帶靜奈參觀洗手間和浴室，並詳盡解說怎麼將原本配合西方人的設計修改成適合身材嬌小的日本人使用。不過靜奈連一半都沒聽進去，只是一個勁兒地等待行動的時機。

從浴室回到走廊時，貴美子正好從另一頭過來。

「還要很久嗎？」貴美子問。

「沒有，差不多快介紹完了。」

「那要不要喝杯茶？高峰小姐也累了吧。」

「也好，我們走吧。」行成看看靜奈。

「不好意思，可不可以借個洗手間？」

「請用，知道地方吧？」

「沒問題，您請先過去吧。」

行成點點頭，和貴美子一起穿過走廊。

確定兩人離開之後，靜奈轉身打開旁邊的門，躡手躡腳地走入窄廊，拉開拉門進到書庫。

她從皮包裡拿出一本裝在塑膠袋裡的筆記，用戴著手套的手小心翼翼地取出後，抬頭看看書櫃。

剛才想好藏匿的地點，就是書櫃最下層。因爲近在腳邊，是最不引起注意的地方。

她看到一本名爲《世界的家常菜》的厚書，便把筆記本直往這本書旁的深處塞，從外面完全看不出異狀。

事成之後她迅速走出書庫，卻在回到原先走廊時和行成撞個正著。

「咦，怎麼……」

「不好意思，我還是迷路了。」

哈哈哈，行成開懷大笑，「我也猜到了，洗手間在這邊。」

靜奈跟在行成身後，悄悄將露出來的塑膠袋一角塞回皮包。

在客廳裡喝完日本茶，貴美子熱情地說著「難得來一趟留下來吃晚飯吧」，但靜奈婉拒了。

行成送她到門口時，外面已經等著一輛他叫的計程車。

「不好意思，沒想到家母提出這種強人所難的邀請。」

「千萬別這麼說，我才感到抱歉，早知道接下來就不安排事情了。」

「家母似乎非常喜歡您，改天請再來家裡坐坐，最好能在出發到加拿大之前。」

看著行成認眞的雙眼，靜奈不發一語地點了下頭。

「再聯絡。」他說。

靜奈應了聲「好的」，便坐上計程車，告訴司機前往的地點後，對車窗外的行成低下了頭示意。結果直到車子開動靜奈都沒抬起頭，因爲看著他實在太教人難過。

她掏出手機，撥給泰輔。

「怎麼樣？」電話一接通他就擔心地問。

「很順利。戶神家有個書庫，我藏在那邊，不會被發現。」

電話那頭傳來泰輔鬆了口氣的聲音，「太好啦，這下子總算結束了。」

「嗯，全部都告一段落了。」

「該喝一杯慶祝慶祝，早點回來。」

「嗯。」掛斷電話後，靜奈深呼吸，閉上雙眼。

41

接到泰輔行動成功的通知，功一深吐了口氣。那本筆記藏在戶神家書庫，確實再理想不過。

「靜果然不是蓋的，當初還擔心她會因爲戶神行成的關係而猶豫不決，看來她已經努力克服。待會兒我去接靜回家，我們三個好久沒開心地喝幾杯了。」泰輔的聲音雀躍不已。

路上小心，功一說完後掛斷電話，坐在電腦前面交抱雙臂。

剩下的問題，就是怎麼讓警方發現那本筆記。

筆記就是那本食譜。當年離開從小到大生長的那個家時，功一把那本食譜當成父親的遺物帶在身邊。那道烙印在泰輔和靜奈腦中揮之不去、世上絕無僅有的牛肉燴飯，作法也記錄在那裡頭。

功一心想，只要找到那本筆記，警方也不得不逮捕戶神政行吧。當然，戶神一定會否認，堅稱他完全沒印象。然而，整個狀況對他而言壓倒性的不利，警方應該能輕而易舉地證明那本筆記上的字跡屬於有明幸博；而依照食譜內容製作牛肉燴飯，也能發現和「戶神亭」的招牌菜色如出一轍。

警方想必會追究筆記本的來源，戶神政行則答不出來；這是當然的，因爲連他自己也不清楚。但是，警察卻不會這麼想，最理想的結論就是從凶案現場偷走的吧。此外，之前那支金表上的指紋則剛好成爲另一項佐證。

戶神政行肯定丈二金剛摸不著腦袋：順利隱瞞了十四年的罪行，爲什麼事到如今會爆發?就這麼莫名其妙地被逮捕。或許他會懷疑有人設下圈套，但也無可奈何。

話說回來，照理他也不太可能爽快招供。即使備齊間接證據，只要戶神堅決否認，檢察官說不定還是無法順利起訴。接下來只能靠警方了，功一心想，我們已經費心準備得這麼周全，希望警方一定要發現物證在哪裡。他腦中不禁浮現柏原的模樣，衷心祈求。

這時，面前的手機響了起來，功一瞄了液晶螢幕一眼，大吃一驚，來電的居然是柏原！

按下通話鈕後，「喂」功一應答。

「功一嗎？是我，柏原。」

「我知道，案情有什麼進展嗎？」受到剛才的思緒影響，他脫口詢問。

「關於案子，我有點事想跟你談。你在家嗎？」

「是啊。」

「方便碰個面嗎？十分鐘就好。」

「可以呀，要約哪裡？」

「不用了，我去找你。我已經在附近了。」

「這……」功一感覺自己冒出一身冷汗。

「剛好辦其他案子來到附近，現在就在你住的大樓旁邊，是305室吧？」

功一站起來，從窗戶向下望，卻沒看見柏原的蹤影。

「可是我房間亂得很，而且很髒。」

柏原低聲笑著說，「你跟我客氣什麼，還是不方便讓警察進家裡？」

「沒這回事。那，麻煩等一下。」

掛斷電話後，他趕緊聯絡泰輔，沒想道大概因爲收訊不良，直接轉進了語音信箱。

正當功一準備留言時，門鈴響起，接著是一陣敲門聲。「是我。」柏原出聲。

功一大爲震驚，原來柏原不是在大樓附近，而是在房間旁邊打的電話。

沒時間聯絡泰輔他們了，功一打開衣櫥，拿出專爲緊急狀況下準備的PRADA皮包丟在床上，裡面的化妝品和小飾物也應聲四散。

他接著從玄關鞋櫃拿出女用涼鞋，把泰輔的運動鞋藏進去。

又是一陣敲門聲，「開門哪，功一。」

功一按下藏在鞋櫃裡的一枚開關後，打開家門。

你好啊，柏原輕輕舉手打招呼，身穿一件咖啡色夾克。

「不好意思，臨時跑來了。」

「那倒不要緊，只是屋子眞的很亂。」

「不用擔心，我不是來檢查你的生活作息。」柏原邊說邊走進來，目光落在玄關的那雙涼鞋上。他起先沒多說什麼，等發現房裡有兩張床時，再也按捺不住，「你不是一個人住呀？」

「還沒到同居的程度，」功一解釋，「對方只是偶爾在這裡過夜。」

「就爲了這樣特地多買一張床？」

「床本來就有，原先這間屋子是我和朋友合租，因爲我們薪水都很少，一個人負擔不起。」

「那個朋友呢？」

「結婚之後搬出去了。他好像另外買了雙人床，多的這張便留了下來。」功一邊說邊把散落在床上的化妝品和小東西收回PRADA皮包裡，「請隨便找個地方坐吧。不好意思，地方很小。」

柏原環顧四周，在矮桌旁盤腿坐下，「你不跟這女孩結婚嗎？」

功一露出苦笑，搖了搖頭，「我沒想過，對方應該也差不多。」

「女孩子幾歲呢？」

「二十三……不對，二十四吧，其實我們也才認識半年左右。」功一從冰箱拿出一瓶烏龍茶，倒了兩杯。

「這麼說來，是有可能沒想到要論及婚嫁。」柏原仔細端詳著室內。這個房間裡應該沒有任何顯示泰輔生活痕跡的物品，打從三兄妹以行騙維生後，就維持這樣的狀態。如此，萬一警方爲了抓泰輔而找上門時，功一便能堅稱自己和弟弟沒有聯絡，也不知他的去向。

功一也極力避免讓柏原知道自己跟泰輔住在一起，以及和靜奈經常碰面的事。他的想法始終沒變，那就是盡可能讓弟妹和警方保持距離。

「對了，找我有什麼事？」功一問道，順手把兩杯烏龍茶放在桌上。

謝謝，柏原說完喝了一口，「後來你聯絡上弟弟了嗎？」

果然是爲了這件事，功一心想。「還沒。我是很想跟他聯絡，但他卻沒什麼回應。」

「他過得好嗎？」

誰知道，功一偏著頭說，「那傢伙有些地方很隨便，我看應該也不會多認眞工作吧。當初就是因爲我常爲這種事罵他，他才氣得不跟我聯絡，大概心想一碰面又免不了被我念一頓。」

「你從小就身兼父職嘛。」柏原語重心長地說。

「需要那傢伙出面作證嗎？」功一問。

「目前看起來可能有需要，不過還很難講。」

「上次您提到案情調查有些進展，之後情況怎麼樣？」

柏原皺起眉頭，「嗯……」沉吟了一會兒。

「我們確實找到不少看似有用的線索，也根據這些資訊展開了調查，但就是沒發現關鍵證據，畢竟已經過了十四年之久。」

「發現可疑人物了嗎？」

柏原這時卻沒爽快點頭，「要說有也算有，但現在只列爲關係人，而且還找不到和『ARIAKE』間的交集。老實講，很棘手。」

「如果有這類可疑人士，直接搜索住家不就行了嗎？」

「搜索住家？」柏原雙眼閃過銳光，「爲什麼？」

「對方說不定藏了與案情相關的證物，只要找到不就解決了嗎？」

柏原目光銳利地直盯著功一，接著立刻瞇起眼睛，嘴角浮現一抹微笑。

「如果是案發不久倒也罷了，到了這個階段，兇手不太可能還保存著相關證物吧。即使有也早處理掉了。」

「如果沒辦法處理掉呢？比方說，兇手認爲有價值的東西。」

「價值？你是說貴重物品嗎？」

「也不盡然……東西的價值對每個人而言都不同吧。這個人眼中的垃圾對別人來說可能是寶貝，兇手從案發現場偷走的東西也可能屬於這一類。」

然而，柏原卻不置可否，「是這樣嗎？」他歪著頭納悶道。

功一開始感到不耐煩，看來調查似乎眞的陷入了膠著，或許間接證據還沒齊全到足以讓警方積極展開行動。

功一深吸一大口氣，定了定神後開口，「上次碰面時，您問過我知不知道『戶神亭』這家洋食餐廳吧？」

柏原猛然抬起頭，「你想起什麼了嗎？」

「那倒沒有，只是對那家餐廳有點好奇，自己做了一些調查。」

「喂喂，拜託你啊。我不是說了，還不確定那家店跟案子有關，所以要你別胡亂猜測，調查的事交給我們警方就好。」柏原話語中帶有「別做多餘的事」的責備。

「我也沒做什麼，只是在網路上瞧瞧是家什麼樣的餐廳，然後實際去吃吃看而已。」

即使功一辯解，柏原的臉色還是很難看。

「你這樣做又有什麼用，需要協助時警方會主動拜託你，不要撈過界擅自行動啊。」

「我知道，我也不想影響調查進度。但有件事想告訴您，就是我在『戶神亭』吃飯的感想。」

「感想？」柏原驚訝得瞪大了眼，「有什麼發現嗎？」

「我到橫濱的本店吃了牛肉燴飯，感覺像得不得了。」

「跟什麼像得不得了？」

「我們店裡的口味。那和我爸做的牛肉燴飯味道太像了，雖然不是一模一樣，但感覺像只做過一點調整。」

這番說詞不是謊話，功一確實到位於關內的「戶神亭」本店吃過牛肉燴飯。根據他的推測，原本在櫻木町的那家創始店口味，很有可能未經調整口味就直接推出。

「你想說，你們家的店和『戸神亭』之間的交集就是牛肉燴飯嗎？」柏原問。

「沒錯，但也可能是我自己想太多。」

「嗯，牛肉燴飯啊……」柏原的眼神在空中游移不定。

所以戸神家可能藏有「ARIAKE」的食譜——功一差點連這句話都說了，最後總算克制下來。

泰輔在東京車站旁接靜奈上車後，開著輕型休旅車往門前仲町住處的方向，副駕駛座上的靜奈始終不發一語，只望著窗外。

「怎麼一臉哀怨，計畫順利達成應該要開心點嘛。」打著方向盤的泰輔說道。

「只是有點累。我可是潛入敵人的家耶，會累是應該的吧？」靜奈懶洋洋地回答。

「這倒也是，只是覺得妳是不是還有什麼放不下。」

「沒有，我不是說過，所有的事都已經完結了。」

嗯，泰輔只應了一聲就沒再多說，找不到任何話來化解此刻尷尬的氣氛。

他體諒靜奈的心情，這時想必很難過吧。不僅再也無法和眞心愛上的男人見面，還設下圈套栽贓對方的家人，當然不可能開心得起來。

在停車場停好車子後，兩人進入大樓。上到三樓準備走向住處時，靜奈還是沉默不語。

來到３０５室門口，泰輔從口袋裡掏出鑰匙，準備插入鑰匙孔。

就在鑰匙插上之前，靜奈出手抓住泰輔的手腕。

幹麻啦，泰輔還沒說出口，只見靜奈對他猛搖頭，食指放在唇邊，另一手指著門上方。

泰輔看見後恍然大悟，米粒大小的LED燈正一閃一閃。

他屏住呼吸，和靜奈對看一眼，兩人同時點點頭，躡手躡腳又折回走廊。

42

「很有意思。」柏原一臉沉思地說著，「眞不愧是廚師之子，著眼的地方很不一樣，啊，應該說著口的地方才對。只是光說牛肉燴飯的味道類似……」雖然他的語氣聽來戲謔，眼神卻認眞無比。

「不足以構成調查條件嗎？」功一問。

「很難講，畢竟口味這種感覺太主觀。」

「是嗎？口味取決於製作程序和材料，如果味道相近，不正表示兩者可能有所關聯？同樣都是牛肉燴飯，卻因每家店的作法不同，口味可說百百種。大家都有自己的一套標準，關鍵部分更是商業機密，能做出相似度這麼高的口味，我猜會不會根本連訣竅都是相同的呢。」功一這時發現自己似乎太過認眞，但總得想辦法讓柏原上鉤，否則就慘了。

柏原雙臂交抱胸前，緩緩點了下頭。

「那好吧。總之我先把這個想法帶回去，說不定會有用處。」

這個刑警回答的語氣略帶保留，功一聽得不耐起來，但此刻提出更多意見卻又太危險。

「只不過，難得提出這個觀點，澆你冷水實在有些過意不去，但不瞞你說，事實上這案子變得有些詭異，不確定目前調查的方向到底正不正確。」

聽柏原一說，功一挑眉質疑，「什麼意思？」

「我剛說出現一些類似證據的跡象，不過，十四年來警方幾乎找不到任何與案情相關的資訊，最近卻因爲一連串巧合冒出一樣樣疑似間接證據的東西。我們發現後當然很開心，於是重新振作士氣展開調查。不過，深入追查之下卻不禁懷疑起這些間接證據的可信度。」

功一笑著搖搖頭，自己也知道笑得很僵硬。

「這話聽起來眞怪，那些什麼間接證據不都是警方發現的嗎，還是突然冒出了新證人？」

「是我們的人找到的。你認識萩村刑警吧？有一部分是他發現的。」

「那是懷疑自己人找到證據的可信度嘍？這太沒道理了吧。」

「你說的沒錯。不過，如果可疑的是發現證據的過程呢？我總覺得也很可能有人在誘導警方辦案。」

柏原輕描淡寫的幾句話讓功一整個身子開始發燙，差點全身盜汗。

「誰會做這種事呢？」

「不曉得。也許是跟案情有關的人，或者是單純以犯罪爲樂的人。總之，不排除這個可能性。」柏原直視著功一的雙眼。在那道像是探測內心的目光威嚇下，功一眞想當場別過臉，但這麼一來將會前功盡棄，只能拚命忍住，回盯著柏原。

「讓您這麼想的理由是什麼？難道您掌握到明確的事證了嗎？」

「事證啊，你這麼一問剛剛的說法就站不住腳了，勉強要說應該是憑經驗和直覺吧。在追訴期期滿之前突然發現這麼多線索，怎麼想都太牽強，不過我這種說法好像沒什麼說服力。」

這個解釋確實讓人很難接受，而且功一當初已經處處留意不讓警方感到突兀。

「況且，最終還是需要物證。」柏原繼續說，「即便目前找到的間接證據都是眞的，也沒辦法逮捕任何人。一定要有能直指某個人就是凶手的關鍵證據才行，從這個角度來說，連你弟弟的證詞也稱不上決定性。」

功一驚訝地睜大雙眼，「爲什麼？難道我弟弟的目擊證詞不能採信嗎？」

「畢竟時間過得太久，只要對方隨口回一句『只是很像』就沒轍了吧，還是必須要有能確定凶手的具體客觀物證。」柏原說完看看手表，準備起身，「不好意思，這麼忙還來打擾你。今天女朋友不來嗎？」

「嗯……今天應該不會來。」

「是喔，眞可惜，我本來還期待多待一會兒能見到她咧。」

柏原在玄關穿了鞋後，轉身對功一說，「老是活在過去那個案子的陰影下，我想對你也沒什麼好處。你還年輕，該多想想將來才對。唉，不過說這些也沒什麼用吧。」

「您說的很對。」功一回答，「現在談這些也沒用，得等所有事情告一段落後，我才有餘力思考未來。」

柏原嘆了口氣，露出笑容，「是嗎，那我也沒辦法了。」

「麻煩您多費心調查。」功一誠摯行了一禮。

送走柏原之後，功一躺在床上，細細回想兩人剛才的對話。

很可能有人在誘導警方辦案——

沒想到居然有人會這麼想。當初他認爲無論什麼樣的間接證據，警方一旦發現和案子扯上關係，必然會重新燃起希望，根據這些證據展開調查。

此時柏原手上應該並沒掌握到明確的事證，但還是看穿了整件事的本質，果然不能小看資深刑警的經驗和直覺。

說不定柏原已在懷疑誘導警方的就是功一，所以才專程來測試自己的反應吧，這也不無可能。不過，一連串對話下來，他應該沒得到任何確切的證明，功一自信沒露出半點馬腳。

問題在於，對目前掌握到的間接證據起疑的只有柏原嗎？若是主導調查方向的高層也有同樣想法，功一三兄妹的計畫就會走上失敗之途。不僅如此，搜查小組的焦點可能還會轉向找出誤導警方辦案的人。

柏原臨走前的那句話仍言猶在耳。他也許早已看穿一切，暗示功一「別再做這種事了」。

功一越想越覺得自己彷彿遭到一場窮追猛打，苦惱地在床上翻來覆去。這時，他聽見鑰匙開門聲，大驚之下連忙坐起身。

門緩緩打開，泰輔在門口探頭探腦，「安全了嗎？」他輕聲問。

嗯，功一下了床。「警示燈亮了嗎？」

「我差點就要開門了，多虧靜及時發現。」

靜奈跟著泰輔進到屋裡。看來她是離開戶神家後直接過來，還是一身精心打扮。

「柏原刑警來過了。」功一對兩人說。

泰輔一聽，神情立刻不安起來。

「他問我聯絡上你了沒，我回說還沒。」

「還有呢？他沒提到調查的進度嗎？」

「說目前還缺臨門一腳，希望能找到物證。」

「那就沒問題了。我電話裡跟你報告過，靜幹得漂亮，食譜行動成功。」

功一點點頭，看著靜奈，「靜，幹得好，很辛苦吧。」

「還好。」她聳聳肩，「跟之前那些相比，這不算什麼。只要找個空檔把筆記本藏起來就行，比騙錢輕鬆多了。」

看著極力逞強的靜奈，功一感到很心疼。她的妝容化得比平常仔細，表情卻黯淡無光。

「接下來只等警方展開住家搜索。」泰輔則和靜奈呈現強烈對比，語氣聽來活力十足。「目前感覺一切都在大哥計畫之中吶。」

功一強顏歡笑，答了句「是啊」，心底的擔憂卻說不出口。

萩村才舉起一大杯生啤酒，身穿夾克的柏原剛好走進店裡。萩村在座位上招招手示意。

辛苦啦，柏原打聲招呼在對面位子坐下，拿起毛巾擦擦臉，向女店員點了杯生啤酒。

「今天在忙什麼？」萩村問道。

「為了一個無聊小案子的善後處理跑到東京，我們這種轄區小警察總不可能專接追訴期快到的案子嘛。」

柏原叫的啤酒送來後，兩人默不作聲地舉杯。

「你那邊呢？有什麼進展嗎？」柏原問。

萩村聽了只是皺眉，「坦白說，沒什麼收獲。已經追溯到遠從戶神在櫻木町開店時期的人際關係，卻找不到和『ARIAKE』的交集。從有明夫婦這方面反向調查，也沒發現和戶神扯上關係的地方，簡直走進了死胡同。」

「這麼說來，唯一能連結兩者的，只有那個外圍賭場啊。」

萩村也認同，「就是那家叫『Sunrise』的咖啡廳。首先，可以肯定戶神和有明幸博是在那裡認識的。問題在於之後，他們有些互動應該會留下蛛絲馬跡，不過都事隔十四年了……」

柏原抓了毛豆莢卻沒往嘴裡送，只用指尖把玩。

「之前那個指紋怎麼樣？不是要拿凶案現場採到的指紋和戶神的比對嗎？」

提到這個，萩村還是沒有令人滿意的答案，舉著酒杯搖搖頭。

「鑑識人員好像都盡力了，還是沒發現符合的指紋。但如果戶神只在犯案當天去過『ARIAKE』，這種可能性就較高了，因爲作案時應該戴著手套吧。」

「眞是可惜，磯部課長怎麼說？」柏原提起萩村的長官。

「目前這個狀況下當然是最好按兵不動。即使想讓對方招供，手上能進攻的材料也太少了。」

柏原總算把毛豆莢放進嘴裡，喝口啤酒後大大嘆氣，「屍體還沒出現啊。」

「屍體？」

「潛入DVD店的小偷啊。划著舢舨出海後，就消失無蹤啦。」

「是啊，這麼一提我才想起來，沒聽說尋獲屍體的消息，畢竟海這麼大。」

「已經葬身海底了嗎……還是，從頭到尾根本沒這個人？」

「你說什麼？」萩村問道，「什麼意思？你還認爲是僞裝自殺嗎？」

「沒事，沒什麼。」

「就算自殺是假的，小毛賊還活著，對我們也沒任何好處。我看他自己也沒想過，偷走的那些東西代表什麼意義吧。」

「不過我還眞想親眼見見那個小毛賊。」柏原說，「從那封遺書上沒查到什麼嗎？」

「在海邊找到的那封遺書嗎？沒下文吧，沒聽說查到是寫給誰的。」

這樣啊，柏原輕輕點了下頭。

萩村不懂爲什麼柏原這時候還這麼關心竊盜犯，從那個小偷盜走的物品中確實陸續發現許多新事證，也讓警方得以循線追查到戶神政行，但竊賊本身應該與「ARIAKE」凶案無關。

「柏原大哥那邊呢？有什麼收獲？」

萩村一問，柏原想都沒想就猛搖頭。

「剛才提過，爲了一堆雜事奔波，根本沒什麼自由調查的時間。」

「這樣啊。」

「一大堆小案子接二連三發生眞受不了。當然啦，上面那些大頭也會從容易偵破的案子開始處理。局長對那些古早時代的案子一點興趣都沒有，反正過了追訴期也不關他的責任。」

這口氣聽起來似乎在抱怨得不到上級的諒解，萩村卻認爲，這陣子柏原本身也對這起案子失去了熱忱，連今天到這家店碰面也是萩村的提議。

「對了，你在那家店吃過東西嗎？」柏原問道。

「哪家店？」

「『戶神亭』呀，離你們辦公室很近吧？」

「呃……沒有，還沒吃過他們店裡的東西。」

「這樣啊。」

「有什麼問題嗎？」

「沒啊，只是覺得去吃吃看也不賴，聽說招牌菜色是牛肉燴飯。」

「好呀，我隨時奉陪。」

柏原點點頭，一口氣喝乾啤酒後，叫來店員追加點了一份綜合生魚片和生啤酒。

看著他這副模樣，萩村總覺得和過去有些不同。

43

靜奈一醒來發現手機鈴聲正響著，倒不如說是被這聲音吵醒的吧。她躺在床上後悔極了，早知道應該關機的，至少也要調整到靜音模式。

電話還響個不停，眞是不死心的傢伙。她抓起毯子蒙著頭，把鈴聲阻隔在外。

確認鈴聲停了之後，靜奈才從毛毯裡探出頭。今天早上還是覺得頭很重，這也難怪，因爲她幾乎每晚都喝紅酒喝到三更半夜。

靜奈動作遲緩地爬下床，撿起掉在地上的手機。查看未接來電顯示，發現打電話來的人是行成後，心中頓時一陣刺痛；但整個人又像著了火，漸漸暖和起來。

參觀他家已經是四天前的事，當天晚上靜奈傳了簡訊向他道謝，行成立刻回覆，同時還問了下次何時能見面。靜奈也回傳訊息，表示安排好接下來的行程後再聯絡。

昨晚行成又傳了簡訊過來，表示無論如何都想見上一面，希望她務必撥出時間。以他的個性而言，是罕見的積極主動。「好的」，靜奈的回覆只有短短兩個字。接著便是剛才那通電話，他可能覺得光是簡訊往返討論不出結果吧。

到加拿大之前希望能好好找個時間碰面——前往戶神家之前行成對她這麼說過。靜奈有種預感，行成打算向她求婚。當然，靜奈也想見他，想聽聽他怎麼求婚，但心裡很清楚聽了那些話之後，最後離別時一定會更難過。

她把手機往床上一丟，拖著沉重的腳步走向冰箱。冰箱上擺著三支紅酒瓶，還有半打啤酒空罐，其中幾罐滾落在腳邊。

靜奈從冰箱裡拿出瓶裝水，直接就著口喝，「呼」地吐了口氣環顧房內，地板上散落著脫下的衣服還有零食包裝袋，這才想到好一陣子沒打掃了，卻還是無心整理房間。別說打掃，連衣服也懶得換。她連手帶腳又爬回床上，提不起勁做任何事。

頭才剛沾上枕頭，手機鈴聲又響起，抓起手機一看來電顯示，還是行成打來的。

行成極不喜歡造成他人困擾，這樣再三來電實在太罕見，想必是下定了決心才再次按下通話鍵。靜奈腦中浮現他神情凝重地將手機貼在耳邊的模樣。

她按下通話鍵，「喂」了一聲，努力表現得有精神。

「高峰小姐嗎？是我，戶神。太好了，終於打通了。」

「前幾天謝謝您，我覺得獲益良多。」

「這樣啊……現在方便嗎？」

「可以，只要不是太久。有什麼事嗎？」

「就是先前簡訊上寫的，有些急事無論如何都想找您談談，我也知道您現在很忙，但能不能想辦法撥個空呢？半小時……不，十五分鐘也無妨。需要的話，我可以配合您方便的地點。」

這語氣聽來與其說是強人所難，更像被逼急了，甚至讓人懷疑他是否已經察覺兩人再也不會見面。或許他只是不顧一切地想在高峰佐緒里留學前表明自己的心意。想像著他的心情，靜奈胸口彷彿被一把揪住，難受得很。

「怎麼樣呢？」發現她沉默不語，行成又問了。

靜奈偷偷深呼吸。

「不好意思，這陣子真的很多事要辦……等事情告個段落我一定會跟您聯絡。」

「真的只要幾分鐘就好，您現在在哪裡？可以的話我馬上過去。」

「對不起，我今天來參加一場留學說明會，快要開始了。」

「呃……這樣啊，請問大概什麼時候結束呢？」

「我也不太清楚。不好意思，我得進會場了……」

「那麼，我之後再打，高峰小姐如果有時間也請跟我聯絡。」

「好的，我先掛電話了。」

掛斷之後靜奈將手機貼緊胸口，靜靜閉上眼睛，好一會兒後才晃了晃頭，將手機往旁邊一扔。

那個人愛上的是高峰佐緒里這名上流社會的千金小姐，一旦知道眞正的她只有高中畢業，又是個來自育幼院的孤兒，肯定不屑一顧，更別提求婚了。這副假面具被揭穿後，保證會氣得大罵她是騙子吧。

想到這裡，靜奈露出自嘲的笑容。若被這麼指責也理所當然，畢竟三兄妹眞的是騙徒沒錯。她下了床，高舉雙手，伸個大大的懶腰。

一個小時之後，她出現在六本木，沒什麼目的，只覺得走在熱鬧的街上或許能轉換情緒。

然而，事情卻不如預期。平常光是逛著一間間店一顆心便雀躍不已，今天就算盯著名牌新品也毫無感覺。來回不知道看了多少衣服，卻絲毫提不起購買的興趣。

靜奈就這樣漫無目的地出神走著，腦中有個念頭逐漸蔓延，自己到底算什麼？

對人生毫無目標、沒有夢想，只爲了生存而不斷欺騙一個個男人，最後即便遇到眞正喜歡的對象，也無法如願以償。只是追根究柢，欺騙行成倒不是爲了錢……

突然來到面前一處熱鬧的路口，才發現自己走了好遠。看看四周，靜奈又難過了起來。這一帶她很熟，是麻布十番。

眞蠢，努力要自己不再想起行成，卻下意識走到這裡，或許先前早已發現自己是往這個方向而來吧。

靜奈嘆口氣，朝地下鐵入口走去。待在這裡又能怎麼樣。

不過，她在下階梯前停住了腳步，附近便是那條和行成一起走過好多次的路，才不久之前的事，竟然覺得好懷念。

她轉身往前走，決定做完最後一件事——到行成即將開幕的新分店看一眼後再離開。

強忍著腦海中浮現的種種回憶，緩緩走在狹小的單行道，她決定接下來暫時不要再走上這條小路，也可能今天就是最後一次。

眼看餐廳越來越近，到了距離二十公尺左右時，靜奈步行的速度更慢了些。明知道不可能見到行成，心跳還是不禁逐漸加速。

她想起第一次來這裡的情景。從建築物正面走上那道呈現平緩曲線的階梯，就是「戸神亭」的麻布十番分店。這家餐廳充滿了行成的夢想與野心，靜奈忘不了他訴說餐廳願景時的眼神，那裡頭不僅閃爍著少年般純真的光芒，同時也蘊藏準備乘風破浪迎接挑戰的意志。

靜奈垂頭喪氣，以後再也聽不到他滿腔熱情地訴說夢想了。

這下子總算能死心了。

正當她打算離去，剛一轉身，有人從後方一把抓住她的肩膀。

她一驚之下轉過頭，看見站在身後的男人時，差點高聲尖叫。不是因爲對方是陌生人，而是那張虛弱蒼白的臉她非常熟悉，只是想不起名字。

男子睜大雙眼，死盯著她幾秒鐘，「妳果然是志穗。」

對方叫了「志穗」後，她腦中同時浮現這兩個字，然後像受到誘導似地想起男子的名字——

高山久伸。

靜奈頓時陷入混亂，一時想不起來跟這個人是用什麼藉口分手，唯一閃過腦袋的念頭是此時此地撞見他相當不妙。

「怎麼搞的？妳怎麼會在這裡？不是去紐約了嗎？」

高山幾句話喚醒靜奈種種回憶。對啊，南田志穗是個設計師，照理現在應該在紐約進修。

「對不起，因爲發生很多事，我最後沒去成紐約。」靜奈邊說邊往後退，心想著得找個空檔開溜。高山不是運動型的男人，拿出全力逃跑應該能甩掉他。

「既然這樣爲什麼不告訴我？知道我等得多辛苦嗎？結果妳居然在這裡，太奇怪了吧？」

「高山先生又怎麼會在這裡？」

「之前在這附近看到一個和妳長得很像的人，後來我拚命找，只要有空就來這一帶閒晃，本來已經想放棄，沒想到終於被我碰上了。」

高山一把抓住靜奈的手腕，力量大得驚人。

「等一下……你放手。」

「我不放，除非妳說清楚，爲什麼不跟我聯絡？」高山的聲音大到周圍都聽得見，眼中還有種異樣的神采，看來似乎失去了理性。

「喂，吵什麼！」身後響起一個聲音。

聽見那聲音讓靜奈感到更絕望，不用回頭就知道是誰。

對方接著快步走了過來。

「對女孩子粗手粗腳的不太好吧。」行成來到一旁，抓起高山的手臂，拉開靜奈的手腕。

「幹麻？」高山一臉驚慌地瞪著行成，「啊，你就是上次跟她在一起的人！」

行成瞬間顯得有些意外，卻立刻恢復平靜點點頭。

「我和她見過幾次面，你呢？爲什麼那麼粗魯？」

「我才沒有。她是我女朋友，明明說要出國卻出現在這裡，我只是想問清楚是怎麼回事。這跟你無關，你別插手。」

聽著高山鬼吼鬼叫，靜奈只是低著頭。行成不清楚這是怎麼回事吧，但靜奈一時也想不出好藉口能同時安撫高山又順利矇騙行成。

「這個人眞的是您男朋友嗎？」行成問靜奈。

她直視下方沒說話，搖了搖頭。

「志穗！」高山拉高分貝大喊。

「志穗？」行成驚訝地低語，但對這個陌生的名字沒再追問，轉而向高山說，「你心裡認定她是女朋友嗎？」

「那當然，我們還討論過未來的計畫。」

「原來如此。」行成點點頭，「這麼說，跟你交涉可能比較快，我跟她有點事情沒解決。」

「交涉？」

「就是有關債務清償的細節。今天便是爲了這件事才請她來一趟，不過，如果你肯出面代爲還款，我們當然求之不得。」

「債務？多少錢？」高山問靜奈。

但她卻沒作聲，完全搞不懂行成葫蘆裡賣的是什麼藥。

「差不多兩千萬吧。」行成回答得很自然，「如果你願意代表還款，就一起到辦公室，我們馬上簽約。但如果還不起，勸你乖乖趁早走人，否則待會兒受傷我可不管。」他嗓音低沉堅定，靜奈從來沒聽過。

高山聽了立刻露出驚恐的表情，「這人是說真的？」他問靜奈。

靜奈沒講話，點了點頭。「怎麼會這樣！」高山的語氣頓時驚慌失措起來。

「怎麼樣？要不要一起來？趕快決定。」

高山愣在原地。靜奈感覺到他已經想腳底抹油，逃離現場。

「不好意思，今天剛好有點狀況，請先回去吧，我再跟你聯絡。」靜奈說。

高山看看靜奈，又看了行成一眼，「嗯」地小聲回答，「那我等妳的聯絡。」說完立刻轉身離開。

看著高山坐上計程車走掉後，行成「呼」一聲深深吐了口氣。

「成功騙過他了。看樣子似乎該把他趕走，所以演了一場蹩腳戲，這樣處理還好吧？」

「太感謝了。剛才那個人算是一種跟蹤狂吧，真傷腦筋。」

「我猜大概也是。對了，怎麼會來這裡？」

「呃……不知不覺就到了這附近，又想看看餐廳準備的狀況。」

「謝謝您的關心。真高興能碰面，進來喝杯紅茶吧。」

行成領著靜奈走進店裡，餐廳內的裝潢已幾近完工。兩人在靠窗的位子面對面坐下。

「剛才眞嚇了我一跳，完全想像不到戶神先生居然會凶惡地恐嚇別人。」

行成難爲情地苦笑。

「做我們這一行的，經常要應付三教九流，偶爾也得虛張聲勢，嚇嚇對方。」

年輕店員端來紅茶，身上穿著制服，看來已經進入職前訓練。

「幫我把公事包拿過來。」行成指示店員後，看著靜奈，「不好意思，打了這麼多通電話叨擾，不過說什麼都想碰個面。」

「我才不好意思。」靜奈回了一禮。

店員拿來公事包，行成接過放在腿上，「有個東西想讓您看看。」

靜奈心神一漾，直盯著他心想，可能是戒指！

不過，行成從公事包裡拿出來的，是靜奈做夢也想不到的東西。是那本食譜筆記！

「請老實回答我。」行成把筆記本放在桌上，一臉認眞地直視靜奈，「您到底是什麼人？」

44

剎那間，靜奈腦中一片空白，沒辦法理解現在是什麼狀況，也不知道該怎麼回答，搞不懂筆記本爲什麼會在行成手上。

「那是什麼……」好不容易才擠出這幾個字，連自己都知道沒能成功掩飾當下的狼狽。

「我才想問，這到底是什麼？」行成語氣平靜，感覺得出他努力克制著憤怒和懷疑。

她低下頭，輕輕搖了搖，「我不知道。」心想可能會被大罵一頓吧。從剛才應付高山的模樣，靜奈才發現行成還有她不知道的一面。

「拜託您告訴我實話吧。」但行成依舊保持沉穩的態度，「我知道這是您藏的。」

靜奈挑眼凝視行成，因爲實在太好奇他質問時的表情。只見他的嘴角浮現一抹淡淡微笑，眼神卻充滿哀傷。這時，靜奈才發現他沒有生氣，而是深深受了傷，只得又低下頭。

「前天晚上我到書庫查點資料。」行成開始說明，「在抽出《世界的家常菜》這本書時，發現旁邊有本筆記，因爲從沒見過，便順手拿出來翻翻。看了之後大吃一驚，裡面密密麻麻寫的都是洋食食譜，卻不是家父的筆跡。不過，更讓我驚訝的是筆記本上的氣味。」

靜奈聽了立刻抬起頭，氣味……

「您也聞聞看，不過大概已經散了。」行成遞出筆記本。

靜奈接過來，把封面湊近鼻子，瞬間了解他的意思。

「發現了吧，本子上有香水味，是家母硬塞給您當禮物的那瓶香奈兒香水。您當時是噴在手腕，然後用右手抹開吧。之後雖然戴上手套，香味還是沾上了筆記本。」

靜奈不發一語，將筆記本放回桌上，腦子想著要反駁，卻沒有任何好藉口。她記得收下香水時的情景，卻直到剛才都不記得曾經噴在手上。

「請告訴我，爲什麼要把這個藏在書庫。」行成重複一次。

靜奈雙手緊握，放在腿上，掌心全是汗水。

哥哥，怎麼辦——腦中瞬間浮現功一和泰輔，歷經千辛萬苦才好不容易讓計畫順利進行，眼看一切努力就要化爲泡影。

「高峰小姐，不對……」行成說到一半停下來，「這應該是化名吧，剛才那個男人叫您志穗，那才是本名嗎？」

靜奈沒作聲，如果否認，接下來又得解釋對高山使用化名的原因。

「然後，沒猜錯的話，是姓有明——『ARIAKE』嗎？」

行成這一問，讓靜奈忍不住睜大雙眼。

他攤開桌上的筆記本。

「這裡，有道菜叫『ARIAKE可樂餅』吧？筆記裡還有『ARIKAKE酥炸什錦』、『ARIAKE招牌飯』之類，我猜『ARIAKE』應該是這家店的名字吧。『ARIAKE』讓我聯想到一家餐廳，先前也說過，我在查一家相同店名的餐廳。至於爲什麼想調查，是因爲最近有警察來家裡追問家父一些莫名其妙的問題，其中提到一家叫做『ARIAKE』的洋食餐廳。我一時好奇查了一些舊報導，才知道『ARIAKE』這家餐廳十四年前發生過強盜殺人案。那些警察似乎是爲了追查這個案子而來，不曉得他們握有什麼證據，但似乎是懷疑家父涉案。」

一股腦說完後，行成端起茶杯喝了一口，「本店的招牌紅茶，冷了就不好喝。」他低聲道。

靜奈直盯桌面，事已至此沒辦法再找藉口圓謊。行成發現筆記本之後一定想了很多，才決定聯絡靜奈。現在終於了解爲什麼他會不死心地拚命打電話來，居然還誤以爲他想求婚，靜奈忍不住咒罵自己的愚蠢。

「請抬起頭，志穗小姐。」行成對她說。

靜奈緊咬著牙，不是，那才不是我的名字……

「您之前曾經告訴我，小時候在朋友家開的餐廳吃過和我們店裡同樣口味的牛肉燴飯，後來因爲她父母雙亡，餐廳也倒閉了。那個朋友名叫矢崎靜奈，沒錯吧。」

突然聽到自己的名字，靜奈吃驚地整個人震了一下。

「因爲同樣在橫須賀，加上父母雙亡這兩點，我先前問您那家餐廳是不是『ARIAKE』，但您否認了。當時我也想，的確不太像，因爲『ARIAKE』的老闆以自己的姓氏當店名，也就是有明海的『有明』。不過，既然您把這本筆記——」他指著靜奈面前的本子，「把這個藏在我家，之前說的話也就不可信了。不僅如此，這本筆記上的牛肉燴飯作法和『戶神亭』原始口味的牛肉燴飯一模一樣，連使用的特殊醬油也清楚記下品牌。我終於了解您那時吃到我們店裡的牛肉燴飯爲什麼會落淚，您朋友家開的餐廳就是『ARIAKE』吧。矢崎靜奈這個名字，只是編造的化名。」

靜奈屏住呼吸抬起臉，直視著行成搖搖頭。

「不是的，這不是化名。」

「是嗎？」

「眞的。只有這一點，請您一定要相信我。」

「只有這一點？」

靜奈被行成盯得又低下頭，聽見他嘆息了一聲。

「眞搞不懂，我剛才針對筆記本的事說了那麼多，您始終只是靜靜聽著，但一問到朋友的名字是不是假的，反應卻這麼激烈。這到底是怎麼回事？」

靜奈緊咬著嘴唇，只有「矢崎靜奈」這個名字不是假的——眞想當場這麼說。

「志穗小姐。」行成像是趁勢追擊地繼續說，「請解釋清楚，讓我知道是怎麼回事。爲什麼要藏這本筆記？不，應該先說明您怎麼會有這本食譜，和『ARIAKE』到底有什麼關係？請告訴我實話，拜託，志穗小姐。」

靜奈再也忍受不了，她用力搖著頭大喊，「不對！」

靜奈緊盯著嚇得身子往後退了一下的行成，「我不叫什麼志穗！別再用那個名字叫我！」

年輕店員聞聲跑過來，行成立刻舉手制止，「有事我會叫你，現在先讓我們獨處。」

店員點點頭，走進廚房。確認他離開後，行成轉過頭看著靜奈。

「但剛才那個男的確實叫您志穗……」

「我告訴他的也是化名。」

「原來是這樣……那，您的本名呢？」

靜奈心中兩股情緒交戰，迷惘的同時又想徹底死心。她也閃過堅持自己就是高峰佐緒里的念頭，卻很清楚會立刻被拆穿。此外，她眞的不想再繼續說謊。

「矢崎……靜奈。」她回答。

「咦？您是矢崎靜奈？」行成驚訝地睜大眼睛，「那不是您朋友……」

靜奈抓起皮包，掏出皮夾，將裡面的健保卡放在桌上。

「是眞的啊。」行成看到健保卡後低聲喃喃，接著恍然大悟，「原來是這麼回事。您是矢崎靜奈，您的朋友才姓有明。」

靜奈意外地眨眨眼，沒想到會出現這樣的誤解，不過，也難怪行成會這麼想。

原來是這麼回事啊，行成點點頭。

「那麼，我就稱呼您矢崎小姐，可以吧。」

靜奈輕輕收了收下巴。

行成吸了一口氣。

「矢崎小姐，我再問一次。我知道您怎麼會有這本筆記了，應該是那位姓有明的朋友交給您的吧。不過，爲什麼要藏在我家書庫呢？這點還請解釋。」

靜奈保持沉默，怎麼可能解釋得清楚呢。

「矢崎小姐，」行成的語氣變得稍微強硬，「如果您再不說，我只能使出最後一步，雖然我非常不願意這麼做。」

看到靜奈抬起頭，他繼續說：

「我就把這本筆記交給警方，請他們代替我問出眞相。不過，我眞的、眞的不想這麼做。無論實情如何我都能接受，請告訴我，拜託了。」他深深低頭行了一禮。

靜奈發現心上那堵牆像方糖一樣，漸漸融化。行成即使知道自己被騙依舊保持平靜，不但沒責怪靜奈，還努力保持紳士風度。面對他的態度，她發現自己內心起了動搖。

靜奈微微張口，「我是受人之託。」

行成聽了立刻抬起頭，「受人之託？是誰呢？」反問之後他似乎有所理解，「是那位姓有明的朋友吧，爲什麼會託您……」

「詳情我不清楚，只是聽說『ARIAKE』一案的凶手是令尊，也就是戶神政行先生。」

「這怎麼可能……」

「因爲我朋友曾目擊凶手的臉，的確就是戶神政行先生。再說，兩家店的牛肉燴飯口味一模一樣，我也不認爲是單純的巧合。」

「您也認爲家父是凶手嗎？」

「我想脫不了關係吧，對不起。」

「您不需要道歉……」行成難過得皺起臉。

「藏那本筆記的理由，似乎是希望警方進行搜查時能找到關鍵性的證據，對方是這麼告訴我的。」

「警方確實已開始懷疑家父，如果再從我家找到這本筆記，可能就更加確定。」蹙著眉頭說到這裡，行成好像察覺到什麼，「警方最近才來過我家，難道是您朋友洩漏了什麼消息給他們嗎？」

靜奈搖搖頭，「這些我就不清楚了。」

行成像要克制內心煩躁似地搔搔頭，拿起身旁的公事包。接著他從裡面抽出一張紙，放在桌上，紙面有著列印的文字。靜奈看了全身僵硬，內容是十四年前的凶案報導，看來是從網路上搜尋到的。

「根據這份報導，好像是當晚孩子們外出時父母慘遭殺害，其中一個孩子就是妳朋友吧。」

靜奈瀏覽了一下那份報導，上面只提到有幾個孩子，並沒有寫出名字，也沒說明被害的兩人只是同居關係。或許寫這篇報導時，報社還沒掌握到所有訊息。

「有件事我想不透，這跟案情應該沒關係，不過，孩子爲什麼單獨在深夜外出呢？」行成喃喃地提出心中疑惑。

「因爲流星。」靜奈說了，「大家一起出去看流星。」

「流星？」

「英仙座流星雨。」

行成起先偏著頭思索，沒多久馬上想起什麼。

「之前您在我家時，提過曾和朋友去看英仙座流星雨，就是這個朋友。」看到靜奈點頭，他抬頭望著天花板，「原來是這麼回事，我知道您爲什麼會幫這個朋友如此大的忙了，從某個角度來看，您也算當事人。」

「我能說的只有這些，其他的事我不清楚。」

「謝謝您告訴我，雖然算是在我威嚇下才說的。」

「您會報警嗎？」

「暫時還不考慮，我想先整理一下頭緒。這本筆記，可以先寄放在我這裡嗎？」

「請便。」

行成把筆記本收進公事包裡，之後放在腿上，看著靜奈。

「您從一開始就是因爲這個目的接近我吧，但我卻一點都沒察覺到。」行成露出自嘲的笑容，「留學也是假的吧。」

對不起，靜奈低下頭。

「我想過，萬一全是誤會，最後還是要把這個給您，但應該不需要了吧？」他從公事包拿出一份檔案夾。

看到封面上的標題，靜奈心頭一熱。那是「加拿大的家常菜」幾個手寫大字。

「我是爲了做這個才進書庫查資料，卻換來這樣的結果，想想眞諷刺。」他一臉落寞地把檔案夾放回公事包。

45

泰輔提心吊膽地窺探著功一的臉色。大哥一如往常般坐在電腦前靜默不語，眉頭深鎖。

靜奈跪坐在地板上，垂頭喪氣。這副姿勢看起來就像是供罪後等待懲罰。

「眞的很對不起。」她的聲音聽來沒什麼精神，這句話從剛才不知已經重複過多少次。「都怪我太大意，讓之前好不容易順利進行的計畫泡湯。我知道再怎麼道歉也沒用，也很氣自己。」

然而，功一還是不作聲，只是不停晃著蹺起的腿，看得出來他正試圖壓抑內心的焦躁不安。

看著消沉的靜奈，泰輔眞想安慰她幾句，又不確定該不該開口，因爲狀況太嚴重了。

「大哥，怎麼辦？」泰輔問道，再也受不了這股凝重的沉默。「被戶神行成發現那本筆記，計畫就全完了，現在沒時間想太多了吧。」

功一搖晃的腿突然停下來，凝視著泰輔，「什麼意思？」

「我要去向警方說清楚，作證案發當晚看到的男人便是戶神政行，還有他店裡牛肉燴飯的口味和『ARIAKE』一模一樣。」

功一交抱雙臂，側著頭思索，「你覺得這樣警方就會逮捕戶神政行了嗎？」

「或許證據上沒那麼充分……」

「你以為我們是為了什麼甘願犧牲爸媽的遺物捏造證據！連做到這種地步警方都還那麼慎重，除非有明確的證據，否則那些人是不會行動的。光是長得很像、口味相同，都不是關鍵證據，你要我講幾遍才懂！」功一氣呼呼地丟下一大串話。

「所以那本筆記是最後王牌了啊。」靜奈沉重地說道，「如果警察找到那本食譜，一定能逮捕戶神政行……」

「已經發生的事再怎麼後悔也於事無補，我們現在該想的是接下來怎麼辦，首先要推測戶神行成下一步的行動。」功一站起來，走到窗邊。

「我看他會把筆記本交給警方吧。」泰輔回答。

是嗎，一旁的靜奈沉吟。

「靜妳自己也說了啊，他要把筆記本送交警方。」

「那是他一開始質問，而我什麼也不回答的時候。他那時也說過其實不想這麼做，還有，離開前他告訴我暫時不考慮報警……」

「他講的話能信嗎？」

「我覺得……可以相信。」聲音雖然相當細微，但靜奈依舊堅持。

泰輔心想，她果然愛上戶神行成了。

不過，功一也說了，「我的想法跟靜一樣。我猜戶神行成不會報警，至少現階段不會。」

大哥的回答倒讓泰輔相當意外。「爲什麼？」

「報警沒有好處。」功一回答得乾脆俐落，「戶神行成知道父親已被警方盯上，當然，他心裡很想相信父親，不過想要相信和打從心底堅信，兩者之間有微妙的差別。也就是說，他希望父親不是凶手，卻又不免還是有些懷疑。如果那本食譜能證明他父親的清白，保證他會毫不猶豫送交警方，但事實不然，尤其裡面還記錄著和『戶神亭』一模一樣的牛肉燴飯。對想要證明父親清白的戶神行成而言，這項事實是不利的，因爲這下說明了他父親跟『ARIAKE』並非毫無交集。」

「你猜他會怎麼做？」

「能想到的就是直接去問他父親本人吧，這也是最快的方法。」

「不過，戶神政行會坦白說出眞相嗎？」

「我猜大概不會，即使面對親生兒子，也不可能輕易承認自己是殺人凶手吧。戶神行成也不是笨蛋，應該懂得這點道理。只不過他會想，如果父親說謊，或許從神情態度上能看出蛛絲馬跡，所以還是會問問。」

「那小子看得出來嗎？他根本只是個傻呼呼的大少爺。」

泰輔話一出口，靜奈立刻反駁，「那個人不是你們想像中的傻呼呼大少爺。如果他只是個沒腦子的大少爺，也不會害得我們現在大傷腦筋。」

「靜說的沒錯。」功一表示贊同，「雖然我沒見過他本人，但戶神行成確實是個腦袋清楚的人。不過，這種人個性格外謹慎，因此雖然自信能看穿父親的謊言，另一方面大概也會考量無法看穿的狀況，最後很可能暫時擱置直接質問父親的方式。」

「如果不問他父親的話，他會怎麼做？」泰輔問。

「一般人會選擇暫時觀望吧。但是，我覺得戶神行成不會這麼做。」

「我就是問他會怎麼做呀。」

功一沉默了幾秒鐘，低頭看著泰輔，「備用手機在哪？」

「備用的？在我這裡。」

功一伸出右手，「交給我。」

泰輔從放在一旁的腰包裡拿出手機，這專用來執行詐騙任務。

「你拿著要做什麼？」泰輔遞給功一，邊問道。

「說不定能用得上，到時就一決勝負。」功一緊握住手機。

行成坐在書桌前，桌面放著一本筆記。他抬起頭，手指按摩著雙眼，嘆口氣後整個身子癱靠在椅背上，維持這個姿勢又看起筆記本。

翻開的頁面上記著炸肉排使用的肉醬作法，所有內容都是手寫的鉛筆字跡，搭配稱不上好看的插圖。有些地方用了難懂的說明，但連小細節也沒省略，敘述得鉅細靡遺，感覺不單純像廚師個人筆記，而是以傳承餐廳口味爲目的。

越是仔細反覆閱讀這些內容，行成越感到不寒而慄，甚至全身起雞皮疙瘩。不止牛肉燴飯，筆記中幾乎所有菜色的作法都和「戶神亭」極度類似，而行成原本都以爲這些是「戶神亭」的原創料理。

光看這本筆記，實在很難相信「戶神亭」，也就是父親政行和「ARIAKE」這家洋食餐廳毫無關聯。照這個狀況，只會讓人認爲其中一家店參考另一家的食譜。然而，「ARIAKE」早在十四年前就已不存在，要說「戶神亭」爲原創不免有些牽強。至於父親政行開發出那道原始牛肉燴飯的時間，也在「ARIAKE」凶案之後。

行成拿起瓶裝礦泉水，打開蓋子灌了一大口。今晚到現在還沒吃飯，一點食慾都沒有，卻沒來由地口渴。

回想和矢崎靜奈之間的種種，對行成來說，和她的談話簡直是一輩子最糟的回憶。雖然幾天之前，自己甚至還想向她求婚。

她那些示好的態度，原來全是在演戲，只是受了一名姓有明的友人所託，爲了順利將食譜筆記藏在戶神家，出於無奈才接近行成。當然，她一開始也打算成功藏好筆記本後，便不再出現在行成面前，伏筆自然就是到加拿大留學。

不僅如此，這項行動背後的眞正原因，更像乘勝追擊般將行成痛擊倒地——「ARIAKE」一案的凶手很可能就是父親政行——據說被害人的子女深信不疑。

這個案子讓行成回想起當時刑警到家裡的狀況，他們帶來舊糖果罐和金表等物品，表上刻的文字正是「ARIAKE」。

行成對這些東西毫無印象，父親政行也表示沒看過。後來刑警也沒說什麼，還以爲一切都告一段落了。

爸爸是強盜殺人犯？怎麼可能……

這實在教人太難接受，不過，眼前這本筆記又該怎麼解釋？況且還有被害人家屬的證詞。

行成另有一件想不透的事，當初麻布十番分店已經計畫好，要以原始口味的牛肉燴飯爲招牌菜色，最後父親政行卻臨時變卦，而且是在聽說矢崎靜奈——當時她自稱高峰佐緒里，曾經吃過口味一模一樣的牛肉燴飯之後做出的決定。難道父親是怕又有其他人發現自家餐廳的口味和「ARIAKE」相似嗎？

頭好痛，他闔起筆記本，按著兩邊太陽穴。

這時，門外傳來腳步聲，聽來是上樓梯，然後通過行成房間停在隔壁房門前。接著是開鎖聲，父親政行外出時總會鎖上房門。

聽到房門關上的聲音後，又恢復寧靜。

行成此刻心情相當激動。

其實他一直考慮，在胡思亂想前是不是該乾脆直接找父親政行問個清楚。例如，拿著那本食譜筆記問他到底是怎麼回事。

不過，行成還是擔心自己能不能坦然相信從父親口中說出的答案。父親應該會一概否認與「ARIAKE」凶案有關吧。如果全盤接受這個答案，就失去原先質問的意義。何況萬一弄僵了，只會導致日後父子關係出現裂痕。

行成從椅子上起身，宛如動物園裡的熊緩緩踱步一會兒後，整個人倒在床上搔抓著頭。他至今依舊相信父親，但矢崎靜奈看來也不是憑空瞎說，畢竟要潛入別人家裡藏匿做爲物證的東西，沒有十足決心是辦不到的。

行成望著靠牆的一排書櫃，上面不止收放平常使用的資料，也有他從小就愛不釋手的書籍。他從床上起身走到書櫃前，抽出一本厚厚的檔案夾。封面上是簽字筆手寫的「星象觀察」標題。

英仙座流星雨——

十四年前，行成還對天文觀測抱持濃厚興趣，當時只要有著名的流星雨，他幾乎不曾錯過。他打開檔案夾，查看過去的紀錄。「ARIAKE」凶案發生的日期已經清楚記在他腦中。根據紀錄，那天確實是英仙座流星雨數量最多的日子。如同矢崎靜奈所言，似乎是雨天，因此行成使用望遠鏡也只看到六顆流星。

但這都不是重點。

當年只要遇上觀測流星雨這類活動，父親政行一定也會參與。說到底，行成會愛上天文觀測，本來就是受到父親影響。最好的證明便是，政行也會一起在這份檔案中，確實記錄他觀測到的流星數目。然而，「ARIAKE」凶案發生當晚，政行那一欄卻是空白的！

中學時期的記憶剎那間在行成腦海甦醒。對了，就是觀測英仙座流星雨的那晚，只有那天是自己一個人看著天文望遠鏡，因爲爸爸很晚了還出門。行成原本心想，既然沒人可聊天，至少期待能看到多一點流星，沒想到情況變得更糟，夜裡居然還下雨！

錯不了，矢崎靜奈說的就是那一晚……

行成手上的檔案夾滑落在地，他卻連撿起來的力氣都沒有，頓時雙腿一軟蹲了下來。

那晚，政行外出，不知去了哪裡。換句話說，「ARIAKE」凶案中他沒有不在場證明。

而這件事，只有行成一個人知道。

正在收拾行李的泰輔，動作顯然有些遲鈍。

「別忘了東西喔，你可是有好一陣子不會回到這裡。」功一提醒弟弟。

「可是，我沒必要搬出去吧。如果有警察來，大不了承認其實我們一起住不就得了，又不是做壞事。」

「你想想所有事情的前因後果，現在講這些也沒用。」

功一剛說完，桌上的手機鈴聲響起，他驚訝地張大眼睛，因爲鈴聲來自平常不該響起的電話，也就是他們口中的「備用手機」。

泰輔大概也嚇了一跳，神情緊張。「那支手機怎麼會……」

功一拿起手機，看了一眼來電顯示，出現的是他意料之中的名字。

他接起電話，「喂。」低聲應答。

「喂，您好。」對方是個男人，「請問是春日井先生嗎？」

功一深呼吸，「我就是。」

對方沉默了幾秒鐘，「聲音跟之前見面時不太一樣，是CORTESIA．JAPAN的春日井先生嗎？」

「我就是春日井。不好意思，請問您是哪位？」

「我叫戶神，戶神行成。」

46

功一在東京車站旁的一家大型書店站著翻閱書籍，但他的注意力全集中在門口。

戶神行成在約定前五分鐘左右出現，身穿灰色西裝。他一進書店就直接往樓梯走去，二樓有個附設的咖啡座。

依目前觀察不像有警方的人跟來，確認之後功一才搭上手扶梯，想探探咖啡座的狀況。

約半數座位都有人，戶神行成坐在靠角落的位子，雙眼直盯著入口處。

功一到二樓後，又搭手扶梯下到一樓，再從和咖啡座相連的樓梯走上來，避開行成的目光，在入口附近挑個位子坐下。

女服務生隨即上前招呼，功一點了可樂。

行成看著手表。他面前放著一杯冰咖啡，似乎還沒動過。

功一再次環顧店內狀況，所有人看來都是一般顧客，不像有刑警僞裝。他心想，如果眞遇上了也沒辦法，只要盡可能避開萩村或柏原就好，正因如此才會這麼謹慎行事。

看到女服務生端來可樂，功一立刻起身。

「不好意思，我剛沒看見朋友已經先到了。」他對女服務生說完便逕自走向行成那桌。

行成一臉意外，睜大了眼睛連忙想站起來。

「別那麼客氣。」功一笑著在行成對面坐下。

女服務生隨後將可樂和帳單放在桌上。

看得出行成大大吐了口氣。

「你做事真謹愼，應該早就看到我了，但還是先在其他位子上觀察了一會兒。」

「因爲一直以來都不太能信任他人，這也算一種處世哲學。對我們這種得靠自己活下去的人來說，是理所當然的事。」

行成眼裡閃過精光，「你父母不在了嗎？」

「是的。」

「所以你——」行成雙眼直盯著功一，「姓有明吧？」

功一直視著對方的目光，快速在腦中思索。

接到行成的來電是在將近一小時前，說是想碰個面談談矢崎靜奈的事。他似乎發現接電話的並不是CORTESIA・JAPAN的春日井，卻也沒有多問什麼。或許他早猜到，既然和靜奈相識是經過安排，那麼春日井也是虛構的人物，背後肯定有人操縱一切。

功一決定見了行成再斟酌要不要承認自己就是有明。不過，這麼一來所有判斷便只能憑直覺。

「算是如你所料吧。我聽矢崎靜奈說了，食譜筆記那件事沒能成功，實在太遺憾了。」

「這整件事簡直像晴天霹靂，沒想到和她相識的背後居然有這樣的計畫，看著一無所知且還對她傾心的我，你一定覺得很可笑吧。」

「很可惜，我沒有那種閒工夫，光想著怎麼揭發戶神政行的罪行，已讓我傷透腦筋。」

「提到這件事，爲什麼要弄得那麼複雜？如果認爲家父神似凶手，報警不就行了？」

「光憑長相神似這一點，警方是不會行動的。」

「因為這樣，你才想把物證藏在我家吧。不過，說來眞奇怪，在你策畫的這段時間，警方已經來過舍下和家父談過幾次，還帶來一支舊金表供指認。難道這些也和你有關？」

「你想太多了。那跟我無關，警方也曾拿那支金表給我看，但我從來沒見過。我也是最近才曉得警方終於盯上戶神政行，基於什麼原因，他們也不願透露。總之，對我們來說算是搭上了順風車，如果接下來府上遭到搜索，同時再起出那本食譜筆記，一切就太完美了。」

行成認眞地聽著功一的話，雙眼似乎想看穿功一的內心。

「你一口咬定家父是凶手的證據，就是那道牛肉燴飯嗎？」

「沒錯，那個味道絕不只是碰巧雷同，唯一說得通的，便是其中一家模仿。至於抄襲的是哪一方，不用多說也很清楚吧。」

行成嘴角扭曲，顯得十分苦惱。「家父是之後才做出那個口味的，這點我也知道。」

「那麼，你也能了解我的心情吧。」

行成低下頭，端起那杯冰咖啡。但他沒喝，又抬起頭。

「請問，接下來你打算怎麼辦？原先想讓警方搜出物證的計畫顯然已經失敗了。」

「關於這次計畫，檢討起來是花招要過了頭，所以接下來我打算光明正大地從正面攻擊。還好警方對戶神政行的懷疑似乎又加深了，只要積極配合調查，最後終究正義必勝吧，也只能這樣相信。」

正義，功一對這兩個字實在沒好感，但他還是刻意用了。

「不過，沒證據了吧？」行成的目光帶著試探。

功一抓起杯子，咕嚕喝了一大口可樂。冰塊已經融化，味道也隨之變淡。

「現階段沒有絕對性的物證的確是事實，不過，還有最後的王牌。」

「王牌？」

「當初凶手留了件東西在凶案現場忘了帶走。實際上也可能不是忘記，只是沒帶走而已，因爲查證顯示指紋已被擦去。凶手應該是認定只要不留下指紋，就無從搜查起吧，當年的科技確實也僅止於此。因此，警方一直以來對於那樣物品的處理方式，也眞像忘了它的存在。不過，隨著時代變遷，科學辦案也有飛躍性的進展，現在除了指紋也有其他鎖定凶手的方法。」

「指紋以外……像是DNA鑑定嗎？」

聽行成這麼說，功一用力點頭。

「如同一般所知，可以用頭髮或血液鑑定出DNA，事實上目前最新的技術更驚人，似乎光憑汗水、污垢或是手指分泌的油脂，都可以用來鑑定。換句話說，即便擦掉指紋，但若附著有剛才說的那些物質，一樣能查出東西是誰留下的。」

能夠流利解釋這麼一大串，是因爲這些內容功一出門前才剛推演過。

功一口中凶手忘了帶走的，就是案發當晚遺留在「ARIAKE」後門邊的塑膠傘。那把傘極有可能是凶手的，卻沒能成爲調查的有力證物。目前警方怎麼處理那把傘，功一並不清楚，也不確定他們是不是討論過剛才功一說的搜查方式。

然而，功一既然要和行成對決，得有張重量級王牌在手。如果對方知道自己手上已經沒有任何武器，搞不好就會報警，說出靜奈的事。這麼一來，警方的目標恐怕便會從戶神政行轉向功一兄妹。

「不能告訴我那樣凶手忘了帶走的東西是什麼嗎？」行成問道。

「當然，哪有人會笨到把底牌掀給對手看呢。」

功一覺得虛張聲勢的策略可能成功了，只要行成感到一絲不安，就達到了預期的目標。戶神政行應該知道自己將塑膠傘忘在凶案現場沒帶走，想必當時情況相當急迫。這下子如果他採取什麼行動，或許會製造一個切入的契機。

只見行成眉頭深鎖，陷入沉思，一會兒之後像是下定決心般抬起頭。

「有明先生，你還有意願再試一次嗎？」

「什麼？」功一滿臉困惑，「再試一次什麼？」

「設局，先前你設計藏匿筆記的計畫已失敗，所以我問你還願不願意再挑戰一次。」

功一忍不住笑得肩膀晃動。

「有沒有搞錯？我們是想證明戶神政行……也就是你父親的罪行喔。」

「所以我才提議要不要再試一次。這次我會幫忙，如果家父眞是凶手，一定會成功。」

功一皺起眉頭直盯著行成，他那雙認眞的眼睛中透露著背水一戰的迫切。

「你是認眞的？」

「你覺得這種事能開玩笑嗎？」

「該不是想引我上鉤吧，爲什麼你會提出……」

「那還用說，我也一樣想知道眞相！」行成說完後，總算拿起冰咖啡大口喝下。

功一回到住處後，發現不止泰輔，連靜奈也在等他。

「不是告訴你們暫時別來這裡，誰知道柏原刑警哪時又會跑來，被他發現我們聚在一起就麻煩了。」功一瞪著靜奈。

「是我找她來的。」泰輔解釋，「因爲大哥去見戶神行成了，總要讓靜知道是怎麼回事吧。」

「怎麼樣？」靜奈的眼神中充滿擔憂。

「這個嘛，事情變得有點詭異。」

功一把行成的建議告訴兩人。聽完後靜奈陷入沉思，在床上的泰輔則驚訝得整個人彈起來。

「那大哥怎麼說？」

「嗯，稍微猶豫一下，最後還是接受他的建議。」

「咦……行不行啊，感覺好像沒那麼簡單。這可是牽涉到他爸是不是殺人犯的重要關鍵，他有什麼理由站在我們這邊？」

「他不是站在我們這邊，我猜他也想弄清楚眞相，讓整件事告一段落。」

「咦……是嗎，天底下居然有人會這樣想。」泰輔偏著頭，納悶得臉都皺起來了。

「他的確會這麼想。」靜奈仍低著頭，接著抬頭看著功一繼續說，「他就是這種人。」

功一點點頭，「有句話我眞的不該說，」他凝視著靜奈，「不過，我現在大概懂了，爲什麼妳會愛上這個男人。」

「就跟你說……我沒愛上他。」靜奈撥弄著自己的腳趾甲，喃喃低語。

站在門口，行成再次慢慢深呼吸，重新確認過心裡的話語後，握緊拳頭敲門。

「進來。」一個低沉的聲音回應，行成轉動門把。

政行正坐在書桌前，他摘下老花眼鏡，將椅子轉過來，「什麼事？」

「現在有時間嗎？有件重要的事情想談談。」

「麻布十番分店的事嗎？」

「不，是爸的事。」行成在單人沙發坐下。「今天你回家前，神奈川縣警局的刑警來過。」

政行臉色一沉，「又來了？這次說什麼？」

「我覺得有點怪，他們問爸願不願意提供DNA做鑑定。」

「DNA？要做什麼？」

「對方好像正調查一起早發生在十四年前的強盜殺人案，當然，這表示追訴期近了，到這個階段不得不裝裝樣子，所以打算至少找出可能涉嫌的對象，一個個鑑定DNA。還好老媽這陣子回娘家，這種事可不能讓她知道。」

「既然要鑑定，不是得知道凶手的DNA才行嗎……」

「聽說凶手在案發現場留了東西沒帶走。當年的技術只能從頭髮和血液鑑定DNA，但照現在的科技，好像不論汗水、污垢或手上分泌的油脂，都能用來鑑定。」

「這樣啊……」

看到政行眼神游移不定，行成心中一陣不安，很少見到父親情緒這麼不穩的模樣。

「我實在不想讓警察再來家裡囉哩囉唆，所以就自作主張把爸的牙刷和刮鬍刀交給他們。好像還需要一份本人同意書，我也一併代簽了。這樣處理沒問題吧？」

政行眨了幾下眼，微微點頭，「嗯，沒問題。那些刑警還說了什麼嗎？」

「好像就爲了這件事來。這下子應該能一勞永逸，對我們反而比較好。」

「是啊，你要告訴我的只有這些？」

「只有這些。」行成站起身，「不好意思打擾你工作，晚安。」

「嗯。」行成在走出房間時，聽到政行的回應。

47

從手機確認過地圖後，對照電線杆上的地址標示，功一停下腳步。

「這條路應該沒錯，轉過那個拐角就能看到戶神家。」

「突然緊張了起來。」泰輔舔舔嘴唇。

「這太不像你了，這種事你不知道做過多少次了吧。」

「這跟騙那些年輕小伙子不一樣嘛，而且平常還有靜的強力支援。」

「別怕，你一定辦得到。」

「是嗎，試試看嘍。」泰輔整整領帶。

兩人今天都穿著西裝，功一看著泰輔，嘆了口氣。

「我眞是佩服你，你這小子太厲害了，什麼都能演。看上去就是個菜鳥刑警的感覺，明明西裝跟扮銀行員時是同一套。」

「那是因爲我本身沒什麼特色吧。」泰輔調整一下眼鏡。當然，這是副變裝用的平光眼鏡。

「我可不認爲只有這個原因。」

旁邊剛好有家咖啡廳。玻璃窗上映著兩人的身影，功一看看弟弟再看看自己，偏著頭說道，「我才該擔心自己行不行咧。」

功一沒打領帶，因爲泰輔說這樣看起來才像刑警。

「我覺得不要一臉凶惡比較好。」泰輔建議。

「可是刑警感覺都雙眼炯炯有神的。」

「到了中年確實是這樣，不過年輕人瞪著一雙大眼睛，怎麼看都只像使白眼。連續劇裡不是常有很多扮刑警的年輕演員，演起來讓人覺得根本是個小流氓嗎？重點就在不能過頭。」

「眞難，演戲的部分交給你吧。」功一看了手表後，握緊手機，「時間到，我打電話。」

「戶神在家嗎？」

「應該在吧。今天『戶神亭』公休，照理說行成會設法把他留在家裡。」

「希望行成不要擺我們一道。」泰輔一臉擔憂。

「都走到這個地步了，別說這種話。現在只能硬著頭皮撐下去。」功一拿起手機撥號。

牆上時鐘指著下午一點十分時，家裡的電話鈴聲響起，一切如同原定計畫。行成望向父親政行，他正坐在沙發上看報紙。

貴美子和朋友外出看戲，要到晚上才回來。這並非巧合，戲票是行成送的，目的當然是不想讓她看到今天接下來可能會發生的事。

行成接起電話，「喂，我是戶神。」

「我是有明。」對方說，「我們到你家附近了，你爸爸在家吧。」

「家父嗎？是的，他在家。」行成邊講邊轉過頭，正在看報的政行聽了抬起臉。

「可以按照原定計畫進行吧？再過幾分鐘就能到府上。」

「現在嗎？應該沒什麼問題，不過，有什麼事呢？」

「我這邊還有另一個同伴。你和矢崎靜奈第一次碰面時，還有個叫春日井的男人吧，就是CORTESIA・JAPAN的春日井，他也扮成刑警一起來，待會兒你別嚇到。當然，整個計畫我已經告訴他了。」

「這樣啊。請問，那位刑警先生貴姓……」

「就用……草薙好了，跟SMAP的草彅念法一樣(*1)；然後我是加賀，女明星加賀麻里子的加賀。我們都自稱神奈川縣警總部的刑警，名片也準備好了。至於警察手冊，帶是帶了，但一看就知道是假的，盡可能不亮出來。」

「我知道了，那十分鐘後見。」行成說完掛斷電話。

「警察打來的？」政行立刻追問。

「嗯，說馬上要過來，好像是因爲前幾天的事需要再來家裡詳談。」

「前幾天的事？是那個什麼DNA檢驗的事嗎？」
「大概是吧，對方說詳細狀況等來了再談。」
「這樣啊……」
政行一臉若有所思地把報紙摺起來。
門鈴在剛好過十分鐘時響起。

「我是神奈川縣警局的草薙，不好意思冒昧造訪。」泰輔站在玄關通道說完後，遞上名片。
「需要談很久嗎？」行成問道。
「得視情況而定。總之，可以先讓我們見戶神政行先生嗎？」
「好的，請進。」
和泰輔一起被領著走過長廊，功一心想，眞不簡單。即使政行不在一旁，行成見了泰輔也始終面不改色，這也展現了他試圖讓計畫完美進行的決心。
戶神政行坐在沙發上等著，身上套著一件褐色開襟毛衣。
簡單打過招呼後，功一和泰輔在政行對面坐下，行成則坐在政行身旁。
「想必令郎已經提過，我們正調查一起十四年前發生在橫須賀的強盜殺人案。現在掌握到幾

*1 「草薙」和「草彅」的日文發音都是kusanagi。

條線索，我們這個小組負責調查當時疑似凶手留在案發現場的物品，目前將重點放在DNA鑑定上。具體來說，因把手部分殘留有手指油脂，現在已能藉此鑑定出DNA，這是十四年前還沒有的技術。」

泰輔這番話說得行雲流水，一如往常。功一暗想，這麼一來不可能引人起疑了吧。

「聽說是這樣，所以才要我也提供DNA吧？」政行問道。

「照理應該要徵得當事人同意，但這次多虧令郎願意代簽同意書，才讓整個作業迅速進行。」泰輔轉朝行成點頭示意，「謝謝您的配合。」

「那麼，鑑定結果出來了嗎？」政行嚴肅地盯著泰輔。

功一感覺得到對方的焦急，打從聽到行成說了DNA鑑定一事，這老傢伙肯定煩惱到連晚上都睡不著覺，此刻一定巴不得立刻聽到結果。

功一確信這次的行動一定能成功。

「結果出來了。」泰輔直視政行的雙眼，「我直接報告結論，DNA的相似度爲百分之九十九點九。簡單來說，這個數據法庭上認定兩者符合。」

政行臉頰的一絲抽動逃不過功一的眼睛。

行成立刻站起身，「怎麼可能有這種事！一定是弄錯了！」

「我們就怕引起誤會，所以整個鑑定過程都格外謹慎。鑑定報告今天也一起帶過來了，您要過目嗎？」泰輔的語氣堅定沉著。

「誰要看那種胡亂捏造的報告！」行成低頭看著父親，「爸，找中原律師來吧。眞是豈有此理！」

中原好像是戶神家熟識的律師，這件事功一也聽行成說過。

「等等，你先冷靜一下。」政行說完後低下頭，狀似沉思。

功一看看行成，兩人目光交會。從行成的表情得知，此刻還看不出他父親是不是凶手。

「戶神政行先生。」泰輔開口，「從科學上的鑑定結果顯示，您的確觸摸過物品把手部分。接下來必須釐清您是在何時何地接觸到該項物品，麻煩跟我們回局裡一趟吧。」

「等一下！不能只因爲留下觸摸過把手的跡象，就判定那是我父親的東西吧？」行成氣勢洶洶地反駁，「可能是在某處不小心碰到別人的東西，或情況相反，是凶手偷了我父親的東西。不能用這個鑑定結果來證明我父親是殺人凶手啊！」

「當然，我們還沒有斷定令尊爲凶手，只是提出他曾觸碰過該項物品的證明。」泰輔四兩撥千斤地回答。

行成看著政行，「我記得爸那時候相當愛惜，說是因爲很輕，把手又好握。但那不是被偷了嗎？搞不好那個小偷就是凶手啊。」

「被偷了？這是怎麼回事？」泰輔問政行。

「沒有，那個應該不相干。」政行搖頭否認。

「爲了愼重起見請您說明，究竟是怎麼回事？」

「就說清楚啊，爸。」

「你閉嘴，這跟那把傘沒關係，讓我先想一想。」

聽到這句話的瞬間，功一目睹行成臉上一下子失去了血色，接著他更失望到垂頭喪氣。

相對地，功一卻覺得自己全身血液澎湃沸騰，體溫明顯上升。他看向身旁，泰輔也脹紅著臉。

「爸。」行成低著頭說，「你怎麼知道是傘？」

政行訝異地看著兒子，「什麼意思？」

行成抬起頭。只見他一臉蒼白，卻泛紅了眼眶。

「沒人說過凶手留下的物品是傘！你又怎麼知道的？」

一時之間，政行似乎沒意會兒子指的是什麼，不過，下一刻他就睜大雙眼，恍然大悟地看著功一兄弟。

「露出狐狸尾巴了吧，戶神先生。」功一說道，「我可是聽得清清楚楚，連令郎也能作證，看你還要往哪裡逃！」

政行看著行成，「這是怎麼搞的？」

行成一臉苦悶，直搖著頭，「這兩位並不是刑警，他們是被害人有明夫婦的兒子。」

「有明的……」政行的神色倏然變了。

「你一定想問我爲什麼做這種事，我之後再找機會說明。總之，我現在想對爸說的只有一句，自首吧！趕快自首，好好贖罪。」行成勉強擠出這些話。

「戶神先生。」功一說，「我們做了交易，只要能證明你的罪行，令郎便勸你自首。交換條件是，我們不對警方說出今天的對話內容，也就是你的自首完全出於自願，這點到了法庭對你多少有利吧？」

「你認了吧。」泰輔摘下眼鏡說，「我案發那晚看到你了！十四年來從沒忘記！」

政行眉頭深鎖，嘴唇緊抿成一條線，兩邊太陽穴各流下一道汗水。

「爸。」行成開口，「拜託你，別把事情弄得更難看。」

政行「呼」地長長嘆了口氣，轉而看著功一兩兄弟。

「原來你們是被害人的兒子。」

「凶手就是你吧。」功一說道。

然而，政行卻不置可否，轉過頭問兒子，「上次來家裡的刑警……我記得是神奈川縣警局的萩村和柏原兩位，名片你還留著嗎？」

「應該有。」行成站起來，打開旁邊櫃子的抽屜，拿出名片放在政行面前，「是這個吧。」

政行接過，拿起功一兩人打招呼時遞上的名片相互比較，「做得眞好，簡直維妙維肖。」說完露出淺淺一笑。

功一心想，這是不是做好心理準備的自嘲笑容呢？

政行拿起手機，看著萩村的名片打起電話。

「您好……是萩村先生嗎？不好意思百忙中打擾您。我是戶神，戶神政行。」他態度沉著地繼續說，「現在方便嗎？……是這樣的，有件重要的事想跟您談，能立刻來舍下一趟嗎？」

功一大吃一驚，沒想到他居然當場打電話聯絡萩村。

「詳細狀況等見了面再說……好的，待會兒慢慢談……是，麻煩您了。」掛斷電話後，政行對功一說，「他一個鐘頭以內趕過來。」

「如果您要自首的話，我們就先告辭。」

「不，請兩位也一起留下來。另外，我沒打算自首。」

「什麼？」連功一都感覺到自己嘴角扭曲了，「都到這時候了你還有什麼話好說！」

「爸……」

「好了，聽著。」政行制止兒子說下去，又朝功一和泰輔道，「也難怪你們會懷疑我。不過，有一點我先說清楚，殺害你們父母的不是我。」

「你說什麼？」

「開什麼玩笑！」泰輔激動地探出身子，「你有沒有在聽啊？我看到你的臉啦！少裝蒜！」

他氣得差點撲上去。

功一立刻伸出右手，按住泰輔。

「到底是什麼意思？」功一問政行。

「你看到的人確實是我。」政行抬頭看著泰輔，「那天晚上，我去了你們家，就是『ARIAKE』，這點我承認。」

「你是說，你去了卻沒殺人？」功一質問。

「我沒殺人，凶手不是我。」政行低聲繼續道，「我是案發之後才到的，那時你們父母已慘遭毒手。」

48

「這種謊話你也講得出……」功一咬緊牙根，狠狠瞪著政行。

「我沒說謊。如果你們願意平心靜氣聽完，我可以馬上告訴你們一切經過；要不然我們就只能等萩村刑警來了。」

功一和泰輔對看一眼，只見泰輔氣得呼吸急促，功一拍拍弟弟肩膀，坐直身子。

「好，聽你怎麼說。」功一對政行道。

萬一等萩村他們來，功一自己倒也罷了，連泰輔都在這裡實在不妙。不過，總不能沒聽到任何解釋就離開，功一做好心理準備，看著辦吧。

行成，政行叫他。

「你到我房間，從書桌最下面抽屜裡拿一本黑色封面的筆記過來，先別看內容。」

「黑色封面……好的。」行成走出客廳。

政行再次看向功一和泰輔，「你們怎麼知道我的事？」

「聽警方說的。」功一回答，「警方問我對『戸神亭』這家餐廳有沒有印象。雖然他們不肯透露，但我也察覺應該跟案情有關，於是和弟弟到你位在關內的總店，再次確認你的長相。」

「原來如此。不過，這倒怪了，因爲我幾乎沒在那家分店外場露過臉。」政行偏著頭納悶，「我還想請教你們跟行成的關係，這部分待會兒再談。我猜那位高峰小姐也參與其中吧。」

這個人看來早對靜奈起了疑心。眼看功一兄弟倆沉默不語，政行收了收下巴，似乎洞悉了箇中緣由。

「吃過敝餐廳的餐點嗎？」

「吃了牛肉燴飯。」功一回答，「雖然做過調整，但明顯是我爸的味道。」

政行微笑著點點頭，「你們的父親是個了不起的廚師，富有大膽創意，同時又能掌控極爲纖細的口味變化，簡直是天才。可惜他卻花了過多心思在料理之外的地方，如果不那麼沉迷賭博，現在成名的餐廳可能就不是『戶神亭』，而是『ARIAKE』了。」

「你這話什麼意思？」

功一開口反問時，行成拿著筆記本回到了客廳。

政行接過之後說，「一切都被你看透了，敝店確實是以有明先生製作的口味爲基礎。」

「你現在不承認殺人，但認了偷食譜？」

「不是，我沒有偷，這是買來的。」

「買的？」

「總共花了五十萬，買到這個。」政行攤開筆記本，放到功一面前。

功一看了驚訝地倒抽一口氣。那本筆記貼滿了影印紙，至於內容，沒人比他更熟悉。

在一旁的行成也湊上來窺探，「這是……那本食譜筆記！」

「你看過正本嗎？」政行相當意外。

「他們拿給我看過。重點是，這真的是爸花錢買的嗎？」

「是真的。」政行看了功一兄弟倆一眼，「當時有明先生迷上賭博，我跟他也是在那種場合認識的。最初我只是外送餐點到那家店。」

功一知道他說的是外圍賭場。

「我和有明先生在那裡起了一點小爭執。他罵我『端出這種東西難道不覺得丟臉嗎？』一問之下才知道他也是洋食廚師，對自己手藝頗有信心的我忍不住反譏『那你煮的東西又多好吃！』

於是，幾天後我去了他開的餐廳，也就是『ARIAKE』。」政行的目光遙遠，回想著多年前的情景，接著搖了搖頭，「吃了一口他做的菜，我大受打擊。那徹底顛覆了我先前對洋食的主觀概念，也終於明白自己的餐廳爲什麼總是生意清淡。那口味雖仍印象深刻，我卻想破腦袋也做不出同樣的味道。最後我顧不得羞恥，拋開面子請教有明先生。他當然不可能告訴我，只丟下一句『你自己想！』」

「既然這樣，爲什麼這本食譜……」功一問道。

「我回到自己店裡不斷研究，想盡辦法要做出那個味道。不過，怎麼努力都沒辦法重現。就在爲自己的無力感到煩躁焦急時，有明先生主動聯絡了，問我要不要出錢買食譜。」

「我爸主動？」

「因爲他急需一筆錢吧。詳細情況我沒問，但也猜得到。先前我早聽說他因爲賭博欠下一大筆債，很可能是被催討得緊了。五十萬也是他開出的價錢，大概到處籌過之後還差這個數目吧。」

「然後爸就決定買了嗎？」行成問他。

政行難過得神情糾結，點了點頭。

「身爲一名專業廚師，這實在是可恥至極，但我還是答應了。我趕緊到銀行領了錢，用現金掛號寄出，深怕稍有遲疑便被其他人捷足先登。幾天後他跟我聯絡，說食譜已經影印好，要我去拿。當天晚上我便趕往『ARIAKE』。因爲忙著自己餐廳打烊後的整理，到那裡已經很晚。先前他在電話中交代從後門進去，所以我繞到店後方。」說到這裡，政行停了下來深呼吸一口氣，「那時，後門已經有人，從體型看得出來不是有明先生，但卻看不清楚臉。那個人正要進到屋裡。」

功一探出身子，「你說什麼……」

「我不想跟其他人打照面，於是躲在暗處等候。一面猜測著有明先生說不定又把食譜賣給其他跟我一樣的廚師，如果眞是這樣，不就被有明先生騙了嗎！這個人眞是太卑鄙了。」政行淡淡笑了下，接著又正色繼續說，「大約過了十分鐘，先前那人開了後門出來，飛奔離去。我看他跑遠之後才打開後門，朝裡面喊了幾聲卻沒人回應，只好再進到裡頭，打開客廳拉門。一看到裡面的情景，差點放聲尖叫。」

功一回想起十四年前親眼目睹的那一幕。見到那副慘狀，也難怪政行要尖叫了。

「當時我只想到一件事，就是不宜久留。不過，在我往外衝時看到櫃子上的一疊影印紙，正是食譜筆記！我隨手抓了那疊筆記，從後門離開。」說到這裡政行看著泰輔，「你大概就是那時候看到我。我嚇得要命，完全沒發現旁邊居然還有個小孩。」

「騙人！」泰輔扯著嘶啞的聲音，「你在騙人！」

「聽起來很難相信，但都是眞的。」政行嘆了口氣，「話雖這麼說，我也不認爲自己是清白的。我用這種手段取得食譜，接著以此爲基礎，開始在自己店裡推出『ARIAKE』的牛肉燴飯。這道菜很快地便廣受好評，『戶神亭』的生意也越來越好，但我就像作弊拿高分一樣，驕傲不起來，這一直是我心裡揮不去的陰影。我也很心急，希望能早一刻擺脫『ARIAKE』這本食譜帶來的影響。但事實卻剛好相反，『ARIAKE』的口味在『戶神亭』受到越來越多人喜愛，最後連我自己也不知如何是好。」

政行將雙手放在腿上，深深一鞠躬。

「我爲了自保，讓你們吃了這麼多苦，眞不曉得該怎麼表達我的歉意。眞的很對不起。」

泰輔突然站起來。

「這些廢話就免了！偷食譜的事情不重要，重點是殺人那部分呢？快招供啊！」

「冷靜點，泰輔！」

「你要相信這傢伙的鬼話嗎，他一定是胡說八道啦！」

「你這時候激動又有什麼用！總之要儘快釐清眞相，你得沉住氣。」功一看著政行，「這些事不能單憑你的一面之詞，有什麼證據嗎？」

「等萩村刑警他們一到，我就拿出來。」政行點點頭。

功一看著他的雙眼，覺得自己的信心開始動搖。政行的話聽來符合邏輯，至少不像是當場隨便捏造的藉口。

功一想到，有人曾在案發前一日白天，見到他母親塔子出現在圖書館。平常她幾乎不上圖書館，看來可能是爲了影印食譜筆記，這麼一想就說得通了。

如果在戶神政行之前有另一個人到家裡，會是誰呢？功一完全想不出來。

這時，對講機的鈴聲響起，在場所有人同時抬起頭。

行成站起來開門。功一緊盯著政行，不發一語。政行則閉目以對。

一會兒之後，行成領著萩村走進來，後面還跟著柏原。

「上次多謝配合……」萩村向政行打過招呼後，赫然發現功一，驚訝地睜大雙眼。接著他又看著泰輔，大感意外地問道，「你是泰輔吧？」

泰輔尷尬地向下望。

「兩個人聯絡上了？」柏原看著功一。

「好不容易才找到這小子。柏原叔叔交代過，查案的事交給警方處理，但我們實在太心急，便一起去了『戶神亭』。結果我弟一看到這個人就確定他是凶手，我們今天才會這樣闖進來。」

「闖進來？」萩村驚訝地皺起眉頭。

「這兩位好像先和小犬談過。小犬對刑警先生的來訪感到很納悶，才想請他們過來釐清狀況。既然這樣，我也打算將自己所知全盤托出。真是抱歉，臨時把您們找來。」政行這番說明相當巧妙，隻字未提功一兄弟倆假扮刑警想設計他的部分。

「您知道『ARIAKE』一案的真相嗎？」萩村問道。

「倒也不算真相。很遺憾，我不知道凶手是誰，但我的確隱瞞了重要的事實。」

政行再次將取得食譜的來龍去脈告訴萩村。萩村站著做筆記，臉上不斷浮現出驚訝與困惑的神情。

過了好一會兒，「戶神先生。」柏原開口說道，「您這番話聽起來還頗有說服力，不過，恕我直言，十四年這麼長的時間，要編出一套合理的說詞似乎不是太難。您有辦法證明現在說的都是事實嗎？」

「應該可以，至少能證明我不是凶手。」政行保持堅定地語氣說完後，看著萩村，「凶案現場應該有一件疑似凶手留下的物品吧。一把透明塑膠傘，對嗎？」

萩村睜大眼睛，看著功一，「警方沒有公開塑膠傘的事，是你說的嗎？」

「不是，我還沒來得及說，他就知道了，所以我才更確定他是凶手……」功一說到最後有些支吾其詞。

「那您又怎麼知道呢？」萩村問政行。

「很簡單，因爲那把傘是我的。那天晚上我撐著傘到『ARIAKE』，而且是一把塑膠傘。」

「也就是說，您忘了帶走嘍？」

「不是這個意思，我沒忘了帶走傘。」

萩村驚訝地挺出下顎，「這是什麼意思？」

「請稍等一會兒，我拿個東西給大家看。」政行說完站起身。

功一雙臂抱胸，默不作聲。總之，他決定先把話聽到最後。旁邊的泰輔也靜靜低著頭。

「太驚人了。」萩村的低語此刻顯得特別響亮，在他身旁的柏原則一臉嚴肅，陷入沉思。

隨著一陣腳步聲傳來，政行回到客廳，手上拿著一根細長棒狀物品，外頭用包巾裹著。

「那是什麼？」萩村問他。

「請打開看看。」政行將東西遞給萩村。

萩村打開包巾的剎那，「啊」功一忍不住失聲驚叫，裡面竟然是一把裝在細長透明袋子裡的塑膠傘。

「那天夜裡，我的確撐了傘到『ARIAKE』去。」政行說完又看著泰輔，「你好像沒看清楚，不過，傘如果只拿在手上沒撐開，可能也不容易看出來吧。」

「但您剛才說，留在凶案現場的傘是您的……」萩村質疑。

「因為弄錯了。」

「弄錯了？」

「我進屋內時，將傘放入後門邊的桶子裡，但離開時卻拿走另一把傘。等發現時已經離『ARIAKE』一大段路，我瞬間想起，早一步到『ARIAKE』的那個人進門時確實收了傘，但臨走時卻沒拿傘。」

萩村瞪大了眼，直盯著手上的傘，「這麼說，這是凶手的傘……」

「是的。」政行點點頭，「我應該早點向警方坦承，卻始終辦不到，因為提不起勇氣。但是，我已經做好警察總會找上門的心理準備，因為留在現場的傘上應該有我的指紋。我也保存這把傘，以便到時候能解釋清楚，還特地裝在袋子裡，妥善留下凶手的指紋。沒想到警察根本沒來，十四年來一點消息也沒有。好不容易出現時，拿來讓我指認的，卻是毫無印象的金表和舊糖果罐，還說上面有我的指紋，讓我一頭霧水。本來想說明雨傘的事，後來決定先觀望一陣子，了解情況再說。」

功一聽了啞口無言，因為政行的話聽來不假，總不可能捏造一切，還連雨傘都準備好吧。

「請仔細檢查這把傘。」政行對萩村說，「當我發現弄錯時，曾經朝傘柄吹口氣，看到指紋清楚浮現。因為我先前握著塑膠傘面的部分，傘柄上確定不是我的指紋。我想應該是凶手的。」

萩村神情嚴肅地凝視著那把傘。不過，沒多久他抬起頭看著政行，緩緩搖頭。

「不對，這說不通。」

功一驚訝地抬起頭望著刑警。萩村隨即對政行說，「這其中有矛盾，您沒說實話。」

49

政行一臉意外地瞪著刑警，「我說的話哪裡矛盾？」

萩村看似吸了一口氣後才又開口，「您不覺得自己說的話很怪嗎？沒錯，我們仔細檢查了留在現場的那把雨傘，卻始終沒找上您，知道爲什麼嗎？」

「關於這一點，我是眞的想也想不透，只好認爲，大概是當時清查的有明先生交友關係中，沒出現我的名字吧。因爲他似乎沒讓別人發現和我之間的往來。直到最近你們才要求採集我的指紋，目的卻是爲了對照金表上的指紋，但這對我而言也不成問題，坦白說，我早做好心理準備，遲早會有人發現傘上指紋是我的。然而，看情形好像又不太一樣，對此我非常納悶。」

聽著政行的解釋，功一也察覺到萩村說的矛盾。政行所謂的眞相確實和部分事實有出入，卻又不像在說謊。因爲如果他是眞凶，不可能沒發現其中的差異。

「戶神先生，您所說的眞是事實嗎？」萩村再次確認。

「全都是眞的，沒有半句假話。」政行回答得斬釘截鐵。

「那就太奇怪了。您說留在現場的傘才是您的，也早做好心理準備會被驗出指紋。可是，那把傘上並沒有留下指紋，有人刻意擦掉了！」

聽著萩村的解釋，功一用力點頭，當初他聽到的雨傘狀況便是如此。

「不對，這不可能！」政行一臉驚慌，「我離開時確實拿錯了傘！如果還有時間擦去指紋，又怎麼會弄錯？」

「那麼，傘上的指紋爲什麼不見了？」

「我不知道，也沒辦法回答。我只是說出事實。」

「再跟您確認一次，這把傘眞的不是您的嗎？如果留在現場那把傘是凶手的，那麼，指紋也是被在您之前抵達『ARIAKE』的凶手擦掉，這樣解釋才較合邏輯。」

但政行聽了卻搖搖頭，「就因爲知道拿錯了傘，我才小心保存了長達十四年。雖然是到處可見的一般塑膠傘，但這絕不是我的。我那把傘收起來時，帶子是用扣的，但這把傘卻是用魔鬼氈黏貼。我看到這部分才發現弄錯了。」

功一不認爲政行說謊，也看不出他有任何說謊的理由。不過，爲什麼會出現這種矛盾？

功一仔細看著放在桌上的雨傘。如同政行所說，這是把隨處可見的普通塑膠傘，傘面部分透明，傘柄部分是白色塑膠材質。

此外，白色傘柄部分有幾道細細的條狀刮痕。功一凝視著那幾道刮痕時，腦中浮現一個念頭，雖然不過是靈光一現，卻立刻喚醒功一最陳舊的記憶。一幕情景在他腦海生動清晰重現。

「怎麼了？」萩村問道。

功一當下沒有回答，因爲他腦中的景象實在太震撼，連自己都試圖否定，一時之間無法接受。然而，這個推測背後的說服力之強，一再衝擊他的心，所有的疑惑和謎團都在瞬間解開。

「怎麼了，大哥？」泰輔憂心地問。

「嗯，沒什麼。」功一低著頭。他連頭都不敢抬起來，還得拚命克制不住顫抖的身子。

萩村低吟了一會兒後，對旁邊的柏原說，「看來現階段也只能先帶這把傘回去了。」
「是啊。」柏原輕輕點了頭，「這下子調查行動又回到原點。」
「當時的指紋紀錄還留著，請他們儘快進行比對——這把傘可以先交給我們吧。」
「當然可以。」政行簡潔回答萩村。
兩名刑警匆忙離去，行成還送他們到玄關。這段時間功一一直低頭不語。
「大哥，怎麼變成這樣……」泰輔的聲音沙啞，「我真搞不懂。那，凶手到底是誰？」
功一抬起頭，看著弟弟，「待會兒你一個人先回去。」
「咦？」
「我叫你先回去。」功一站起身，向政行行了一禮示意就走出客廳，正好和從玄關回來的行成撞個正著。
「怎麼了？」行成驚訝地睜大了眼。
「抱歉，晚點再跟你解釋。」功一與行成擦身而過，直衝向玄關。
他套上鞋，快步離開戶神家，到了路上望向遠方，看到兩名男子的背影後，立刻放開腳步追上去。
萩村和柏原大概察覺到腳步聲，同時轉身停下。
「什麼事？」萩村問。
「有點事想找柏原叔叔……想跟您談談我弟的事。」
萩村納悶地皺起眉頭，「我們在趕時間耶。」

「不好意思，不會耽誤太多時間。」

「可是……」萩村還沒往下說，柏原就舉起手示意制止。

「你先回去跟上面報告吧，我跟他談談。」

「這樣啊。好吧，待會兒見。」萩村雖然看來不太情願，還是先行離開。

柏原笑著問功一，「要找個地方喝杯茶嗎？還是要邊走邊說？」

「我都可以。」

「那就邊走邊聽你說吧。」

柏原轉朝萩村離去的反方向，功一緊跟在他身後。

50

柏原邊走邊掏出手機，不知道是打給誰，窸窸窣窣講了一會兒，掛斷後轉身看著功一。

「要跟我商量什麼事？泰輔怎麼了？」

功一沒作聲。柏原隨即停下腳步，直盯著功一的表情。

「看來你要跟我談的事和你弟弟沒關係吧。」

「不，其實是跟案子有關。但我不是找您商量，而是有件事想問您。」功一收起下巴，挑眉看著柏原，「柏原叔叔，您現在還打高爾夫球嗎？」

「高爾夫球？沒有，沒打嘍。腰不中用了，最重要的是沒錢。」

「是嗎，但我記得你那時候很喜歡打高爾夫球，就是凶案發生的那陣子。」

「是打過一陣子，但也稱不上多喜歡。」

「眞的嗎？我倒覺得你挺熱中的，因爲只要一有空便會練習揮桿吧。我就看過，案發當晚從家裡窗戶看出去，第一個飛奔來現場調查的柏原叔叔，拿著一把黑雨傘當高爾夫球桿練習空揮。」

柏原苦笑著看向旁邊，「有這回事嗎？」

「因爲您是反拿著傘，傘柄部分不時會叩叩撞擊地面，這個動作重複幾次傘柄便會出現很多細細的刮傷吧。」功一吸了口氣繼續說，「就像剛才那把塑膠傘。」

柏原的眼神落回功一臉上，雖然笑容還沒消散，雙眼卻露出認眞嚴肅的精光。

「你到底要說什麼？」

「我想了想，如果戶神先生說的是實話，那麼留在現場那把傘上的指紋，就是戶神先生之後出現的人擦掉了。但是，戶神先生剛離開，我們三個就回家，應該沒人接近過那把傘。除了某些特定人士。」

柏原嘴角的微笑還在，他別過頭深呼吸，「你是說警察嗎？」

「那名凶手犯了個荒謬的錯誤。把雨傘忘在凶案現場其實是個再單純不過的失誤，而上面還有指紋，於是凶手心想，只要接到報案的第一時間，比其他人先趕到現場，迅速擦去指紋就行了。因爲外頭還下著雨，凶手帶了另一把黑色雨傘到現場，趁著被害人的小孩不注意時，找機會擦掉了塑膠傘上的指紋，然後走到室外，等候其他調查人員趕來。不過，凶手這時又犯了一次錯誤，他拿著黑傘練習高爾夫球揮桿的這一幕，居然讓被害人的兒子看到，當時他也沒料到這竟然會成爲十四年後事跡敗露的關鍵，大概已經習慣成自然了吧。」功一狠狠瞪著柏原。一番話說完之後口乾舌燥。

柏原緩緩將目光移到功一臉上。這時已不見他的笑容，但神情中也沒有憤怒或憎恨。

「爲什麼剛才沒把這件事告訴萩村？」

「我想自己先確認，用我的耳朵聽到事實，就我們一對一。」

「是嗎？」說完後柏原繼續往前走。

功一緊跟在後面，心中頓時五味雜陳。

柏原是功一在整起案件相關人員中最信任的人，功一一直深信他比任何人都更能設身處地爲兄妹三人著想。現在居然得懷疑起這個人，而且恐怕他就是眞凶，這樣的事實簡直太可恨了。功一不但沒有一絲追查出眞相的成就感，甚至心底某個角落還希望是哪裡出了差錯。

兩人沉默地往前走了一段路，來到一座天橋。柏原逕自走上階梯，功一也跟在後頭。

走到天橋中央時，柏原停下腳步，高舉雙手大大伸個懶腰。

「東京的空氣眞糟糕，還是橫須賀最棒。」

「柏原叔叔，」功一說道，「你就是凶手吧？是你殺了我們爸媽？」

柏原靠在扶手上，從西裝內側口袋裡掏出菸盒，拿出一根叼在嘴裡。他拿起拋棄式打火機想點菸，卻因爲風大的關係始終沒點著。試了幾次成功後，他看著功一吐出一口煙。

「在回答之前，我有件事想問你。」

「什麼事？」

「那支金表，或者也可以說那個糖果罐，不然潛入ＤＶＤ店的臭小偷丟棄在海邊的那輛輕型車也行。」柏原用挾著香菸的指尖指向功一，「那些全都是你幹的吧？」

功一沒出聲。不過，既然沒否認就等於默認。「果然沒錯。」柏原感嘆。

「前陣子在縣警總部採了戶神政行的指紋後，回餐廳的路上我曾問他，有沒有可能是在最近摸過那支金表，而不是十四年前。他告訴我，之前在廣尾的停車場撿過一支手表，感覺滿像的，只不過那支表後似乎有張貼紙之類的東西。聽他這麼說，我便確定有人想設計戶神政行，至於誰會做這種事，我能想到的只有一個人。然後，我又想起先前你問過，能不能出借類似那張畫像的嫌疑名單。」柏原慢慢吸了口菸，「我猜可能是泰輔在哪裡看到戶神政行，發現他就是案發當晚見到的人吧。聽到這個消息後，你便來找我，打探警方是否調查過戶神。但因爲沒能如願拿到名單，於是決定採取非常手段，不惜捏造僞證，設計讓警方對戶神起疑。」

功一靠著對側扶手，和柏原面對面。

「眞凶內心一定很困惑吧，因爲不斷冒出顯示凶手另有其人的證據。」

「眞的很厲害，不論贓車還是翻覆的舢舨，安排得天衣無縫。整個橋段是你設計的吧？」

「算是。」

「我再說一次，你眞的很厲害。但我不懂的是，爲什麼要這樣繞一大圈？直接通知警方，說泰輔發現案發當晚看見的那個人不就好了嗎？」

「我們有自己的考量，如果不走到那一步，警方也不會有所行動吧。」

柏原笑得肩膀直晃，「結果眞的行動了，還是應該說警方被耍得團團轉呢。」

「是嗎，但只有你沒被耍，因爲你早知道凶手不是戶神先生。」功一勉強克制住激動的情緒繼續道，「可以回答剛才那個問題了嗎？殺害我父母的……」

功一沒往下說，因爲聽到有人走上天橋的腳步聲。不一會兒，出現一名帶著兩個小孩的女人；兩個都是男孩，一個大概十歲左右，另一個看來更小，應該是兄弟吧。看到調皮不肯直走的弟弟，哥哥還唸了他幾句。

狀似母親的女人和兩個小孩從功一和柏原之間通過，下了反方向的階梯。柏原凝視著三人，目送著他們的背影。

「看起來就像當時的你們。」

「我沒那麼小。」

「是嗎？」柏原踏熄了香菸，將菸蒂放進長褲口袋裡，然後又朝著遠離的母子三人望去。

「這些都不重要。快回答我，你就是凶手吧！」

柏原看著功一，表情平靜安詳，眼神中毫無不安或倉皇，彷彿已經豁然看破一切。

「我知道這一天遲早會來，從十四年前那晚便等著。第一次見到你們三個，我就有預感，總有一天自己會栽在這幾個孩子手上。」

這番話明顯是自白，功一覺得全身熱了起來，但內心卻又寒冷得快凍僵。

「到底爲了什麼，柏原叔叔，爲什麼要殺害他們呢？」他追問，到了這個地步自己居然還稱對方「叔叔」，氣憤之外更感到可悲。

柏原深深嘆息。

「沒什麼大不了的理由，因爲我是個惡人，又壞又軟弱，才會做出這種事。」

「這種回答教我怎麼接受！老實告訴我你到底為什麼殺死我爸媽！」功一雙眼不住流下淚水，他雖然極力忍耐，卻無法遏止。

柏原靠著天橋扶手，一雙仍舊感覺不到情緒起伏的眼睛直盯著功一。

「為了錢。」

「錢？」

「沒錯，一切都是為了錢。那天晚上，你爸爸手上有兩百萬。」

「為什麼我爸會有那麼多錢……」

「他準備拿那些錢還外圍賭場的債，好像跑了很多地方才籌到。不過，他欠下的債其實超過五百萬。你爸爸為此傷透腦筋，而來找我商量，大概平常聽我提過認識一些黑道人物，認為能幫他的忙吧。我告訴他，沒問題，那兩百萬交給我，由我幫忙交涉。那天晚上我就是去拿那筆錢。」

「可是你根本不打算和組頭交涉，一開始就計畫搶走錢，對吧？」功一感覺到自己的神色變了，「所以殺了我爸媽。」

聽到這裡，柏原的表情終於有了變化，眉頭深鎖，嘴角透露出苦悶之色。

「我當初沒打算那麼做。我向你爸爸提議，請他出借那筆錢，交換的條件是我設法破獲外圍賭場。但你爸爸不答應！他說這麼做之後會遭到組頭報復，最後還氣得罵我騙他。然後我們吵了起來……」柏原搖搖頭，「沒什麼藉口好說，是我殺了你爸爸，因為太想要那筆錢，接著又把目睹整個過程的老闆娘也殺了。事情就是這樣。」

每句話都像利刃刺進功一胸口，不僅如此，還同時在體內狠狠地剖剮。

功一才拚命忍住整個人就要崩潰的感覺，然而強烈的憤怒立刻湧了上來。從心上千瘡百孔的裂縫中溢出的不是濁黑鮮血，而是無窮憎恨。

「我饒不了你！這種事……要我怎麼忍得下來。爲了錢，居然只爲錢就殺害我爸媽，你不覺得太過分了嗎！」功一緊握雙拳。

然而，正當他要上前一步時，柏原伸出手制止他，「不要再過來，會引起誤會。」

「你在說什麼！」

「我呀，眞應該早點這麼做才對，那個晚上也好，或是我兒子死的那天也好，爲什麼活著活著居然就撐到了今天呢。」話一說完，柏原倏地轉身跨坐在扶手上。

功一屏住呼吸，說不出話來，身體也動彈不得。

柏原看著功一說，「你別變得像我一樣。」下一瞬間就從扶手上消失。

重創地面的聲響、緊急煞車、低沉的撞擊聲，依序傳進功一耳裡。接著又聽見尖叫和怒罵。

而功一只是佇立在原地。天橋上陣陣刺骨寒風，吹得他冷澈心扉。

51

功一接到萩村聯絡時，已經是柏原自殺三天後的事。兩人約在位於箱崎一家飯店的咖啡廳。

「不好意思，過了這麼多天才聯絡你。」萩村向他道歉，「證據調查很花時間，加上媒體緊盯，不太好辦事。」

「引起這麼大的風波，我也猜到你們一定很辛苦。」

即將屆滿追訴期的強盜殺人案凶手自殺，而且還是參與調查的刑警，也難怪媒體會大肆炒作。不過，詳細案情至今尚未報導出來。

「聽說有一份自白書？」功一從新聞得知這個訊息。

「他在自殺前曾打電話到橫須賀分局，說要把辦公桌最下方抽屜裡的一只信封交給局長。接電話的人不明就理，想問清楚，可是他沒回答就掛斷電話。」萩村看著功一，「那通電話應該是和你在一起時打的。」

「我有印象，談話前他邊走邊打，那時沒想到是在交代這件事。」

「信封裡是一份自白書，確定是他本人寫的。內容承認自己是眞凶，看來是之前就寫好。裡面還提到，當大家讀到這封信時他大概已經不在人世，也可以說是遺書吧。」

因爲有這封自白信，功一也擺脫了殺害柏原的嫌疑。當然，柏原自殺身亡後他還是被警察偵訊了很長一段時間。

「之前戶神先生交給警方的那把傘上，也驗出他的指紋。這下子『ARIAKE』一案終於在追訴期屆滿前結案，只是嫌犯已經身亡。」

「可以讓我看看嗎？」

「之前電話裡也說過，很抱歉沒辦法配合。不過，我可以回答你的問題，想知道什麼？」

「當然還是動機。」

「這你不是已經知道了嗎？自白書上的內容跟他告訴你的差不多。」

「但我怎麼也想不透他會爲錢殺人。你應該也很了解，我不認爲他是那種人。」功一苦惱地搔著頭。

萩村啜了口咖啡，長嘆一口氣，「是為了他兒子。」

「咦？」

「我去找過他前妻，問了案發那陣子的事。聽她說，她和柏原大哥……和柏原有個兒子，罹患了先天性疾病，得動手術才能治療。但手術需要一大筆錢，於是她向前夫哭訴，前夫答應了她會想辦法，幾天後還真的匯了兩百萬。」萩村輕輕點了頭，看著功一，「這樣你懂了吧。」

功一緊咬嘴唇，感覺心中那股惆悵逐漸擴大，如果柏原行凶理由是償還賭博或女人牽扯出的債務倒還好，此刻他便能全心全意憎恨凶手。

「但他說過兒子已經死了。」

「嗯，過世了。雖然動了手術，還是回天乏術。」萩村繼續說，「可能是天譴吧。」

功一皺起眉頭，瞪了萩村一眼，「別這樣胡說。」

「抱歉。」萩村立刻賠不是，大概也知道自己出言魯莽。

「其實我的心情也很複雜。在調查『ARIAKE』這個案子上，他比任何人都用心，甚至過度執著，不過現在回想起來，一切都是為了掩飾自己的罪行吧。難怪他拚了命都要找出泰輔看到的男子，因為那個人可能知道些什麼，得比其他人早一步找到他。另一方面，他對追查那把塑膠傘表現得很消極，還說是白費工夫，其實他是認為那把傘才真的有致命殺傷力吧。」

「和我長期保持聯絡，看來也是為了相同目的。」功一說，「大概想隨時注意我們想起什麼、察覺到了什麼。」

「這就不得而知了。不過，我認爲唯一能肯定的一點，是他眞的關心你們三兄妹。」

「殺了父母，然後再來關心他們的小孩嗎？」

「贖罪……不對，那又不一樣了。說不定他心裡存在著兩個人，一個爲了自己孩子殺人，另一個則同情父母遭到殺害的孩子。嗯，我只是突發奇想。」萩村搔搔頭看著功一，「對了，信封裡還有另一份自白，招供其他罪行。」

「其他罪行？是什麼？」

「就是關於金表和糖果罐，還有從贓車上找出的ＤＶＤ、翻覆的小船，以及在沙灘上發現的遺書，他在信中寫著這些都是他安排的。」

功一嚥了口口水，「怎麼會……」

「據他的說法，好像是爲了將調查焦點轉向戶神政行，拖延時間到追訴期屆滿。這封信的書寫工具和『ARIAKE』一案的自白書不符，推測是不同時間寫的，大概是最近吧。」

功一眨了眨眼，喝了口水，心中滿是複雜情緒。

「警方要怎麼處理這件事？」

「幾個地方說不太通，但應該不會有所行動吧。目前主流的氣氛是『ARIAKE』一案到此告一段落。」

被萩村直勾勾地盯著，功一趕緊低頭看著下方。

不知道柏原爲什麼要留下那封信，但因爲他的掩護，似乎再也沒人懷疑功一三兄妹。

「還有別的問題嗎？」萩村問。

「沒有……現在腦子沒辦法思考。」

「嗯，我也有事想問你，但現在還是先算了，也不是什麼大問題吧。」萩村拿起帳單，「一切都已經結束，這樣就好了吧？」

功一點點頭。只是，是不是眞的這樣就好，連他自己也不曉得。

52

聽功一說完之後，泰輔和靜奈依舊默不作聲。兩人還是在床上動也不動。泰輔盤腿坐，靜奈則躺著。

「事情的眞相就是如此，老實說，我腦子也還一團亂，但總之一切都結束了。」功一低頭看著兩人，「你們說句話啊。」

泰輔頂著一張撲克臉，靜奈也文風不動。

功一搔搔頭，「你們對我有什麼意見嗎？」

泰輔總算開了口，「我對大哥沒意見。」

「那怎麼都不說話？」

「不知道該說什麼。坦白講，我連那個叫柏原的刑警都不太記得，不像大哥可能偶爾還跟他碰面。」

「結果我居然沒看出他是凶手，你是在氣這個？」

「不是啦，我只是在思考，我們一直以來到底在做什麼？一想到根本是朝著錯估的目標瞎衝，便覺得好空虛、好愚蠢。」
「那也不完全是錯估啊，就因爲下了那麼大的工夫才能從戶神口中問出眞相。」
「戶神之所以說明，是有行成的幫忙。而行成會想這麼做，原因是愛上靜。如果他沒愛上靜……」
一個枕頭正面砸中泰輔的臉，丟的人當然是靜奈。
「幹麻啦。」
「誰教你胡說八道。」
「我只是說明事實，有什麼好生氣的。」
「很煩耶，算了。」靜奈從床上起身，抓起身旁的皮包走向玄關。
「妳要去哪兒？」
「回去。」
「妳這樣就能接受了嗎？」
她鞋子穿到一半停下來，轉過頭說，「爸媽被殺的事我怎麼可能接受，但又能怎麼樣？事到如今只能早點忘掉，但我想大概沒辦法吧。」她氣呼呼地輕輕揮了下手，打開門走出去。
功一望著天花板，重重長嘆了口氣。
「大哥，接下來怎麼辦？」泰輔問他。
「什麼怎麼辦？」
「我們要怎麼生活啊？你之前不是說過，這次是最後一票，結束之後我們就不再騙人。」

功一點點頭，「這個想法還是沒變，往後要老老實實做人。」

「話是沒錯啦，但我覺得光這樣還是不太好。」

「不太好？什麼不太好？」

「我聽完案情眞相後想了想，即使是爲了小孩，我還是饒不了爲錢殺害爸媽的柏原。而且沾滿血腥的錢終究也沒能救回他的孩子。搶走別人的錢來追尋幸福，這種做法未免太過卑鄙。」

「泰輔，你……」

「我要去自首，坐完該坐的牢再重新來過，要不然我會良心不安。」泰輔笑咪咪地說著，「沒關係，反正我還年輕。」

功一不由得臉色大變，泰輔想必是經過幾番內心交戰才下了這個決定，恐怕不是臨時起意，而是思考過一段日子。功一眞痛恨自己的愚蠢，居然沒察覺弟弟的煩惱。

「那好，我也跟你一起去。」

「不行，我一個人自首就夠了，又沒有被害人見過大哥。」

「這不是重點吧，而且你以爲這樣一句話能說服我嗎？你以爲我是這種人啊？」

聽功一這麼說，泰輔也爲難地緊咬嘴唇。

「不過……」功一接著說，「如果我們都自首，還剩一個問題。」

「嗯。」泰輔點點頭，「無論如何都要保護靜，因爲手足之情把我們緊緊相繫，對吧？」

「說的沒錯。」功一回答。

坐在鋪著嶄新桌布的桌前，行成檢查著邀請函的文案。眼看「戶神亭」麻布十番分店的開幕日就要到了，預計今天之內要送出邀請函。

他確認過文案沒有錯誤，安心地鬆了口氣時，「店長，有您的訪客。」男店員說道，「是一位有明先生。」

行成連忙起身，「請他進來。」

不一會兒，身穿黑色外套的有明功一走進來，看到行成後點頭打個招呼。

「怎麼來了，請坐。」行成請他在對面的位子坐下，「要喝咖啡還是紅茶？」

「不用了，其實我有更重要的事告訴你。」功一的口氣相當嚴肅。

「還有比之前那件事更重要的嗎？」

「從某個角度來說，或許是吧。」功一認真的眼神絲毫未變。

「不好意思。」行成說完走向入口，男店員正在打掃，「暫時不要讓任何人進來。」

「好的。」店員回答之後，行成才走回座位。

「上次支開其他人是矢崎小姐來的那次，當時她也說了非同小可的事，害我現在覺得有點害怕的。」他微微一笑之後立刻抿起嘴，「好了，是什麼事？」

功一挺直背脊，「首先，我得先向你道歉。你或許已經從警方那裡知道了，靜奈就像我們的親妹妹，不過她接近戶神先生的理由跟案子完全無關。我們原本的目標其實是你。」

「什麼？」行成目瞪口呆，「什麼意思？」

「我們本來打算從你身上大撈一筆，之所以鎖定你，唯一的原因便是你有錢。換句話說，我們——」功一深呼吸之後繼續說，「是職業騙徒，而且是慣犯。」

「職業……騙徒。」他重複一次，卻過了一會兒才了解這幾個字背後的意義。

面對一臉茫然的行成，功一迅速解釋起兄妹三人的行徑，還有原先想設計行成的計畫，就像從瓶中漏洞流出的水，滔滔不絕，完全沒有行成插嘴的餘地。話說回來，即使中間有停頓，想必他也會沉默以對吧。因爲他根本驚訝到啞然失聲，只能靜靜聽著功一說出一樁樁難以置信的事。

「換句話說，我們都是罪犯，根本沒有資格大搖大擺活下去。」敘述完兄妹三人的惡行後，功一浮現苦悶的神情。

行成緊握著拳頭，掌心已被汗水滲濕。他在出聲之前先嚥了口口水，調整一下呼吸，才動了動乾裂的嘴唇。

「你現在說的都是實話？」行成聲音稍稍沙啞。

「都是眞的，我也想說謊，但這些都是事實。」功一低下頭。

行成手貼著額頭，同時感覺隨著心跳出現一陣悶悶的頭痛。

「這太離譜了，怎麼會有這種事……」

「爲了生存，無依無靠、沒有任何能力的我們，想在社會上立足只能不擇手段。另一個藉口，是我想負起身爲大哥的責任。當然，現在我知道這個想法實在大錯特錯，即使有千百個理由，也不該讓他們淪爲罪犯。當大哥的任務原本是防止弟妹誤入歧途，我卻完全誤解且錯得離譜。」功一似乎全數吐露出了心中累積的想法，激昂的語調大概是因爲太氣自己。

「我很深切地了解你的悔意。不過，爲什麼要告訴我這些？」

這時，功一直視著行成的雙眼。

「我們都犯了罪，所以我和弟弟打算自首，但希望能保靜奈一人平安無事。她還是個小女孩，眞的只是好玩才陪著我們做這些事，如果知道我們要自首，一定也會跟進。」

行成眨了眨眼，「以她的個性，很有可能。」

「絕不能讓這種事發生。我和弟弟已經發誓，無論如何都不會對警方說出靜奈的事，我們會供稱每次詐騙都臨時僱用不同女子。不過，如果她主動自首，我們就瞞不下去了。」

「話雖如此，我又能怎麼辦……」

功一突然起身，在地板上跪下。

「我今天便是爲這件事而來。爲了不讓她做出傻事，只能拜託你了。她很喜歡你，而且打從心裡愛上你。只要由你出面，她應該肯聽話。」

「她喜歡我？不是吧，我想應該沒有。」

「我們一起生活那麼多年，絕對錯不了，我弟弟也這麼認爲。不是要你娶她回家，只要說服她別做傻事就好。求求你，答應我吧。」功一不停磕著頭。

行成腦中一片混亂，先是得知有明兄弟和靜奈以詐騙維生的事實，情緒激動；接著又聽到靜奈愛上自己，心跳加速。在交錯複雜的心情中，他拚命思考著該如何是好。

然而，眼看著下跪後不停磕頭的功一，他的情緒漸漸平復下來。雖然沒有血緣關係，這份深厚的手足之情卻將三兄妹的心緊緊相繫，讓他心生羨慕。對行成而言，靜奈是無可取代的；那麼，愛護著她的有明兄弟對他也一樣重要。

「請起來吧。」行成說道。

功一抬起頭。「你肯答應了嗎？」

「好吧。」他點點頭，「不過，有一個條件。」

「什麼事？」

「想請你賣個東西給我。」行成說完，微微一笑。

高山久伸被門鈴聲吵醒，以爲又是宅配人員，從門眼窺探，發現外頭有個身穿西裝的男人，似曾相識。他一下子便想起那人是誰，打開房門。

「眞是非常抱歉，在您休息時登門打擾。」

眼前行禮的就是先前透過南田志穗介紹，在三協銀行工作的小宮。他身後還有個陌生男子。

「有什麼事？」高山帶著戒心問道。

「高山先生曾簽約認購由歐洲金融公司發行的美元計價債券吧，不知您記不記得？」

「當然記得。」

接著小宮畢恭畢敬，再次深深一鞠躬。

「坦白說，現階段歐洲金融公司處於相當微妙的狀況，再這麼下去您投資的美元計價債券很可能會血本無歸。」

「咦……」高山忍不住仰著身子大喊，「哪有這種蠢事！你當初保證絕對不會有問題的！那我的錢該怎麼辦？」

「眞的非常不好意思，您的投資我們當然會全額奉還，今天我也帶著現金過來了。方便的話，可以當場辦理退費手續嗎？」

接過小宮遞來的一只厚信封，高山瞄了裡頭一眼，不由得倒抽口氣。是滿滿一大疊萬圓鈔票。

他跪坐在地板上，邊在指尖上沾口水邊點起鈔票，總共有兩百張。「我只投資了一百五十萬。」

小宮點點頭，「是這樣的，南田學妹跟我聯絡過，要我將她出資的五十萬也一併交給高山先生，似乎是她個人積欠您的。」

「呃……這樣啊。」

「如果您同意的話，麻煩在這裡簽名、蓋章。」小宮拿出一份文件。

文件上出現一大堆複雜難懂的字眼。高山依照說明簽名、蓋章之後，兩名銀行員一臉滿意地離開。

鎖上房門，高山看著那只裝滿現金的信封。老實說，整個人鬆了口氣。他一直很關心這筆錢，卻不知道該怎麼解約，正大傷腦筋。

因爲他下定決心，再也不要跟南田志穗有任何牽扯。

走出高山久伸的住處後，泰輔愁眉苦臉。

「總算完成四分之一，還有很多耶。你眞打算全都還完啊？」

「沒辦法，我答應行成自首前要盡可能還完。」功一回答。

「就算還了錢，罪行也不會消失嘛。」

「是沒錯啦。不過有可能從詐欺罪減輕成惡質的惡作劇，你也希望坐牢時間能短就短吧，或者有機會緩刑的話不是更好？」

「那當然。不過，行成那小子居然會借你這麼大一筆錢。」

「這不是借的，是商品的貨款。」

「商品？什麼東西啊？」

「你以後就知道了。嗯，不過這筆錢我打算遲早要還，那傢伙總有一天會想要眞貨吧。」功一說著，凝望遠方的天空。

53

靜奈在百般猶豫下，不知不覺地來到店門口，手上拿著一張邀請函。她受邀參加「戶神亭」麻布十番分店的開幕紀念派對。卡片上手寫著「請務必蒞臨，不見不散。」是行成的字跡。

面前的店門突然打開，靜奈忍不住後退幾步。身穿燕尾服的行成迎面出現，臉上帶著微笑。

「等妳很久了，歡迎光臨，這邊請。」

行成領著靜奈到四周有柱子包圍的後方座位，是他曾經說過很喜歡的一處座位。店內沒有其他客人，也沒看到工作人員，靜奈納悶地環顧四周，卻見他露出苦笑。

「只有給妳的邀請函上日期提早一天，眞正的開幕日是明天。」

靜奈眨了眨眼，凝視著行成，「爲什麼要這樣？」

「因爲說什麼都想跟妳單獨慶祝，如此而已。使了點小手段，眞對不起。」爽快說完後，行成低下頭。

「我還以為你再也不想見我了……」

「是嗎？」

「難道不是嗎？」

「那麼，妳再也不想見我了嗎？對妳來說，往後一輩子見不到我也無所謂嗎？」行成的口吻前所未見地熱切，靜奈為這股氣勢折服，直低著頭。

「我可不行。」他繼續說，「我需要妳。現在是，將來也是。」

這句話一把揪緊了靜奈深藏在胸口的心結，力道之強讓她完全發不出聲音。

「我們幾乎完全不了解彼此，往後自然需要更多深入傾談，兩人相處也未必只有快樂，但是，我對妳的心意絕不會改變。」行成拿出一只小盒子，是裝戒指的盒子，「請妳收下。」

靜奈感受到劇烈的心跳，忐忑不安地伸出手。她說不出任何一句話，直接打開盒蓋，看到戒指的瞬間，心跳得更厲害了。她凝望著行成。

「怎麼會是這個……」

「把這個送給妳，不就是我原本的任務嗎？」行成露出溫柔的笑容，「我也想和你們以眞情緊緊相繫。」

靜奈頓時覺得整個人籠罩在一股無形的感覺中，溫暖、柔和又教人懷念。雖然說不出話，卻已淚流滿面。

盒子裡的正是那枚戒指——當初功一準備設計讓行成送給靜奈的禮物。

解說 陳國偉

記憶，遺族的幸福羈絆

（本文涉及小說結局，未讀正文者請慎入。）

只是童年的一次夜間逸走，怎樣都沒想到自此便天人永隔。就在那個夜裡，他們不僅失去了向流星許願的機會，甚至連最原本的平凡幸福，就此失去了。他們與父母間血親的羈絆就此被切斷，取而代之的，是那夜流星沒有帶來幸福想望的悔恨羈絆。

本格質變：東野圭吾式的推理小說

二〇〇八年可以說是東野圭吾輝煌的一年，從二〇〇七年秋季日劇《破案天才伽利略》大受歡迎開始，該劇的兩本原作《偵探伽利略》、《預知夢》在二〇〇八年又再掀暢銷熱潮，而他同年出版的三本新作《流星之絆》、《伽利略的苦惱》、《聖女的救贖》更在十月締造了同時位居排行榜前三名的驚人紀錄，加上年底改編爲電影的《嫌疑犯X的獻身》更在短短不到三個月的時間內，賣出了四十九點二億日圓全年票房第三名的好成績，東野圭吾做爲一個暢銷作家，的確是實至名歸。

然而他能夠受到讀者大衆的歡迎，原因究竟在哪裡？是他寫了以物理爲核心詭計的推理小說，能夠給予讀者豐富的知識？還是因爲他對於魔女型的小說角色情有獨鍾，可以給讀者一種獵奇的刺激？抑或是由於他寫出了最好的詭計、最精緻的本格推理小說，讀者獨沽此味？

其實我認爲這些都不是他在這幾年大量得到讀者認同，最重要的理由。因爲他這幾年寫的推理小說，已愈來愈不拘泥於本格推理小說的書寫範式，而他的謎團重點，也並非在那目眩神迷的犯罪詭計。這些年來他的小說最吸引人之處，在於他所塑造的人物與事件的關係，透過虛構與現實對位形成的多重意義表述。雖然很多評論家、甚至連東野圭吾本人仍會提到自己的本格推理定位，但東野式的本格，其實已經開始質變。因爲對於他而言，揭露眞相讓凶手「伏法」以完成「正義」已經不是最終的目的，到底犯罪會對人造成怎樣在現實生活上、精神層面上的影響，這才是他關心的重點，而圍繞在這些核心之上發展出來的情節與謎團，才是進入二十一世紀後，東野圭吾式的推理小說。

正如他對《流星之絆》所說的：「這部小說，不是由我寫的，而是書中人物打造出來的。」正因爲他思考的是人面對犯罪、死亡等問題時的眞實反應，因此他不再只將焦點放在推理小說的制式角色：偵探、助手、犯人、警察上，而是試圖去探討眞實犯罪中受到傷害最重、也是最長久的人，那就是「遺族」。

擱淺的遺族：不能遺忘，卻也無法原諒

在傳統的推理小說書寫中，故事總是從屍體被發現開始，然後在眞相大白之後、凶手被逮捕

便告結束。然而在現實生活中，其實家屬作爲被害者的「遺族」的苦難才要開始，很多時候即使是凶手已經伏法，那傷痛及煎熬卻永遠無法消逝。

在所謂的古典推理或本格爲訴求的推理小說中，遺族通常都是做爲目擊者、證人這一類協助偵探辦案的「關係人」角色，像是他們與被害者之間只存在著「關係」。一旦這層「關係」被釐清與犯罪無關，或是被證明沒有犯案的可能，「關係」也就不具有意義，遺族的存在也就逐漸消逝在故事中了。

當然，在如橫溝正史那般籠罩著「田園之夜的恐怖」的大家族中，遺族更多時候擔任著更悲劇性的角色，他們常常是凶手，或是一整條「殺戮食物鏈」的下一個被害者。然而偵探最重要的任務，當然就是識破他們的僞裝與犯罪手法（當他們是凶手時），或是解讀串接他們之間死亡的邏輯（當他們是連續犯案的被害人時）。但無論如何，對於作家而言，這些遺族在小說中往往是以「工具性」意義存在著，因此他們的心境往往被定義成各式「動機」，只存在著服務於推理小說結構完整性的意義，並不具備任何眞實的指涉。

然而對於現實中的遺族而言，他們其實陷入了「兩遺」的窘境：一方面是他們無法遺忘親人死亡所帶來的傷痛（即便是想走出來，似乎世人也無法接受他們太快遺忘而開始過得幸福）；然而在另一方面，世人也往往在事件過後，便將他們無意或有意地遺忘。

在東野圭吾近十年的寫作中，「遺族」似乎成爲他愈來愈重要的寫作對象。不論是《祕密》（一九九八）、《白夜行》（一九九九）、《信》（二〇〇三）、《幻夜》（二〇〇四）、《徬徨之刃》（二〇〇四）、《使命與心的極限》（二〇〇六），甚至在二〇〇八年的三本新作中就有兩本是以遺族爲主角，一本是湯川學系列的新長篇《聖女的救贖》，另外一本就是《流星之絆》。

然而在東野圭吾的筆下，遺族有著截然不同的面貌。他似乎是刻意把遺族現實化，集中探討面對這難以扼抑的傷痛，他們該如何自處，如何繼續走他們的人生。不論是因爲妻子死後而對女兒態度產生的疑惑與不安（《祕密》）；或是父母親接連死亡，反而讓自己一而再、再而三地遊走於白天與黑夜的道德邊緣（《白夜行》）；甚或是因爲兄長犯罪而毀敗了自己的人生，而試圖找到出口（《信》）；又或是無法接受親人的死去，唯有透過復仇方能得到救贖的可能（《徬徨之刃》、《流星之絆》）。對於東野圭吾來說，死亡雖然仍是他推理小說的起點，但這樣的死亡將怎樣支配生者，尤其是與死者最密切的家屬，則是他這十年來不斷探究的對象。

而在《流星之絆》中，東野圭吾則是試圖描繪有明三兄妹這樣的遺族的一種生命狀態。自父母死去那天開始，他們的生命像是擱淺在英仙座流星雨沒有來的那個夜晚，從此被喊下了暫停。他們不但只剩下一個意念，就是要「以暴制暴」地復仇，將犯人殺死。而且他們在靜奈有了被詐騙的經驗後，更開始了逆反道德的日常演練，不斷地以靜奈爲誘餌，詐欺他人的金錢。因爲對於他們而言，他們不但被遺忘，生存權甚至被踐踏，因此他們只能反客爲主，以謀求生存。

在《流星之絆》的有明三兄妹身上，我們似乎看到了《白夜行》中桐原亮司與唐澤雪穗的身影，因爲體認到徒有善良無法存活在世間，因此只能利用世間的現實法則來求生。

然而，即便他們拋棄人性與道德，仍保有隱藏在血液裡的記憶，會勾動他們屬於自己柔軟而悲劇的那一部份，引發他們人性的激越。當他們遭遇到戶神行成，再度與牛肉燴飯相逢後，這才再度意識到，原來那夜流星所連結的羈絆，還留存在他們的感官記憶中，繼續牽動著他們的命運。

牛肉燴飯：旋轉的命運之輪與味覺記憶的羈絆

在《流星之絆》中，有明三兄妹解開當年父母慘死的眞相的憑藉，其實來自於兩種感官的再現，一是有明泰輔當年在後門，通過「視覺記憶」所看見戶神政行的那張臉；另一則是有明靜奈喚醒「味覺記憶」所嚐到的戶神家初代的牛肉燴飯。透過這兩種感官記憶的拼湊，而重新連上了父親有明幸博與戶神政行之間，過去被輾轉隱藏的人際關係線。

然而究其本質，其實會發現不管是視覺或味覺記憶，最終連結上的都還是牛肉燴飯。十四年前戶神政行若非爲了交易食譜而前往有明家，那麼他也不會拿錯那把關鍵的凶手遺留的傘，還因此被有明泰輔目擊，而最後讓眞正的凶手現形。所以當讀者在隨著有明功一推理出戶神政行是爲了牛肉燴飯的食譜，所以殺害父母，而感到牛肉燴飯竟成爲三兄妹悲劇的來源之時，殊不知原來它扮演的一直都是守護著三兄妹的角色：不僅是他們童年幸福生活的記憶總結，更是在十四年前中斷他們幸福生活的同時，便已埋下他們長成後揪出凶手、重獲幸福的伏筆。

如果說等待流星的羈絆是維繫三兄妹的情感核心，那麼牛肉燴飯則是讓他們與其他關係人命運旋轉的關鍵。有明家的牛肉燴飯爲戶神家帶來大筆的財富，讓有明三兄妹與戶神行成的命運逆轉，若非有明幸博嗜賭，需要還大批賭債，三兄妹也不會落得家破人亡，長大之後必須靠詐騙維生。然而若不是因爲靜奈爲了詐欺接近行成，而利用戶神亭的用餐心得引誘行成對她產生興趣，致使行成決定邀請靜奈品嚐最初代的戶神亭牛肉燴飯，那麼靜奈也無法發現原來牛肉燴飯的口味是一樣的。這麼一來，有明三兄妹可能無法在時效到臨之前，發現戶神政行的祕密，更不用說逼迫戶神政行爲了證明自己的清白，而交出當年拿錯的那把傘，進而揭露柏原刑警是凶手的眞相。

牛肉燴飯在此不僅再度重新逆轉了有明家與戶神家的命運，也讓眞相得以大白。更重要的是，在這過程中，靜奈面對牛肉燴飯時的坦率情感，爲她博得了戶神行成的好感，因而最終願意接納她，並協助有明兄弟歸還詐騙的錢財。可以說牛肉燴飯最後仍爲有明三兄妹帶來幸福，也創造出東野圭吾「遺族」書寫系列中，最溫暖而光明的結局。

所以到最後我們才明白，眞正繫住他們與父母之間的羈絆，仍然還存在著，不是那可望而不可及的流星，而是存在於他們心靈深處，沉睡在味蕾上的牛肉燴飯的溫柔記憶。有明家的父母早就預留給三兄妹這最珍貴的遺產，而這個記憶不僅讓他們掙脫宿命的擺布，將他們重新安置回日常之中，更開啓了他們未來幸福的可能。

而這正是東野圭吾在《流星之絆》裡，利用牛肉燴飯所製造出來最巧妙的設計、最耐人尋味的伏筆。東野圭吾讓我們重新思考到，推理小說中的死亡，不必然一定要是遺族人生的終點、悲劇的起點，也可以是遺族開始試著走回幸福之道的折返之處。

本文作者介紹

陳國偉，筆名遊唱，新世代小說家、推理評論家、MLR推理文學研究會成員，現爲國立中興大學台灣文學與跨國文化研究所副教授，並執行多個有關台灣與亞洲推理小說發展的學術研究計畫。

家圖書館出版品預行編目資料

星之絆／東野圭吾著；葉韋利譯. -- 初版.
- 台北市：獨步文化：家庭傳媒城邦分公
司發行，民106, 08
面；　公分. --（東野圭吾作品集；
7）
譯自：流星の絆
ISBN 978-986-94754-5-7（平裝）

61.57　　106010204

東野圭吾作品集17　流星之絆

原著書名／流星の絆
原出版社／講談社
作者／東野圭吾
翻譯／葉韋利
責任編輯／陳盈竹（一版）、張麗嫺（二版）
編輯總監／劉麗真
事業群總經理／謝至平
榮譽社長／詹宏志
發行人／何飛鵬
出版／獨步文化
城邦文化事業股份有限公司
115台北市南港區昆陽街16號4樓
電話：(02) 2356-0933　傳真：(02) 2351-9179;(02) 2351-6320
發行／英屬蓋曼群島商家庭傳媒股份有限公司
城邦分公司
115台北市南港區昆陽街16號5樓
讀者服務專線：(02) 2500-7718; 2500-7719
24小時傳真服務：(02) 2500-1990; 2500-1991
服務時間：週一至週五上午09：30-12：00；下午13：30-17：00
讀者服務信箱E-mail：service@readingclub.com.tw
劃撥帳號／19863813
戶名／書虫股份有限公司
香港發行所／城邦（香港）出版集團有限公司
香港灣仔駱克道193號東超商業中心1樓
電話：(852) 25086231　傳真：(852) 25789337
E-mail: hkcite@biznetvigator.com
馬新發行所／城邦（馬新）出版集團【Cite (M)Sdn Bhd.】(458372 U)】
11, Jalan 30D/146, Desa Tasik,
Sungai Besi, 57000 Kuala Lumpur, Malaysia.
電話：(603)90563833　傳真：(603)90562833
E-mail:cite@cite.com.my
美術設計／高偉哲
排版／陳瑜安
印刷／鴻霖印刷傳媒股份有限公司
□2009年（民98）3月初版
□2017年（民106）8月二版
□2024年（民113）6月20日二版九刷
售價／399元
Printed in Taiwan